Beate

MAX KRETZER

Meister Timpe

SOZIALER ROMAN

W0369043

NACHWORT VON GÖTZ MÜLLER

PHILIPP RECLAM JUN. STUTTGART

Universal-Bibliothek Nr. 9829 [4]
Alle Rechte vorbehalten. © Philipp Reclam jun. Stuttgart 1976
Schrift: Linotype Garamond-Antiqua. Printed in Germany 1980
Herstellung: Reclam Stuttgart
ISBN 3-15-009829-7

I.

Frühmorgens, wenn die Hähne krähn –

Berlin schlief noch, aber es lag in jenem leisen Schlummer, der dem Erwachen vorhergeht. Eingelullt in süße Träume, ahnte es nichts von den Sorgen und Kämpfen des kommenden Tages, von dem unerwarteten Glück, den zermalmenden Schlägen des Schicksals. Nur an einzelnen Stellen stieß der tausendköpfige Koloß seinen Atem aus. Dunkler, zu gewaltigen Ringen geballter Qualm entstieg, von Feuergarben begleitet, den geschwärzten Schloten; wie der Gigantenlunge eines unsichtbaren Ungeheuers entstoßen, strömte er dem graublauen Äther zu, verwob er sich allmählich mit der Dunstwolke, die den Horizont noch verschleierte.

Es war zwischen drei und vier Uhr an einem der letzten Tage des Monats April – in jener Stunde, wo die Straßen plötzlich menschenleer erscheinen, als hätte selbst der letzte Kneipenschwärmer das Bedürfnis gefühlt, noch vor dem jähen Wechsel von Nacht und Tag im Schutze des Dunkels sein Heim zu erreichen. Hinter dem äußersten Häuserring tauchte der erste fahle Schein der Morgendämmerung auf, der wie das geisterhaft bleiche Antlitz eines Riesen aus dem Dunkel sich erhob und immer höher und höher stieg. Die Häuser erschienen wie bleigetränkt, die Perspektive der Straßen verkürzte sich: Berlin glich einer toten Stadt, in der jeder Tritt, jedes leise Geräusch ein Echo abgibt, das weit vernehmbar die Luft durchzittert.

In diesem Zwielicht taumelte Franz Timpe durch die Straßen, dem Hause seines Vaters zu, um Ruhe für seinen schweren Kopf zu suchen. Die Augen fielen ihm fast zu, sein Gang war unsicher, so daß er sich mit Gewalt beherrschen mußte, um auf den Beinen zu bleiben. Auf dem jugendlichen, nicht unschönen Antlitz

zeigten sich die Spuren einer durchzechten Nacht: jene Merkmale der Überanstrengung, welche ein schwacher Körper noch nicht zu überwinden vermag. In der eigentümlichen Beleuchtung des heranbrechenden Morgens, hervorgerufen durch den Kampf der letzten Schatten der Nacht mit dem grüngelben Luftschein am Horizont, erschien sein Gesicht fahl und grau, hatte es harte, ausdruckslose Linien angenommen. Den Paletot lose um die Schultern gehängt, den Hut in den Nacken gerückt, das Pincenez schief auf die Nase geklemmt, fuchtelte er mit dem dünnen Spazierstöckchen in der Luft herum, versuchte er jedem Laternenpfahl seine Fechterkünste zu beweisen.
In seiner Phantasie standen die Häuser schief, machten sie einen fremdartigen Eindruck auf ihn, trotzdem ihm jedes einzelne durch die Firmenschilder, die an ihm klebten, die Eigentümlichkeiten, die ihm anhafteten, genau bekannt war. In diesem Stadtviertel war er geboren, hatte er die Tage seiner Kindheit verlebt, war er zum Knaben und zum Jüngling gereift. Selbst jetzt, wo das Fehlen der flutenden Menge und rasselnden Wagen, die herabgelassenen Rouleaus und geschlossenen Jalousien den Gebäuden eine veränderte Physiognomie gaben, waren ihre Absonderlichkeiten seinem Gedächtnisse eingeprägt, denn es war nicht das erste Mal, daß er spät nach Mitternacht an ihnen vorüberschritt. Seit beinahe einem halben Jahre, seitdem ihn der Weg von der Schule direkt ins Comptoir der Firma Ferdinand Friedrich Urban geführt hatte, war fast keine Nacht vergangen, während welcher er nicht das nächtliche Leben Berlins durchkostet hatte.
Die frische Morgenluft wirkte endlich wohltuend auf ihn ein. Seine Haltung wurde sicherer, sein Gedankengang klarer, nur die Müdigkeit wollte nicht von ihm weichen. Um sich munter zu erhalten, begann er halblaut ein Lied zu summen, das er aber wieder abbrach, weil die Kehle ihren Dienst versagte.

Er befand sich in jenem Gewirr enger Straßen des Ostens von Berlin, die sich wie ein Überbleibsel aus alter Zeit bis heute noch erhalten haben. Altehrwürdige Giebeldächer mit Mansardenfenstern blickten auf ihn herab. Unregelmäßig standen die Gebäude am schmalen Trottoir, hier eines von schiefer Haltung, wie von der Last der Jahre vornübergebeugt, dort eines weit hinter die Front gerückt, geziert mit einem kleinen Vorgarten, dessen Efeu die schmalen Fenster umrankte und bis zum Dache hinauflief. Nur vereinzelt überragte ein vierstöckiger Steinkasten, wie ein schlank gewachsener Jüngling zusammengeschrumpfte Greise, die vorväterlichen Wohnstätten, um, einem stummen Wahrzeichen gleich, den Segen der neuen Zeit zu verkünden. In der Stille dieses patriarchalischen Viertels vernahm man weiter nichts als die schallenden Schritte des jungen Mannes und das schrille Pfeifen eines Bäckerjungen, das wie die ersten Mißtöne des erwachenden Tages aus der Entfernung herüberklang.
Als Franz Timpe um die nächste Ecke bog, erblickte er endlich das Haus seines Vaters. Wie von Angst und Reue erfüllt, bannte er seine Schritte und drückte sich an die Häuser. Er befürchtete, gesehen zu werden, und schämte sich seines Nachhausekommens um diese Stunde. Beim Weiterschreiten richtete er den zaghaften Blick auf die gegenüberliegenden Fenster, hinter welchen noch friedliche Ruhe herrschte; dann rechts und links die Straße entlang. Er versuchte den Nachtwächter zu erspähen, der ihm wie gewöhnlich das Haus öffnen sollte.
Krusemeyer, ein bereits alter Beamter, dessen kugelrundes Gesicht von einer silbergrauen Bartfraise umrahmt wurde, hatte auf ihn gewartet. Er stand mit einem Schutzmann plaudernd unter dem Torbogen eines neuen Gebäudes auf der anderen Seite der Straße und beobachtete das Näherkommen des jungen Man-

nes. Seit fünfzehn Jahren verschloß er die Häuser in diesem Revier, konnte sich aber nicht entsinnen, jemals einen besseren Kunden gehabt zu haben, als Franz Timpe es war. Er hielt sich daher mit Vorliebe in diesem Teile der Straße auf, um sich das übliche Zehnpfennigstück nicht entgehen zu lassen. Der Länge der Zeit, während welcher er hier seinem nächtlichen Berufe obgelegen, hatte er es zu verdanken, daß er mit den Geheimnissen der Hausbewohner vertraut war, ihre Tugenden und Sünden, Freuden und Leiden kannte. Wenn er hätte sprechen dürfen, was würde man da vernommen haben! Vormittags holte er den verlorenen Schlaf der Nacht nach. Nachmittags betrieb er sein Geschäft als Flickschuster, bis die Zeit zum Abendappell ihn rief. Auf den einsamen Gängen durch die dunklen Straßen hatte sich mit der Zeit ein Philosoph aus ihm gebildet, der, in des Wortes bester Bedeutung, sein Licht nur im dunkeln leuchten ließ. Und da ein Philosoph mindestens einen vertrauten Abnehmer seiner Ideen haben muß, so hatte sich denn auch im Laufe der Jahre ein solcher in einem gleichaltrigen, bereits mit einer stattlichen Zahl Dienstjahre befrachteten Schutzmann des Reviers gefunden, welcher den seltenen und merkwürdigen Namen Liebegott führte.

Herr Alexander Liebegott erfreute sich eines behäbigen Körperumfanges, der den Neid seiner sämtlichen Kollegen und die Freude aller derjenigen zweifelhaften Individuen bildete, welche in nächtlicher Stunde auf der Flucht vor ihm begriffen waren und denen er niemals auf den Fersen zu bleiben vermochte. Auf den Schultern ruhte ein Riesenkopf, in dessen kürbisfarbenem Gesichte eine etwas groß geratene Nase in sanftestem Violett erstrahlte und ein mächtiger Schnurrbart traurig seine ungedrehten Spitzen hängen ließ, so daß das würdige Antlitz dem eines Seelöwen glich.

Krusemeyer und Liebegott waren, soweit die Gelegenheit sich darbot, auf ihren nächtlichen Gängen ein unzertrennliches Paar, dessen Hang zu philosophischen, höchst sonderbaren Gesprächen ebenso groß war wie die uneigennützige Freundschaft zueinander und die Liebe zu gewissen alkoholduftenden »Erheiterungstropfen«, die in kalten Winternächten dazu dienen mußten, das Gespräch über die großen Vorgänge dieser Welt zu gleicher Zeit mit der Wachsamkeit anzufeuern. Im übrigen waren sie zwei pflichtgetreue Beamte, welche die Achtung ihrer Vorgesetzten genossen und beim Publikum allgemein beliebt waren. Die Autorität, die sie in den Augen ihrer Kollegen besaßen, war bereits eine derartige, daß ein Streit unter ihnen mit den vielbedeutenden Schlußworten: »So sagt Krusemeyer«, oder: »So sagt Liebegott«, zugunsten des diese Behauptung Aufstellenden als beendet betrachtet werden durfte.

Wenn die Ansichten der beiden zeitweilig auseinandergingen, so geschah es über die Frage nach dem höchsten Ziele ihrer Wünsche. Liebegott hegte nur den einen Wunsch: während seines nächtlichen Dienstes von niemandem belästigt zu werden, um seine teure Haut nicht zu Markte tragen zu brauchen; Krusemeyers höchster Wunsch ging dahin: durch eine seltene Heldentat sich diejenigen Lorbeeren zu erwerben, die unbedingt nötig waren, um seine soziale Stellung nach Kräften aufzubessern. Er hatte es besonders auf nächtliche Einbrüche abgesehen, lebte daher in der Einbildung, eines Nachts irgendeinen Juwelier oder einen reichen Fabrikanten durch seine Aufmerksamkeit vor einem Verlust bewahren zu können, wodurch ihm dann eine reichliche Belohnung zuteil werden würde; ganz abgesehen von der amtlichen Belobung und Auszeichnung, die zu erwarten waren. Seine Phantasie hatte sich während der Jahre so sehr mit dieser dereinstigen Heldentat beschäftigt, daß sein Spürsinn in jedem einigermaßen verdächtig aussehenden Passanten jene gefährliche Person witterte, deren verbrecherisches Treiben ihn endlich zum Helden seiner Umgebung machen sollte. Da er obendrein ein arger Bücherwurm war, der die geringe freie Zeit, die ihm am Tage während der Pausen beim Essen zur Verfügung stand, redlich dazu benutzte, abenteuerliche Romane zu lesen, in denen das Verbrechertum eine Hauptrolle spielte, so war sein Kopf mit den Erinnerungen an allerlei grausige Dinge erfüllt, die in einsamen Nachtstunden erst recht ihre Wirkung taten.

»Ich erreiche es doch noch«, sagte er mit Bezug auf die größte Zukunftstat seines Lebens.

Liebegott schüttelte das schwere Haupt und erwiderte:

»Ich glaube es nicht. Hier in dieser Gegend, wo jeder darauf wartet, daß man ihm etwas ins Haus trage! Laß den Gedanken daran fallen. Und bedenke nur: Wenn der Kerl ausrückt und du laufen müßtest, verstehst du? Ich sage laufen – –«

Alexander Liebegott beendete den Satz nicht. Es war ihm schon entsetzlich genug, nur an die Möglichkeit einer schnellen Fortbewegung zu denken. Er starrte vielmehr vor sich hin, lächelte dann im Gefühle seiner Sicherheit und klopfte leise mit der flachen Hand auf den wohlgenährten Bauch, während Krusemeyer listig die Augen zusammenkniff und sagte: »He, he, dann rufe ich dich, *du* fängst ihn gewiß.«

»Keine Anspielung«, brummte Liebegott mit komischem Ernst.

Die Annäherung Franz Timpes gab dem Gespräch eine andere Wendung. Das laute Krähen eines Hahnes ließ sich in der Nachbarschaft vernehmen. Aus der Ferne klang schwach die Antwort eines zweiten und dritten herüber.

»Recht so, melde dich, alter Junge«, begann Krusemeyer wieder. »Die Stunde muß angezeigt werden, in welcher der hoffnungsvolle Sohn nach Hause kommt ... Sage mal, Liebegott, hast du es auch so in deiner Jugend getrieben, he?«

»Wäre so etwas gewesen, Krusemeyer! Birke und Weide hätten einen Walzer auf meinem Buckel aufgeführt, und mein Alter wäre der Tanzmeister gewesen, der die Hände dabei bewegt hätte«, erwiderte der Angeredete mit unterdrücktem Lachen.

»Meister Timpe muß einen Narren an seinem Jungen gefressen haben, daß er so etwas duldet; aber das machen die Kneipmädels, die den Bengels die Köpfe verdrehen und das Geld aus der Tasche ziehen«, philosophierte Krusemeyer, als er sich anschickte, dem Rufe des jungen Mannes Folge zu leisten. Bevor er über den Damm ging, wandte er sich noch einmal an den Genossen.

»Hörst du nichts, Liebegott? Mir war's, als knarrte hier hinter uns eine Tür. Sollte vielleicht ein Dieb –«

»Beruhige dich nur, es ist nichts. Du wirst es nicht erreichen, verlaß dich darauf«, erwiderte Liebegott und schritt dann bedächtig die Straße nach der anderen Seite hinunter, um seinen Genossen an der nächsten Ecke zu erwarten.

Das Schlüsselbund des Wächters knarrte, die schwere Tür drehte sich in ihren Angeln und schloß sich dann leise hinter Franz Timpe, der horchend stehenblieb. Im Hause war noch alles ruhig. Durch die geöffnete Hoftür fiel ein fahler Schein auf die roten Steinfliesen des Flurs, der sich schmal und lang, gleich einer Kegelbahn, durch das altertümliche Haus zog. Links befand sich die Werkstatt des Vaters, rechts die Wohnung der Eltern. Auf dieser Seite führte eine schmale, gebrechliche Stiege zum einzigen Stockwerk des Hauses empor, in dem zwei kleine, bewohnbare Stuben sich befanden. In der einen schlief Franz, in der anderen Gottfried Timpe, der Großvater.

Der Großvater! Bei dem Gedanken an ihn erzitterte

der junge Mann, denn der Greis pflegte mit den Hühnern aufzustehen, war begabt mit einem wunderbar feinen Gehör und der einzige Feind, den er im Hause besaß.
Franz Timpe lauschte noch eine Weile, dann zog er behutsam die Stiefel von den Füßen und schlich mit angehaltenem Atem die leise ächzende Treppe empor. Oben angelangt, tappte er die Wand entlang, denn hier herrschte noch völliges Dunkel. Er mußte bei der Tür des Großvaters vorüber, um zu der seinigen zu gelangen. Lautlose Stille umgab ihn. Er atmete auf. Als er aber in seinem Zimmer angelangt war, vernahm er durch die dünne Wand deutlich das laute Husten des Großvaters: die ihm längst bekannte Begrüßung, welche in aller Frühe zu ertönen pflegte, als ein Zeichen, daß der steinalte Mann das Nachhausekommen seines Enkels gehört habe.
Franz Timpe preßte vor Ärger die Lippen fest aufeinander; dann suchte er totmüde sein Lager auf, um sich während einiger Stunden für den kommenden Tag zu stärken. Durch das dünne Rouleau drang das Licht des immer mehr heraufziehenden Morgens gedämpft herein und ließ in dem Halbdunkel nur das bleiche Gesicht des Schläfers leuchten.

II.

Drei Generationen

»Ja, ja, das waren noch andere Zeiten ... damals! Das Handwerk hatte einen goldenen Boden und wurde geehrt. Voll Stolz band man sich frühmorgens die Schürze vor und schämte sich nicht der Arbeit der Eltern. Aber das scheint sich geändert zu haben, seitdem ich nicht mehr sehen kann. Heute will so ein

Grünschnabel von Junge den großen Herrn spielen, mit gefüllter Tasche und weißen Händen umherlaufen und klüger als wir Alten sein ... Aber die Zuchtrute fehlt, die Zuchtrute – das ist meine Rede!«
Auf diese wohlgemeinten Worte Gottfried Timpes, die sich seit einem Jahrzehnt täglich zu wiederholen pflegten, blieb Johannes Timpe gewöhnlich die Antwort schuldig, sobald es sich um die Anklage gegen sein einziges Kind, seinen Sohn, handelte. Aber sein Blick voll Liebe richtete sich mit dem Ausdrucke tiefsten Mitleids nach dem Fenster auf die hinfällige Gestalt des dreiundachtzigjährigen Greises, der seit einem Jahrzehnt ein Dasein in ewiger Nacht führte und in der Welt des vergangenen Jahrhunderts lebte, die seine Erinnerung ihm vor das geistige Auge zauberte.
Ja, der Großpapa, sein Zorn über die Neuerungen! Es war schwer, sich beiden zu widersetzen, denn man ehrt die Ruine, der man seine Existenz zu verdanken hat, und betrachtet ihre Absonderlichkeiten wie etwas Heiliges, Überliefertes. Und Johannes Timpe hatte seinem Vater alles zu verdanken: seine Kunstfertigkeit als Drechsler, die Zähigkeit und Ausdauer, die man ihm nachrühmte, und auch dieses kleine, unscheinbare Haus, in dem er geboren und erzogen worden war. Schon sein Äußeres verriet die längst vergangene Epoche, in der es entstanden war. Über den vier Fenstern des Parterregeschosses zeigten sich, in Stein gehauen, geflügelte Engelsköpfe, von denen nur zwei noch völlig erhalten waren, während von je einem der anderen Nase und Flügel fehlten.
Die drei ausgetretenen Steinstufen führten zu der bohlenartigen, mit großen Nägelköpfen gezierten Tür, über welcher reliefartig das Sinnbild des Drechsler- und Kunstdrechslergewerbes prangte: ein Taster, auf dem über Kreuz Meißel und Röhre lagen; darunter eine Kugel, flankiert von zwei Schachfiguren.
Was dem Hause als ein besonderes Merkmal anhaftete,

war seine außergewöhnliche Lage. Es stand mit der Front schräg hinter der Straße, so daß vor seinen Fenstern zwischen der Flucht des Trottoirs und der Seitenwand des Nachbarhauses ein spitzwinkliger Vorderhof entstanden war, der von der Straße durch ein Holzgitter getrennt wurde. Dieser absonderliche Umstand hatte auch an der Schmalseite des Gebäudes, an deren äußerster Ecke das andere Nachbarhaus hervorragte, einen zweiten, kleineren Winkel geschaffen, der durch eine Bretterwand bis zur Höhe des Giebelfensters den Blicken verdeckt wurde. Man hätte das ganze Häuschen wie einen steinernen, nach Fertigstellung der Straße in dieselbe hineingetriebenen Keil betrachten können, wenn nicht sein Alter dem widersprochen haben würde. In Wahrheit war es bereits vorhanden gewesen, als vor einem halben Jahrhundert die Notwendigkeit zur Anlage einer Straße an dieser Stelle sich geltend gemacht hatte und man das Häuschen rechts und links zu umbauen begann, weil sein bisheriger Besitzer, Ulrich Gottfried Timpe, nicht die geringste Neigung zeigte, seine Rechte zu veräußern.

Wenn der Großvater seine ewigen Rückblicke mit den Worten einleitete: »Ja, ja, das waren noch andere Zeiten ... damals!« – so sprach er das in der Erinnerung an jene Jahre, wo das Häuschen hier noch wie ein einsamer Vorposten an der Peripherie der Stadt lag und den Blicken seiner Bewohner die weitmöglichste Aussicht über freie Felder und über das Bett der Spree gestattete.

Als Ulrich Gottfried Timpe im Jahre 1820 vermöge eines kleinen Kapitals, das sein Vater, der Kunstdrechsler Franz David Timpe, ihm hinterlassen, sich hier angebaut hatte, war von dem großen Stadtteile, der sich heute von der Frankfurter Straße bis zur Spree hinzieht, noch wenig zu sehen. Vereinzelt standen die Häuser zwischen Gärten, Baustellen und Getreidefeldern. Selbst innerhalb der Stadtmauern zeigten sich lange Strecken öder Felder, unterbrochen bis zu den Toren durch Königliche Magazine, durch ein riesiges Familienhaus, das dazu bestimmt war, armen Handwerkerfamilien ein billiges Obdach zu gewähren, und hin und wieder durch eine der vielen Gärtnereien, deren blühende Obst- und Blumenanlagen das damalige Köpnicker Feld, auf dem heute ein Meer von Häusern sich erhebt, zu einem eigentlichen Fruchtfeld gestaltet hatte. Die Straßen glichen ländlichen Fahrwegen, auf denen man hin und wieder tief im Sande versank; und die ein- und zweistöckigen Häuser, welche sich mit der Zeit zu Straßenzügen aneinandergekettet hatten, waren zum größten Teil von armen Handwerkern bevölkert, die notdürftig ihr Dasein fristeten. Untergeordnete Gasthöfe und unansehnliche Wirtschaften tauchten überall auf, und die mangelhafte Verbindung mit dem Zentrum der Stadt, die vereinzelt stehenden Häuser auf freiem Felde hatten ein höchst zweifelhaftes Gesindel geschaffen, das in Spelunken aller Art seine Zufluchtsstätte fand, die Sicherheit bedrohte und die Gegend in einen argen Ruf brachte.

Und trotzdem lobte Ulrich Gottfried Timpe die alte Zeit, denn inmitten von Armut und Elend, die damals ebenso vorhanden waren wie heute und die ganze ungeheure Hälfte Berlins, die sich von dem Schlesischen bis zum Rosenthaler Tor hinzog, bevölkerten, hatte sein Handwerk geblüht, wurde es in Ehren gehalten, galt die Schlichtheit des Mannes noch etwas, bestrebte sich nicht der Sohn des Meisters das Arbeitsgewand des Vaters zu verachten, um über seine Verhältnisse hinaus zu wollen. Allerdings wußte man auch damals noch nichts (nach der Ansicht Ulrich Gottfried Timpes!) von einer gewissen Affenliebe, mit denen die Eltern ihre Kinder beglücken, um dieselben eines Tages über ihre eigenen Köpfe wachsen zu sehen.

Gewiß, die Affenliebe! Johannes Timpe hätte über den Gebrauch dieses Wortes von seiten des erblindeten Greises ein Liedchen singen können; denn der, dem die übertriebenen elterlichen Zärtlichkeiten galten, war Franz, sein und seines Weibes einziger Stolz.
Der heutige Besitzer des kleinen Hauses hatte erst spät geheiratet. Nachdem seine zwei Brüder, die ebenfalls in der Werkstatt des Vaters tätig gewesen waren, das Zeitliche gesegnet hatten und seine Stellung im Hause eine völlig andere geworden, war der Entschluß in ihm gereift, seine langjährige Braut heimzuführen. Als das geschah, zählte er bereits sechsunddreißig Jahre. Sein erstes Kind war ein Mädchen gewesen, das aber gleich nach der Geburt gestorben war. Dann war sein Sohn gekommen und nach diesem abermals ein Mädchen, welches das zehnte Jahr erreicht hatte und dann ebenfalls den Eltern entrissen wurde. Der Schmerz Johannes Timpes und seiner getreuen Gattin war ein unaussprechlicher gewesen. Als sie aber sahen, wie ihr Sohn zu einem hübschen Knaben heranwuchs und vortrefflich gedieh, faßten sie sich allmählich und übertrugen die Liebe, die sie für die blühende Tochter an den Tag gelegt hatten, auf ihn allein. Sie übersahen seine Schwächen, die sich im Hange zu allerlei Unarten, zum Verleugnen der Wahrheitsliebe, zur Ränkesüchtelei und zur Trägheit ausprägten; trösteten sich mit der Selbstlüge, daß dieser böse Keim sich dereinst beim Emporschießen in die Frucht verlieren werde. War Franz doch ihr Stolz, der Träger des Namens seines Vaters, die Verwirklichung ihrer ganzen Zukunftspläne!
»Handwerker darf der Junge nicht werden, er soll sich sein Brot leichter verdienen«, pflegte Johannes Timpe in den Stunden nach Feierabend zu Frau Karolinen zu sagen. Und die getreue Ehehälfte ließ die klappernden Stricknadeln auf ein paar Augenblicke ruhen, blickte im Zwielicht sinnend auf den kleinen

Winkel vor dem Fenster hinaus und erwiderte stolz beseelt: »In dem Jungen steckt etwas, der muß was Großes werden.«
Diese elterlichen Träume hatten bereits begonnen, als Franz anfing, die Schule zu besuchen, der Großvater nach dem Heimgange seiner Frau über mangelndes Sehlicht klagte und Haus und Geschäft ganz in die Hände seines Sohnes legte. Und als eines Tages dem Alten durch eine Entzündung seiner Augen das Sehvermögen gänzlich entschwunden, er ganz und gar auf die liebende Pflege Johannes und Karolinens angewiesen war, ein Leben aus sich heraus führte und nur noch mit seiner Erinnerung an die alte Zeit und mit seinen Ratschlägen nützen konnte; als Johannes Timpe der Werkstätte ganz allein vorstand, er das Schicksal seines Vaters tagtäglich vor Augen hatte – wurde um so mehr der Wunsch in ihm rege, seinem einzigen Kinde Erziehung und Bildung zuteil werden zu lassen, die ihm die Fähigkeiten zu geben vermöchten, eine bessere soziale Stellung einzunehmen und sich mit weniger saurem Schweiß durchs Leben zu schlagen.
»Er soll Kaufmann werden«, hatte er dann eines Tages mit einer Bestimmtheit gesagt, an welcher nichts mehr zu ändern war. Und mit diesem Ausspruch verbanden sich merkwürdige Ideen, die in innigstem Zusammenhange mit seinem Gewerbe standen. Er hatte acht Gesellen in seiner Werkstatt, die Drehbänke standen selten still, um Aufträge war er niemals verlegen, sein Wohlstand schien nach und nach zu reifen, seitdem der industrielle Aufschwung im Viertel immer größer wurde; ein kleines Kapital war zur Reserve angelegt worden – weshalb sollte er also nicht darauf sinnen, aus einem Handwerker zum Handeltreibenden zu werden, seine Beziehungen zu erweitern und auf eigene Faust zu spekulieren? Dazu bedurfte er eines gewiegten Beraters, den er dereinst in seinem Sohn zu erblicken gedachte.

Als Johannes Timpe in der Dämmerung eines Wintertages, wie gewöhnlich mit Frau Karoline am Fenster des Wohnzimmers sitzend, die Zukunft seines Sohnes festgestellt hatte, war auch sofort der Widerspruch bemerkbar geworden.
»Kaufmann ist Laufmann«, hatte die Stimme des Großvaters sich vernehmen lassen. »Mach den Jungen zu einem ordentlichen Handwerker, erziehe ihn zu harter Arbeit, dann wird er auch stets sein Brot finden und euch nicht über die Köpfe wachsen. Ich will euch nicht wehe tun, aber der Junge hat schlechte Seiten. Und was ein Häkchen werden will, das krümmt sich beizeiten.«
Damals bereits war das harte Wort von der Zuchtrute gefallen, das sich wie eine ewige Mahnung aus dem Munde des Alten Jahre hindurch fortsetzen sollte.
Hätte Johannes Timpe seinen Vater nicht so liebgehabt, nicht das Bewußtsein seiner ewigen Dankbarkeit gegen ihn mit sich herumgetragen, so würde er über die Hartnäckigkeit, mit welcher der Greis die wohlmeinenden Pläne des Ehepaars bekämpfte, ernstlich böse geworden sein; aber eingedenk des Sprichworts, welches alten Leuten eine gewisse Wunderlichkeit zuspricht, verlor er niemals seine Ruhe, versuchte er so viel als möglich Ulrich Gottfried Timpe milder zu stimmen und ihn dem Knaben geneigter zu machen. Zum Schluß brachte er denn immer etwas hervor, was seiner Meinung nach das Recht auf seine Seite bringen mußte.
»Franz hat eine schwache Brust, er wird schwere Arbeit nicht ertragen können; für die Drehbank ist er ganz und gar nicht geschaffen.«
Das war ein Punkt, der allerdings zu denken gab und welcher auch Karolinens Redseligkeit entfesselte. Was hätte Gottfried Timpe wohl gegen die Mutterliebe einzuwenden vermocht! In einer derartigen Situation lauteten seine letzten Worte: »Ihr werdet's ja sehen.«

Dann sank das Haupt wieder auf die Brust, hüllte der Greis sich in tiefes Schweigen.
So waren denn die Jahre vergangen. Franz hatte die obere Sekunda-Klasse der Realschule erreicht und wurde dann bei Ferdinand Friedrich Urban in die Lehre gebracht. Das war bereits im Oktober des vergangenen Jahres geschehen. Während dieser Zeit hatte er vielfach Gelegenheit gefunden, seine Anlagen zum Leichtsinn aufs gründlichste zu beweisen, die Freiheit des Willens, die man ihm seit seiner frühesten Jugend gelassen hatte, nach Kräften auszunützen. An Bildung und Wissen seinen Eltern weit überlegen, inmitten der Weltstadt groß geworden, gewöhnt, mit gleichaltrigen Genossen in Berührung zu kommen, deren Eltern eine andere Lebensstellung einnahmen, als die seines Vaters war, von dem brennenden Ehrgeize beseelt, in eine andere Sphäre der Gesellschaft hineinzukommen – hatte er sich mit der Zeit Neigungen zugewendet, die ihm unzertrennbar von den Passionen eines jungen Mannes seiner Bildung und seiner Zukunft schienen.
Meister Timpe verweigerte seinem Sohne nichts. Er kleidete ihn nach der neuesten Mode, er gab ihm zu dem kleinen Monatsgehalt ein reichliches Taschengeld und empfand einen gewissen Stolz darin, von wohlmeinenden Nachbarsleuten die elegante Erscheinung seines Sohnes, der wie ein »junger Graf« dahinschreite, gelobt zu wissen. Dabei übersah er denn auch gern die »kleinen Seitensprünge« Franzens, wie er die abenteuerlichen Kneipereien des jungen Mannes zu nennen pflegte. Das kam selten vor; legte sich doch der »gute Junge« fast regelmäßig um neun Uhr schlafen, um des Morgens rechtzeitig munter zu sein. Als der Großvater eines Vormittags seinem Sohne berichtete, daß Franz einige Mal nach Mitternacht nach Hause gekommen sei, lachte Johannes Timpe ihm laut ins Gesicht. Sein Sohn, der um neun Uhr bereits nach seiner Stube hinaufgegangen war, sollte am frühen Morgen nach

Hause gekommen sein? Er fand das äußerst schnurrig und sprach von »wunderlichen Träumen« und »Gespenstersehen trotz der Blindheit«. Der Greis aber hatte sich nicht getäuscht. Eines Abends vernahm er, wie sein Enkel kurz vor zehn Uhr leise die Tür verschloß und die Treppe hinunterschlich. An den geschlossenen Fensterläden vorüber, konnte Franz unbemerkt die Straße erreichen. Das wiederholte sich mehrmals in der Woche. Er täuschte und belog seine Eltern zu gleicher Zeit.
Der Alte war starr bei dieser Entdeckung, behielt sie zuerst für sich, nahm aber seinen Enkel bei Gelegenheit ins Gebet, um ihn zu beschämen. Timpe junior leugnete; und als er inne ward, daß das nichts helfe, wurde er von einem unbezwingbaren Haß gegen den Alten erfaßt – einem Haß, der eigentlich nur das helle Aufflackern einer von seiner Kindheit an in ihm schlummernden Abneigung gegen den Großvater war.
Ulrich Gottfried Timpe aber mußte nach seiner Mitteilung erleben, daß Johannes zuerst ein sehr ernstes, überraschtes Gesicht zeigte, dann zu lachen anfing und sagte: »Ein toller Junge! Der hat richtigen Mutterwitz. Ich weiß, Vater, daß du dich nicht gut mit ihm stehst; überlaß mir nur die Geschichte. Das ist mehr Leichtsinn als Schlechtigkeit. Du darfst nicht vergessen, daß die jungen Leute von heute anders über die Moral denken und daß die Welt mit der Zeit eine andere geworden ist. Das verstehen wir beide nicht mehr. Du noch weniger als ich.«
Als Franz Timpe von dieser Unterredung erfahren hatte, versuchte er seinen Großvater auf das gründlichste anzuschwärzen: Der Alte gönne ihm nicht das liebe Leben. Wenn er wirklich einmal des Nachts spät nach Hause gekommen, so sei das nicht so schlimm und nicht dazu angetan, eine große Klatscherei darüber zu machen. Das ganze Bestreben des Großpapas

ginge nur darauf hinaus, ihn mit den Gesellen auf eine Stufe zu stellen, wie es früher vielleicht Mode gewesen sein mochte. Könne er wohl etwas dafür, wenn der Geschäftsführer ihm die Ehre erweise, mit ihm länger zu kneipen, als es sonst der Fall zu sein pflegt? Er sei eben sehr angesehen im Geschäft, und seine Kollegen hielten große Stücke auf ihn.

Damit hatte Franz sein Ziel erreicht; denn Johannes Timpe, erfreut über das Ansehen, das sein Sohn, der Stolz seiner alten Tage, genoß, wischte die Hände an der blauen Schürze ab, zog seinen Stammhalter an sich und sagte leise, indem er sich verlegen umsah, als befürchte er, von dem Großpapa gehört zu werden:

»Ich weiß, wie das ist, mein Junge ... Also der Geschäftsführer verkehrt mit dir? Hm – das läßt sich hören ... Versprich mir nur, nicht länger als bis Mitternacht wegzubleiben, dann bin ich schon zufrieden. Du mußt doch schlafen. Wenn *das* nicht wäre ...«

Franz Timpe wendete sein hübsches Gesicht ab, denn er wollte dem Vater seine Verlegenheit nicht zeigen. Und während Daumen und Zeigefinger der rechten Hand sich mit dem Flaum der Oberlippe beschäftigten, erwiderte er: »Ich verspreche es dir!«

»Ich wußte, daß du es tun würdest, mein Sohn.«

Meister Timpe hatte seinem Jungen vergnügt auf die Schulter geklopft und ihn dann (es war in der Mittagsstunde beim hellen Sonnenschein eines trocknen Wintertages) durch den langen Flur nach dem Garten hinaus genötigt, der sich hinter dem Häuschen ausdehnte.

Mit diesem Fleckchen Erde hatte Johannes Timpe seine besonderen Pläne, über welche er nur zu gern mit seinem Sohne sprach. Da schwirrten die Worte »Anbauen ... Kleine Fabrik errichten ... Das Geschäft kaufmännisch betreiben ... Seinen Sohn zum Kompagnon machen ... Neues Vorderhaus errichten ...« durch die Luft, so daß Franz seinem Vater mit dem größten Interesse zuhörte; denn man schilderte ihm das Element, in dem er sich einst zu bewegen gedachte. Befehlen, herrschen, Fabrikbesitzer spielen – gewiß, das war das Ziel, dem er zustrebte.

Während aber Johannes Timpe das seinem Sohne entwickelte, vergaß er niemals, den Kopf nach dem Großpapa zu wenden, der in der Mittagsstunde in dem Rahmen der Hoftür zu stehen pflegte, um die Tauben zu füttern, die girrend auf seinen Pfiff herangeflogen kamen. Der Drechslermeister fürchtete seinen Vater, wie Franz ihn haßte.

Was würde er wohl sagen, wenn er Kenntnis von diesen tollen Plänen bekäme? Er, der sich einen Handwerker nicht anders vorstellen konnte als mit zwei oder drei Gehülfen in der Werkstatt, arbeitend gegen bare Bezahlung, im Besitze eines einzigen Geschäftsbuches, in dem die Ausgaben und Einnahmen gewissenhaft verzeichnet wurden; bescheiden und anspruchslos lebend, nur darauf bedacht, ohne jede Spekulation zu einem soliden Wohlstande zu gelangen.

Großvater, Vater und Sohn bildeten in ihren Anschauungen den Typus dreier Generationen. Der dreiundachtzigjährige Greis vertrat eine längst vergangene Epoche: jene Zeit nach den Befreiungskriegen, wo nach langer Schmach das Handwerk wieder zu Ehren gekommen war und die deutsche Sitte aufs neue zu herrschen begann. Er lebte ewig in der Erinnerung an jene glorreiche Zeit, die nach Jahren voller Schrecken und Demütigung den deutschen Bürger zu einem bescheidenen Menschen gemacht hatte.

Johannes Timpe hatte in den Märztagen Barrikaden bauen helfen. Er war gleichsam das revoltierende Element, das den Bürger als vornehmste Stütze des Staates direkt hinter den Thron stellte und die Privilegien des Handwerks gewahrt wissen wollte.

Und sein Sohn vertrat die neue Generation der beginnenden Gründerjahre, welche nur darnach trachtete, auf leichte Art Geld zu erwerben und die Gewohnheiten des schlichten Bürgertums dem Moloch des Genusses zu opfern.
Der Greis stellte die Vergangenheit vor, der Mann die Gegenwart und der Jüngling die Zukunft. Der erste verkörperte die Naivität, der zweite die biderbe Geradheit des Handwerkmannes, der sich seiner Unwissenheit nicht schämt, sich seines Wertes bewußt ist; und der dritte die große Lüge unserer Zeit, welche die Geistesbildung über die Herzensbildung und den Schein über das Sein stellt.

III.
Die Nachbarschaft

So winklig wie Timpes Haus nahm sich auch das Gärtchen aus. Eine in doppelter Mannshöhe emporragende Mauer umschloß es von drei Seiten und trennte es vom Nachbargrundstück. Diese Mauer hatte ihre besondere Geschichte.
Vor zehn Jahren stand an ihrer Stelle ein niedriger Staketenzaun. Die Handwerkerfamilie konnte an schönen Sommertagen, war sie hinten in einer kleinen Laube versammelt, einen herrlichen Anblick genießen, wenn die Augen sich nach den uralten Bäumen, grünenden Rasenflächen und künstlichen Blumenanlagen des Nachbargrundstückes richteten. Dasselbe gehörte einer reichen Kaufmannswitwe, die mit ihren Töchtern in der nächsten Querstraße ein villenartiges Haus bewohnte. Die drei Kinder im Alter von sieben bis zwölf Jahren hatten ein besonderes Vergnügen daran gefunden, vom niederen Zaune aus dem Treiben in

der Werkstatt, deren große Fenster nach dem Gärtchen hinausgingen, zuzuschauen. Das Schnurren der Drehbänke und das Sprühen der Schnitzel übten einen großen Reiz auf sie aus.
Mit der Zeit waren sie mit Franz so vertraut geworden, daß er sich nicht scheute, den Zaun zu überklettern, um sich nach Herzenslust mit den Mädchen in dem großen Garten zu tummeln. Dabei blieb es jedoch nicht. Sein Hang zu allerlei üblen Streichen trieb ihn öfters dazu, in der Dämmerung auf eigene Faust dem Nachbargrundstücke Besuche abzustatten, um die Obstbäume zu plündern.
Als er eines Abends dabei gesehen worden war, hatte es eine Auseinandersetzung zwischen der Witwe und Johannes Timpe gegeben. Der Drechslermeister war sehr betrübt über die Diebereien seines einzigen Kindes und versprach der Witwe, den Knaben zu züchtigen und Sorge dafür zu tragen, daß man ihr zu weiteren Klagen keine Veranlassung geben würde. Johannes Timpe hätte vielleicht die versprochene Züchtigung, zum ersten Male in seinem Leben, energisch vorgenommen, wenn er nicht bemerkt haben würde, wie sein Vater bereits auf den Moment wartete, wo das Geheul des Jungen ihm endlich den Beweis für die Umsetzung seiner Lehre von der Zuchtrute ins Praktische geben werde. Er unterließ also die Züchtigung und beschränkte sich auf einen Verweis, der beschämend auf seinen Sprößling wirken sollte. Seine übergroße Gutmütigkeit aber tat nicht die geringste Wirkung; denn nach acht Tagen hatte Franz die gute Lehre vergessen. Er ließ sich abermals auf frischer Tat im Nachbargarten ertappen. Diesmal schlug die Witwe einen anderen Weg ein.
Eines Tages wurden Fuhren neuer Steine hinter dem kleinen Zaune abgeladen; Arbeiter mit ihren Gerätschaften erschienen und errichteten in wenigen Tagen die mit Glasscherben gekrönte Mauer.

Johannes Timpe und Frau Karoline waren natürlich sehr aufgebracht darüber. Der Meister setzte eine Beschwerde auf, des Inhalts, daß die Mauer der Werkstatt das Licht nehme. Es kam auch eine Kommission, um sich an Ort und Stelle davon zu überzeugen, gelangte aber zu dem Resultat, daß der Abstand der Mauer vom Hause ein zu großer sei, um die Beschwerde zu rechtfertigen. Sie mußten sich also in das Unvermeidliche fügen. Nur der Großvater fühlte ein geheimes Behagen an der Rache der Nachbarin. Er konnte ohnehin nicht sehen, der Garten war ihm also völlig gleichgültig.

»Das habt ihr eurem lieben Söhnlein zu verdanken«, sagte er mehrmals. Johannes Timpe und sein Weib mußten darauf schweigen, denn sie konnten ihm nicht unrecht geben.

Es wurde dem Drechslermeister und seiner Ehehälfte schwer, sich daran zu gewöhnen, den Vorgängen jenseits der Mauer keine Aufmerksamkeit mehr schenken zu dürfen, wie es vorauszusehen war, daß Franz sich am wenigsten in das Unvermeidliche fügen würde. Eines Tages konnte er es ohne einen Einblick in den Nachbargarten nicht mehr aushalten. Er kam auf eine glückliche Idee. In der Ecke, wo die Mauer an das Häuschen stieß, stand ein mächtiger Lindenbaum, der seine Zweige weit über das Dach des Hauses streckte und an heißen Sommertagen einen vortrefflichen Schutz gegen die Strahlen der Sonne gewährte. Hoch oben in der Krone des Baumes erblickten die Eltern eines Abends den Sohn. Er war durch eine Dachluke direkt auf den Baum gestiegen, hatte auf zwei Äste ein Brett gelegt und guckte vergnügt in die Welt hinaus.

»Von hier aus kann man weit sehen«, hatte er heruntergerufen. Und Johannes Timpe, der über die Waghalsigkeit seines Einzigen erst erschrocken war, dann aber lachen mußte, war ebenfalls zum Dachboden emporgestiegen, hatte seinen behäbigen Korpus mit Mühe durch die Luke gedrängt und neben seinem Sprößling Platz genommen.

Wahrhaftig, der Junge hatte recht. Hier oben konnte man sich über den Verlust der früheren Aussicht vortrefflich trösten.

Dem Sohne zur Liebe wurde die Dachluke erweitert. Die Gesellen mußten eine Art Brücke vom Dache bis zum Baume schaffen; und zur Sicherheit wurde hoch oben in der Krone rings um den Stamm ein Sitz mit Geländer angebracht und dieser Auslug, zu Ehren seines Entdeckers, »Franzens-Ruh« getauft. Johannes Timpe aber nannte ihn seine »Warte«. Der Aufenthalt zwischen Himmel und Erde war eine vortreffliche Abwechselung in der Eintönigkeit der langen Abende und gab Veranlassung, sich noch wochenlang darüber zu unterhalten.

Als der Großvater das Sägen und Hämmern über seinem Kopfe vernahm, erkundigte er sich im geheimen bei den Gesellen nach der Ursache des Zimmerns, da man ihm aus sehr bekannten Gründen wohlweislich von den Vorgängen der neuesten Zeit nichts gesagt hatte. Er schwieg tagelang. Eines Abends aber, als Meister Timpe vergnügt plaudernd neben seinem Sohne auf der Warte saß, konnte der Greis sich doch nicht enthalten, in einem Gespräche mit seiner Schwiegertochter unten in der Laube die absichtlich laut getane Bemerkung zu machen, daß zu seiner Zeit die Eltern den Jungen die Hosen strammgezogen hätten, wenn dieselben so vermessen gewesen wären, auf den Bäumen herumzukriechen, um sich der Gefahr auszusetzen, Arme und Beine zu brechen. Heute aber schiene es, als strebten die Eltern danach, ihren Kindern mit bösem Beispiele voranzugehen:

»Ja, früher, wer dachte früher an so etwas!«

Mit den Jahren hatte sich dann auch der älteste Timpe an die Kletterlust von Vater und Sohn gewöhnt und

sogar einmal lebhaft bedauert (das geschah natürlich ganz verstohlen), daß sein Alter und seine Blindheit es ihm nicht möglich machten, ebenfalls von dort oben den Leuten in die »Suppenterrine zu spucken«.
In der Mittagsstunde des Tages, in dessen ersten Stunden Krusemeyer und Liebegott ihre Ansichten über die Nachtschwärmerei Franz Timpes zum besten gegeben hatten, suchte dieser seinen Vater in dem Gärtchen auf. Er war soeben aus dem Geschäft gekommen, und da das Essen noch auf sich warten ließ, wollte er die Neuigkeit, die er mitgebracht hatte, dem Alten sofort mitteilen.
Meister Timpe war bei seinen Beeten, die er eigenhändig zu umgraben und zu besäen pflegte. Den einen Zipfel der Schürze hochgesteckt, die Schirmmütze etwas schräg auf die noch wohlerhaltenen grauen Haare gerückt, stand er über seine Schaufel gebeugt und musterte den Boden. Dieser kleinen Beschäftigung im Garten, die ihm neben seinem Handwerk wie eine Erholung dünkte, pflegte er in den Morgen- und Mittagsstunden nachzugehen. Den ganzen Winter hindurch freute er sich bereits auf den Frühling, der ihn in den Stand setzen würde, seine Liebhaberei für Blumen und Gemüse zu betätigen.
Die Aprilsonne lag erwärmend auf den Bäumen und Sträuchern, an denen bereits das erste Grün sich bemerkbar machte; und ein frischer Erdgeruch entstieg dem keimenden Boden und würzte die Luft. Nur wie ein leises Brausen drang das Branden und Wogen des Berliner Lebens über die Dächer hinweg in diese abgeschlossene Idylle hinein.
Wenn Johannes Timpe seinen Sohn zu Gesicht bekam, galt seine erste Frage den Fortschritten im Geschäft. In den ewig sich gleichbleibenden Worten »Nun, wie war's heute – sind sie zufrieden mit dir?« lag die ganze Zärtlichkeit, die er für seinen Sohn stets in so reichem Maße übrig hatte.

Franz überhörte heute die Frage ganz; dafür aber sagte er sofort:
»Weißt du noch, Vater, wie meinetwegen die Mauer errichtet wurde?«
Meister Timpe blickte bei dieser merkwürdigen Frage auf.
»Gewiß, mein Junge, aber wie kommst du darauf?«
Franz schwieg ein paar Minuten, denn es fiel ihm ein, daß er zuvor etwas Nützlicheres zu tun habe, als sogleich die Frage seines Vaters zu beantworten. Er zog eine Haarbürste hervor, musterte sich eine Weile aufmerksam in dem Stückchen Spiegel derselben, glättete seine nach der neuesten Mode in der Mitte kokett gescheitelte Frisur, versuchte den Spitzen des keimenden Schnurrbartes eine symmetrische Form zu geben, pfiff leise vor sich hin, stellte sich mit den Händen in den Hosentaschen breitbeinig vor seinen Vater hin und erwiderte dann erst:
»Wer hätte jemals daran gedacht, daß ich doch noch über die Mauer hinwegkommen würde. Denke dir nur: Herr Urban hat die Witwe da drüben geheiratet, und zwar ganz im stillen auf einer Reise, die er kürzlich gemacht hat. Selbst das Geschäftspersonal hat jetzt erst davon erfahren. Es soll nämlich extra eine Festlichkeit für uns veranstaltet werden. Meine alte Feindin wird meine Frau Chef – ist das nicht ein Hauptspaß?«
Johannes Timpe war diese Enthüllung so unerwartet gekommen, daß er zuerst stumm blieb, nur an seiner Mütze rückte und mit den Fingern der linken Hand über den kurzgeschorenen Kinnbart fuhr. Es war das immer ein Zeichen großer Nachdenklichkeit. Dann erst sagte er langsam:
»Sieh, der Schlauberger! Ein schönes Grundstück da drüben, und, was die Hauptsache ist, Frau Kirchberg, jetzt Frau Urban, soll viel Geld besitzen. Es ist die alte Geschichte: Wo viel ist, kommt viel hinzu.«

Meister Timpe faßte unter den Brustlatz seiner Schürze, holte eine mächtig-runde, bemalte Dose hervor und nahm mit einem »hm, hm« bedächtig eine Prise.
Das sei aber noch nicht alles, berichtete Franz weiter. Man habe die Absicht, den größten Teil des Gartens zu Bauterrain umzuwandeln und eine große Fabrik mit den neuesten Verbesserungen zu errichten.
»Die schönen alten Bäume!« warf Meister Timpe im Tone des Bedauerns ein, bei dem Gedanken, eines Tages an Stelle des herrlichen Laubschmuckes kahle Backsteinmauern und riesige Schornsteine emporragen zu sehen.
»Also dein Chef will im eigenen Hause fabrizieren«, sagte er dann aufs neue, indem er die Arme über den Knauf des Spatens kreuzte und vor sich hin blickte. Im Geist vernahm er bereits das Zischen des Dampfes, das Schnurren und das Summen der Treibriemen – jenes eigentümliche, die Erde erzitternd machende Geräusch, das die Nähe großer, in Bewegung gesetzter Maschinen verkündet.
Wenn er nur genau gewußt hätte, wann das Bauen drüben seinen Anfang nehmen sollte. Er war nicht umsonst plötzlich so still geworden. Ihm fielen seine alten Pläne wieder ein, welche sich um die Vergrößerung seines eigenen Geschäftes drehten. Wenn an Stelle dieser Mauer eine schwindelhohe Wand erstünde, wenn man ihn immer mehr umschlösse, um ihm das Licht des Himmels zu nehmen? Er hatte nie daran gedacht, daß die Verhältnisse jenseits der Mauer sich jemals ändern würden. Etwas wie Traurigkeit überkam ihn, eingedenk der Möglichkeit, daß sein Gärtchen eines Tages einem jener dunklen Höfe gleichen könne, über welche die Sonnenstrahlen nur auf Minuten dahinhuschen, ohne jemals ganz die Tiefe zu erreichen.
Als er sich umwendete, um an seinen Sohn noch eine Frage zu richten, war dieser bereits verschwunden;

die Mutter hatte ihm vom Flur aus einen Wink gegeben, dem er gefolgt war.

Es war nahe an ein Uhr. In der Werkstatt hatten die Gesellen sich nach und nach eingefunden, um die Arbeit wieder aufzunehmen. An dem geöffneten Flügel des einen Fensters saß Thomas Beyer, der älteste Gehülfe Timpes. Seit fünfzehn Jahren stand er bereits an ein und derselben Drehbank. Er war ein hagerer, starkknochiger Mann von etwa vierzig Jahren und wohnte mit einer Schwester zusammen, die ihm die Wirtschaft führte. Er lebte sehr mäßig, besuchte sehr häufig populäre Vorträge und benutzte jede Gelegenheit, seine Belesenheit zu beweisen. Dadurch war er zu einer gewissen Autorität bei seinen Kollegen in der Werkstatt gelangt, die ihn wie ein lebendes Auskunftsbüro betrachteten, das auf alles Antwort geben müsse. Die ergötzlichsten Ansichten wurden dabei zutage gefördert. Da er überdies mit allen Verhältnissen des Hauses vertraut war, in Abwesenheit seines Arbeitgebers die Geschäfte desselben wahrnahm, so wurde er von diesem mehr wie ein Kamerad als wie ein Untergebener betrachtet.

»Meister«, rief er zum Garten hinaus, »wir haben noch nicht genug Schornsteine in der Nähe, es müssen noch einige hinzukommen. Aber ich habe es immer gesagt: Die Überproduktion wird die Menschen zugrunde richten. Die großen Fabriken fressen das Handwerk auf, und zuletzt bleibt weiter nichts übrig als Arbeiter und Fabrikanten, zweibeinige Maschinen und Dampfkessel. Wie soll das enden!«

»Diesmal haben Sie recht, Beyer«, erwiderte Johannes Timpe, während von der Hoftür her, wo die Tauben sich vor dem Großvater versammelt hatten, die alte Litanei des Greises ertönte:

»Ja, ja, das waren noch andere Zeiten ... damals! Das Handwerk hatte einen goldenen Boden ... Die Schornsteine müssen gestürzt werden, denn sie verpesten die Luft; aber die Handwerker haben selbst daran schuld. Sie sollten ihre Söhne nicht Kaufleute werden lassen, die nur noch spekulieren und nicht arbeiten wollen.«

Er hatte seinem Ingrimm wieder einmal Luft gemacht, drehte sich um, faßte nach der Wand und schritt, auf seinen Stock gestützt, den Oberkörper gebeugt und den Atem kurz hervorstoßend, den langen Flur entlang, begleitet von dem Geräusch der klappernden Hauspantoffeln.

Durch das Gespräch aufmerksam geworden, hatten sämtliche Gesellen sich an den Fenstern versammelt. Da drüben sollte also eine Fabrik errichtet werden? Das war eine Nachricht, über welche man sprechen mußte. Johannes Timpe war es selbst angenehm, mit den Arbeitern seine Ansicht auszutauschen; und so eiferte denn ein jeder, seine Bemerkungen zu machen.

Urban sei ein ganz geriebener Junge, meinte Leineweber aus Braunschweig, ein kleiner, schmächtiger Mensch, der sich die Brust an der Drehbank ruiniert hatte, aber sich immer in Träumen darüber erging, was er anfangen würde, wenn er einmal einen Batzen in der Lotterie gewönne. Er habe bei einem Meister gearbeitet, der für Urban geliefert habe. Wenn dieser anfange, auf eigene Faust zu fabrizieren, so würde er wohl seinen guten Grund haben. Jedenfalls mache er hundert kleine Meister tot.

Und Leitmann, ein bereits graubärtiger Geselle, der früher einmal selbstständig gewesen war und durch das viele Treten der Drehbank einen hinkenden Gang sich angeeignet hatte, kannte ihn schon seit der Zeit, als sein ganzes Geschäft aus zwei winzigen Zimmern bestand und er, einen mächtigen Karton unter dem Arm, seinen eigenen Reisenden spielte, der durch die Straßen Berlins keuchte oder hoch oben auf dem Omnibus von einem Tor zum andern fuhr. Das sei vor

zwanzig Jahren gewesen, als die ovalen Bilderrähme zum ersten Male auf der Drehbank hergestellt wurden. Dadurch habe er sein Glück gemacht.
Fritz Wiesel, ein blutjunger Berliner, hatte, als er noch Lehrling war, im Kontor von Ferdinand Friedrich Urban zu tun gehabt. Sein Geiz sei sprichwörtlich, meinte er. Er habe einmal einem Droschkenkutscher in der Zerstreutheit ein Zehnpfennigstück zu viel gegeben und sich darüber so sehr geärgert, daß er befürchtete, bankerott zu werden.
Meister Timpe wurde durch die eintretende Heiterkeit mit fortgerissen, bis er endlich sagte:
»Ihr macht ihn schlechter, als er in Wirklichkeit ist, Kinder. Ich habe ihn kennengelernt, als ich meines Sohnes wegen mit ihm Rücksprache nehmen mußte, und ich kann sagen, daß er mir wie jemand vorgekommen ist, der die Welt und die Menschen kennt –«
»Und sie deshalb gehörig ausbeutet«, fiel Thomas Beyer brummend ein.
Meister Timpe zuckte die Achseln und erwiderte:
»Ein Kaufmann muß rechnen, sonst geht er zugrunde«, sagt mein Franz immer. »Es ist nun einmal in der Welt so, lieber Beyer, daß jeder seinen Vorteil sucht.«
»Aber der liebe Herrgott hat die Erde nicht dazu geschaffen, Meister, daß die einen alles haben und die anderen nichts«, gab der redselige Altgeselle zurück. »Da habe ich neulich einen Vortrag gehört –«
Johannes Timpe unterbrach ihn mit einer Handbewegung.
»Weiß schon, weiß schon, lieber Beyer! – Sie berufen sich immer auf die Vorträge ... Sie scheinen übrigens in der letzten Zeit gefährliche Gedanken bekommen zu haben.«
Meister Timpe drohte lächelnd mit dem Finger und fuhr dann fort:

»Laß jeden tun und jeden haben, was er will. Der Wert des Lebens besteht nicht darin, zu sagen, ich bin das und das und ich besitze das und das, sondern darin, daß der Mensch sagt: Ich bin zufrieden. Liebe zur Arbeit, Neidlosigkeit dem Nächsten gegenüber und der Glaube an einen ewigen Gott – das sind die drei Dinge, die wir zuerst beherzigen müssen, wollen wir uns eines wirklichen, innern Glückes erfreuen. Denn daß das Glück von außen kommt, sagen nur diejenigen, die es in ihrem Innern nie empfunden haben.«

»Das sind alte Anschauungen, Meister«, sagte Thomas Beyer wieder, indem er seine Drehbank in Bewegung setzte. »Sie sind nicht fortgeschritten in Ihren Ansichten; aber Sie werden einmal anders denken.«

Johannes Timpe kannte die Unterhaltungssucht seines Altgesellen über derartige Dinge und wußte, daß es schwer war, ein Ende mit ihm zu finden. Deshalb drehte er dem Fenster den Rücken und schritt der Wohnung zu, um sein Mittagsmahl einzunehmen.

Die Gehilfen aber konnten noch nicht zur Ruhe kommen. Während sie Anstalten machten, um an ihre Arbeit zu gehen, wurde das Gespräch fortgesetzt.

Theobald Spiller, genannt Spillerich, gebürtig aus einer kleinen Stadt des Königreichs Sachsen, war der Lustigmacher der Werkstatt. Er war ein kleiner, rund gebauter Mann mit glattgeschorenem Haar und bartlosem Gesicht, in dem der breite Mund selten zur Ruhe kam. Selbst beim Drechseln erzählte er seine Schnurren, und lachten die anderen nicht, so erlaubte er sich dieses Vergnügen allein. Er hatte oft die tollsten Einfälle, war aber sonst ein durchaus harmloser Mensch, der nur die üble Angewohnheit hatte, regelmäßig des Dienstags bereits Vorschuß zu nehmen, was sich im Laufe der Woche zwei- bis dreimal zu wiederholen pflegte. Er aß nämlich ungemein stark und hatte eine besondere Vorliebe für extrafeinen Likör, durch den

er sich die Einsamkeit seines Junggesellenlebens trostreicher zu machen versuchte.
Er schlug vor, den Versuch zu machen, Ferdinand Friedrich Urban von der Errichtung der Fabrik abzubringen, schon des Freikonzertes wegen, welches die Nachtigallen im Sommer zum besten gäben, worauf der Berliner diesen guten Gedanken mit einem »Det stimmt« bestätigte – ein Stichwort, das er den Tag über unzählige Mal anzuwenden wußte.
Man erging sich nun in den verschiedensten Plänen, die jedoch alle als nicht besonders wirkungsvoll verworfen wurden, bis endlich Theobald Spiller, genannt Spillerich, den Vogel abschoß, indem er sagte, man müsse das Gerücht verbreiten, der Geist von Frau Urbans erstem Manne ginge im Garten umher, um sich gegen die beginnende Verwüstung zu verwahren.
»Wenn ihr mir ein Leichengewand besorgt, mich dabei nicht verhungern läßt und sofort bei der Hand seid, wenn ich um Hilfe rufen sollte, so mache ich die Geschichte«, sagte der kleine Sachse zum Gaudium der übrigen, indem er die Spähne von seinem in der Form einer Kugelakazie gestutzten Haar entfernte.
Man hätte diese Pläne jedenfalls noch ins Ungeheuerliche gesponnen, wenn nicht Franz Timpe vor den Fenstern wieder sichtbar geworden wäre. In der Werkstatt konnte ihn niemand seines Hochmuts wegen leiden. Er hatte die Manier, äußerst herablassend zu tun und auf einen Gruß kaum einen Dank zu finden; dagegen verlangte er äußerst herrisch die Erfüllung seiner Wünsche. Vernahm er den freundlichen Ton, in welchem der Drechslermeister mit den Gesellen verkehrte, so fühlte er sich dadurch unangenehm berührt. Es passe sich nicht, mit Arbeitern kameradschaftlich zu verkehren, meinte er zu seinem Vater; denn es ärgerte ihn, nicht so respektiert zu werden, wie er es wünschte. Nur Thomas Beyer gegenüber pflegte er bescheiden aufzutreten, denn er hatte es

nicht vergessen, wie dieser ihm einst, als er noch Schuljunge war, für eine arge Unverschämtheit eine Ohrfeige versetzt hatte, die noch lange Zeit hindurch eine Genugtuung für den Großvater bildete. Es hatte damals zwischen dem Meister und seinem ältesten Gesellen eine heftige Szene gegeben, in welcher aber schließlich der Gerechtigkeitssinn Johannes Timpes zugunsten seines Gehilfen siegte. Erblickten die Gesellen den angehenden Kaufmann, beobachteten sie die geckenhaften Manieren, die er sich angeeignet hatte, so wurde er zur Zielscheibe geheimer Spöttereien, die seine Ohren nicht angenehm berührt hätten, wenn er sie vernommen haben würde.

»An dem Zierfuchs hat sich der Meister eine Rute für seine alten Tage gezogen«, pflegte Thomas Beyer zu sagen und wiederholte es auch heute.

»Det stimmt«, fiel Fritz Wiesel ein. »Er müßte sich einmal vierzehn Tage lang an der ›Bank‹ die Beine austreten, vielleicht würde er dann etwas zahmer werden.«

»Das hilft alles nichts«, meinte der kleine Sachse. »Er muß vier Wochen lang im Schaufenster eines Friseurs stehen oder zu Castan ins Panoptikum kommen. Da gäbe es etwas zum Lachen.«

Oftmals wurden die Bemerkungen so laut getan, daß Franz Timpe etwas von ihnen auffing. Er schäumte dann vor Wut, schwieg jedoch, weil er fürchtete, sich noch lächerlicher zu machen; oder er schlug den alten Weg ein: suchte seinen Vater auf und klagte die Gehülfen der Faulheit und anderer Dinge an. Dadurch machte er sich nur noch verhaßter bei den Leuten in der Werkstatt. Sein Trost blieb dann die Zukunft, die Erfüllung der Pläne seines Vaters, die ihn in den Stand setzen würden, dereinst über die Arbeiter zu herrschen und sich für die erlittenen Verhöhnungen zu rächen ... Wie schön war nicht die Aussicht! Das Geschäft würde blühen und gedeihen, er sich emporschwingen, wie Urban es getan hatte; man würde ihn Chef nennen, eine reiche, schöne Frau würde sich finden, dazu Pferd und Wagen und eine Villa, wie Herr Ferdinand Friedrich Urban sie besaß. Und warum den Gedankenflug nicht noch höher erheben? Schon mancher hatte es bis zum Kommerzienrat gebracht, der wie er in jungen Jahren begonnen hatte ...

Den Kopf voll dieser Träumereien, mit denen ein Heer von Arbeitern, riesige Schornsteine, doppeltürige Geldschränke und Unsummen Geldes sich verbanden, die wie Phantome an ihm vorüberjagten und seine Phantasie belebten, enteilte er auch diesmal der Hörweite der Gesellen und machte sich auf den Weg zum Kontor.

IV.
Das Loch in der Mauer

In den Morgenstunden des anderen Tages – die Gesellen saßen gerade beim Frühstück – ließen plötzlich jenseits der Mauer heftige Meißelschläge sich vernehmen, deren heller Klang die Luft durchdrang. Gerölle von Steinen und Mörtel folgten; hin und wieder wurden Stimmen laut. Man schien etwas abzumessen und seine Meinung darüber auszutauschen. Die Gehülfen wurden aufmerksam, und Thomas Beyer sagte zu Johannes Timpe, der die Werkstatt betreten hatte:

»Hören Sie nur, Meister, da drüben fängt man schon an zu bauen. Urban hat es sehr eilig.«

Der Alte war ebenso überrascht wie seine Leute. Das ging in der Tat sehr rasch, wenn Beyer recht hatte. Timpe schritt nach dem Garten hinaus, um etwas von dem Gespräch aufzufangen und seine Beobachtungen in der Nähe zu machen. Die Schläge richteten sich gegen die Mauer. Nach einer Viertelstunde bewegte sich ein Stein in derselben; die Spitze eines Meißels wurde sichtbar. Es dauerte nicht lange, so konnte man eine Öffnung erblicken, die sich nach einer weiteren Viertelstunde so vergrößert hatte, daß das bärtige Gesicht eines Maurers sich zeigte. Der Mann blickte neugierig durch das Loch und nickte dem Meister wie zum Gruße zu. Schlag auf Schlag folgte dann wieder, Stein auf Stein verschwand; die Öffnung erweiterte sich bis zum Boden, bis sie endlich so groß war, daß ein Mensch in gebückter Haltung bequem hindurchschlüpfen konnte.

Meister Timpe wollte gegen den Maurer seinem Unmut über den herniedergefallenen Kalk, der seine Beete bedeckte, Luft machen, als durch die Öffnung eine laute Stimme erschallte:

»Guten Tag, mein lieber Herr Timpe! Also hier wohnen Sie!«

Und Herr Ferdinand Friedrich Urban, ein kleiner, hagerer Mann mit einem schmalen, bartlosen Gesicht, auf dessen langer, spitzer Nase eine goldene Brille thronte, präsentierte sich den erstaunten Blicken des Drechslermeisters.

Dieser Begrüßung folgte ein Wortschwall von Entschuldigungs- und Erklärungsgründen: Ohne Belästigung für den Nachbar ginge so etwas nicht ab ... Der Schutt solle sofort weggeschafft werden ... Man wolle die Mauer durchaus nicht abreißen, müsse aber eine Wurzel des Baumes da hinten, die bis unter das Fundament führe, durchschneiden, um Unheil zu verhüten ... Sämtliche Bäume sollten fallen ... Und so weiter.

»Wenn Sie erlauben, überschreite ich die feindliche Grenze.«

Bevor noch der verlegene Meister Timpe ein zuvorkommendes »Bitte, bitte recht sehr« ganz zu Ende bringen konnte, hatte Herr Ferdinand Friedrich Urban sich bereits mit der größten Rücksicht auf seinen

Zylinderhut durch die Öffnung gezwängt und mit einem Sprunge die Beete überschritten. Dann verstieg er sich so weit, Johannes Timpe die Hand entgegenzustrecken, die dieser erst ergriff, nachdem er die seine mit der Schürze in Berührung gebracht hatte, um sie reinlicher zu machen. Überhaupt merkte man ihm an, wie außerordentlich geehrt er sich durch diesen Besuch fühlte. Er lüftete mehrmals hintereinander die Mütze und setzte sie schließlich in der Zerstreuung äußerst schief wieder auf, so daß der Schirm über das eine Ohr ragte. Endlich versuchte er doch, einige zusammenhängende Worte hervorzubringen, die der Ehre, welcher er durch diesen plötzlichen Besuch teilhaftig wurde, Ausdruck verleihen sollten.
Herrn Ferdinand Friedrich Urbans lange und spitze Nase schnüffelte eine Weile in der Luft herum, als wollte sie die Atmosphäre dieses kleinen Handwerkerheims in sich aufnehmen; die wasserblauen Augen glitten über die Brille hinweg, nach rechts und links prüfend im Kreise herum, dann sagte er, während die dürren Finger der rechten Hand eine abwehrende Bewegung machten:
»Schon gut, schon gut, mein lieber Herr Timpe!«
Dabei klopfte er dem Meister auf die Schulter, wie es jemand zu tun pflegt, der einem Menschen seine Herablassung beweisen will. Dann fuhr er mit seiner hellen Trompetenstimme, die sich wie die eines Knaben anhörte, fort, zu sprechen, die Sätze kurz hervorstoßend:
»Die ganze Geschichte dort drüben gehört jetzt mir. Sie werden wohl schon davon gehört haben ... Frau Kirchberg ist erst kürzlich meine Frau geworden ... Sie haben einmal einen kleinen Streit mit ihr gehabt. Weiß schon, schadet nichts! So etwas wird vergessen ... Ihr Sohn wird trotz seiner frühen Vorliebe für verbotene Früchte ein tüchtiger Kaufmann werden. Gewiß, gewiß, ohne Frage!«

Meister Timpes Gesicht leuchtete, während Herr Urban von neuem anhub:
»Ich will eine große Fabrik da drüben errichten, eigentlich zwei, aber es wird nur *ein* Gebäude werden, weil alles ineinandergreifen soll ... Ich sehe ja nicht ein, weshalb ich nicht in meinem eigenen Hause fabrizieren sollte ... Man muß heute alles großartig, mit Dampf betreiben, um billig liefern zu können. Die Konkurrenz ist zu groß. Die Knopf- und Stockfabrikation ist zwar bereits sehr heruntergekommen, aber ich werde die Geschichte schon anfassen, es einmal mit meinen eigenen Ideen versuchen. Die Elfenbeinbranche werde ich hinzunehmen, vielleicht auch die grobe Holzdrechslerei mit Dampf betreiben. Die Geschichte wird schon gehen ... Übrigens wäre mit Ihrem Artikel noch etwas Großes zu machen, wenn –«
Er brach plötzlich ab, als empfände er, zu weit gegangen zu sein, fragte dann aber plötzlich:
»Sagen Sie doch, mein lieber Herr Timpe, wollen Sie Ihr Grundstück verkaufen?«
Der Meister hatte eine derartige Frage nicht erwartet. Kurze Zeit schwieg er, dann erwiderte er sehr bestimmt:
»Niemals, wenigstens, solange ich lebe, nicht. Ein halbes Jahrhundert befindet sich das Haus bereits in unserem Besitz, und so Gott will, soll mein Sohn, und bekommt er einst Kinder, sollen diese es noch länger behalten ...«
Er nahm bedächtig eine Prise; dann fügte er in seiner ruhigen, gemessenen Sprechweise hinzu:
»Ich will ebenfalls bauen und meine Werkstätten vergrößern.«
Ferdinand Friedrich Urban blickte überrascht auf und maß den Meister mit einem Seitenblick, dann sagte er mit gezwungener Gleichgültigkeit: »So, so, also ebenfalls im Großen fabrizieren, he?«
Während die Hände sich mit der dicken, goldenen

Uhrkette beschäftigten, vergaß er nicht, mit leicht gesenktem Haupte über die Brille hinweg das Antlitz des Gefragten zu studieren.
Und Johannes Timpe, erfreut darüber, in diesem angesehenen Kaufmann einen Mann gefunden zu haben, der so leutselig mit ihm über seine geschäftlichen Pläne sprach, wußte nichts Besseres zu tun, als mit gleichem Vertrauen entgegenzukommen und sein Herz auszuschütten.
Seines Sohnes, ja nur seines einzigen Sohnes willen würde er das tun. Natürlich sei vorläufig noch nicht daran zu denken. Der Junge müsse erst etwas Ordentliches lernen, ein tüchtiger Kaufmann werden, sich Fachkenntnisse aneignen; dann, ja dann könne er wohl der Sache nähertreten. Lange werde das ja nicht dauern, denn ein paar Jahre seien bald herum. Ein Handwerker würde er trotzdem immer bleiben, aber heute, wo alles rechne und die Zahlen bei den Menschen die größte Rolle spielten, sei es jedenfalls von Vorteil, auch ein wenig direkt mit dem Handel in Verbindung zu treten.
Herr Ferdinand Friedrich Urban hatte diesen Herzensergüssen aufmerksam und ohne Unterbrechung zugehört; nur daß er hin und wieder ein halblautes »So, so!« vernehmen ließ, das man aber mehr als Ausdruck seiner Überraschung denn einer Zustimmung betrachten konnte. Endlich sagte er überzeugungsvoll:
»Die Geschichte wird gehen, aber wenn ich Ihnen einen Rat geben dürfte, so wäre es der: Seien Sie vorsichtig, ehe Sie Ihr Geld verpulvern. Wem nicht viele Mittel zur Verfügung stehen, der sollte hübsch seinen alten Weg gehen, ehe er einen neuen betritt ... In meinem Geschäft stecken bereits Hunderttausende, und doch habe ich noch Tag und Nacht zu arbeiten, um mich über Wasser zu halten. Einer macht den anderen tot. Wer es am längsten aushalten kann, der bleibt

Sieger . . . Mit dem Geldhineinstecken ist's bald getan, bekomme es einer nur erst wieder heraus! Täte man nicht besser, sein Geld zu einem soliden Zinsfuß anzulegen? Aber leicht gesagt bei einem Kaufmann! Hat er einmal angefangen mit dem Hineinstecken, dann muß er seinen Geldsack immer aufs neue bluten lassen. Er *muß*, verstehen Sie, er *muß*! – sonst verschlingt ihn das große Tier Nimmersatt, das man Konkurrenz nennt . . . Aber die Geschichte wird eines Tages gehen, sage ich mir, darum werde ich noch einmal mit den Hunderttausenden anfangen.«

Er machte eine Kunstpause, dann sagte er wieder:

»Sie sollten Ihr Grundstück doch verkaufen, und zwar an mich. Ich zahle Ihnen den doppelten Preis des Wertes. Sehen Sie, ich kann diese Ecke hier gebrauchen; sie würde sich vortrefflich zu meinem Kontorgebäude eignen. Ich könnte dasselbe dann direkt an die Straßenfront bauen. Ihre Nachbarn zur Rechten und Linken sind mir bereits entgegengekommen. Die Geschichte wird gehen, wie?«

Johannes Timpe kam aus der Überrumpelung nicht heraus. Einige Augenblicke blickte er sinnend vor sich hin und überlegte sich die Sache äußerst reiflich. Das Angebot war ein verlockendes. Da fiel sein Blick auf die hinfällige Gestalt seines Vaters, der sein Leben auf dieser Scholle Erde zu beschließen gedachte. Sein Entschluß war ein für allemal gefaßt.

»Nein, ich tue es nicht«, sagte er fest und bestimmt.

»Ich lege noch tausend Taler bar hinzu –«

Timpe machte eine abwehrende Handbewegung.

»Nun, dann mein letztes Gebot, weil mir durchaus an dieser Ecke etwas liegt: Ich zahle Ihnen den dreifachen Wert, und zwar in barem Gelde. Schlagen Sie ein und seien Sie nicht töricht.«

Es war dieselbe Situation. Johannes Timpe wurde schwankend, die Aussicht auf leichten Gewinn lockte, das bare Geld lachte ihn im Geiste an. Er hatte sich

niemals träumen lassen, daß aus seinem Grund und Boden über Nacht Reichtümer zu schlagen seien. Abermals richtete er den Blick nach der Hoftür, von woher im selben Augenblick die Worte schallten: »Das Haus verkaufen wir nicht. Dabei bleibt's!«
Der starrsinnige Greis, dessen feinem Gehör die Unterhaltung nicht entgangen war, drehte sich kurz um und ließ wieder den Dreiklang seiner Pantoffeln und der Stütze vernehmen.
»Da haben Sie es gehört«, sagte Timpe lachend, ungemein vergnügt darüber, in dem Großvater einen Befreier aus seiner Pein gefunden zu haben. »Das ist die letzte Instanz, und dagegen ist nichts zu machen. Reden wir nicht mehr darüber, Herr Urban.«
»Merkwürdige Menschen, die Sie sind! Sie werden es eines Tages bereuen.«
Etwas wie Unmut drückte sich auf Urbans Zügen aus. Die Nase schien spitzer geworden zu sein, die ausdruckslosen Augen warfen über die Brille hinweg empörte Blicke auf das Häuschen, als wollten sie die halbe Ruine für das erlittene Fiasko verantwortlich machen.
Herr Ferdinand Friedrich Urban zog sein rotseidenes Taschentuch hervor und entfernte einige Kalkspritzer von seinem tadellos schwarzen Gehrock. Dann fragte er mit erzwungener Liebenswürdigkeit:
»Darf ich vielleicht einmal die Gelegenheit benutzen, Ihre Werkstätten kennenzulernen?«
Und da er sich einmal vorgenommen hatte, ohne einen Profit diesen Ort nicht zu verlassen, sich aber Johannes Timpe, gegen welchen ihn ein plötzliches Mißtrauen gepackt hatte, beim Beschauen der Arbeitseinrichtung äußerst geneigt machen wollte, so erfaßte er dessen schwache Seite und kam auf Franz zu sprechen.
»Ja, mein lieber Herr Timpe – damit ich auch einmal ernstlich von Ihrem Sohne rede: Ein Prachtjunge, mit

einem Wort! Er hat Manieren, so daß er die Zierde des besten Hauses bilden könnte; besitzt eine wundervolle Handschrift, rechnet ungemein schnell und hat sich Kenntnisse der englischen und französischen Sprache angeeignet, was man nicht unterschätzen darf. Etwas zum leichten Leben geneigt, aber du mein Gott – das sind die allgemeinen Fehler der Jugend, die schließlich auch notwendig zur Kenntnis des Lebens sind ... Er wird Karriere machen! Ja, ja ...«
Johannes Timpe zeigte eine Miene, als wenn er den zehnfachen Preis für sein Grundstück empfangen hätte; denn was konnte ihn wohl glücklicher stimmen als das Lob seines Einzigen aus dem Munde des Mannes, der die guten Eigenschaften Franzens am besten erkannt haben mußte. So schritt er denn bereitwillig dem großen Kaufmann voran und öffnete ihm zuvorkommend die Werkstattür – wie ein Mann, der einen ausgezeichneten Besuch empfangen hat, dem er die größte Aufmerksamkeit erweisen muß.
Die Gesellen steckten die Köpfe zusammen und setzten auf kurze Zeit die Drehwerkzeuge ab, um das betäubende Geräusch zu vermindern; dann sahen sie sich an, als wollten sie fragen: Was will denn der hier? Wiesel und Leitmann erinnerten sich seiner sofort und nannten seinen Namen.
Der Chef des Hauses Ferdinand Friedrich Urban entwickelte ein sichtliches Interesse selbst für die kleinsten Dinge – gleich einem Fachmanne, der jede Gelegenheit wahrnehmen möchte, um seine Kenntnisse zu bereichern. Sein Gesicht neigte sich bald hier-, bald dorthin oder beugte sich tief auf die Gegenstände; und die lange Nase, die sich wie ein Steuer abwechselnd nach rechts und links wendete, blieb fortwährend in Bewegung, als bildete sie ein nötiges Bestandteil zur allgemeinen Prüfung. Er untersuchte alles: die Drehbänke, die Werkzeuge, die angefangene Arbeit; stellte sechs Fragen auf einmal, so daß Johannes Timpe

Mühe hatte, die Neugierde seines Nachbarn zu befriedigen.
»Ja, Sie sind noch einer, der zu beneiden ist! Ihnen ist die Konkurrenz noch nicht über den Kopf gewachsen. So sagte erst neulich der alte Heinicke – Sie kennen ihn ja, seine Firma ist eine der ältesten am Platze –, daß Ihre Horn- und Elfenbeinkrücken berühmt seien und daß niemand es besser verstehe, solider zu arbeiten und eine schönere Zeichnung zu erfinden, als Sie. Wer zu gleicher Zeit die Modelle macht, der hat eben den größten Vorteil. Und doch ist dieser Artikel noch viel zu teuer. Neue Maschinenerfindungen werden auch hier noch eine große Rolle spielen müssen ... Wollen Sie mir nicht einmal Ihre Modelle zeigen?«
Meister Timpe zögerte einen Augenblick. Sein Blick glitt prüfend über den Fabrikanten, der anscheinend gleichgültig den Arbeiten Thomas Beyers zusah. Ein gewisses Mißtrauen stieg in ihm auf, aber es verschwand auch ebenso schnell. Lächerlich das, woran er eben dachte! Wenn dieser Mann, der in einem vortrefflichen Renommee stand, um sein Vertrauen bat, so würde er dasselbe jedenfalls auch zu achten verstehen. Und dann: Man stiehlt nicht gleich mit den Augen, man prägt sich in wenigen Minuten nicht Dinge ein, deren Herstellung manchen harten Tages, deren Erfindung noch längerer Zeit bedurfte.
So sagte er denn höflich: »Wollen Sie die Güte haben –?« und führte den reichen Kaufmann in das Allerheiligste seines Hauses: in seine Arbeitsstube, die ihm zugleich zur Aufbewahrung der Modelle diente. Hier stand seine Drehbank, pflegte er allein zu sinnen und zu schaffen. Selbst die Gesellen hatten hier keinen Zutritt; sie mußten vorher anklopfen, wollten sie den Meister sprechen. Wenn mit Thomas Beyer eine Ausnahme gemacht wurde, so geschah es nur, weil dessen Treue und Ehrlichkeit seit langer Zeit erprobt waren.
Urbans Blick glitt voll unverkennbaren Entzückens

die Wände entlang, wo, an Bindfaden befestigt und mit Nummern versehen, unzählige Holzgegenstände hingen, die in allen Formen und Gestalten aus Meister Timpes kunstgeübter Hand hervorgegangen waren.

»Die Geschichte macht sich«, sagte er ein über das andere Mal. Nach dieser stehenden Redensart folgten Worte des Lobes und der Bewunderung, so daß Johannes Timpe von einem gewissen ungekünstelten Stolz beseelt wurde, schweigend dabeistand und sich beflissen zeigte, den besonderen Wunsch seines Nachbarn nach näherer Besichtigung irgendeines Gegenstandes zu erfüllen.

»Heinicke hat nicht zu viel gesagt: Sie sind ein tüchtiger Mann!«

Als Ferdinand Friedrich Urban sich mit den üblichen Dankesworten verabschiedet und den Weg wieder durch die Öffnung der Mauer genommen hatte, rief er noch einmal zurück:

»Aber, wie gesagt, der Artikel ist noch viel zu teuer, viel zu teuer ...«

Nach einer Stunde kam Franz Timpe zum Abendbrot nach Hause.

»Wißt ihr das Neueste?« sagte er zu seinen Eltern. »Die Stadtbahn soll hier durchgelegt werden. Die ganze Gegend wird dadurch gewinnen.«

Johannes Timpe führte vor Erstaunen den Happen Brot nicht dem Munde zu. Ihm fiel plötzlich etwas ganz Merkwürdiges ein, so daß er fragte:

»Weiß dein Chef schon davon?«

»Ei freilich; er selbst hat es unserem Geschäftsführer erzählt.«

»Potz Blitz, jetzt ist mir alles erklärlich! Er wollte nämlich zu einem dreifachen Preise unser Haus kaufen, um vielleicht das Zehnfache herauszuschlagen. Dieser Schlauberger, dieser Schlauberger ...«

V.
Fräulein Emma

Eine Woche später, man schrieb den 4. Mai, befand sich Franz in der Laube des Gärtchens, wo er allein sein Essen einnahm. Der Flieder stand in voller Blüte. Knospe auf Knospe hatte sich aufgetan, und eine seltene Wärme der Luft ließ die Pracht des nahenden Sommers ahnen. Die Drehbänke standen bereits still, friedliches Schweigen herrschte in dem Häuschen. Sieben Uhr war kaum vorüber, der Himmel hell und durchsichtig, so daß dem Blick eine weite Aussicht gestattet wurde.

Die Mauer zeigte noch immer ihre klaffende Öffnung, denn es war nun fraglich geworden, ob man sie nicht ganz niederlegen solle, um eine elegante, architektonisch verschönerte an ihre Stelle zu setzen.

Da Meister Timpe auf eine Stunde seine alte Stammkneipe, drüben auf der anderen Seite der Straße (Vater Jamraths Weißbier war im ganzen Viertel berühmt), aufgesucht hatte, so war in Franz die alte Lust erwacht, die seit Jahren in ihm nicht mehr rege werden durfte: dem Nachbargrundstück einen Besuch abzustatten. Er hielt diesen Gang heute nicht mehr für so gefährlich wie früher; ja glaubte sogar berechtigt zu sein, sich an Ort und Stelle von der beginnenden Umwandlung des Parkes überzeugen zu dürfen. Sollte doch auch er dereinst seine Tätigkeit auf dem feindlichen Gebiete fortsetzen.

Er war eben im Begriff, sich zu erheben, als eine helle Mädchenstimme ganz in der Nähe laut und vernehmlich sagte:

»Papa Timpes Haus sieht immer noch so häßlich aus wie früher.«

Als die Sprecherin, die sich in dem Durchbruch der Mauer wie in einem Rahmen präsentierte, den jungen

Mann erblickte, zog sie verlegen den Kopf zurück; Franz aber, bereits außerordentlich geübt in Galanterien Damen gegenüber, lüftete sehr höflich den Hut und gebrauchte einige zuvorkommende Redensarten, die ihre Wirkung nicht verfehlten; denn alsbald zeigten sich die Locken wieder, und dieselbe Stimme sagte:

»Ach, Sie sind's, Herr Timpe! Man kennt Sie gar nicht mehr wieder . . .«

Es war Fräulein Emma Kirchberg, die jüngste Tochter der jetzigen Frau Urban, ein schlank gewachsenes Mädchen von nahezu siebzehn Jahren, das sich noch in der körperlichen Entwickelung befand und etwas zu groß geratene Hände besaß, die ihren größten Kummer bildeten und welche sie daher sowenig als möglich zu zeigen versuchte. Ihr längliches, gesund aussehendes Gesicht enthielt regelmäßige Züge, deren Harmonie nur durch einen etwas breiten Mund, der beim Lachen zwei Reihen gesunder Zähne zeigte (und das geschah oft, denn sie lachte gern), gestört wurde.

Dafür entschädigten ein paar große, schwärmerisch blickende Augen, die sehr keck in die Welt blickten und zeitweise die Starrheit von zwei durchsichtigen Wassertropfen annahmen, auf welche das Grün der Bäume seinen Reflex wirft. Das rötlich blonde Haar fiel in Ringeln über die Schulter und verlieh dem Antlitz den Schimmer von gefärbtem Alabaster.

Sie war nicht allein; eine Freundin, Therese Ramm, die etwas kränklich aussehende Tochter eines Dachpappenfabrikanten aus der Köpnickerstraße, war bei ihr. Therese stand in gleichem Alter mit Emma und war deren stete Gesellschafterin, soweit sich das mit der Zeit und den Umständen vertrug. Da sie hinter der Mauer stand, so blieb sie Franzen noch verborgen, der sie seit jener Zeit kannte, als an Stelle der Mauer das kleine Zäunchen stand und er ein guter Spielkamerad der Mädchen war.

»Ja, damals!« dachte er in diesem Augenblick mit dem Großvater. Jene Tage tauchten vor seinem Geiste auf: wo er mit dem jetzt so großen Fräulein Emma als Kind Hand in Hand den Nachbargarten durchtollte, sie verwegen auf seine Arme nahm und die Drohung ausstieß, sie in den Wassergraben zu werfen, falls sie ihr lautes Rufen nach der Mutter nicht lassen würde. Allerlei phantasiereiche Ausgeburten seines Gehirns schlossen sich dem an: er würde sie des Nachts aus ihrem Bette rauben und in ein dunkles Gewölbe werfen lassen, wo sie bei Wasser und Brot so lange sitzen müsse, bis sie alt und grau geworden sei und kein Mensch mehr sie zur Frau haben wolle. Die kleine, magere Emma fing dann an, bitterlich zu weinen, und bat ihn, seinen fürchterlichen Plan nicht auszuführen. Sie wolle auch ganz artig sein und sich von ihm durch den Garten tragen lassen. Und nun stand dieses kleine, zierliche Ding von damals als furchtlose, elegant gekleidete Dame vor ihm und redete ihn mit »Herr Timpe« an. Was die Jahre und die Entfremdung doch alles zuwege bringen!
Fräulein Emma hatte sechs Jahre bei einer Tante auf dem Lande zugebracht, da ihre Mutter von jeher für ihren schwächlichen Körper gefürchtet hatte und es eines Tages für nötig fand, dem Verlangen des Arztes nach einem Ortswechsel nachzugeben. Im vergangenen Winter war das Mädchen wieder nach Berlin zurückgekehrt, um von nun an inmitten der Familie zu verweilen. Die ganze Nachbarschaft hatte ihre Größe angestaunt und sich über die ländlichen Manieren gewundert, die sie sich angeeignet hatte. Ihre beiden älteren Schwestern aber fanden alle Augenblicke Veranlassung, sich über sie zu ärgern und ihren trockenen Humor, mit dem sie sich über alles lustig machte, und mehr noch ihre Ungeniertheit im Gespräche zu bemängeln und unausstehlich zu finden. Binnen wenigen Monaten war sie zum Enfant terrible geworden, das

schließlich anfing, eine gewisse Ausnahmestellung im Hause einzunehmen. Therese Ramm allein erklärte sie für entzückend, denn sie fand mannigfache Berührungspunkte mit ihrer Freundin, da sie als einziges Mädchen unter fünf Brüdern sehr zu leiden hatte; außerdem fühlte sie sich in ihrem ganzen Denken und Trachten innig mit Emma verwandt, zumal dieselbe trotz ihrer Fehler eine große Herzensgüte besaß, die in der Schlichtheit, mit der sie zutage trat, doppelt für sie einnahm.

Fräulein Kirchberg hatte kaum Franz erblickt und begrüßt, als sie erklärlicherweise von denselben alten Erinnerungen heimgesucht wurde; und da sie die Empfindung hatte, als müsse sie ihrem vorlauten Gruße etwas hinzufügen, um nicht in Verlegenheit zu geraten, so sagte sie sehr lustig:

»Bitte, zeigen Sie mir doch einmal das unterirdische Burgverlies, in das Sie mich früher zu werfen drohten, wenn ich Ihnen nicht parieren wollte. Entsinnen Sie sich noch, Herr Timpe?«

»Ich habe im Augenblick daran gedacht, mein Fräulein, und freue mich, daß Sie mich bei unserer ersten Begegnung auf etwas aufmerksam machen, wofür ich nachträglich vielmals um Verzeihung bitten muß. Aber ich war damals ein sehr ungezogener Junge, wie das oftmals in solchem Alter vorkommen soll.«

»Und jetzt sind wir beide sehr vernünftig geworden, wenigstens Sie, wie es scheint, denn von mir will man das durchaus nicht behaupten. Schwester Bertha nennt mich eine lose Range, wenn ich das Gebaren meines Hauslehrers in Uxfeld, des spindeldürren Kandidaten Knothe, nachahme; und Schwester Alwine besitzt die große Freundlichkeit, sehr anzügliche Redensarten von einer Landpomeranze fallenzulassen, falls ich einmal die Verwegenheit besitze, bei Tisch in Gegenwart von Gästen gewisse Schicklichkeiten nicht zu beobachten, die mir sehr albern vorkommen ...

Aber es ist so, wie Tante Julie zu sagen pflegt: Wir sind allzumal Sünder.«
Die Stimmung wurde durch diese im größten Übermute gesprochenen Worte eine so anheimelnde, daß die beiden jungen Leute sich plötzlich so vertraut wie früher vorkamen und sozusagen zwischen Tür und Angel eine launige Plauderei begannen, in der eine Erinnerung die andere jagte. Franz mußte von seinen Angehörigen erzählen: Ob der Großvater noch lebe und seine alte Bärbeißigkeit beibehalten habe; ob Herr Beyer noch seinen alten Platz da links am Fenster innehabe und das alte traurige Gesicht beim Drechseln mache; ob der kleine, dicke Geselle aus Sachsen immer noch viel Wurst und Käse esse; ob die Tauben noch lebten und ob man noch immer auf den Lindenbaum steige, um neugierige Blicke über die Mauer zu werfen? Und so weiter.
Alles das wurde sehr schnell hintereinander gefragt, und als die Neugierde erschöpft war, sagte Emma plötzlich:
»Steigen Sie doch hier durch und kommen Sie in unseren Garten. Es ist mir durchaus nicht angenehm, mich fortwährend um Ihretwegen bücken zu müssen. Es ist niemand weiter hier als Fräulein Therese Ramm, ein liebes, gutes Schäfchen, das keinem Menschen etwas zuleide tut ... Ich stelle sie Ihnen hiermit feierlichst vor.«
Jetzt erst erblickte Franz die andere junge Dame und zog zum zweiten Male sehr tief seinen Hut. Eine Weile zögerte er, der Aufforderung Folge zu leisten; dann aber siegte seine Abenteuerlust und die alte Neugierde. Nach einigen landläufigen Redensarten, aus welchen die Worte »Dank«, »große Ehre«, »liebenswürdige Einladung« vernehmbar waren, trat er näher und schlüpfte durch die Öffnung.
Oben am geöffneten Dachfenster zeigte sich das weiße Haupt des Großvaters. Vor wenigen Minuten war er

erschienen und hatte einen Teil des Gespräches mit angehört. Ingrimmig darüber, niemanden in seiner Nähe zu haben, den er seinen Hader mit der Welt fühlen lassen konnte, stieß er kräftig mit dem Stock auf die Diele und murmelte halblaut vor sich hin: »Der und die Sippe da drüben, die passen zusammen. Die werden uns einen Brei einrühren, von dem wir zeit unsers Lebens essen können, ohne satt zu werden. Dieser Bursche, dieser Überläufer!« ... Die Faust ballte sich, und das Fenster wurde unsanft zugeschlagen.

Jenseits der Mauer schritt Franz neben den beiden Mädchen langsam dahin. Zuerst war er sehr zerstreut und gab verkehrte Antworten auf die Fragen Emmas, denn sein Interesse wurde durch die Umgebung in Anspruch genommen. An einzelnen Stellen hatte man bereits Erde aufgeworfen, um den Grund und Boden zu prüfen. Meßschnüre waren ausgespannt, eine Arbeitsbude zeigte sich. In der Nähe der Mauer zeugte entwurzeltes Strauchwerk von dem Ernste, mit dem man die Neugestaltung zu beginnen gedachte. Alles deutete darauf hin, daß demnächst hundert rührige Hände ihre Arbeit beginnen würden, um das, was hier stand und die Allmacht der Natur verkündete, dem Boden gleichzumachen.

Als Franz stehenblieb und sich eine darauf bezügliche Bemerkung erlaubte, zeigte Emma ein sehr trauriges Gesicht, in dem sich der Ernst allerdings etwas komisch ausnahm. Da sie aber ihren Groll nicht zu unterdrücken vermochte und schon längst die Gelegenheit herbeigesehnt hatte, ihrem Unmut über die neuesten Wandlungen der Dinge einmal gründlich Luft zu machen, so ließ sie nun den Worten des Ärgers freien Lauf.

Vorerst gestand sie ein, nicht zu begreifen, wie ihre Mama, die sie so sehr liebe und welche sie immer für außerordentlich vernünftig gehalten habe, es über sich habe gewinnen können, auf ihre alten Tage noch einmal zu heiraten; und obendrein einen so häßlichen, wenig sympathischen Menschen, wie Herr Urban es sei! Dann sah sie sich zu der Erklärung genötigt, daß sie niemals ihren Stiefvater als solchen anerkennen werde und sich vorgenommen habe, allen Ernstes Barmherzige Schwester zu werden, falls Herr Urban es jemals wagen sollte, irgendwelche väterlichen Rechte über sie ausüben zu wollen. Und zum Schluß brach sich der ganze Jammer ihrer Mädchenseele über die Verwüstung im Parke Bahn.

»Ich werde es Maman niemals verzeihen können, daß sie den Namen meines Vaters einem Vandalen geopfert hat, der keinen Respekt vor dem Allerheiligsten und keinen Sinn für Natur hat. Alle Menschen haben uns um diesen schönen Garten inmitten der Stadt beneidet, Mama hat oft beteuert, sie werde ihn niemals veräußern, und nun soll hier alles wie Kraut und Rüben ausgerissen werden. Es ist einfach schändlich!«

Sie ballte die Hände, die Lippen zuckten, und ihre Augen wurden feucht, so daß Therese ganz ergriffen wurde, ihren Arm um Emmas Taille legte und Neigung zeigte, sich aus alter Anhänglichkeit demselben Schmerze hinzugeben. Um ihr Mitgefühl zu beweisen, drückte sie das Taschentuch mehrmals gegen das Antlitz.

Franzens Sinn für Romantik war niemals bedeutend ausgeprägt gewesen. Seitdem er sich dem Kaufmannsstande widmete, suchte er eine gewisse Force darin, über alles äußerst nüchtern und praktisch zu denken und bei jeder Gelegenheit seinen Zynismus hervorzukehren. Er fand daher das Gebaren der beiden Mädchen äußerst komisch, lachte und sagte sehr altklug:

»Das verstehen Sie beide nicht, meine Damen.«

Er machte eine Pause der Überlegenheit, beschäftigte sich einige Augenblicke mit den Spitzen seiner ersten

Manneswürde über der Oberlippe, ordnete dann mit einer ebenso schnellen als koketten Handbewegung den Zipfel des weißen Taschentuches, der aus der äußeren Brusttasche ragte, zupfte den Rock mehrmals glatt, drückte beim Gehen zu gleicher Zeit die Brust und die Knie heraus und wendete sich dann direkt an Fräulein Kirchberg, und zwar mit einem Tone, der nur zu deutlich sein Bestreben kennzeichnete, bereits für einen erfahrenen Mann zu gelten, der die Welt nach allen Richtungen hin kennt. So sagte er denn mit Würde:

»Seien Sie versichert, Fräulein Kirchberg, daß ich Ihren gerechten Schmerz zu würdigen weiß. Jedoch dürfen ›wir‹ nicht vergessen, daß der Kaufmann die Welt regiert und daß er nur mit dem Verstande rechnet. Die Sentimentalität müssen ›wir‹, die ›wir‹ uns daran gewöhnt haben, den Nutzen einer Sache nur vom praktischen Standpunkte aus zu beurteilen, allen denen überlassen, die niemals einen Begriff davon gehabt haben, daß die größten Dinge dieser Erde ihr Entstehen nur dem Handel zu verdanken haben. Die Zahl macht heute alles; nur wer rechnen kann, hat Aussicht, zu etwas zu kommen und sein Leben zu genießen. ›Wir‹ Kaufleute sind die eigentlichen Macher – Pardon, wenn ich mich zu sehr geschäftsmäßig ausgedrückt habe – ich wollte sagen, die einzigen Erlöser der bedrängten Menschheit. ›Wir‹ bauen mit unserem Gelde Leuchttürme, Paläste, ganze Städte, ›wir‹ geben der Armut Brot, ›wir‹ verhelfen den Bürgern zum Wohlstande, an ›uns‹ wenden sich Könige und Kaiser, wenn sie in Not sind und Geld gebrauchen. Ja, meine Damen, ›wir‹ Kaufleute regieren die Welt ...«

Er machte abermals eine Pause.

Die beiden Mädchen waren bei den rasch hintereinander herausgeschnarrten, mit Pathos gesprochenen Worten starr geworden und blickten mit dem Ausdruck unverhohlener Bewunderung auf ihren Beglei-

ter. Emma konnte sich nicht enthalten zu sagen:
»Sie sind ja ein furchtbar großer Redner geworden, seitdem wir uns nicht gesehen haben, Herr Timpe.«
Und Therese drückte ihrer Begleiterin den Arm und flüsterte leise: »Ein netter Mensch, nicht wahr?«
Franz Timpe aber, geschmeichelt durch die Anerkennung Emmas und im Gefühle der großen Rolle, die er hier spielte, ordnete mit Zeigefinger und Daumen der rechten Hand abermals den Modezipfel der Brusttasche, spielte eine Weile mit den Glacéhandschuhen, die er aus Rücksicht gegen die Damen hervorgelangt hatte, und fuhr fort:
»Herr Urban, Ihr Stiefvater, mag Ihnen persönlich nicht gefallen, mein verehrtes Fräulein, aber er ist mein Chef, ein bedeutender Industrieller, und aus diesem Grunde sehe ich mich genötigt, eine Lanze für ihn zu brechen ... Er ist derjenige Mann, der die ganz überflüssige Existenz dieser Bäume und dieses Gartens hier zuerst erkannt hat. Dieses Lob gebührt ihm ... Bedenken Sie nur, was für ein Verdienst er sich dadurch erwirbt: er wird an dieser Stelle prächtige Fabriken erbauen, Hunderte von Menschen in ihnen beschäftigen – Leute, die durch ihn vielleicht vor dem Hungertode gerettet werden. Herr Urban wird dadurch zu gleicher Zeit zu einem großen Menschenfreunde, denn er gibt den Leuten Arbeit und Brot. Aber nicht nur das: Die Industrie wird ihm äußerst dankbar sein müssen, ja, ich behaupte kühn: die ganze Menschheit, weil er vermöge seines Geldes und seiner Intelligenz seine Fabrikate von nun an zu einem so billigen Preise herzustellen vermag, daß sie jedermann zugänglich sein werden. Bedauern wir also die Bäume nicht, freuen wir uns vielmehr darüber, daß sie fallen, denn sie sind stumme, untätige Wesen, die der Menschheit mit nichts anderem nützen können als mit ihrem Holze; und auch aus diesem Grunde müssen sie ihr Dasein aufgeben ... Das ist so meine Theorie, meine

Damen, die ich mir erlaubte, Ihnen in wenigen, aber großen Zügen zu entwickeln.«
Er steckte den Daumen der rechten Hand zwischen zwei Knöpfe seines Rockes und schlug mit den übrigen Fingern den Takt zu der Melodie, die er leise zu pfeifen begann. Es war unleugbar: er kam sich im Augenblick wie ein Held vor, der eine große Tat verrichtet hat und das Bewußtsein empfindet, die Situation völlig zu beherrschen.
Emma, die ihn während seiner letzten Rede aufmerksam betrachtet hatte, ärgerte sich im geheimen, daß er ihren Stiefvater so außerordentlich lobte; andererseits berührte es sie sehr sympathisch, daß er die Interessen des Mannes, dem er zum Danke und zum Gehorsam verpflichtet war, so energisch wahrnahm und hinter dessen Rücken mit Anerkennung und Achtung von ihm sprach. Um ihm aber zu beweisen, daß sie mit seinen praktischen Grundsätzen nicht übereinstimme, begann sie:
»Wenn Sie die Bäume für stumme, untätige Wesen halten, so kann ich nur mein Bedauern darüber ausdrücken, daß Sie niemals ihre Sprache vernommen und verstanden haben. Ich hätte gewünscht, daß Sie gleich mir bei Tante Julie gewesen wären, um mutterseelenallein durch den Wald zu streifen und das Rauschen der Bäume zu vernehmen. Wie oft habe ich an schönen Sommertagen im Grase gelegen und den ziehenden Wolken am Himmel nachgeblickt. Es war weiter nichts zu vernehmen als das Rascheln und Säuseln der Blätter in den Baumkronen. Da dachte ich an Mama, Alwine und Bertha, habe laut ihre Namen in die Luft gerufen und dann vernommen, wie die Blätter über mir flüsternd die Antwort gaben. Das war oft eine wunderschöne Musik. Erst fing es leise an zu tuscheln, so daß es sich anhörte, als spiele im Finstern eine Maus mit einem Stückchen Papier; dann rauschte es lauter, kam klagend wie eine Windsbraut daher-

gezogen, pfiff und flötete in allen Melodien und brauste dann mächtig wie ein Posaunenchor durch die Wipfel, so daß ich glaubte, mich in einer großen, großen Kirche zu befinden, in der eine Riesenorgel ertönt... Das mag vielleicht für manchen eine überflüssige Sprache sein, ich aber habe mich an ihr erbaut und sie oft im stillen gesegnet. Ich hatte mich so sehr darauf gefreut, sie in diesem Sommer auch hier zu vernehmen, und muß nun erleben, daß aus reiner Spekulation alle Poesie verschwinden soll. Das ist wirklich ganz abscheulich! Weil die Bäume nicht rechnen können, sollen sie fallen! Es tut mir weh, Herr Timpe, daß auch Sie so denken gelernt haben, trotzdem Sie früher, wenn wir uns hier herumtummelten, so oft ausriefen: Ach die schönen Bäume, sie werfen so prächtigen Schatten! Was würden Sie nun sagen, wenn man Ihnen Ihren schönen Lindenbaum da drüben nähme?«

Franz war nahe daran gewesen, von der Schwärmerei Emmas gerührt zu werden, schämte sich aber jetzt seiner Inkonsequenz und erwiderte daher kurz und trocken:

»Er könnte fallen, denn ich benutze ihn nicht mehr.«

»Also nur, was Ihnen gefällt und nützlich erscheint, hat bleibenden Wert – nicht wahr, so meinen Sie? Das wäre dann sehr egoistisch von Ihnen.«

»Gewiß, das muß auch jeder Mensch sein, mein Kind, falls er zu etwas kommen will im Leben. Immer hübsch praktisch denken und nicht schwärmen und mit den Beinen am Monde kleben. Dann wird die Geschichte schon gehen.«

Der das sehr laut sagte und mit diesen Worten wie mit helltönenden Gewitterschlägen in die Unterhaltung fuhr, war nicht Timpe junior, sondern Herr Ferdinand Friedrich Urban, der am Arme seiner Frau Gemahlin gemütlich aus einem Seitenweg dahergebum-

melt kam und die letzte Rede seiner jüngsten Stieftochter vernommen hatte.
Die jungen Leute waren außerordentlich erschrocken, am meisten Franz, der beim Anblick der früheren Frau Kirchberg das Gefühl eines Menschen verspürte, der plötzlich an einem Orte entdeckt wird, wo er eigentlich nicht hingehört. Jedoch zog er mit einer Verbeugung sehr tief den Hut und behielt ihn in der Hand, denn er wagte nicht, ihn sogleich wieder aufzusetzen. Dabei zeigte er ein Gesicht, das wenig mit seiner sonstigen Keckheit harmonierte.
Bevor er noch irgend etwas zu seiner Entschuldigung hervorbringen konnte, hatte ihn sein Chef bereits aus der Situation gezogen.
»Na, Timpe, Sie auch hier? Alte Freundschaft wieder erneuert, he? Die Geschichte macht sich! Lassen Sie sich nur nicht stören. Tüchtige Leute weiß ich immer zu schätzen. Bin neulich auch über die feindliche Grenze geschritten, also Wurst wider Wurst! ... Übrigens, liebe Agathe – kennst du ihn noch, den Obstdieb? ... Na, schadet nichts, alles vergessen! Er gehört zu unserem Geschäft.«
Frau Kirchberg, eine stattliche Dame mit sehr ausdrucksvollen Zügen, die sehr langsam zu sprechen pflegte und jedes Wort, das sie sprach, mit der Lorgnette in der Hand begleitete, lächelte gnädig und erkundigte sich in ihrer monotonen Weise nach den Eltern des jungen Mannes. Und da sie inne ward, daß Franz, der nach diesem unerwarteten Empfang sofort den Kopf wieder in die Höhe streckte, sich überstürzte, äußerst aufmerksam gegen sie zu sein (er hatte sofort ihr niedergefallenes Spitzentuch aufgehoben und es mit einer tiefen Verbeugung zurückerstattet), so verschwand allmählich ihre alte Antipathie gegen ihn, verstieg sie sich nach fünf Minuten bereits, während welchen sie nebeneinander dahingeschritten waren, zu der ihrem Manne zugeraunten Äußerung,

daß man es anscheinend mit einem sehr wohlerzogenen jungen Manne zu tun habe, der durchaus nicht den Eindruck mache, als stamme er aus einer einfachen Handwerkerfamilie.
Und Urban, der wie immer, seitdem er das junge Eheglück genoß, äußerst gut gelaunt war und der schon längst seine besonderen Pläne mit dem einzigen Sohne Meister Timpes hatte, fühlte sich durch diese unerwartete Gnade seiner Frau so erfreut, daß er sich sofort an die Seite seines ihn um Haupteslänge überragenden Lehrlings begab und, fortwährend mit schiefem Kopfe zu Franz aufblickend, ein Gespräch begann, das sich um die neue Fabrik drehte. Er vergaß dabei nicht, hin und wieder auf die geschäftliche Tätigkeit seines Nachbarn zu kommen, über die er jedenfalls von dem Sohne die beste Auskunft empfangen mußte.
Dann, wenn Franz, geehrt durch diese Würdigung seiner Person seitens seines Chefs, bereitwillig Antwort gegeben hatte, beeilte sich Urban, mit einem sehr plötzlich hingeworfenen »Wie?«, »So, so«, »Ach!« seine Vorliebe für Anwendung von Interjektionen zu beweisen. Nach einer erhaltenen Auskunft fuhr dann verstohlen ein blitzartiges Lächeln über seine Züge, die rechte Hand rückte nervös an der Brille, und die Nase beschrieb die bekannten Kreise und Linien in der Luft.
Einige Schritte hinter ihnen gingen Arm in Arm neben Frau Urban deren Tochter und Therese. Auf Emma hatte das plötzliche Dazwischentreten ihres Stiefvaters einen wenig günstigen Eindruck gemacht, wie immer, wenn sie ihn erblickte und er seine Ungeniertheit hervorkehrte.
»Wie dein Mann dazukommt, mich nach unserer so kurzen Bekanntschaft als ›mein Kind‹ anzureden, ist mir unverständlich, Mama«, sagte sie malitiös und

doch mit einem Anflug von Humor, der ihrer Freundin Veranlassung gab, leise zu kichern.
Frau Urban jedoch fand diese Äußerung nicht passend. Sie liebte ihre jüngste Tochter mehr wie die anderen Kinder, mußte aber nur zu oft erleben, daß dieselbe sich durchaus nicht in Dinge fügen wollte, deren Anerkennung zum allgemeinen Hausfrieden nötig war.
Sie sagte daher wohlmeinend:
»Ich habe dich bereits mehrmals gebeten, wenn du von Herrn Urban zu mir sprichst, die ganz unschicklichen Worte ›dein Mann‹ nicht mehr anzuwenden. Du wirst dir auf die Dauer die Bezeichnung ›Papa‹ trotz deiner Abneigung aneignen müssen.«
»Niemals, Mama! Ich werde mich nie daran gewöhnen können. Ich kann ihn nun einmal nicht leiden. Wie gut war dagegen unser wirklicher Papa – Du weißt, ich war sechs Jahr alt, als er starb, und kann mich seiner noch sehr gut erinnern.«
Frau Urban zog ihre Tochter an sich, legte den Arm um ihre Schulter und sagte sanft:
»Es gibt gewisse Dinge im Leben, die man durchaus so nehmen muß, wie sie sind, will man sich nicht selbst das Dasein erschweren ... Mir zuliebe wirst du es tun, Kindchen, nicht wahr?«
Einen Augenblick drohten bei Emma die Tränen hervorzubrechen; sie unterdrückte dieselben aber, weil ihr Stiefvater sie nicht weinen sehen sollte. Dann sagte sie, indem sie ihre Mutter plötzlich mit beiden Armen umschlang:
»Mama, ich habe dich von Herzen lieb! Ich will es tun, weil du es wünschest. Aber nie und nimmer werde ich diese Liebe auf Herrn Urban ausdehnen können. Ich verstehe gar nicht, wie Alwine und Bertha so gleichgiltig darüber denken können.«
»Sie sind eben vernünftige Mädchen«, warf Frau Urban ein.

»Also dann bin ich unvernünftig! Es scheint sich hier viel geändert zu haben, seitdem ich nicht mehr unter euch weilte und nicht nach dem Rechten sehen konnte.«
Ihre Mutter brach in ein lautes Lachen aus, das ihrer sonstigen Ruhe ganz widersprach. »Siehst du, so gefällst du mir wieder«, sagte sie dann; »daran erkenne ich meine lustige Plaudertasche. Du besitzest Humor, und der ist nicht jedem Menschen beschieden; man kann sich mit ihm vortrefflich zu trösten versuchen.«
Emmas Stimmung hätte wohl nicht so schnell gewechselt, wenn sie nicht die Vertraulichkeit, mit welcher ihr Stiefvater mit Franz verkehrte, bemerkt haben würde. Das erweckte eine gewisse Befriedigung in ihr, denn sie konnte sich nicht verhehlen, daß ihr einstiger Jugendfreund trotz seiner prosaischen Anschauungen und seines stutzerhaften Auftretens, dessen Komik ihr nicht entging, ein hübscher junger Mann von Manieren geworden sei, der, was das Äußerliche betraf, einen sehr günstigen Eindruck auf sie gemacht hatte. Da sie auf ihrem Landaufenthalt nur mit einigen jungen Leuten zusammengekommen war, Söhnen von Lehrern, Pächtern und Pastoren, die zum Teil sehr blöde und beschränkt taten und jede Keckheit vermissen ließen, so hatte Franzens furchtloses, elegantes Auftreten sofort ihre Anerkennung errungen. Dadurch wurde ihre günstige Meinung von ihm nur noch bestärkt; und nicht minder durch den freundlichen Ton, mit welchem er hier empfangen worden war.
Im Laufe des Gespräches mußte sie ihrer Mutter beichten, wie und wo sie die Bekanntschaft des jungen Mannes erneuert hatte. Bei dieser Gelegenheit hielt sie sich für verpflichtet, auf den kleinen Streit zwischen ihr und Franz zurückzukommen und die Lobeshymne desselben auf ihren Stiefvater zu erwähnen.
»Siehst du«, sagte Frau Urban, »da hast du gleich

einen, der anderer Meinung über deinen neuen Papa ist. Daß die Bäume fallen müssen, tut mir ebenso leid wie dir, aber wir haben Ersatz dafür: Urban besitzt in Steglitz eine sehr schöne Villa, zu der ein prächtiger Garten gehört. Da kannst du deine Träumereien fortsetzen, so lange, bis – –«

»Ihr mich losgeworden sein werdet«, fiel Emma ergänzend ein, da ihre Mutter zögerte, den Satz zu beenden. »O gewiß, Mama, ich will bald dafür sorgen. Ich werde Schullehrerin werden, mir eine blaue Brille anschaffen und darnach trachten, so häßlich zu erscheinen, daß alle Menschen auf den ersten Blick sagen werden: Das ist Herrn Urbans Tochter, das sieht man sofort.«

»Aber Kind, willst du denn ewig ungezogen bleiben!«

Die würdige Dame gab ihrer Tochter einen leichten Schlag. Und Therese, die sonst eine große Neigung zur Schweigsamkeit besaß, sah sich jetzt ebenfalls genötigt, mit beredten Worten ihre Freundin auf das Unschickliche ihrer Bemerkung aufmerksam zu machen.

Sie waren in einiger Entfernung von Herrn Urban und Franz zurückgeblieben. Als sie dieselben auf der Seite des Gartens, die an der Straßenfront lag, erreichten, fanden sie den ersteren bereits wieder in voller Tätigkeit, seinem Lehrling die großartigen Pläne der neuen Fabrikanlage in die Luft zu zeichnen. Der lange Zeigefinger der rechten Hand beschrieb Linie auf Linie, Kreis auf Kreis, bis er endlich kerzengerade gen Himmel ragte, begleitet von den vielbedeutenden Worten:

»Das wird der Schornstein, verstehen Sie? Er wird an Höhe alles überragen, was jemals in dieser Gegend gesehen worden ist.«

Dieses »Verstehen Sie?«, zeitweilig unterbrochen von dem Stichwort »die Geschichte macht sich«, ließ sich überhaupt nach jedem Satze vernehmen, so daß es sich wie das »Werda« eines Postens anhörte, auf das unter allen Umständen eine Antwort erfolgen muß. Und Franz stand steif und gerade wie ein Gardist dabei, der sich auf dem Paradefelde befindet und eine feierliche Miene zeigt, gab sich alle Mühe, bei dem jedesmaligen Angriff von Herrn Urbans Zeigefinger auf seine Brust nicht zu wanken, und beantwortete jede Kardinalfrage mit den vertrauenerweckenden Worten »Großartig«, »Ausgezeichnet«, »Das wird was werden!«.

Herr Ferdinand Friedrich Urban war glücklich; und er konnte nicht leugnen, daß seine Sympathie für den Sohn seines Nachbarn bedeutend gestiegen und daß er auf dem besten Wege sei, immer mehr gute, wohltuende Seiten an ihm zu entdecken. Dieser junge Mann besaß das richtige Verständnis für seine Pläne, denn er war groß geworden inmitten von Artikeln, die er, Urban, dereinst ebenfalls zu produzieren gedachte. Das leuchtete ihm ein.

»Wir machen alle tot«, sagte er zum Schluß, während die flache Hand wie die Schneide eines Schwertes durch die Luft fuhr, als sollte diese Bewegung die Symbolik seiner Worte bilden. Mit diesem »alle« meinte er die Konkurrenten.

»Keine Frage, Herr Urban, wir machen alle tot«, bestätigte der junge Mann mit einem Ernste, der eine erschütternde Tragikomik enthielt.

Unbewußt glitt sein Blick nach dem kleinen Häuschen des Vaters hinüber, aus dessen Schornstein blauer Rauch kerzengerade wie eine Segnung des Friedens zum Himmel stieg; und ebenso gleichgültig-ahnungslos glitt sein Blick wieder zurück zu seinem Chef, der den herankommenden Damen entgegentrat.

Ferdinand Friedrich Urban war durch seine anhaltenden Gestikulationen so erschöpft geworden, daß er zu seinem Leidwesen die Lektion mit den Damen nicht von neuem beginnen konnte. Und da seine Frau durchaus keine Neigung verriet, wie er und seine Stieftochter es bereits getan hatten, den Kopf durch das Loch in der Mauer zu stecken, so machte man wieder kehrt und schritt auf dem breiten Mittelweg zurück, den man gekommen war, die Damen diesmal voran und Franz mit seinem keuchenden Gebieter hinterdrein, da er es noch immer nicht an der Zeit hielt, sich zu verabschieden.

Herrn Urbans rotseidenes Taschentuch fuhr fortwährend über das Gesicht und zur Abwechselung einigemal über die Gläser der goldenen Brille. Da er die Angewohnheit hatte, die Arme niemals stillzuhalten und beim Gehen fortwährend zu tänzeln, so bemühte Franz sich soviel als möglich, einen gewissen Abstand von ihm einzuhalten, um eine Karambolage der Füße zu verhindern.

Sie waren vor der hinteren Veranda des Wohnhauses angelangt. Allmählich war der Himmel dunkler geworden, so daß die Abenddämmerung den Baumstämmen die scharfen Konturen nahm. Jetzt endlich wollte Franz sich verabschieden, da sagte plötzlich Urban:

»Ach was, bleiben Sie! Haben Sie schon Wein getrunken, zum Beispiel echten Rüdesheimer Berg? – Kommen Sie nur, wir haben noch zu reden, Ihr Vater muß nachgeben!«

Und zum grenzenlosen Erstaunen seiner Frau, und zum heimlichen Vergnügen Emmas und Theresens, faßte der kleine Chef seinen großen Lehrling unter den Arm und stieg mit ihm die Stufen empor.

Franz wußte nicht, wie ihm geschah; aber sein erster Gedanke war: Das müßten die Leute im Kontor sehen! Ja, ja, wenn man Eindruck zu machen versteht . . .

VI.
Franzens-Ruh

Franzens-Ruh war lange nicht so zu Ehren gekommen wie in den nächsten Wochen und Monaten. Tag für Tag bestieg Johannes Timpe die Warte, um sich von dem Fortschritt jenseits der Mauer zu überzeugen.

An klaren Sommerabenden, wenn das absterbende Leben Berlins sich bereits bemerkbar machte, der letzte Dunst der heißen Straßen verschwunden war und eine allgemeine Ermattung in der Luft lag, durch welche das zweite Erwachen der Riesenstadt zum Vergnügen nach den Lasten des Tages nur in gedämpften Lauten herübergeführt wurde, saß es sich oben in den Zweigen am schönsten.

Über die Dächer der niedrigen Häuser hinweg konnte der Meister seinen Blick in die Ferne schweifen lassen. Wendete er den Rücken, so schaute er in das Treiben der Holzmarktstraße hinein, die sich längs der Spree hinzog. Rechts am diesseitigen Ufer tauchte das langgestreckte, schwarze Gebäude einer Eisengießerei auf; links davon in einiger Entfernung die Riesengasometer einer Gasanstalt, die sich wie Festungsbollwerke ausnahmen; und hinter ausgedehnten Holzplätzen eine Zementfabrik, deren ewig aufwirbelnde weiß-gelbe Staubwolken die Luft durchzogen und einen scharfen Kontrast zu den sich auftürmenden Kohlenbergen der Gasanstalt bildeten.

Und geradeüber, jenseits des Wassers, zeigte sich ein großes Mörtelwerk, im Hintergrunde begrenzt von den Rückseiten hoher Mietskasernen, die, aus der Entfernung betrachtet, den Eindruck riesiger Bauklötze machten, an denen schwarzgemalte Fenster prangen.

Das ganze Bett der Spree aufwärts lag zwischen einem bunten Panorama aneinandergeketteter Bilder: Lange

Reihen Wohnhäuser, deren Gärten bis zur Spree hinunterliefen und kleine Oasen bildeten, wechselten mit Zimmer- und Holzplätzen, Abladestellen der Flußkähne und Färbereien ab, deren Waschkasten wie schwimmende Holzhäuser im Wasser lagen. Hin und wieder zeigte sich eine Schiffswerft, die langgestreckte Halle einer Badeanstalt und eine auf Pfählen gebaute, in den Fluß ragende Landungsbrücke. Dann die Stätteplätze der Ziegeleibesitzer mit ihrem rotgefärbten Boden, der wie blutgetränkt erschien, die Trockenplätze mit ihren frisch gefallenem Schnee gleichenden Bleichen und die alles überragenden Schornsteine der Fabriken, die den Rauch immer schwächer und schwächer entsteigen ließen, bis sie gleich »Obelisken der Arbeit« dunkel und schweigsam zum Himmel starrten.
Herrschte an den Ufern Ruhe, so begann das Leben sich auf dem Wasser zu regen. Unzählige Lustfahrboote schwebten gleich Nußschalen auf dem mattblauen Spiegel, ließen sich gemächlich vom Strome treiben oder schossen pfeilschnell über die Fläche, um in das Fahrwasser eines Dampfers zu geraten, der dichtbesetzt mit einer buntschillernden Menge dahergebraust kam und mit seinen Wellenschlägen den Strand erzittern machte.
Aus der Ferne klang der Gesang eines Liebespärchens herüber. Waghalsig schaukelte es das Boot, so daß der Rand desselben das Wasser berührte. Das helle Kleid des Mädchens leuchtete wie das Gefieder eines Schwanes. Der männliche Begleiter aber lag ausgestreckt an ihrer Seite, wiegte den Körper nach rechts und links, so daß das Fahrzeug schwankte, und ließ sich und sein Liebchen sorglos der Stadt zutreiben.

»Ich weiß nicht, was soll es bedeuten,
Daß ich so traurig bin«,

ließ sich deutlich vernehmen, als ein Beweis dafür, daß das Berliner Volk die ernstesten Lieder zu singen pflegt, wenn es am lustigsten ist.

War die Luft besonders rein, so erlangte Timpes Blick eine unbegrenzte Weite. Über die Schillingsbrücke hinweg, auf welcher in der Feierabendstunde, begleitet von den vorüberrollenden Pferdebahnwagen und hundert anderen Gefährten, Ameisen gleich ein Strom von Menschen sich bewegte, da, wo das Wasser der Spree wie ein gewundener Silberbarren sich dahinzog, erreichte sein Auge die Oberbaumbrücke und hinter ihr die ersten Pappeln der Chaussee, die nach Stralau führte. Und über diese weltstädtische Szenerie, die in Zickzacklinien ins Unendliche sich zu verlängern schien, breitete sich das letzte matte Rot der herniedergesunkenen Sonne aus und hüllte Natur und Menschen in einen warmen, zarten Purpurflimmer.

Wie oft hatte sein Auge sich an diesem Bilde gelabt, und wie oft waren die Eindrücke gleich Schemen entschwunden, wenn er sein Gesicht dem Nachbargrundstück zugewendet hatte. Dort der lachende Sonnenschein, die unbegrenzte Freiheit des Blickes, der Reiz einer eigentümlichen Landschaft, und hier Hand in Hand mit dem Zerstörungswerk der Menschen der Aufbau steiler Wände, die das Licht des Himmels nahmen.

Im Juli ragte bereits das Fundament der neuen Fabrik über den Erdboden empor. Baum auf Baum war gefallen, und mit dem Sturze eines jeden und dem Krachen seiner Äste, das sich in der Phantasie Timpes wie das Ächzen eines Sterbenden angehört hatte, war den Meister die Empfindung überkommen, als schwände jedes zurückgelegte Jahr seines Lebens nochmals dahin.

Was dort fiel, war das alte Berlin, der stete Anblick seiner Kindheit, der Märchenduft seiner Knabenjahre. Und jeder Spatenstich, jeder Axthieb und Hammer-

schlag bereitete seinem Herzen eine Wunde, die ihm brennende Schmerzen verursachte.
Es schien fast, als wäre Meister Timpe der eigentliche Besitzer der neu entstehenden Welt dort drüben – so lebhaft war der Anteil, den er an dem Wachsen und Werden der Fabrik nahm. Mit der Zeit überkam ihn eine Art Idee: Er bildete sich ein, daß seine ganze Zukunft von der Vollendung des Riesengebäudes abhängen werde, er fürchtete, die Mauern würden, je höher sie rückten, ihn, seine ganze Familie und das Häuschen nach und nach erdrücken. Öfters befiel ihn eine große, ihn untätig hin und her treibende Unruhe. Er vermochte die Zeit nicht zu erwarten, wo die Feierabendstunde schlug und er seinen Auslugplatz auf dem Baume einnehmen konnte.
Und schließlich drehte sich den ganzen Tag über, sobald seine Gedanken nicht mit Gewalt von anderen Dingen in Anspruch genommen wurden, sein Interesse nur um den Bau Ferdinand Friedrich Urbans.
Die Fabrik, die Fabrik und immer wieder die Fabrik!
Er fand ein besonderes Vergnügen daran, bei jeder Gelegenheit während der Arbeit das Gespräch darauf zu bringen, und freute sich, wenn die Gesellen das Thema aufgriffen und mit ihm und seinen Urteilen über des Nachbars Pläne übereinstimmten. Zuletzt erklärten das die Leute in der Werkstatt für etwas wunderlich und raunten sich zu, daß der Meister sich gegen früher merkwürdig geändert habe und daß ihm »die Geschichte da drüben« im Kopfe herumgehe. So kam es denn, daß das neue Unternehmen Urbans schließlich wie eine weltgeschichtliche Tat betrachtet wurde, die immer aufs neue angestaunt, bewundert und besprochen werden müsse.
Das Leben der Bewohner des kleinen Häuschens, das sich mit der Gleichmäßigkeit eines Perpendikelganges abspann, hatte seine Ruhe eingebüßt und einer fort-

währenden Aufregung Platz gemacht, die nur die eine Parole kannte: Herr Urban und seine Fabrik.
Hatte Johannes Timpe lange genug auf seiner »Warte« gesessen, sich allerlei merkwürdigen Gedanken hingegeben, war er dann langsam und bedächtig hinabgestiegen, so wurde in der kleinen Laube des Gärtchens das Gespräch von neuem aufgenommen und ins Unendliche gesponnen.
Da saß hinten in der Ecke auf einem Rohrsessel Frau Karoline, angetan mit einer durchbrochenen Haube, an welcher breite Bänder von zarter Lilafarbe prangten, und einer sauber geplätteten, gestreiften Schürze, auf deren Nettigkeit die Lebensgefährtin des Drechslermeisters sehr viel gab. Das bereits graue Haar war in der Mitte gescheitelt und zog sich wellenförmig bis hinter die Schläfe, so daß das milde Gesicht dem einer ehrsamen Matrone glich, die gewohnt ist, auch noch im Alter den besten Eindruck zu machen. Die Stricknadeln klapperten eifrig, und nur hin und wieder ruhten die Hände im Schoß. Dann erhob der Kopf sich, die Brille wurde fester gedrückt, und die Frage erschallte:
»Kommst du bald herunter, Vater?« Sie sagte zu ihrem Manne nur noch »Vater«, seitdem der Großpapa für den »Alten« galt. Neben ihr in seinen ausgedienten schwarzledernen Lehnstuhl versunken, den man seinetwegen jeden Tag ins Freie transportierte, saß der dreiundachtzigjährige Greis, teilnahmslos und schweigsam wie immer, aber lauschend auf jedes Wort und Geräusch und nur zum Reden aufgelegt, wenn die Notwendigkeit ihn dazu zwang.
Regelmäßig des Donnerstags gesellte sich auch noch Thomas Beyer zu der Familie. Seit vielen Jahren bereits mußte der älteste Geselle an einem Tage in der Woche sein Abendbrot bei dem Meister einnehmen. Es war das eine schöne Sitte aus jener Zeit, wo der Geselle noch Kost und Wohnung im Hause des Arbeit-

gebers fand und dadurch zur Familie mitgezählt wurde.
Oftmals auch wurde der kleine Kreis durch Krusemeyer vermehrt, der, bevor er seinen Dienst antrat, auf ein Viertelstündchen mit herankam. Es muß hier gleich bemerkt werden, daß der würdige Beamte seit beinahe zwanzig Jahren zu Johannes Timpe in einem geschäftlichen Verhältnis stand; nicht in seiner Eigenschaft als Hüter der Nacht, sondern als Fußbekleidungskünstler, dem das Aufbessern und Neugestalten des Schuhwerks der ganzen Familie anvertraut worden war. Und da er eine hübsche Tochter besaß, mit welcher Thomas Beyer durch eine merkwürdige Verkettung von Umständen bekannt geworden war, um schließlich sein Herz an sie zu verlieren, so benutzte auch er mit andauernder Zähigkeit den Donnerstag zu seinen Besuchen, um lebhaften Anteil an der schwebenden Kardinalfrage des Tages zu nehmen. Sein Hauptbestreben ging jedoch darauf hinaus, den aufgeklärten Thomas Beyer durch eingehende Beobachtung und plötzlich angestelltes Kreuzverhör einer Prüfung zu unterwerfen, die es ihm ermöglichte, endlich den Tag zu erfahren, an welchem der Altgeselle Fräulein Helene Krusemeyer als getreue Gattin heimzuführen gedenke. Drehte dagegen das Gespräch sich um Politik, so war es ergötzlich zu vernehmen, mit welcher Glaubensstärke Herr Krusemeyer sich auf die Unfehlbarkeit seines Beamtentums berief. Seine ständige Redensart war dann: »Liebegott und ich gehören zur Polizei, und die weiß alles.«
Johannes Timpe sah in der letzten Zeit den Besuchen des Hausschusters und Nachtwächters mit einer gewissen Erwartung entgegen, die ihre Erklärung in den Neuigkeiten fand, mit denen Krusemeyer stets aufzuwarten pflegte; wußte dieser doch mancherlei über den Bau von Urbans Fabrik zu berichten, da er in einem der kleinen Häuser, welche den Bauplatz am

anderen Ende der Straße umschlossen, wohnte und tagtäglich die Vorgänge auf dem Terrain verfolgen konnte. Den Drechslermeister interessierte nun einmal jede Kleinigkeit, die sich mit dem Namen des großen Konkurrenten verband.

Timpe hätte jedenfalls seine Erkundigung viel besser bei Franz einziehen können, aber dieser war seit jenem Tage, an dem ihm die große Ehre zuteil wurde, in der Familie seines Chefs beim Weinglase sitzen zu dürfen, merkwürdig schweigsam geworden. Wollte sein Vater die Neugierde bei ihm befriedigen, so kamen allerlei Ausreden zum Vorschein. Er tat sehr wichtig, zuckte mit den Achseln und wiederholte immer ein und dieselbe Phrase: »Das ist Geschäftsgeheimnis, Vater. ›Wir‹ Kaufleute haben unsere Prinzipien, von denen wir nicht abweichen dürfen. Ich kann dir nur sagen, daß große Dinge vorgehen.«

Johannes Timpe drang dann nicht weiter in ihn, freute sich vielmehr in seinem Innern darüber, daß Franz so brav die Interessen Urbans wahrnahm. Es war auch ein gewisses Schamgefühl, das ihn abhielt, immer wieder seinem Sohne gegenüber auf das alte Thema zurückzukommen.

Was ihn am meisten schmerzte, war, daß Franz jetzt fast jeden Abend außerhalb der Familie zubrachte. Kam er nach Hause, so verzehrte er in aller Hast sein Essen und machte sich wieder auf den Weg. Er gebrauchte dann immer die alte Ausrede, Rücksichten gegen den Geschäftsführer und die anderen Kollegen zwängen ihn, mit diesen die Bierlokale aufzusuchen. Oftmals kam er zum Abendessen gar nicht nach Hause. Er habe über die Kontorstunden hinaus arbeiten müssen und es vorgezogen, gleich seine Freunde aufzusuchen, meinte er dann zur Entschuldigung. Mit der Zeit gewöhnten Vater und Mutter sich so sehr an sein unregelmäßiges Leben, daß sie es ganz selbstver-

ständlich fanden, wenn er gleich nach dem Abendbrot seinen Hut ergriff und verschwand.
Vier Wochen lang schwieg der Großvater, dann aber gab es eines Abends einen bösen Auftritt. Der Greis strengte seine Lunge derartig an, daß man seine Stimme auf der Straße vernehmen konnte. Er wütete förmlich. Der Stock, der mit seiner Krücke stets am Lehnstuhle hing, fuhr mit der Spitze so rasch und nachdrücklich gegen die Diele, daß er einen förmlichen Wirbel schlug.
Das sei nicht mehr auszuhalten! Was denn auf die Dauer daraus werden solle, wenn ein Mensch in so jungen Jahren ins Bummeln gerate und den ganzen Abend über bis tief in die Nacht hinein in den Kneipen sich herumdrücke? Man wisse nicht einmal, in was für einer Gesellschaft! Das würde nicht der erste verlorene Sohn sein, der seinen Eltern eines Tages schrecklichen Kummer bereite. Ob man vielleicht glaube, daß ein derartiges Leben einem Körper dienlich sei? Ein Wetter müsse dreinschlagen, wenn da nicht eine Änderung geschaffen werde. Wenn so ein Bengel nicht gutwillig gehorchen wolle, dann müsse man den Rohrstock nehmen und ihn mit einigen wohlgemeinten Hieben auf die Pflicht des Gehorsams aufmerksam machen ... Sein letztes Wort in dieser Angelegenheit sei das: Entweder sorge man dafür, daß Franzens Lebensweise sich ändere, oder er, der Großvater, verlasse noch auf seine alten Tage das Haus.
Nach jedem Satze war der Stock gegen den Boden gesaust, als sollten die Worte einzeln festgenagelt werden.
Timpe und sein Weib zitterten vor Schreck und wurden blaß. In einer derartigen Verfassung hatten sie den Alten noch niemals gesehen. Mit halb geöffnetem Munde starrten sie zu ihm hinüber. Ein lebendes Bild des Jammers bot sich ihnen dar: der Kopf war auf die Brust gesunken, der Atem ging stoßweise und

röchelnd, Hände und Beine bewegten sich wie im Fieber, die ganze Gestalt schien kleiner, zusammengedrückter geworden zu sein. Und dieser gebrechliche, in seiner Hülflosigkeit einem Kinde gleichende Mann sollte das Haus verlassen? O nein, nein ... Johannes Timpe fand diesen Gedanken des Großvaters fürchterlich. Von nun an sollten alle Wünsche des Alten erfüllt werden.

Während einiger Minuten vernahm man nur die Atemzüge des Greises. Plötzlich zuckte sein Mund ... Und der ganze Widerstreit der Gefühle, die diesen merkwürdigen Menschen im Augenblick durchtobten, kam in den Worten zum Ausbruch: »Mein einziger Enkel!« Langsam rollten große Tränen über seine hageren Wangen. Es war zum ersten Male, daß er hindurchblicken ließ, wie unter der eisernen Strenge, die er Franzen gegenüber an den Tag legte, eine tiefe Liebe schlummerte.

Meister Timpe war tief bewegt, und Frau Karoline nicht minder. Sie überboten sich gegenseitig in Zärtlichkeiten gegen den Alten, streichelten seine welken Hände und versuchten ihn zu besänftigen.

»Rege dich nicht auf, Vater! Ich verspreche dir, es soll eine Änderung eintreten«, sagte Johannes und zog den Kopf des Alten an sich.

Diese Änderung bestand darin, daß Johannes seinem Sohne das Taschengeld entzog und ihm nur den kleinen Monatsgehalt beließ, den er von Urban bekam. Eine ganze Woche hindurch blieb Franz des Abends zu Hause, aber er sprach während dieser Zeit kein Wort und tat so, als existiere für ihn niemand im Hause. Das vermochte sein Vater nicht zu ertragen.

»Ich weiß, was dich drückt«, sagte er eines Mittags zu Franz. »Ich sehe ein, daß der Großvater dir abermals bittres Unrecht getan hat. Du bist ein anderer Geist wie er und ich, du gebrauchst die Gesellschaft, um nicht zu verbauern. Hier hast du dein Taschengeld wieder, aber wir wollen die Geschichte jetzt anders machen. Du wirst von jetzt ab in der guten Stube schlafen, da hört der Großvater dein Nachhausekommen nicht.«

Damit kam man wieder ins alte Geleise. Der Meister hatte wiederum bewiesen, daß er seinem Stammhalter zuliebe selbst nicht vor einer Lüge seinem Vater gegenüber zurückschreckte. Ja, er spielte eine förmliche Komödie, um Großvater und Enkel das Leben so angenehm als möglich zu machen, ließ den Alten in dem Glauben, daß in Franzens Lebenswandel wirklich eine Änderung eingetreten sei, rühmte dessen Solidität über die Maßen und wußte es gar so weit zu bringen, daß Gottfried Timpe Franz freundlicher gesinnt wurde und in der Herzensfreude darüber, daß man diesmal seine Autorität respektiert habe, hin und wieder mit seinem Enkel ein längeres Gespräch anknüpfte und zum Erstaunen aller ihn sogar aufforderte, zur Abwechslung einmal die alte Gesellschaft aufzusuchen.

Als dies Wunder geschah, fühlte Johannes Timpe sich dadurch außerordentlich gerührt. Er wendete sich ab und verließ das Zimmer. Es war ihm peinlich, das spöttische Lächeln seines Sohnes zu beobachten, das fortwährend zu sagen schien: Wenn du wüßtest, Alter!

Durch seine ewige Nachgiebigkeit erreichte Johannes Timpe weiter nichts, als daß Franz immer mehr den Respekt vor ihm verlor und sich schließlich wie ein selbständiger Mann vorkam, der tun und lassen kann, was er will. Eines Tages trug er sehr auffallend ein Stück bunten Bandes an seiner Uhrkette, einen sogenannten »Bierknoten«. Er war nämlich einer Vereinigung von jungen Leuten beigetreten, deren Mitglieder neben vielem Biertrinken das hauptsächlichste Bestreben zeigten, studentische Manieren nachzuahmen. Den Rock weit zurückgeschlagen, die Hände in den Hosentaschen haltend, schritt er in der Mittagsstunde prahlerisch vor den Fenstern der Werkstatt auf und ab, so

daß die Gesellen eine neue Veranlassung gefunden hatten, ihre Witze über ihn zu machen.
»Hausaffen tragen gewöhnlich bunte Bänder«, sagte der kleine Sachse sofort, als er ihn erblickte, worauf der Berliner seinem unvermeidlichen »Det stimmt« diesmal hinzufügte: »Und was für welche!« – eine Bemerkung, aus der man nicht genau entnehmen konnte, ob sie sich auf die Bänder oder Affen beziehe.
Selbst der ernste Thomas Beyer konnte sich eines Lächelns nicht erwehren. Franz aber fand durchaus nicht, daß er sich lächerlich mache, sondern blähte sich wie ein Pfau und zog alle zwei Minuten die Uhr hervor, um das Abzeichen seiner neuen Würde erst recht ins Auge fallen zu lassen. Meister Timpe teilte das Urteil seiner Leute nicht. Als sein Sohn ihm die Bedeutung der Farben auseinandersetzte und dabei fortwährend die Worte »Student« und »Kommilitonen« im Munde führte, hörte er aufmerksam zu und freute sich darüber, daß sein Einziger in solch »gute Gesellschaft« geraten sei.
»Das Schönste dabei ist, Vater, daß man mich immer für einen jungen Offizier hält. Sehe ich denn wirklich so aus?«
Johannes Timpe hatte niemals an einen derartigen Vergleich gedacht, nun aber ließ er seinen Blick mit einer ganz anderen Aufmerksamkeit als sonst über die Gestalt seines Sohnes gleiten und erwiderte schmunzelnd:
»Ein stattlicher Kerl bist du für dein Alter, das wird selbst Moltke nicht bestreiten können. Du Tausendsassa, du!«
Franz Timpe, stolzerfüllt, zog seine beiden Haarbürsten hervor und begann seine Toilette zu erneuern, diesmal mit einer ganz besonderen Aufmerksamkeit.
An einem Donnerstag war man wieder im Garten versammelt.

»Ich werde heute früh schlafen gehen«, sagte Franz und entfernte sich, während Meister Timpe nickte und seinem Sohne einen vielsagenden Blick zuwarf. So pflegte Timpe junior nämlich in der letzten Zeit immer zu sagen, wenn er in Gegenwart des Großvaters einen Vorwand suchte, um das Haus verlassen zu können. Als er fort war, bemerkte Gottfried Timpe:
»Er scheint wirklich in sich zu gehen. Er ist auch gar nicht mehr so vorlaut wie früher. Heute namentlich schien es, als könne er den Mund nicht auftun. Schadet auch nichts! Leute, die wenig reden, denken mehr.«
Es hatte nur dieser Anregung bedurft, um Frau Karoline sofort auf das Thema näher eingehen zu lassen.
»Hast du nicht bemerkt, Vater, wie blaß er aussah?« sagte sie zu ihrem Manne. »So habe ich ihn noch nie gesehen. Ich glaube gar, der arme Junge arbeitet zu viel im Geschäft.«
Der Großvater wollte von dieser Beschäftigung nichts wissen und fiel ein: »Da haben wir's ja! Das ist die moderne Welt: Wenn so ein junger Mensch heute mal ernstlich arbeitet, dann heißt es gleich: Er ist krank; und seine Mutter möchte am liebsten sofort nach dem Doktor schicken. Die Sache kommt mir verdächtig vor: wenn er euch nur nicht gestern abend ein Schnippchen geschlagen hat und, heidi, zu seinen Freunden gegangen ist.«
Meister Timpe begann laut zu husten und versuchte, diesen Verdacht mit gut geheuchelter Entrüstung von Franz abzuwehren. Um in seinen Bemühungen einen Bundesgenossen zu haben, trat er Thomas Beyer auf den Fuß, machte eine Pantomime und fragte: »Nicht wahr, Sie glauben das auch nicht?«
»Niemals würde ich das, Meister. Ich glaube nur das, was ich sehe und weiß. Über Glauben und Wissen ließe sich überhaupt so manches sprechen. Da habe ich neulich einen Vortrag gehört –«

Der aufgeklärte Altgeselle saß mit dem Gesicht der Haustüre zugewendet und erblickte nun Krusemeyer, der mit einem »Guten Abend, Herrschaften!« den Garten betrat und, bedächtig einen Fuß vor den anderen setzend, langsam herankam, als befände er sich auf einem nächtlichen Patrouillengang, der keine Übereilung dulde. So kam es denn, daß Thomas Beyer seinen Satz nicht beendete, sondern sofort aufsprang, um dem Weißbart ein Plätzchen zu verschaffen.
Johannes Timpe zeigte sich plötzlich sehr wohlgelaunt. Er hatte dem Hausschuster, der die ausgebesserten Stiefel, die er mitgebracht hatte, noch einmal mit Wohlgefallen prüfte, kaum ein Glas Bier vorgesetzt, als er auch schon fragte:
»Nun, was gibt's Neues?«
Krusemeyer antwortete nicht, machte aber eine leicht verständliche Gebärde: Man solle den Großvater entfernen. Das Ehepaar sah sich bestürzt an; denn wenn Krusemeyer dieses Verlangen stellte, so mußte etwas ganz Besonderes passiert sein. Zum Glück war die Zeit gerade herangerückt, wo der Alte sein Bett aufzusuchen pflegte. Als Frau Karoline ihn fragte, ob man nicht Anstalten machen wolle, ins Haus zu gehen, erhob er sich denn auch, sagte den übrigen gute Nacht und wankte, gestützt von der Frau seines Sohnes, der Tür zu.
Johannes wurde währenddessen von der Neugierde gepeinigt. Krusemeyer befriedigte dieselbe aber erst, als die Meisterin zurückgekehrt war. Dann sagte er plötzlich:
»Wann ist er denn nach Hause gekommen, oder ist er ganz fortgeblieben?«
»Wer?«
»Nun, euer Franz –«
Da die drei anderen ein merkwürdig erstauntes Gesicht zeigten und augenblicklich keine Worte fanden, so führte der Beschirmer der Bürgerruhe das Gespräch

allein weiter, und das geschah mit einer Überlegenheit, die nur zu deutlich verriet, wie erhaben er sich in seiner augenblicklichen Rolle finde.
So sagte er denn aufs neue:
»Die Sache ist mit wenigen Worten die: Man hat in der vergangenen Nacht eine Anzahl junger Leute, die lärmend und singend durch die Straßen zogen, dabei überrascht, wie sie allerlei Unfug trieben: an den Klingeln der Ärzte und Hebeammen zogen, die Bewohner aus dem Schlafe klopften und zuletzt sich nicht scheuten, Schilder von den Häusern zu reißen, auf welche sie mit ihren Stöcken paukten, daß es eine Höllenmusik abgab ... Na, das war ein netter Skandal! Die Ohren mußte man sich zuhalten! Es geschah in meinem benachbarten Revier. Ich konnte von der Straßenecke den Vorgang deutlich mit ansehen, dachte aber bei mir: Was wirst du dich um die Stunde noch hineinmischen! Es war nämlich bereits drei Uhr; und außerdem sagte Liebegott zu mir: ›Laß die nur laufen, denn ehe wir dorthin kommen, sind die längst über alle Berge!‹
So stehen wir beide denn an der Ecke und sehen dem Indianertanz zu und fragen uns gegenseitig immer nur das eine: Wo mag nur Wenzel stecken? So heißt nämlich mein Kollege aus dem Revier. Endlich kommt er angeschlurft und gebietet Ruhe. Ja, da war gut Ruhe bieten. Die ganze Gesellschaft umringte ihn, nannte ihn ›Herr Wachtmeister‹, ›Herr Lieutenant‹ und ›Herr Polizeipräsident‹; zuletzt wollten alle mit ihm eine Weiße trinken gehen. Dann fragte ihn einer nach seinem Namen, und er, gemütlich geworden durch die Aussicht auf die Weiße, sagte, wie er heißt. Nun fingen sie alle an, das Lied zu singen: ›Der Wenzel kommt, der Wenzel kommt, der Wenzel ist schon da!‹ Einige pfiffen dabei auf ihren Stöcken, zwei trompeteten laut gen Himmel, und die anderen paukten ruhig weiter auf ihre Schilder. Das war denn doch dem Wenzel

zu viel. Er drohte mit dem Arretieren, und als die jungen Herren nun sahen, daß selbst die Anrede ›Herr Oberbürgermeister‹ nichts helfe, da wurden sie wieder sehr ungemütlich, pfiffen und lärmten noch lauter, nannten ihn einen ›Nachtwächter von Mottenburg‹, der niemals in seinem Leben anständig betrunken gewesen sei, und verlangten durchaus von ihm, er solle ihnen den Ort angeben, wo er seinen Spieß gelassen habe, denn ein richtiger Nachtwächter dürfe ohne Spieß nicht ausgehen ... In seiner Herzensangst ließ der kleine Wenzel – denn er ist nämlich sehr klein und hat bei den ›Maikäfern‹ gedient – die Notpfeife ertönen, und nun konnten wir nicht länger den Dingen ruhig zuschauen. Ich also vorwärts, und Liebegott immer langsam hinterdrein. Von allen Seiten kamen nun die Nachtwächter und Schutzleute herbei, und die ganze Gesellschaft mußte nach der Revierwache. Keiner von ihnen konnte gerade stehen, alle aber wollten durchaus ganz nüchtern sein und immer recht haben. Dabei berief sich jeder darauf, daß er Student sei und kein Mensch ihm etwas anhaben könne. Die Titel der Väter spielten dabei auch eine große Rolle. Wer aber am wenigsten nüchtern war und am lautesten schrie, war Herr Franz. Fortwährend sagte er: ›Sie haben mir gar nichts zu sagen ... Ich bin der zukünftige Schwiegersohn von Herrn Urban, dem reichen Fabrikbesitzer, verstehen Sie? ... Der wird Ihnen das schon besorgen ...‹ Ich habe lachen müssen! Der ›Schwiegersohn‹ mußte alle Augenblicke herhalten. Ich habe dann Ihrem Sohne sehr gut zugeredet, aber es half nichts. Im Gegenteil – er fuhr auch mir über den Mund und gebärdete sich wie ein Unsinniger. Das hat mir am wehesten getan. Wie lange er mit den anderen auf der Wache blieb, das weiß ich nicht; denn Liebegott und ich sind wieder unserem Berufe nachgegangen. Vielleicht war's nicht recht, daß ich dies alles

erzählt habe; aber ich sagte mir: Krusemeyer, tue es lieber, es kann mehr nützen als schaden.«
Während Krusemeyer erzählte, hatte das Ehepaar seine Heiterkeit nicht verbergen können. Sosehr auch der Meister und sein Weib bestürzt waren, als sie vernahmen, daß ihr Einziger sich unter den Arrestanten befunden hatte, so mußten sie doch über die übermütigen Späße lachen. Was den Meister selbst betraf, so sagte er ein über das andere Mal: »Diese Teufelskerle! Ja, das ist so Studentenmanier.«
Erst als der redselige Beamte seinen Bericht beschlossen hatte und sehr ernst geworden war, zeigte auch Timpe eine bedenkliche Miene und kratzte sich hinter dem Ohr. Was wohl aus der ganzen Geschichte werden könne? fragte er schließlich.
»Eine kleine Ordnungsstrafe, damit wird die Sache erledigt sein«, erwiderte Krusemeyer. Damit war Timpe beruhigt.
Thomas Beyer war der einzige, der während der Unterhaltung seinen Ernst bewahrt hatte. Nur hin und wieder war ein Lächeln über seine Züge geflogen, doch hatte das mehr der drolligen Erzählungsweise Krusemeyers als den Vorgängen der vergangenen Nacht gegolten. Ein ewiger Grübler, wie er war, versuchte er nach seiner Weise allen Dingen auf den Grund zu gehen, fand auch das Leben viel zu ernst, um sich durch äußerliche Nichtigkeiten täuschen zu lassen. Als Timpe nun sagte, er werde die »Lappalie« sehr gern bezahlen, denn sein Sohn habe sich jedenfalls gut amüsiert, konnte er nicht mehr an sich halten.
»Meister«, begann er, »ich stehe seit fünfzehn Jahren bei Ihnen in Arbeit, seien Sie mir daher nicht böse, wenn ich einmal ein offenes Wort sage. Frei heraus: Sie sind zu nachgiebig gegen Ihren Sohn, er wird Ihnen das dereinst schlecht belohnen ... Ihr Herr Vater hat nicht so ganz unrecht, wenn er den Segen

der Zuchtrute predigt und sich immer verschlossener und mißtrauischer gibt, weil er sich bewußt wird, daß all sein Reden nichts hilft.«

Meister Timpe nahm vor Erstaunen die kurze Pfeife aus dem Munde. Frau Karoline aber, die immer noch emsig strickte, ließ aus Versehen einige Maschen fallen und warf über die Brille hinweg einen unmutigen Blick auf den Sprecher.

»Soo, soo, soo –« sagte Timpe sehr gedehnt, machte eine kurze Pause, als müsse er sich zuerst für diesen unerwarteten Angriff sammeln, und setzte dann hinzu:

»Also Sie stoßen in dasselbe Horn wie der Alte und wollen ebenfalls Moral predigen! Aber *die* Moral kennt man! Die ist nicht weit her. Wenn es nach euch ginge, müßte die Jugend weiter nichts tun als arbeiten, beten und sich kasteien.«

»Das nicht, Meister, aber sie sollte etwas tun, was nicht nur bei den Menschen, sondern auch in der ganzen Natur notwendig ist, um alles vortrefflich gedeihen zu lassen . . .«

»Und das wäre, mein kluger Herr Beyer?«

»Maßhalten, Meister . . . Die Bäume würden nicht mehr schön aussehen, wenn sie bis in den Himmel ragten, und die Wolken wären keine Wolken, wenn sie hier unten bei unseren Füßen vorbeizögen. Ein altes Sprüchwort sagt: Vater und Mutter können zehn Kinder ernähren, aber selten tun das zehn Kinder mit ihren Eltern. Meister Timpe, ich will von Herzen wünschen, daß dieses Sprüchwort für Sie nur Sprüchwort bleibt, aber denken Sie an Thomas Beyer, wenn es eines Tages sich bewahrheiten sollte. Und wenn Sie mich auf der Stelle ablehnen, ich kann's nicht ändern, Meister: die Dinge liegen so.«

»Sehr gut gesagt, sehr gut gesagt, Beyer.«

Als nach einer Pause Johannes Timpe diese Worte hervorbrachte, geschah es ungefähr in dem Tone eines

Menschen, dessen Gefühl berührt worden ist, der aber die Wahrheit der vernommenen Lehrpredigt noch nicht zugeben will. Sicher aber ist, daß der Drechslermeister mit Aufmerksamkeit seinem Gesellen zugehört hatte und sehr bewegt geworden war; nicht minder seine getreue Ehehälfte. Sie hatte mehrmals stumm vor sich hingenickt und einmal sogar einen Seufzer ausgestoßen, der mehr als viele Worte sagte.

Und wenn man die Empfindung Krusemeyers schildern wollte, so würde man dieselbe am besten mit derjenigen eines Leichenbitters vergleichen, der an einer offenen Gruft steht und soeben ein über Erwarten hohes Trinkgeld bekommen hat, das seine ganze Herzensfreude bildet, jedoch nicht zuläßt, im Augenblick dem Gesichte eine andere als eine traurige Miene zu geben. Um aber durch irgend etwas seine Sympathie für den Sprecher Ausdruck zu geben, brachte er mehrmals die Sohle seines rechten Stiefels sehr kräftig mit der Spitze von Beyers linken in Berührung – eine Aufmunterung, die, in Worten übertragen, ungefähr gelautet haben würde: Immer tüchtig drauf los, so ist's recht, Junge!

»Die erfolgreichste Erziehung beim Menschen wird immer die Selbsterziehung bleiben«, hub Johannes Timpe wieder an zu sprechen. Oft werden die besten Menschen diejenigen, die durch Torheit und Leichtsinn dereinst zur Erkenntnis kommen. Jugend hat keine Tugend und muß austoben.«

»Wer sich aber selbst erziehen will, Meister, muß vor allem ein Charakter sein. Er muß beweisen, daß er nicht zugrunde gehen würde, auch wenn er ganz allein dastünde. Hat das Ihr Sohn schon bewiesen? Er weiß, daß er Vater und Mutter im Rücken hat, und da lassen sich die Pläne gut schmieden. Sehen Sie mich an, Meister: Mit dreizehn Jahren kam ich unter fremde Leute, denn ich hatte niemanden mehr von meinen Angehörigen als meine Schwester; und die war viel jünger als ich. Fünf Jahre war ich in der Lehre, denn ich habe mich freilernen müssen. Manchesmal hat es mehr Hiebe gegeben als Essen, denn mein Meister war ein roher Patron; aber trotzdem, oder gerade deswegen, bin ich den geraden Weg gegangen.«

»Und weil Sie alles das durchgemacht haben und ein so tüchtiger, braver Kerl geworden sind, mein lieber Beyer, will ich manches Wort, das Sie heute über meinen Franz gesagt haben, nicht auf die Waagschale legen. Lassen Sie ihn nur, wie er ist, mit den Jahren kommt der Verstand.«

»Da hätten wir sehr viele weise Menschen in der Welt, Meister; aber man hört wenig von ihnen.«

»Das liegt nicht an den weisen, sondern an den tauben Leuten, mein lieber Beyer ... Im übrigen wird die Welt immer dieselbe bleiben, solange die Sonne nicht mal zur Abwechselung im Westen aufgeht und im Osten unter.«

»Da sind wir wieder auf unser altes Thema gekommen, Meister, und ich muß aufs neue wiederholen, Sie sind nicht fortgeschritten in Ihren Anschauungen; aber Sie werden einmal anders denken.«

»Da kommt ihr immer mit eurem großen Fortschritt! Als ob das nicht der beste Fortschritt wäre: ewig in seiner Gesinnung gleichzubleiben! Tue recht und scheue niemand – so sage ich, und so soll's bleiben. He, Alte, habe ich recht?«

»Jawohl, Vater, du hast immer recht; aber was den Franz anbetrifft, so möchte in manchen Dingen Herr Beyer doch nicht so ganz –«

»Unrecht haben. Gewiß, gewiß! Verlaß auch du noch meine Fahne! Hier fehlt nur noch der Großvater, um mich zum toten Manne zu machen. Aber Johannes Timpe läßt sich noch nicht begraben. Werde dem da drüben hinter der Mauer gerade den Gefallen tun!«

Und der Meister lachte vergnügt und erhob sich zum Zeichen, daß er die Sitzung beschließen wolle.

Als Krusemeyer langsam hinter dem Altgesellen dem Häuschen zuschritt, nahm ihn Timpe noch einmal beiseite, hielt ihn auf einige Augenblicke zurück, tat erst sehr verlegen und sagte dann leise, aber mit großer Wichtigkeit: »Hm – ja, was ich gleich noch sagen wollte: Hier das Geld für die Stiefel ... und ja, hm – – der Junge hat also wirklich ganz offen behauptet, er würde der Schwiegersohn von Urban werden? – Hm – verstehen Sie nur: Es sind ja Worte eines dummen Jungen, aber ich möchte das nur bestätigt wissen, um dafür zu sorgen, daß er nicht noch einmal so etwas öffentlich schwatze –«

»Sehr in der Ordnung, Herr Timpe ... Mein Wort darauf: Zehnmal mindestens hat er es gesagt ...«

»Hier, Krusemeyer, trinken Sie eins auf mein Wohl, und forschen Sie einmal bei Ihrem Freunde, dem Schutzmann, wie die Radaugeschichte des Jungen steht.«

»Nichts leichter als das, Herr Timpe. Liebegott und ich gehören zur Polizei, und die weiß alles.« Damit verschwand auch er.

Während Frau Karoline bereits in der Wohnstube saß, schritt Johannes, behaglich aus seiner Pfeife rauchend, noch im Gärtchen auf und ab. Die eindringlichen Worte des Altgesellen gingen ihm durch den Kopf; nicht minder die nächtliche Heldentat seines Sohnes. Zum ersten Male hatte er die Überzeugung, daß sich Franz nicht auf dem rechten Wege befinde. Etwas wie eine dunkle Ahnung stieg in ihm auf, daß sein Stammhalter ihm noch großen Kummer bereiten werde. Jener unbeschreibliche Zwiespalt der Empfindungen, der die Vernunft mit dem Herzen streiten läßt, kam über ihn. Sein väterlicher Stolz bäumte sich auf bei dem Gedanken, daß alle seine und seines Weibes Liebe für seinen Einzigen umsonst gewesen sein könne, daß er dereinst nicht die Dankbarkeit finden werde, die er erwartete. Mißtrauen gegen sich selbst erfüllte ihn, er kam aus einer Stimmung in die andere. Aber weshalb zerbrach er sich den Kopf, trug er sich mit peinlichen Gedanken? War der Zukunft nicht alles vorbehalten? Und wer konnte sie entschleiern? ... Das vermochte weder der Großvater, Thomas Beyer noch er ... Dann trat diese Zukunft wieder sonnig vor sein geistiges Auge. Wie kam sein Sohn dazu, sich solchen Hirngespensten hinzugeben, die in der Behauptung enthalten waren, er würde der Eidam Urbans werden? Gewiß war das nur ein Ausfluß der Bierlaune; und doch, konnte er, Johannes Timpe, wissen, was hinter seinem Rücken vorging? War Franz nicht ein stattlicher Mensch, hatte er nicht eine ausgezeichnete Schulbildung erhalten, hatte Urban ihn nicht so außerordentlich gelobt?

Johannes Timpe lächelte still vergnügt vor sich hin, wie ein Mann es zu tun pflegt, der sich in rosigen Träumen wiegt. Plötzlich fiel ihm ein, daß er heute »Franzens-Ruh« noch nicht bestiegen habe. Das mußte nachgeholt werden.

Nach fünf Minuten saß er oben in den Zweigen und starrte in den hellen Abend.

Es war Mitte August, der Tag heiß gewesen. Und nun hatte sich ein leiser, wohltuender Wind erhoben und trieb seinen Luftzug Johannes Timpe kühlend ins Gesicht. Der Vollmond schwamm wie eine silberne Riesenmotte am Himmel, überzog die Dächer der Häuser mit seinem weißen Lichte und färbte die leise lispelnden Blätter der Bäume und Sträucher mit einem smaragdfarbenen Schimmer, der sie wie durchleuchtet erscheinen ließ. Selbst die überall gähnenden Schatten der Häuser nahmen sich wie ein durchsichtiger, blauschwarzer Schleier aus, der jeden Gegenstand am Erdboden deutlich erkennen ließ. Die Rosen durchwürzten mit ihrem letzten Duft die Luft, und auf dem einzigen, jenseits der Mauer stehengebliebenen Baum saß eine Nachtigall und schlug schmelzend ihre herzbewegenden Triller. Es war, als klage sie über den Verlust des herrlichen Naturschmuckes, der ehemals hier ihr Reich gebildet hatte. Ein großer Nachtfalter umschwirrte den Meister, summte ihm einige Sekunden lang die Schmetterlingssprache vor und entwich dann mit glänzenden Flügeln. Er nippte an den goldigen Blüten eines Akazienbäumchens und verlor sich dann im Dunkel.

Diese märchenhafte Stille wurde nur zeitweilig von den Wellenschlägen des Berliner Lebens unterbrochen, die wie das Murmeln eines leise grollenden Meeres in sanften Rhythmen Johannes' Ohr berührten.

Lange ließ der Meister wie traumverloren seinen Blick über die Umgebung schweifen. In gleichmäßigen Absätzen blies er den Rauch seiner Pfeife von sich, während ein Ausdruck stiller Zufriedenheit sich über seine Züge breitete.

Gespensterhaft, grell vom Lichte des Mondes beschienen, ragten die fensterlosen Mauern der neuen Fabrik in den Äther. Eine Vision überkam ihn: Hundert geschäftige Hände begannen sich drüben zu regen. Es klapperte, schnurrte und walzte; zischend stieg der Dampf zum Himmel empor, schrill ertönte der Pfiff der Pfeife. Und plötzlich stieg blutigroter Qualm vor seinen Augen auf. Tausend Arme streckten sich ihm entgegen, riesige Hämmer wurden über seinem Kopf geschwungen, und aus unzähligen Kehlen hallten die fürchterlichen Worte: »Meister, wir schlagen dich tot, du bist uns im Wege.« Er wehrte sich mit Riesenkräften; aber allmählich hagelten die Schläge so dicht auf ihn hernieder, daß er schwächer und schwächer wurde und mit einem Schrei der Verzweiflung, dem ein langer Seufzer folgte, zu Boden sank.

Johannes Timpe wankte wirklich, aber auf seinem Sitze, so daß er sich mit einem schnellen Griff an einem Ast festhalten mußte. Dann rieb er sich die Augen, denn die Lider waren ihm von dem balsami-

schen Duft der Nacht schwer geworden. Er war nahe daran gewesen, mit halboffenen Augen zu träumen.
Da war es ihm, als vernähme er jenseits der Mauer flüsternde Stimmen. Er richtete den Blick nach dort, sah ein helles Kleid leuchten und Arm in Arm mit einem jungen Mädchen, voll und ganz in Mondeslicht getaucht, seinen Einzigen kosend und schäkernd dahinschreiten.
»Potz Blitz, der Junge!«
Und als Johannes seine Augen aufs neue anstrengte, erkannte er in der jungen Dame Fräulein Emma Urban, die sich gar innig an seinen Sohn anschmiegte und selig zu ihm emporblickte.
Der Meister blickte so lange mit halbgeöffnetem Munde den Dahinwandelnden nach, bis ihm die Pfeife ausgegangen war.
»Ei, sieh diesen Tausendsassa an! So also stehen die Dinge –«
Und als er von seiner Warte herabgestiegen war, trat er zu Frau Karoline mit den Worten ins Zimmer:
»Denk dir nur, Alte, unser Junge hat eine Braut!«
»Träumst du, Vater . . .?«
»Krusemeyer hat nicht zu viel gesagt; er wird wahrhaftig noch Herrn Urbans Schwiegersohn. Da soll mir der Thomas Beyer noch einmal kommen! Ich will ihm heimleuchten.«
»Ja, ja, Vater – ich habe es immer gesagt: Aus dem Jungen wird was.«
»*Du*, Alte? Ich glaube, ich war dir in dieser Behauptung weit voraus.«
Und die Alten kamen sich vergnügt wie Brautleute vor und plauderten noch lustig bis spät in die Nacht hinein.

VII.
Große Toilette

Den ganzen Winter hindurch, der von seltener Strenge war, mußte der Bau der Fabrik ruhen. Zu Herrn Ferdinand Friedrich Urbans großem Kummer! Da die rauhe Jahreszeit es nicht gestattete, die »Warte« zu besteigen, so streckte Johannes Timpe von nun an jeden Tag den Kopf durch die Bodenluke, um seine Neugierde zu befriedigen. Wenn er bei dem fahlen Licht der Abenddämmerung seinen Blick zu dem bereits fertigen Rohbau hinübersandte, so war es ihm, als grinsten ihn die dunklen Fensterhöhlungen der schneebedeckten Brandmauer wie ebenso viele Augen eines Ungeheuers an. Seine stark ausgeprägte Phantasie begann ihre Wirkung zu tun.
Sobald der erste Sonnenstrahl sich wieder zeigte, erschien Urban auf dem Bauplatz und erhob seine Nase zum Himmel, als wolle er diesen für die Unterbrechung der Arbeit anklagen. In einen bis zur Erde reichenden Pelz gehüllt, einen Schal mehrmals um den Hals geschlungen, eine englische Stoffmütze weit in die Stirn gedrückt, schnüffelte er in allen Ecken herum. Man sah von dem ganzen Menschen eigentlich weiter nichts als die ewig gerötete Nasenspitze, welche der weit heruntergerutschten Brille als letzter Halt diente. Selbst die Hände waren tief in den Ärmeln des Pelzes vergraben. Er befreite sie nur dann von ihrer Hülle, wenn er zu seinem seidenen Taschentuch greifen mußte oder den Versuch machte, mit dem Knöchel des Zeigefingers die Güte der Steine zu probieren.
So lief er denn behende wie ein riesiges Wiesel zehnmal um das ausgedehnte Gebäude herum, reckte den Hals, als müsse er die Höhe ermessen, und verschmähte es nicht, hin und wieder die Leitern im In-

nern des Gebäudes zu besteigen, um plötzlich seine würdige Gestalt im Rahmen eines Fensters im ersten Stockwerk darzubieten. Dann schielte er zum kleinen Häuschen Timpes hinüber und schüttelte still vor sich hin mit dem Kopf, als könne er irgend etwas nicht begreifen. An einem dieser Inspektionstage erblickte er den Meister im Gärtchen. Sofort stieg er die Leiter hinunter und erschien in der Öffnung der Mauer. Da es immer noch unentschieden war, ob die letztere ganz niedergelegt werden solle, so hatte man das große Loch mit einigen starken Bohlen versperrt.
Die eine derselben wurde nun beiseite geschoben, und in dem engen Spalt zeigte sich Herrn Urbans von der Kälte blau angelaufenes Gesicht.
»Nun, Meister Timpe, haben Sie sich immer noch nicht besonnen? Sie wissen doch, was ich meine –« rief er nach einem kurzen Gruß Johannes zu. Dieser rückte an seiner Mütze und erwiderte: »Es wird nichts daraus, Herr Urban. Wenn die Stadtbahn das Grundstück kaufen sollte, kann ich den Profit auch allein in meine Tasche stecken.«
Urban zog die spitze Nase zurück und gab seiner Wut einen vorläufigen Ausdruck, indem er die Bohle mit einem kräftigen Ruck auf ihren alten Platz beförderte.
Timpe lachte leise vor sich hin bei dem Gedanken, mit seinen Worten den Ärger des reichen Nachbars einmal gründlich zutage gefördert zu haben. Plötzlich klaffte die Öffnung abermals, und Herrn Urbans glänzende Brillengläser richteten sich wiederholt drohend auf Johannes.
»He, Sie wollen also nicht?« schrie er diesmal wie ein zornig gewordener Knabe. »Wissen Sie, was ich dann tue? Ich lasse die Mauer herunterreißen und verbaue Ihnen hier das ganze Licht. Wurst wider Wurst! Adieu, adieu! Bis morgen können Sie mir schreiben.«
Ein Stoß, und die Bretter klapperten wieder.

Johannes Timpe lachte diesmal sehr laut auf und sagte, unangenehm berührt durch die Anmaßung des Fabrikbesitzers:
»Sie sind ein Narr.«
Zum dritten Male zeigte sich die gerötete Nase des Nachbars.
»Was erlaubten Sie sich soeben zu sagen?«
»Morgen ist Sonntag, und heute friert's wieder stark«, erwiderte der Meister gelassen.
»Ach so, das ist etwas anderes! ... Was geht's Sie überhaupt an, wenn es friert! Mein Bau wird doch fertig – zum Ärger gewisser Leute.«
Sein Grimm war diesmal unverkennbar, als er den Blicken Timpes entschwand.
»Sie sind ein kleiner Mann mit einem großen Munde«, rief der Drechslermeister ihm nach.
»Wie?« schallte es über die Mauer zurück.
»Sie sind ein großer Geist«, meinte ich.
»Das können Sie einem anderen vorreden! Ich habe wohl gehört, was Sie gesagt haben! Der kleine Mann wird Ihnen eines Tages noch eine Nuß aufzuknacken geben ... Wir kennen uns nicht mehr.«
»Mir sehr angenehm.«
Nach dieser Unterhaltung war das bisherige geheime Mißtrauen, das Timpe und Urban gegeneinander hegten, zum ersten Male zur offenen Feindschaft ausgeartet. Und wenn diese leichte Plänkelei vorerst auch eines humoristischen Anstrichs nicht entbehrte, so war doch vorauszusehen, daß der Riß sich immer mehr und mehr erweitern werde. Meister Timpe namentlich hatte dieses Gefühl. Er kam sich plötzlich sehr erleichtert vor, freute sich sogar, daß endlich die Stunde gekommen war, wo er eine bestimmte Haltung dem Nachbar gegenüber einnehmen konnte. Ein plötzlicher Trotz, der seine bisherige Sanftmut nicht wiedererkennen ließ, war über ihn gekommen. Sein stilles Philosophieren, dem er sich so oft in einsamen Stun-

den hoch oben auf der »Warte« hingegeben hatte, durfte sich nun in eine praktische Betätigung verwandeln. Die ewige Ahnung, die ihm zuraunte, daß ihm von dem Nachbar in geschäftlicher Beziehung noch großes Unheil drohen werde, hatte er bisher stumm mit sich herumtragen müssen. Nun konnte er wenigstens ein freies Wort führen, seinem Herzen einmal gehörig Luft machen. Dieser geriebene Herr jenseits der Mauer hatte ihm heute sehr deutlich zu verstehen gegeben, daß hinter seiner Höflichkeit und Herablassung nur die Sucht nach geschäftlichem Vorteil sich verborgen halte. In diesen Minuten der Erregung vergaß er sogar ganz das Verhältnis seines Sohnes zu Urban, dachte er gar nicht daran, daß dem ersteren irgendwelcher Nachteil erwachsen könne.

Als er die Werkstatt betrat, platzte er gleich hervor: »Die Menschen werden immer unverschämter in der Welt. Habt ihr den Streit gehört zwischen mir und Urban? Er will an Stelle der Mauer noch ein hohes Gebäude errichten lassen, damit wir hier womöglich den ganzen Tag über Licht brennen müssen.«

»Det lassen wir uns nich jefallen, Meester«, rief Fritz Wiesel sofort, und mehrere der anderen Gesellen fielen mit ein.

»Das darf er Sie weeß Gott nicht duhn«, bemerkte der kleine Sachse. »Dafür gibt's noch den hohen Gewerberat.«

Und Leitmann sagte äußerst kampfesmutig: »Wenn das geschieht, machen wir einfach Revolution.«

Meister Timpe zeigte angesichts dieser allgemeinen Sympathie wieder das alte vergnügte Gesicht, konnte sich aber doch nicht enthalten, seinen Worten hinzuzufügen:

»Wenn er es tut, werden wir schließlich nichts dagegen ausrichten können, und wenn wir hier wie in einem Käfig sitzen müssen. Geld gibt Macht.«

»Aha«, bemerkte Thomas Beyer, der bisher kein Wort

gesagt hatte. »Meister, Sie beginnen fortzuschreiten.«
Timpe erwiderte nichts, sondern ging in seine Arbeitsstube, um sich ebenfalls an die Drehbank zu stellen. Als er am Abend Franz zu Gesicht bekam, lautete seine erste Frage:
»Wie hat sich dein Chef heute nachmittag gegen dich benommen?«
»Sehr gut, Vater, trotzdem du ihn mehrmals beleidigt haben sollst. Er hat mir den Vorgang zwischen euch beiden erzählt. Und um dir zu beweisen, daß er dem Sohne das nicht entgelten lassen will, was der Vater ihm angetan hat, hat er mich heute abend zu einer kleinen Gesellschaft, die bei ihm stattfindet, eingeladen. Von unserem Personal ist außer dem Geschäftsführer nur noch mir diese Ehre zuteil geworden ... Es ist kein Frackzwang, wie man zu sagen pflegt; ich werde in meinem schwarzen Gehrock erscheinen und, wie ich glaube, sehr gut aussehen. Ich bitte dich daher, jetzt nicht so viele Fragen zu stellen, da ich noch mancherlei Vorbereitungen zu treffen habe. Ich bin ohnedies ärgerlich darüber, daß gerade heute diese Zänkerei zwischen euch stattfinden mußte. Daß die Eltern niemals einsehen wollen, wie sehr sie ihre Kinder schädigen, wenn sie mit dem modernen Bildungsgang nicht gleichen Schritt halten. Die Kleinen müssen den Großen hübsch nachgeben ... Sei so freundlich und gib mir etwas Kleingeld, vielleicht ein Zwanzigmarkstück. Es fehlen mir noch Krawatte, Handschuhe und andere Kleinigkeiten.«
Timpe war wie umgewandelt: der Vaterstolz beseelte ihn wieder. Sein Sohn in einer Gesellschaft bei Urban – das genügte! Er ging sofort nach dem altmodischen Schreibsekretär und langte in die Kassette, dann sagte er:
»Hör mal, ich glaube wirklich, daß ich etwas übereilt gehandelt habe. Sieh nur zu, daß du die Geschichte

wieder ins rechte Geleise bringen kannst ... Soll ich dir vielleicht den Gang abnehmen und Krawatte und Handschuhe selbst besorgen? ... Es ist nicht weit.«
Franz machte seinem Vater die nötigen Angaben und ließ ihn gehen. Nach einer Viertelstunde bereits kehrte der Alte, beladen mit mehreren Kartons, zurück. Er war so gelaufen, daß ihm trotz der Kälte der Schweiß auf der Stirn stand.
»Hier, mein Junge – da kannst du dir nach Belieben aussuchen. Ich habe Pfand gelassen, um es dir bequemer zu machen.«
Während der nächsten halben Stunde wurde die Welt vergessen, um der Toilette Franzens willen. Johannes bürstete eigenhändig den schwarzen Gehrock säuberlich ab, und Frau Karoline prüfte zehn Minuten lang die aufgeschichteten Plätthemden, ehe sie eins auswählte, das ihrer Meinung nach am tadellosesten war. Was in den seltensten Fällen vorkam, das geschah heute: Außer der Tischlampe mußten noch die beiden großen Kugellampen, die auf dem Spinde standen, ihr Licht in der guten Stube leuchten lassen; denn um dem Großvater nicht wieder Veranlassung zu allerlei Bemerkungen zu geben, mußte die Toilette in diesem Zimmer vor sich gehen.
Timpe und sein Weib überboten sich förmlich in Aufmerksamkeiten ihrem Einzigen gegenüber. Alle Augenblicke klang es an Franzens Ohr:
»Brauchst du auch noch etwas? ... Kann ich dir noch behülflich sein? ... Vergiß nur nichts ...«
Die Krawatte wollte nicht recht sitzen; sofort waren vier Hände bereit, den lang herabfallenden weißen Knoten in die gehörige Lage zu bringen; und der Meister zog die Binde hinten am Stehkragen so fest zu, daß seinem Sohne förmlich der Hals zugeschnürt wurde. Und während der ganzen Ankleidungsszene stand Franz wie ein junger Gott vor dem großen, altväterischen Trumeau und betrachtete sich mit Wohl-

gefallen. Die Frisur und der sprossende Bart nahmen seine ganze Teilnahme in Anspruch; namentlich lagen ihm die Spitzen des letzteren sehr am Herzen. Zuletzt glaubte er ohne Pomade ihnen nicht die gehörige Steifheit geben zu können, deren sie dringend bedurften, um ihre Wirkung vollendet zu machen. Als er darüber kaum eine Bemerkung fallengelassen, griff sein Vater auch schon wieder zum Hut und entfernte sich schleunigst, um das Gewünschte vom nächsten Barbier zu holen.

Endlich war die Toilette fertig, warf Franz den letzten prüfenden Blick in den Spiegel. Vater und Mutter standen hinter ihm mit emporgehobenen Lampen und waren nicht minder entzückt von ihm als er selbst von sich. Und wenn die Blicke der beiden Alten sich zufällig begegneten, so konnte man aus ihnen die Worte lesen: Ein Prachtjunge, nicht wahr, Vater? ... Er wird alle jungen Männer in den Schatten stellen, Alte, he? ...

Als er dann den Hut aufgesetzt und den Überzieher angezogen hatte, vermochte Frau Karoline nicht mehr zu schweigen. Sie gab ihm mit der flachen Hand einen Schlag auf den Rücken und sagte zärtlich: »Du bist ein schöner Mensch.« Und auch ihr Mann fiel ein: »Ein stattlicher Kerl! Du hast wahrhaftig schon das Gardemaß.«

Franz wollte gehen, als ihm einfiel, daß er etwas vergessen habe. So holte er denn noch ein Fläschchen wohlriechenden Wassers hervor und bespritzte damit sein Taschentuch. Das ganze Zimmer wurde sofort von dem durchdringenden Duft angefüllt. Die Nasenflügel der Eltern erweiterten sich merklich, denn seit langer Zeit hatte man einen derartigen Wohlgeruch in dem schlicht bürgerlichen Hause nicht verspürt.

Als Franz noch bemüht war, dem Ehepaar die Unzertrennbarkeit dieses echt französischen Odeurs von der »guten Gesellschaft« (er betonte diese Worte ausdrücklich) auseinanderzusetzen, schreckten sie leicht zusammen, denn sie vernahmen, wie im Nebenzimmer der Stock des Großvaters auf die Erde gesetzt wurde und das Geräusch seiner Tritte näher kam. Gleich darauf trat der Alte ein. Er hatte bereits längst gemerkt, daß man ihm wieder etwas zu verheimlichen versuche, und von Groll erfüllt seinen Sorgenstuhl verlassen, um sich zu überzeugen, was man vorhabe. Bei seinem Hereintreten merkte er an der Lichtfülle, die auf seine Augenlider eindrang, daß etwas Außergewöhnliches vorgehen müsse. Als er die Tür geschlossen hatte, blieb er stehen, hob den Kopf, blähte die Nase und sagte:

»Das riecht ja hier wie in einer Apotheke. Diese ewige Geheimtuerei paßt mir nicht mehr! Ich gehöre mit zur Familie; was hier im Hause vorgeht, kann ich ebenfalls erfahren. In früheren Zeiten hatte man sich gegenseitig nichts zu verbergen, sprach offen und ehrlich miteinander, wenn es auch einmal ein paar Grobheiten gab. Heutzutage aber scheint die Welt nur noch verlogen zu sein und jedermann darauf auszugehen, seinen Nächsten zum Narren zu haben ... Geht nur mit eurem Söhnlein zum Balle, präsentiert ihn wie einen Modeaffen: ihr werdet doch die Drechslermeister Timpeschen Eheleute bleiben. Es schenkt euch niemand einen Dreier.«

Man merkte nur zu sehr: Er hatte wieder einen Anfall von Gallsucht bekommen, der ihn über die Fliege an der Wand sich ärgern ließ. Franz wollte aufbrausen. Seit langer Zeit bereits hatte er den Entschluß gefaßt, diesem seiner Ansicht nach zänkischen Alten, der weiter nichts verstand, als von früh bis spät Moral zu predigen, einmal gehörig die Wahrheit zu sagen. Er, der bereits angesehene Franz Timpe, dem heute die große Ehre zuteil werden sollte, in einer der wohlhabendsten Fabrikantenfamilien mit seiner Anwesenheit zu glänzen, der an gesellschaftlicher Bildung und an Kenntnis des modernen Lebens dieser lebenden

Ruine weit überlegen war, sollte sich immer noch wie ein Schuljunge behandeln lassen? Dagegen mußte einmal gründlich Opposition gemacht werden. Ich werde einmal eine »Szene« machen, dachte er bei sich, als er nach vielen Mühen endlich den letzten Knopf der Handschuhe zugeknöpft hatte.
Johannes und Karoline, die schon an seiner unwilligen Bewegung die kommenden Dinge voraussahen, gaben ihm einen Wink, ruhig zu sein und sich zu entfernen. Dann versuchte der Meister seinem Vater jedes Mißtrauen zu nehmen.
»Du tust uns unrecht, Vater«, sagte er sanft. »Franz hat ganz plötzlich eine Einladung von seinem Chef bekommen, und da er sich schnell ankleiden mußte, wollten wir dich nicht stören –«
Im nächsten Augenblick fiel Franz hochmütig ein:
»Ich weiß nicht, Vater, daß du dich noch entschuldigst; du bist doch hier Herr im Hause. Wenn alte Leute wunderlich sind, so ist damit noch nicht gesagt, daß sie das Recht haben, ihre Nase in alle Dinge zu stecken. Es ist gerade wie mit den Bären: sie halten ihren langen Winterschlaf, und wenn sie erwachen, wundern sie sich darüber, daß inzwischen das junge Grün hervorgekommen ist ... Ich lasse mir eine derartige Behandlung nicht mehr gefallen! Ich gehöre bereits einer Studentenverbindung an und werde mich bald verloben ... In den Kreisen, in denen ich verkehre, schätzt man mich als einen gebildeten jungen Mann, ich bitte mir daher ein für allemal aus, das nicht zu vergessen.«
Timpe und seine Frau waren über diese Rede so entsetzt, daß sie zwischen Großvater und Enkel traten, als befürchteten sie einen Angriff des Greises. Dieser regte sich nicht von der Stelle, brach aber plötzlich in ein helles Gelächter aus, das sich unheimlich anhörte. Dann sagte er ein über das andere Mal:
»Der grüne Junge will sich verloben, *verloben* will er

sich! Und ist hinter den Ohren noch nicht trocken geworden!«
Nachdem er seinem Spotte genügend die Zügel hatte schießen lassen, zeigte er sein altes ernstes Gesicht. Die erloschenen Augen hatten sich nach der Stelle gerichtet, von wo aus er die Stimme seines Sohnes vernommen hatte. Vornübergebeugt, die beiden knochigen Hände auf die Krücke des Stockes gestützt, stand er unbeweglich da, gleich einer Statue. Es war einige Sekunden lang so still im Zimmer, daß man vermeinte, sein leises Atmen zu hören. Er schien auf etwas zu warten.
»Nun, Johannes, du gibst deinem alten Vater keine Genugtuung?«
Der Meister antwortete nicht, aber Karoline glaubte vermitteln zu müssen. »Großvater«, sagte sie, »Sie sind aufgeregt. Es ist spät, gehen Sie zu Bett. Er ist doch unser Sohn, er hat Ihnen nichts getan.«
Der Alte rührte sich noch nicht, aber sein Gesicht war immer noch nach Johannes gerichtet. Endlich sagte er langsam, mit erhobener Stimme:
»Du sollst deinen Vater und deine Mutter ehren, auf daß es dir wohlgehe und du lange lebest auf Erden ... Ihr habt vergessen, ihm die Zuchtrute zu geben – wehe dir, Johannes, wenn der Tag kommt, wo er, der da steht, vergißt, was du an ihm getan hast ... Gute Nacht!«
Er drehte sich um und verließ das Zimmer nach dem Flur hinaus, wo er leise stöhnend die Treppe erklomm.
Und auch Franz ging mit kurzen Abschiedsworten. Meister Timpe aber wischte sich verstohlen eine Träne aus den Augen, wußte aber selbst nicht, wem sie gelte: dem Vater oder dem Sohne.

VIII.
»Erst mein Chef, dann ich«

Ah, da ist er ja!
Mit diesen Worten Urbans wurde Franz empfangen, als er das Haus in der Nachbarstraße betreten hatte. Die ganze Familie war im großen Balkonzimmer versammelt, dessen Kristallkrone im Lichterglanze funkelte. An jedem ersten Mittwoch im Monat während der Winterzeit pflegte Frau Urban ihrer Töchter wegen eine kleine Gesellschaft zu geben. Die heutige war die erste, seitdem sie ihren Witwenstand aufgegeben hatte. An solchen Abenden wurden nur der Familie nahestehende Personen eingeladen, unter denen selbstverständlich die jungen Männer nicht fehlen durften. Es wurde musiziert, gesungen, ein kleiner Scherz arrangiert; man aß und trank gut (eine Beschäftigung, die gewöhnlich am längsten ausgedehnt wurde), klatschte ein wenig, verabredete größere gesellschaftliche Zusammenkünfte, wagte zum Schluß ein kleines Tänzchen und trennte sich erst nach Mitternacht mit der gegenseitigen Versicherung, seit langer Zeit ein derartiges Amüsement nicht genossen zu haben – eine Redensart, die jeder so nachdrücklich äußerte, als wollte er das Recht ihrer Erfindung für sich in Anspruch nehmen.
Seitdem Urban Herr im Hause war, hatte er die Absicht, die Gesellschaften zu jener Höhe zu erheben, die seiner Meinung nach der Klang seines Namens erforderte. Die schlichtbürgerlichen Familien, mit denen seine Frau seit vielen Jahren eng befreundet war, behagten ihm nicht mehr. Mit dem Gelde, das die neue Ehe gebracht hatte, war ein kleiner gesellschaftlicher Größenwahn bei ihm eingezogen. Baute er nicht eine riesige Fabrik, hoffte er nicht alle kleinen Konkurrenten totzumachen, Reichtümer auf Reichtümer zu häu-

fen? Was konnte ihm also dereinst fehlen! Gleich seinem langen Schlingel von Lehrling träumte er bereits mit offenen Augen von einem Kommerzienratstitel, diversen Orden und einem ewigen Denkmal in der industriellen Entwicklung seines Landes.
Es war überhaupt merkwürdig, wie in vielen Dingen Herr Ferdinand Friedrich Urban, dessen Schädel bereits hin und wieder die lichten Stellen der Erkenntnis durch das Haar schimmern ließ, mit dem kaum flügge gewordenen Franz Timpe sympathisierte. Der kluge Geschäftsmann hätte keine Welterfahrung besitzen müssen, um nicht zu bald das Strebertum in dem angehenden Kaufmanne zu entdecken. Aus manchem gewitzten Einfall, den Franz im Kontor bekam, sprach so viel gesunder Menschenverstand, daß der Fabrikant mit der Zeit vor dem jungen Manne eine gewisse Achtung bekommen hatte, die noch dadurch gesteigert wurde, daß Franz an guten Manieren und Bildung den meisten seiner Kollegen weit überlegen war. Und nicht zuletzt fühlte er sich durch die hübsche Erscheinung Timpes junior gefesselt. Mit wenig Worten: es war ein gewisses instinktives Gefühl der Zusammengehörigkeit, das den kleinen Chef und seinen in die Höhe geschossenen Lehrling leitete, bei jeder Gelegenheit ihre Weisheit auszutauschen und wie zwei Menschen zu verkehren, deren Zuneigung den Unterschied der Jahre und den Abstand ihrer sozialen Stellung vergessen macht.
So war es denn erklärlich, wenn Urban Franzens Eintreten mit einem kleinen Artilleriefeuer von Worten begrüßte, das hauptsächlich darauf hinauszielte, aus dem jungen Manne eine gewichtige Person zu machen. Das rotseidene Taschentuch wie eine Flagge in der Hand schwingend, eilte er ihm sofort entgegen, nahm ihn unter den Arm und schritt auf die fremden Herrschaften zu, um ihn vorzustellen. Und Franz, der diese Auszeichnung zu schätzen wußte und dadurch sicher

gemacht wurde, verbeugte sich vor den Damen sehr galant, lächelte verbindlich und küßte der Frau vom Hause die Hand. Jedesmal wenn er wieder zurückschnellte und sich emporgerichtet hatte, betrachtete er kokett die Spitzen seiner glattsitzenden Handschuhe und gab sich die möglichste Mühe, mit einer Augenverrenkung die Widerspiegelung seines eigenen Ichs in einem Kristalltrumeau zu erhaschen, der hinter ihm das Bild des Abends zurückstrahlte.

Sämtliche Anwesende saßen zerstreut in dem großen Salon umher; die jungen Leute etwas entfernt in den äußersten Ecken und die älteren im Halbkreis um Frau Urban, die, ganz in schwarze Seide gekleidet, äußerst imponierend sich ausnahm. Zu ihrer Rechten sitzend, in eine bauschige, blaßrote Robe gehüllt, die den Lehnstuhl förmlich vergrub, machte sich Frau Ramm, die Gattin des Dachpappenfabrikanten in der Köpnickerstraße, bemerkbar. Ihr auffallend kleines Gesicht zeigte so gesunde, rote Wangen, daß man es erst mit einiger Mühe aus dem Gewirr von gleichfarbigen Spitzen und Busenschleifen heraus erkennen konnte. Wenn sie sprach, lispelte sie nur, so daß die meisten ihrer Worte verlorengingen und sie aus alter Angewohnheit, ohne daß sie gefragt wurde, jeden Satz dreimal wiederholte. Der große, mit Federn besetzte Atlasfächer bewegte sich schwirrend wie ein Riesenschmetterling auf und ab, wobei in den weiten Ärmeln ein sehr knöcherner Unterarm sich zeigte, der den stillen Kummer ihres Gemahls bildete. Dieser selbst, ein hagerer, langer Herr, der, bevor er in das Gespräch sich mischte, seine Frau ausreden ließ, stand hinter ihr, auf die hohe Lehne eines geschnitzten Stuhles gestützt, und nickte sehr verbindlich nach jedem Worte, das Frau Urban zu ihm sprach, so daß auf die Dauer die Ähnlichkeit mit einem riesigen Spaßvogel des Berliner Weihnachtsmarktes nicht ausgeschlossen bleiben konnte. Er hielt sich äußerst zurück und wagte selten eine eigene Meinung. Eingeweihte behaupteten, diese Neutralität hinge mit der Tatsache zusammen, daß Frau Kirchberg, gewordene Frau Urban, eine erste Hypothek auf seinem Grundstück besitze, deren Kündigung jeden Tag erfolgen könne.

Außerdem gehörten zu diesem Cercle noch drei andere Ehepaare: ein sehr vermögender Weingroßhändler nebst Frau, dem man sein Gewerbe sehr deutlich an der Nase ansah und welcher bei jeder neuen Zusammenkunft die heilige Versicherung bereit hatte, daß Paris, wo er einige Jahre gelebt hatte, unbestreitbar die großartigste Stadt der Welt sei; ein korpulenter, sehr für Kunst schwärmender Rentier mit einer Gattin, die in Verzückung geriet, wenn ihr Mann sprach, und ein reicher Tuchhändler aus der Königsstadt, dessen viel jüngere Ehehälfte ihm an Bildung weit überlegen war und daher jeden günstigen Moment benutzte, bei geistreichen Gesprächen für ihren Mann das Wort zu ergreifen. Dieser gab dann den Kampf sehr bald auf und zog sich in eine stille Ecke zurück, wo er in Gesellschaft des Weingroßhändlers über die Verfälscher des edlen Rebensaftes das Todesurteil fällte und ein Glas nach dem andern leerte. Der letztere glaubte dann den Augenblick gekommen, der eine Überreichung seines Preiskurantes notwendig mache. Der Tuchhändler versprach zu bestellen, tat es aber niemals. Er besaß bereits eine ganze Kollektion derselben Karten. »Soll ich einmal meiner Frau imponieren und eine Rede halten?« sagte er dann in seliger Stimmung. – »Tun Sie es lieber nicht. Die Wirkung dieses Weines, der aus meinen Kellern stammt, ist unberechenbar. Sie könnten in Schwung kommen und heute nicht mehr aufhören«, riet der Weinhändler ihm ab. Man trank dann ruhig weiter.

Interessant für den Schönheitsenthusiasten war jedenfalls nur die jüngere Generation, die größtenteils in enger Beziehung zu der älteren stand. Fräulein Therese Ramm, die intime Freundin Emmas, pflegte an solchen Abenden gesprächiger zu sein und den jungen Männern gegenüber viel von ihrer Schüchternheit zu verlieren. Ihre Mutter hegte in derartigen Minuten die größten Hoffnungen und verfolgte sie mit leuchtenden Blicken, sobald sie wahrnahm, daß einer der jungen Männer ein längeres Gespräch mit ihr angeknüpft hatte.

»Sehen Sie nur, meine Liebe«, sagte sie dann leise zu Frau Urban, »sieht meine Therese nicht reizend aus? Sie wird gewiß noch einmal eine glänzende Partie machen.«

Der Weingroßhändler hatte seinen Sohn mitgebracht, einen sehr liebenswürdigen, blondgelockten jungen Mann, der in einem Konservatorium Musik studierte, den ganzen Abend über von Beethoven schwärmte und sehnsüchtig auf den Augenblick wartete, wo die Damen ihn auffordern würden, sich ans Piano zu setzen, um von seiner Kunstfertigkeit etwas zu hören. Ramms glänzten ebenfalls durch einen Sohn, der Kontorist im Geschäfte seines Vaters war, eine ausgezeichnete Kenntnis der Dachpappenfabrikation besaß und die Angewohnheit hatte, fortwährend an seinem Schnurrbart zu kauen – eine unausstehliche Beschäftigung, der er bereits den Verlust eines Teiles seiner Manneszierde zu verdanken hatte. Die jungen Damen fanden das abscheulich, während Frau Ramm es mit seiner Nervosität entschuldigte. Die Eltern brachten ihn nur um deswegen mit, weil sie der Hoffnung lebten, es könne sich zwischen ihm und Fräulein Bertha Kirchberg, der zweiten Tochter Frau Urbans, ein zur Ehe führendes Verhältnis entspinnen – ein wohlüberlegter Plan, der aber an der Abneigung der am meisten beteiligten Personen zu scheitern drohte. Fräulein Bertha hatte ihn nämlich im geheimen mehrmals für einen »Grässel« erklärt. Trotzdem gab Herr Ramm junior seine erneuerten Anläufe nicht auf, schwamm

vielmehr schon beim bloßen Anblick der Stillgeliebten in jenem seligen Wonnemeer, aus dem der unglücklich Liebende nur durch eine rauhe Hand oder einen kalten Wasserstrahl gerettet werden kann.
Alwine, das älteste Fräulein Kirchberg, durfte sich bereits glückliche Braut nennen. Ihr Verlobter, ein sehr begabter Architekt von einnehmender, echt männlicher Erscheinung, stammte aus einer sehr wohlhabenden Familie, die durch langjährige Freundschaft mit Frau Urban verbunden war. Da man es hier mit einer tadellosen, glänzenden Partie zu tun hatte, in der beide Teile »gleich schwer wogen«, so erregte das junge Pärchen den geheimen Neid aller derjenigen Mütter, die sich bisher einer derartigen glücklichen Aussicht für ihre Töchter nicht erfreuen durften. Und da Fräulein Alwine mehr durch Erziehung und Bildung als durch Schönheit glänzte, so war es von allen Frau Ramm, welche oft zu der Frau des Rentiers die Meinung äußerte, daß der »Herr Architekt« auch noch »eine andere« bekommen könnte. Es war wohl nur der reine Zufall, wenn nach diesen Worten ihr Blick zu Theresen hinüberglitt.
Unter den jungen Leuten, die sonst noch die Gunst der Hausfrau zusammengeführt hatte, dürfte außer dem Geschäftsführer Herrn Urbans nur noch Herr Knispel erwähnenswert sein: ein blutjunger Mann von fast mädchenhafter Zierlichkeit, dessen Humor keine Grenzen kannte, der jede Minute bereit gewesen wäre, aus Aufmerksamkeit gegen die Damen sein Leben zu lassen, und infolgedessen bei diesen sehr beliebt war, wennschon man ihn wie einen kleinen, lustigen Kobold behandelte, dem gegenüber man glaubte, sich alles erlauben zu dürfen.
Urban sorgte dafür, daß sein Lehrling mit den anwesenden, ihm fremden Personen sehr rasch vertraut wurde; und Franz verstand es auch, sich so artig zu benehmen, so wohlgesetzte Komplimente zu machen,

das Vorteilhafte seines Äußeren so vortrefflich in das gehörige Licht zu bringen, daß Frau Häberlein, die junge und geistreiche Gattin des Tuchhändlers, zu der Gastgeberin die inhaltschwere Bemerkung machte: »Man sieht doch bei einem jungen Manne auf den ersten Blick, was die Erziehung macht. Ein liebenswürdiger, netter Mensch!«

Wenn das Timpe der Älteste gehört hätte!

Die Lebensgefährtin des Weingroßhändlers, Frau Rosé (ihr Mann hatte, als er aus Paris zurückgekehrt war, es für vorteilhafter gehalten, seinen echt deutschen Namen durch das Hinzufügen eines Zeichens in einen französischen zu verwandeln), lobte seinen schönen Wuchs. Zum Schluß vermochte auch die Frau Rentiere mit ihrer Bewunderung nicht zurückzuhalten.

»Er sieht wie ein junger Fähnrich aus«, sagte sie, zu Frau Urban gewendet.

Frau Ramm lachte bei dieser Bemerkung hörbar hinter ihrem Fächer.

»Er stammt gewiß aus gutem Hause, nicht wahr, meine Liebe?« fragte Frau Häberlein, worauf sich hinter dem Riesenfächer ein diesmal verstärkteres Lachen vernehmen ließ. Da Frau Ramm durch ihre Tochter Therese bereits erfahren hatte, welche Begünstigung Franzen in diesem Hause zuteil wurde, und sie sich dabei der Zurücksetzung ihres Sohnes von seiten Berthas erinnerte, so brachte sie Timpe junior gerade keine Sympathie entgegen.

»Er ist weder das eine noch das andere«, erwiderte Frau Urban. »Seine Eltern sind einfache Handwerksleute, die es mit der Zeit zu einem gewissen Wohlstand gebracht haben und infolgedessen alles aufwenden, um ihrem einzigen Sohn den Weg in die besseren Kreise der Gesellschaft zu bahnen ... Der junge Mann ist Lehrling in unserem Geschäft.«

Frau Häberlein war nun sehr enttäuscht darüber, daß sie mit dem »Fähnrich« nicht das Richtige getroffen

hatte; und Frau Rosé sagte sehr naiv: »Wie man sich doch manchmal täuschen kann! Fast hätte ich behauptet, er wäre ein angehender Referendär.«
Nach diesen Worten ließ sich zum dritten Male das kichernde Lachen der Frau Dachpappenfabrikant vernehmen, dem dann die Bemerkung folgte:
»Es wird noch gute Weile haben, ehe er das erreicht haben wird, was mein Arthur ist ... Die jungen Leute von heute legen allen Wert auf das Äußerliche, wogegen doch der innerliche Mensch das Maßgebendste ist. Mein Arthur zum Beispiel gibt auf diesen Firlefanz nichts; dafür ist er aber ein tüchtiger Kaufmann, der seine Frau glücklich machen wird. Er liebt das Gediegene.«
»Ein tüchtiger Kaufmann wird der junge Mann dereinst auch werden, meine liebe Frau Ramm; und durch seine äußerlichen Vorzüge wird er jedermann doppelt willkommen sein«, erwiderte Frau Urban sehr verständnisvoll für die kleine Dame im mattroten Kleide, um dem unleidlichen Thema eine andere Wendung zu geben.
Franz gesellte sich zu den jungen Leuten, die ihm sehr freundlich entgegenkamen; ausgenommen Arthur Ramm. Dieser hatte bemerkt, daß der junge Timpe auch von Bertha sehr herzlich begrüßt worden war, und begann daher ärger als sonst an seinem Schnurrbart zu kauen. Erst als er sah, daß Franz und Emma in ein Nebenzimmer sich zurückzogen und sie verstohlen außerordentlich zärtlich taten, änderte sich seine Stimmung, vertrieb die alte Hoffnung die aufgestiegene Eifersucht.
Emma fühlte sich glücklich, als sie mit Franzen die ersten Liebesworte an diesem Abend austauschen konnte. Da Therese in ihr Geheimnis gezogen war, so hatte dieselbe das Amt einer Beschützerin übernommen. Sie stand mit ausgestreckten Armen mitten in der Tür, drehte dem Pärchen den Rücken zu und schaukelte sich hin und her. Sie glaubte, so jedermann den Eingang verwehren zu können.

»Es hat doch bis jetzt niemand etwas von unserem Verhältnis bemerkt?« fragte Franz.
»Ich traue Alwine nicht«, erwiderte Emma; »sie macht hin und wieder so sonderbare Anspielungen, daß ich befürchte, sie hat uns einmal in der Konditorei gesehen oder meine Schreibmappe durchkramt.«
»Nun gedulde dich nur, mein süßes Schäfchen,« sagte Franz darauf mit der ganzen Würde, die ihm zu Gebote stand; »die Zeit wird auch kommen, wo ich mich deiner Mutter in aller Form erklären werde.« Mit der ganzen Keckheit seiner jungen Jahre drückte er sie herzhaft an sich und brachte seine Lippen mit den ihrigen in Berührung.
In demselben Augenblick ertönte ein leiser Zuruf Theresens, begleitet von einem Wink; aber beides war nutzlos und ohne Wirkung, denn der kleine Herr Urban hatte sich bei Fräulein Ramm vorbei durch die Tür gedreht und den herzlichen Gefühlsaustausch seiner Stieftochter und seines Lehrling[s] mit angesehen.
Sein Gesicht erweiterte sich zu einer eigentümlichen Grimasse, die ungefähr den Mittelpunkt zwischen Weinen und Lachen hielt. Einige Augenblicke stand er regungslos auf einem Fleck und blickte, das linke Auge listig zusammengekniffen, mit schräg gesenktem Haupte über die Brille hinweg zu beiden hinüber. Die rechte Hand bewegte sich mit dem rotseidenen Taschentuche hin und her. Dann kicherte er leise, erhob den Kopf mit einem plötzlichen Ruck nach hinten, so daß die Nase den Höhepunkt des ganzen Menschen bildete, und schritt auf das Fenster zu.
»So weit seid ihr schon? Die Sache ist ja recht feierlich, wenn die Geschichte sich auch machen wird ... Wer gab Ihnen das Recht, Herr Timpe, die Güte Ihres Chefs auf so hinterlistige Art und Weise zu mißbrauchen? Sie haben wirklich den Mut, sehr hoch hinaus zu wollen.«
Er versuchte, sehr ernst zu erscheinen; es gelang ihm

aber um deswillen nicht, weil er in einer derartigen Verfassung komischer als sonst wirkte. Franz wurde sehr verlegen und schwieg wie ein Schuljunge, der beschämt vor seinem Lehrer steht. Emma aber war sehr rot geworden und wandte sich ab, um ihr Antlitz zu verbergen. Daß ihr Stiefvater es gerade sein mußte, der zuerst ihr Herzensgeheimnis entdeckte! Sie ärgerte sich mehr darüber, als sie Furcht empfand. Und da sie aus ihrer Abneigung gegen den zweiten Mann ihrer Mutter niemals ein Hehl gemacht und längst den Augenblick herbeigesehnt hatte, wo sie dieser Antipathie einmal gehörig Luft machen könne, so drehte sie sich plötzlich um und sagte mit einem Trotz, der auf Urban geradezu verblüffend wirkte:
»Jawohl, *wir* sind schon so weit, um uns gern zu haben! Sie werden davon gehört haben, daß Herr Timpe mein Jugendgespiele war, und da wird Ihnen manches erklärlich erscheinen. Was mich betrifft, so will ich es von jetzt ab niemand verschweigen, daß ich Herrn Timpe sehr zugetan bin. Gewisse Leute aber haben sich gar nicht darum zu kümmern, am allerwenigsten alte, wunderliche Herren, die auf Gummischuhen herangeschlichen kommen, um den Spion zu spielen.«
Franz war entsetzt über diese Worte; während seine Augen von dem jungen Mädchen zu seinem Chef irrten, sagte er:
»Aber Fräulein Emma, Sie vergessen sich!«
Urban aber schien den Groll seiner jüngsten Stieftochter nicht besonders tragisch aufzufassen.
»Sehen Sie, lieber Timpe«, begann er ruhig, »da haben Sie das Resultat einer falschen Erziehung; nehmen Sie sich ein Beispiel daran, wenn Sie dereinst Kinder haben sollten. So etwas muß man sich gefallen lassen, wenn man drei erwachsene Töchter mitgeheiratet hat, die einen um Kopfeslänge überragen. *Ich* soll ein Spion sein, soll auf Gummischuhen daherschleichen,

der ich in meinem Leben keine getragen habe! ... Was soll ich darauf erwidern? Soll ich mich ärgern? Ich weiß wohl, daß viele Menschen es gern sehen würden, aber ich tue ihnen nicht den Gefallen! Es ist Prinzip bei mir, mich nicht zu ärgern; denn ich habe in meinem Leben keinen Pfennig dabei verdient; und ein sehr schlechter Kaufmann, der Zeit auf Dinge verwendet, die ihm nichts einbringen ... Ihnen bin ich nicht böse. Kommen Sie, ich habe mit Ihnen zu reden ... Unverständige junge Mädchen überläßt man am besten dem Alleinsein.«

Und wie am heutigen Abend bereits einmal, erfaßte er den Arm seines Lehrlings und zog diesen mit sich fort in das große Balkonzimmer, Emma in einer nichts weniger als angenehmen Stimmung zurücklassend; denn sie war durch die Liebenswürdigkeit, mit der Urban Franzen immer aufs neue entgegentrat, entwaffnet. Um aber ihrem Stiefvater zu beweisen, daß sie sich durchaus nicht getroffen fühle, unterdrückte sie ihren Unmut mit Gewalt und kehrte ebenfalls zu der Gesellschaft zurück.

Hier begann nach und nach die Gemütlichkeit sich zu steigern. Herr Knispel, der Allerweltshumorist, nahm auf einige Zeit die Aufmerksamkeit der Herrschaften in Anspruch. Dem Drängen der Damen nachgebend, hatte er sich vor der Glastür des Balkons auf einen Rohrsessel gestellt und deklamierte ein plattdeutsches Gedicht von Reuter mit einer solchen Ausdrucksfähigkeit und Komik, daß der Frau Rosé, die eine geborene Mecklenburgerin war, vor Lachen die Tränen über die Wangen liefen, alles in die heiterste Stimmung geriet und selbst der lange, hagere Herr Ramm aus seiner Reserviertheit heraustrat und die Behauptung wagte, Fritz Reuter sei doch wirklich ein bedeutender Humorist gewesen. Urban, der bei jeder Gelegenheit beweisen wollte, daß er für alles Verständnis besitze, rief mehrmals sehr laut »Bravo! Bravo!« und klatschte

zum Schluß gewaltig in die Hände. Die jungen Damen waren mit diesem einen Vortrag nicht zufrieden. Sie umringten den Deklamator und flehten in allen Tonarten: »Ach noch etwas anderes, lieber Herr Knispel«, »Sie haben ja so viel davon auf Lager, bester Herr Knispel« . . .
Frau Urban machte jedoch dem Zureden ein Ende, indem sie zur Tafel ins Nebenzimmer bat. Es wurde den Besuchern an derartigen Abenden gewöhnlich mit Tee und kaltem Aufschnitt aufgewartet; heute dagegen hatte man auf Wunsch des Hausherrn die weitgreifendsten Vorbereitungen getroffen, um den Gästen einen würdigen Begriff von der neuen Ehe zu geben. Man erhob sich denn auch ziemlich laut und geräuschvoll und konnte den leuchtenden Gesichtern der Ehepaare anmerken, wie freudig die Mitteilung der Hausfrau aufgefaßt worden war. Der Weingroßhändler, von dem es bekannt war, daß er gern den Galanten spiele, wurde von Frau Urban um seinen Arm gebeten; der letzteren Gatte hakte Frau Rosé unter; der kleine Herr Knispel engagierte Fräulein Bertha, zum großen Ärger Herrn Ramms und seiner Gemahlin, welche die vergeblichen Bemühungen ihres Sohnes um diese Ehre mit ansehen mußten. Sie waren nur insofern etwas beruhigt, als sie die Freude erlebten, ihre Tochter Therese von dem jungen Herrn Rosé, dem angehenden Virtuosen, zu Tisch geführt zu sehen. Emma war glücklich, am Arme Franzens zu hängen. Und so zog man denn lachend und scherzend in einer langen Reihe durch die geöffneten Flügeltüren. Zuletzt folgte der Rentier mit seiner Frau, die beim Eintritt die Nasenflügel sehr merklich dehnte und leise flüsterte: »Es gibt Gänsebraten, du weißt, ich esse ihn so gern.« – Es war das eine der vielen prosaischen Bemerkungen, die ihren für Kunst schwärmenden Mann in Verzweiflung brachten. »Du verstehst auch über nichts anderes zu reden als über das Essen«, gab er

sehr unmutig zurück, worauf sie die Nase rümpfte und antwortete: »Mein Gott, davon lebt man ja...« Er war, wie so oft, auch diesmal geschlagen und bedauerte zum hundertsten Male, einen Fehlgriff bei der Wahl seiner Lebensgefährtin getan zu haben.
Während der Tafelei war die Fidelität so gestiegen, daß man nach ihrer Aufhebung in der rosigsten Laune sich befand, musizierte, sang und in dem ausgeräumten Balkonzimmer das Tanzbein schwang. Herr Rosé junior wechselte mit dem Architekten den Platz am Klavier. Das junge Volk drehte sich im lustigen Kreise; und selbst die Alten, die in den Nebenzimmern gemütlich beisammensaßen, verschmähten es nicht, hin und wieder ein Tänzchen zu wagen.
Urban war der seligste von allen. Selbst seine ältesten Bekannten hätten den ehemaligen, verbissenen Junggesellen nicht wiedererkannt. Er lief von einem Zimmer ins andere, sorgte für neue Weinbatterien und gab sich die redliche Mühe, gegen seine Gäste so aufmerksam als möglich zu sein. Da er dem Glase tapfer zusprach, so geriet er schließlich in jene Stimmung, in welcher ein Parvenü nicht mehr recht die Grenze zwischen dem, was sich schickt und nicht schickt, innezuhalten weiß. Er lief bald zu diesem, bald zu jenem, machte derbe Witze, über die er am lautesten lachte und welche Herr Ramm, der sich seiner freundlichen Gesinnung versichern wollte, für äußerst treffend und geistreich erklärte.
Endlich konnte man ihn in der entferntesten Ecke eines nur spärlich erleuchteten Zimmers mit seinem langen Lehrling an einem Tischchen sitzend erblicken, wo er sich nicht scheute, mit dem jungen Manne wie mit einem intimen Bekannten anzustoßen und auf das Wohl der zukünftigen Fabrik zu trinken. Und Franz, der bereits einen kleinen Rausch weghatte, erblickte in ihm schließlich einen väterlichen Freund, dessen Gesellschaft man am besten zu würdigen glaubt, indem

man ihm ein über das andere Mal ein »Prosit! Prosit!« zuruft, zu allen seinen Behauptungen ja sagt und ihn im Innern für einen der vortrefflichsten Menschen erklärt, den die Erde jemals getragen hat.
»... Das soll hier noch anders werden, viel großartiger, Timpe, verlassen Sie sich darauf! ... Diese spießbürgerliche Gesellschaft muß man sich vom Halse schaffen. Das kommt nur her, um zu essen und zu trinken und die Nase in alle Ecken und Winkel zu stecken. *Sie* besitzen etwas Gentlemanartiges, Sie werden mich verstehen ... Meine Frau ist leider zu gut und zu schwach, um diese Leute abzuschütteln; aber *ich* werde es tun. Was haben wir überhaupt von der ganzen Sippschaft? Der eine kommt her, um seinen faulen Wein an den Mann zu bringen, der andere möchte die Hypothek nicht gekündigt sehen, und der dritte mokiert sich im stillen über die schlechten Ölbilder an der Wand ... *Die* Leute kenne ich ... Wenn ich den Wein heute so überreich fließen lasse, so hat das seinen guten Grund: Ich will aufräumen mit der Sorte, die nach dem Korken schmeckt ... Wenn meine Fabrik fertig ist, dann sollen Sie einmal sehen, was für Menschen ich zu dem Feste einladen werde. Das muß Chic und Noblesse besitzen. Man muß von den Leuten etwas profitieren, durch sie emporkommen, sie ausnutzen, denn umsonst ist der Tod. Gebe *ich* tausend Taler aus, so müssen sie mir das Dreifache bringen ...«
Er war ordentlich in Feuer gekommen, machte eine Pause, während welcher ihm Franz seine Zustimmung zuteil werden ließ, und fuhr dann fort:
»Halten Sie sich nur recht brav, lieber Timpe, nehmen Sie nur meine Interessen wahr, dann sollen Sie sehen, was Sie an mir haben ... Wenn Sie dem Mädel, der Emma, gut sind und die Liebe zwischen euch beiden hält an: mein Gott, weshalb sollte aus euch beiden nicht noch ein Paar werden! Sie sind jung, Sie können

noch warten. Sie müssen vor allem erst ein tüchtiger Kaufmann werden, sich in meinem Geschäfte bewähren, dann bin ich nicht abgeneigt, Fürsprecher bei meiner Frau zu werden. Das macht sich überhaupt nachher ganz von selbst. Aber, wie gesagt: meine Interessen wahrnehmen, rücksichtslos als Kaufmann sich zeigen, Zahlenmensch durch und durch werden, immer denken: *Erst mein Chef, dann ich!* Dann werden Sie auch zu etwas kommen. Wer weiß, was im Leben noch alles geschehen kann: schon mancher Chef hat seinen Untergebenen zu sich emporgezogen, wenn er sich der Treue desselben versichert halten durfte. Vertrauen entgegenbringen – so heißt das Band, das uns zusammenhält ...«

Franz hatte die weinumnebelten Augen groß aufgerissen und seinen Chef angestarrt. Ein Paradies der Zukunft entstand in seiner Phantasie und zauberte ihm lachende Bilder vor das Auge, die seine kühnsten Hoffnungen übertrafen. Niemals hätte er sich träumen lassen, daß man in diesem Hause seine Absichten so leicht verstehen würde. Was er da vernahm, war ein halbes Zugeständnis seiner geheimsten Wünsche. Er wollte etwas sagen, aber Urban, der in seiner gewohnten Weise ihn mit einem listigen Blick über die Brille hinweg fixiert hatte, ließ ihn nicht zu Worte kommen.

»... Sehen Sie, Timpe, ich habe Sie in mein Herz geschlossen«, begann er aufs neue, mit lallender Stimme, die Worte abgebrochen hervorstoßend, aber doch den Sinn jedes einzelnen berechnend. »Sie sind ein ganz anderer Kerl als Ihr Vater. Der ist bockig, starrsinnig wie ein orthodoxer Jude, der am Glauben seiner Väter hängt. Wenn es nach solchen Leuten ginge, so würde die Welt keine Neuerung erleben ... Raten Sie ihm nur vom Bauen ab, und verdrehen Sie ihm den Kopf nicht noch mehr, indem Sie ihn dazu bringen, seine Artikel kaufmännisch zu vertreiben. Bleiben Sie hübsch bei mir, kehren Sie nicht mehr in den beschränkten Dunstkreis des Handwerks zurück: Sie, so ein Mensch, dem die ganze Welt offensteht! ... Was ich gleich sagen wollte –«

Er brach kurz ab, machte eine Pause erkünstelter Verlegenheit und steuerte dann direkt auf sein Ziel los.

»Richtig: Lieber Timpe, eine Liebe ist der anderen wert, Sie könnten mir einen kleinen Gefallen erweisen ... Ihr Alter hat da gewisse Modelle hängen, an deren näherer Besichtigung mir sehr viel liegt. Er würde mir dieselben jedenfalls sehr gerne leihen, sagte ich ihm nur ein Wort. Aber seit heute mittag ist mir das unmöglich ... Wenn Sie vielleicht die Liebenswürdigkeit haben wollten ... Es sind die Nummern dreizehn, zwanzig und dreißig ... Jedoch möchte ich nicht gern, daß Ihr Vater etwas davon erfährt. He, wollen Sie? Schlagen Sie ein. Prosit! Wir stoßen noch einmal an auf das Gelingen der Fabrik und auf Ihre Zukunft! ... Verlassen Sie sich darauf: Sie werden noch ein großer Mann.«

Wenn Urban weiter nichts verlangte! ... Franz schätzte sich unendlich glücklich, seinem Chef für all die Liebenswürdigkeit, die ihm entgegengebracht wurde, einen kleinen Gegendienst leisten zu dürfen. Wer konnte wissen, ob diese kleine Gefälligkeit nicht die erste Staffel zu der einstigen Kompagnieschaft bildete ...

Aus dem großen Balkonzimmer schallten die leisen Rhythmen eines Walzers und das gleichmäßige Scharren der Tanzenden herein. Ein eigentümlicher Duft berührte Franz: es war die Atmosphäre der Wohlhabenheit und bürgerlichen Genußsucht, die ihn zu berauschen begann. Wohin er blickte, sah er die Früchte gediegenen Reichtums, die Macht des Geldes, den Überfluß erkauften Glückes ... Und vor seinen schweren Augenlidern zog die bescheidene Häuslichkeit seiner Eltern vorüber: mit ihren vorväterlichen, abgenutzten Möbeln, der Entbehrung jeglichen Luxus, der verkörperten Beschränktheit gutmütiger, aber in der Entwicklung der Gesellschaft zurückgebliebener Leute. Ein Geruch von Arbeit, von herabfallenden Spähnen, Staub und Schweiß, der das ganze Haus durchzog, stieg vor ihm auf ... Und hier, wie anders die Luft, wie rein, verheißungsvoll ...

»Morgen, Herr Urban, mein Wort darauf!«

»Bravo, mein lieber Timpe, ich hatte das von Ihnen erwartet ... Wahrhaftig, man will schon aufbrechen, sehen Sie nur. Aber zuvor stoßen wir noch einmal an: auf das, was wir lieben ...«

Als Franz Timpe nach ungefähr zehn Minuten einen herzhaften Händedruck von Emma empfangen und das Haus verlassen hatte, begann in der Weinlaune seine Phantasie sich mächtig zu entfalten, so daß er einmal halblaut vor sich hin sprach: »Urban und Timpe! Hört sich nicht schlecht an, wahrhaftig nicht! ...«

IX.
Franz bekennt Farbe

Der letzte Schnee war kaum von den Dächern verschwunden, die grimmige Kälte einer milderen Temperatur gewichen, als auf dem Neubau wieder emsig gearbeitet wurde. Aber der große Maurerstrike, der während der ersten Sommermonate herrschte, machte Urban einen argen Strich durch die Rechnung.

Man schrieb das Jahr 1873. Ein industrieller Schwindel hatte die gesamte Gesellschaft erfaßt; die Gründungen auf Aktien schossen wie Pilze aus der Erde. Kapital und Arbeit standen sich schroff gegenüber.

Die Koalitionsfreiheit der Arbeiter feierte Triumphe, denn eine seltene Einigkeit beseelte die unteren Massen. Die Ansprüche der Niederen und Enterbten steigerten sich mit dem Golddurst der Reichen und Begüterten. An Hunderten von Bauten Berlins wurde nur zeitweise gearbeitet. Man strikte einfach so lange, bis man die Forderung bewilligt bekommen hatte. Zum Unglück war die Nachfrage nach Arbeitskräften stärker als das Angebot. So kam es denn, daß zu Urbans großem Verdruß das Bauen langwieriger wurde und mit größeren Opfern verbunden war, als er erwartet hatte. Erst im Frühjahr des folgenden Jahres standen die Fabrikgebäude vollendet da; und es bedurfte noch des ganzen Sommers von 1874 zur Einrichtung und Ausstattung der inneren Räume.

Die Mauer, die das Nachbargrundstück getrennt hatte und an welche sich so mannigfache Erinnerungen knüpften, war niedergerissen worden. An ihrer Stelle ragte nun die kahle Kehrseite des Kesselhauses. Zweimal noch im Laufe des vergangenen Sommers hatte Urban den Versuch gemacht, die Timpes zum Verkaufe ihres Grundstückes zu bewegen. Als er endlich einsah, daß jede fernere Mühe nutzlos sei, ließ er das Maschinenhaus direkt an das Gärtchen bauen, obgleich der ursprüngliche Plan ein anderer war. Er wollte wenigstens durch irgend etwas seine Rache beweisen. Nur ein wenige Fuß breites Stück des alten Gemäuers ließ er in gleicher Höhe neu ersetzen, als wollte er symbolisch den Weg andeuten, auf dem er sich dereinst Eingang in die verschlossene Welt zu verschaffen gedenke.

Was Meister Timpe anbetraf, so hatte gerade diese Schikane einen tiefen Groll in ihm gegen den Nachbar erzeugt: eine mächtig in ihm emporflammende feindselige Stimmung, die selbst die Rücksicht auf seinen Sohn nicht mehr umzuwandeln vermochte. Als der Bau wiederholt ruhen mußte, konnte er seine Genugtuung nicht verschweigen, und als der Schornstein des Kesselhauses in Angriff genommen wurde, wartete er mit einer gewissen Schadenfreude auf die Vollendung desselben.

»Wehe ihm, wenn er ihn nicht so hoch bauen läßt, daß wir unter dem Qualm nicht zu leiden haben«, sagte er wiederholt zu seinen Gesellen. »Ich will schon dafür sorgen, daß er ein neues Gerüst bauen läßt und einige Längen seiner Nase zugibt.«

Urban aber ließ sich keinen Verstoß gegen die Gesetze der Nachbarschaft zuschulden kommen. Immer höher und höher türmte der Riesenschlot sich von Tag zu Tag auf, und als die Gerüstabnahme beendet war und Timpe zum ersten Mal die steinerne Riesensäule klar und scharf zum Horizont sich abheben sah und mit weit hintenübergebeugtem Haupte zu dem Blitzableiter emporblickte, der sie krönte, erschien sie ihm nun doppelt so hoch, als er anfänglich angenommen hatte. Die erste Befürchtung wurde nun durch eine zweite verdrängt: daß der Schornstein eines Tages niederstürzen könne, um das Dach seines Hauses zu zerschmettern. Es kamen Tage, wo Timpe fortwährend in dieser Einbildung lebte. Und als eines Nachts ein arger Herbststurm über die Dächer Berlins brauste und arge Verwüstungen anrichtete, vermochte er nicht ruhig zu schlafen. Er erhob sich von seinem Lager, ging zum ersten Stockwerk empor und blickte eine ganze Stunde lang zum Flurfenster hinaus, um das leise Schwanken des Schornsteins zu beobachten – trotz des Regens, der ihm das Gesicht peitschte.

Noch vor Weihnachten wurde die Fabrik in Betrieb gesetzt. Der Tag, an dem zum ersten Male der dunkle Qualm aus dem Schlot zum Himmel stieg, war für Johannes Timpe und seine Gesellen ein ereignisreicher. Es dauerte lange, ehe sie sich an das Geräusch der Dampfmaschine gewöhnen konnten. Wie das stöhnte und ächzte, surrte und summte! Selbst das Schnurren der Drehbänke wurde übertönt. Es schien fast, als könne sich die mächtige Hauptwelle, die unter einer Bedachung zu der Fabrik hinüberlief, um den ganzen Maschinenapparat in Bewegung zu setzen, noch nicht recht an ihre Riesenarbeit gewöhnen; denn mit dem schwirrenden Geräusch vermischte sich ein leises Pfeifen, das unheimlich das Ohr berührte. Der schwarze Qualm wurde durch den Wind auf die Dächer gedrückt und hinterließ einen unangenehmen Geruch von Ruß- und Schwefeldampf.

Eine ganze Woche hindurch gab die Eröffnung der Fabrik den Bewohnern der ehrwürdigen Häuser Veranlassung zu langen Gesprächen. Die Straßen hatten eine andere Physiognomie bekommen. Die Scharen Arbeiter, die sie belebten, machten sie zu einer Verkehrsader des Viertels. Das Portal des Etablissements ragte wie ein Wahrzeichen industriellen Sieges. Das neue Berlin hatte ins alte eine Bresche geschlagen und überflutete mit seinem frischen Leben die Ruinen. Selbst die schiefen Giebeldächer, die sonst mürrisch wie verschlafene Eulen auf die Menschen herabblickten, nahmen sich freundlicher und heller aus. In den Schankwirtschaften erschallte bis in die Nacht hinein der Lärm der Zecher, und alles, was durch die Arbeiter Geld zu verdienen hoffte, machte ein vergnügtes Gesicht.

Am dritten Neujahrstage wurde die Einweihung der Fabrik durch eine Festlichkeit begangen, die in den großen Sälen eines Hotels in der Friedrichstadt stattfand. An diesem Bankett nahmen nur das Kontor-Personal und eine Anzahl geladener Gäste mit ihren Damen teil. Die Werkführer und Arbeiter hatten einen freien Tag bekommen, der ihnen vom Lohne nicht abgezogen werden sollte. In Anbetracht dessen, daß erst wenige Wochen seit Eröffnung der Fabrik vergangen waren, hatte Urban dieses Opfer mit schwerem Herzen gebracht. Aber er fürchtete in dieser Zeit die Launen seiner Leute und versuchte daher alles aufzubieten, sich als entgegenkommender Chef zu zeigen. Bereits acht Tage vorher hatte auch Meister Timpe eine Einladung zu der Feierlichkeit erhalten. Und Franz, der zum Oktober des vergangenen Jahres seine Lehrzeit beendet hatte und seit diesem Tage den würdigen Mann spielte, hatte noch extra im Namen seines Chefs der schriftlichen Einladung eine mündliche hinzugefügt. Wohlweislich verschwieg er dabei, daß Johannes diese Auszeichnung eigentlich nur seiner Fürsprache zu verdanken hatte, denn Urban hatte ziemlich deutlich zu verstehen gegeben, daß ihm seit der eingetretenen Zwistigkeit an der Anwesenheit des Nachbars nicht viel liege.

»Sage deinem Chef, daß ich mich sehr geehrt fühle, aber leider dankend ablehnen müßte«, gab Timpe kurz zur Antwort und bereitete damit niemandem mehr Freude als seinem Sohne. Wenn Franz daran dachte, was für eine Rolle seine Eltern mit ihrer beschränkten Anschauungsweise inmitten der lebenslustigen Gesellschaft spielen würden! Am meisten seine Mutter, mit ihrer Sucht, bei derartigen Gelegenheiten sich mit dem unmodernsten Seidenkleide zu schmücken!

»Du verlierst auch nicht viel, Vater, weil du die meisten Menschen nicht kennst«, sagte er zur Beruhigung. Trotzdem wunderte er sich über die plötzliche Umwandlung des Alten. Wenn Timpe aber jetzt nur zu offen seine Antipathie gegen Urban bekannte, so sollte sein Sohn doch nach wie vor niemals darunter leiden. So setzte er denn seinen ersteren Worten sofort die weiteren hinzu:

». . . Das heißt – ich möchte nicht gern, daß dein Chef meine Ablehnung übel auffäßt. Sage ihm also, daß ich mich in der letzteren Zeit nicht wohlfühle, äußere ihm mein ganz lebhaftes Bedauern, aus diesem Grunde nicht erscheinen zu können.«

Wenn er nur gewußt hätte, wie angenehm den Fabrikbesitzer die Ablehnung berühren würde!
Vierzehn Tage nach dem Einweihungsfest, das glänzend verlaufen war und über welches sogar einzelne Zeitungen berichteten, machte Franz seinen Eltern eine Mitteilung, die ihnen vor Erstaunen zuerst die Worte raubte.
»Ich bitte euch herzlich«, begann er, »es mir nicht übelzunehmen, wenn ich zum ersten Februar euer Haus verlasse. Ich will mich irgendwo bei einer anständigen Familie möbliert einmieten. Es ist mir bei euch zu eng. Ich muß ein anständiges Zimmer haben, wo ich einmal Freunde empfangen und sie bewirten kann ... Ich bin jetzt erster Korrespondent bei Urban, genieße sein vollständiges Vertrauen und habe vorläufig so viel Salär, daß ich auszukommen gedenke, ohne eure Hülfe in Anspruch zu nehmen. Nur bitte ich, euch auch fernerhin mit der Wäsche belästigen zu dürfen ... Wenn ihr mein Streben und meine Stellung kennt, so werdet ihr mein Wegziehen nicht übel auffassen. Es geschieht lediglich meiner Zukunft wegen.«
Es war Timpe und seinem Weibe, als ginge nach diesen feierlich gesprochenen Worten ein Riß durch ihre Seele, als wehte von ihrem Einzigen ein erkältender Frost zu ihnen herüber, als gähnte plötzlich ein Abgrund zwischen ihm und ihnen, der sie für ewig trennen würde. Er, der kaum selbständig geworden war, dessen Gehen und Kommen nach der Minute berechnet wurde, wollte ihr Heim verlassen, um sich bei wildfremden Menschen ein neues zu suchen ... Und gewiß nur, weil er plötzlich ein großer Herr geworden war, den dies alte Haus nicht mehr fein genug dünkte. Oh, darüber konnte er sie nicht täuschen!
Als die Blicke der beiden Alten sich begegneten, las jedes von dem Gesicht des anderen die gleiche Meinung ab. Frau Karoline vermochte das Ungeheuer-

liche am wenigsten zu begreifen. Sie dachte weniger an den Schmerz der Trennung (war Franz doch nicht aus der Welt, konnte er sie doch nach wie vor jeden Tag besuchen) als daran, welchen leiblichen Gefahren er entgegengehen könne. Wie schlecht würde der Kaffee des Morgens sein, wie mangelhaft das Bett, wie unaufmerksam die Bedienung, wie oft würde man ihn die Zeit verschlafen lassen! Sie wurde erst einigermaßen beruhigt, als Franz die Versicherung abgab, er würde nach wie vor zum Mittagstisch kommen.

Johannes Timpe faßte die Angelegenheit, nachdem der erste Schreck sich gelegt hatte, weniger tragisch auf. Kam doch in erster Linie dabei wieder die Stellung und das Glück seines Sohnes in Frage. Der Junge hatte am Ende nicht ganz unrecht: hier war alles altmodisch, eckig und winklig, wenig geschaffen zur Aufnahme von Besuchen und zum lustigen Beisammensein junger, fröhlicher Leute.

So dauerte es denn nicht lange, und man fügte sich in das Unvermeidliche. Der Großvater wurde erst in der letzten Stunde davon benachrichtigt. Der Sechsundachtzigjährige lachte leicht auf und sagte mit leisem Spott:

»So muß es kommen, sagt Neumann! ... Jetzt ist er flügge geworden, kann sich sein Brot verdienen, da geht's heidi! Das ist die Dankbarkeit der modernen Jugend, aber ich hätte euch das vorhersagen können ... Wenn Franz Timpe einen neuen Streich begeht, so hat er seine besonderen Absichten dabei, verlaßt euch darauf ... Aber meinen Segen hat er, sagt ihm das in meinem Namen.«

Der Tag des Umzuges Franzens hatte das Ehepaar in eine traurige Stimmung versetzt. Schon einige Tage vorher hatte Frau Karoline in allen Kasten und Schränken gekramt, damit das ihrer Meinung nach Notwendigste und Beste für den zukünftigen Chambregarnisten beisammen sei. Ein neuer Reisekorb war angeschafft worden, und neben ihm, der vollgepfropft war mit Kleidungs- und Wäschestücken, stand ein halbes Dutzend Pappschachteln und Kisten, die das übrige enthielten. Es war gerade, als handelte es sich um eine Afrikareise des Stammhalters. Selbst ein Körbchen mit eingemachten Früchten, eine Leckerspeise Franzens, hatte Frau Karoline dem Gepäck hinzugefügt. Johannes aber hatte eine Kiste Zigarren, »extra feine Sorte«, wie er schmunzelnd meinte, in einer der größten Handlungen der Königstraße gekauft und gedachte damit seinem Sohne eine Überraschung zu bereiten.

Als Franz nach Hause kam und die ganze Bescherung erblickte, amüsierte er sich über diese Vorbereitungen außerordentlich, so daß der Meister und sein Weib verlegen wurden. Als dann ein Stück nach dem andern in die Droschke geschafft worden war und der große Augenblick des Abschieds kam, erschien die Meisterin, zum Ausgehen gerüstet, auf der Bildfläche. Sie wollte es sich nicht nehmen lassen, ihren Sohn auf seiner weiten Reise nach der kaum zehn Minuten entfernt liegenden Münzstraße zu begleiten, um sich von seiner glücklichen Ankunft zu überzeugen. Franz verstieg sich so weit, das etwas lächerlich zu finden, aber alles Gegenreden half nichts: Frau Karoline zwängte sich neben die Schachteln in die Droschke hinein, und fort ging's.

Meister Timpe aber wurde erst ruhiger, als die getreue Ehehälfte zurückkehrte und die freudige Mitteilung von der wohlgelungenen Landung Franzens, des Einzigen, überbrachte; auch davon, daß derselbe in eine Familie geraten sei, von der man nicht zu befürchten habe, daß sie ihn bestehlen oder ihm gar ein Leids antun werde. Am Abend suchte Johannes, seit längere[r] Zeit zum ersten Male wieder, seine Stammkneipe auf. Der Tag war zu ereignisreich, als daß er

nicht mit einem Meinungsaustausch am Biertische beschlossen werden sollte.
Bei Vater Jamrath gaben sich seit einem Vierteljahrhundert die ersten Weißbierkenner des östlichen Stadtteils ein Stelldichein. Das Lokal war so bekannt, daß es sogar der roten Laterne entbehren konnte, welche dereinst vor vielen Jahren zuerst auf seine Existenz hingewiesen hatte. In dem einzigen, langgestreckten, verräucherten Parterregeschoß mit den weißgescheuerten Tischen und schweren, hochlehnigen Holzstühlen, wo der an jedem Morgen frisch gestreute helle Sand den modernen, eleganten Fußboden ersetzen mußte, zeigte sich noch das unverfälschte Berlinertum, hatte sich noch der Rest einer alten Welt erhalten. Was für Physiognomien traf man da an, was für vorväterliche Gestalten beherrschten allabendlich den großen runden Stammtisch in der äußersten Ecke, in dessen Mitte ein Baumstumpf als Schnupftabaksdose thronte und über dem an der Decke zum Schrecken aller Aufschneider das aus Pappe nachgebildete Riesenmesser mit der Klingel hing!
Da erschien mit dem Schlage sieben Uhr der lange, hagere Brümmer, der jahrein, jahraus in einem langen braunen Gehrock gekleidet ging und niemals eine andere Kopfbedeckung trug als eine große Schirmmütze. Er hatte sich als wohlhabend gewordener Handschuhmachermeister zur Ruhe gesetzt und lebte nun als kleiner Rentier in dem vererbten Hause seines Vaters, in dem er geboren worden war. Er trank regelmäßig drei große Weißen, zu der letzten einen kleinen Kümmel, und erhob sich Punkt zehn Uhr, um schweigsam, wie er gekommen war, nach Hause zu wandern. Seit zehn Jahren war er aus seinem Viertel nicht herausgekommen. Er füllte sein Dasein damit, um sieben Uhr des Morgens aufzustehen, die Zeitungen zu lesen, regelmäßige Mahlzeiten zu halten und

die übrige Zeit des Tages, die Pfeife im Munde, zum Fenster hinauszusehen, bis die Kneipstunde schlug. Während zweier Jahrzehnte sah man ihn denselben Platz einnehmen, und als er seinen Stuhl eines Abends von einem ihm fremden Manne besetzt sah, kehrte er schweigend um und ließ sich acht Tage lang nicht sehen, bis endlich Vater Jamrath ihn persönlich aufsuchte und das heilige Versprechen abgab, niemals mehr ein ähnliches Vergehen gegen die Ordnung des Stammtisches gestatten zu wollen.
Das Gegenteil von Brümmers klassischer Schweigsamkeit und Ruhe bildete der behäbige Herr Wipperlich, ein kleiner Kürschnermeister aus der Langen Straße, dessen Sohn Subalternbeamter in einem Ministerium war und der daraus die Berechtigung zog, über alle politischen Vorgänge am besten unterrichtet zu sein. Er war der Schwadroneur am Tische, kam fortwährend auf die auswärtige Politik zu sprechen, geriet mit jedermann in Streit und bandelte schließlich als letzter Gast spät in der Nacht mit dem Wirt an, wobei er über dessen Opposition so erregt wurde, daß er beim Hinausgehen laut zurückrief: »Ich betrete Ihr Lokal nicht mehr, verlassen Sie sich drauf!« Am anderen Abend aber saß er wie gewöhnlich kampfeslustig auf seinem alten Platz.
Auch Baldrun, ein wohlhabend gewordener Schornsteinfegermeister aus der Holzmarktstraße, ist zu erwähnen. Er hatte ein reiches Wanderleben hinter sich und als Geselle den Krimkrieg mitgemacht, wobei er sich einen verkrüppelten Arm geholt hatte. Bei jeder Gelegenheit schimpfte er furchtbar über die Russen, deren geschworener Feind er war.
Die originellste Erscheinung war jedenfalls Anton Nölte, ein in sehr bescheidenen Verhältnissen lebender Klempnermeister, der vor Jahren ein Dutzend Gesellen beschäftigt hatte, nun aber mit einem Lehrling um die Existenz seiner Familie kämpfte. Sommer und

Winter erschien er ohne Kopfbedeckung und verzehrte nicht mehr als eine kleine Weiße. Er setzte sich dabei niemals, sondern ging von einem Tisch zum andern, wo »Schafskopf« gespielt wurde, guckte jedem eine Weile in die Karten, teilte unentgeltlichen Rat aus, wobei er gelassen die größten Grobheiten einsteckte, griff in die fremden Schnupftabaksdosen und verschwand nach einer Stunde in ebenso gedrückter Stimmung, wie er gekommen war, um in seinem Keller am Sperrhaken bis in die Nacht hinein zu hämmern.

An jedem Donnerstag war das ganze Philisterium versammelt. An diesem Abend gab es regelmäßig Pökelfleisch mit Erbsen und Sauerkohl, das Nationalgericht der Berliner. Die Tische waren dann vollbesetzt, und Vater Jamrath und Fritz, der einzige Kellner, der die Serviette am Arm mit dem Gesicht eines alten Tragöden ernst und gemessen durch die Reihen schritt und sich die möglichste Mühe gab, seinen abgenutzten Frack vor Fettflecken zu bewahren, hatten alle Hände voll zu tun, um die Gäste zu befriedigen. An diesem Abend blieb man auch länger zusammen als sonst, nur Herr Brümmer erhob sich Punkt zehn Uhr kerzengerade, ließ für seine Gattin ein besonders schönes Stück Pökelfleisch einwickeln, suchte wie gewöhnlich sehr lange nach einem Fünfpfennigstück für Fritz und schritt gravitätisch wie auf zwei Stelzen von dannen.

Als Johannes eintrat, rief ihm Jamrath sofort zu:

»Ei, Meister Timpe, sieht man Sie auch mal wieder! Das ist hübsch von Ihnen.« Und vom Stammtisch, dessen Runde bereits geschlossen war, schallte ihm ein lautes »Hallo« zur Begrüßung entgegen. Kaum hatte man ihm Platz gemacht und er sich gesetzt, so geriet er in nicht geringes Erstaunen über die Gratulation, die man ihm entgegenbrachte.

»Das nenne ich Glück, Timpe«, sagte Baldrun, indem

er einen tiefen Griff in seine Schnupftabaksdose tat. »Ihr Sohn hat es weit gebracht.«
»Eine ausgezeichnete Partie, mehr kann man nicht sagen«, fiel Wipperlich ein. Und selbst Herr Brümmer, der wie eine Pagodenfigur nur zeitweilig mit dem Kopfe nickte, brummte etwas vor sich hin, was einer Zustimmung des soeben Gehörten gleichkam. Neben ihm saß Deppler, ein Stock- und Schirmfabrikant aus der Alexanderstraße. Er war ein kleiner, verwachsener Mann, dessen Riesenkopf tief in die Schultern hineingezwängt saß, während die langen, knochigen Hände fortwährend auf dem Tische ruhten und sich mit dem Bierglase beschäftigten, als hoffte dadurch ihr Besitzer größer und gewaltiger zu erscheinen. Sein Name besaß in der Geschäftswelt einen guten Klang, und seine Ware fand namentlich bei den Kleinhändlern in der Provinz lohnenden Absatz. Seit vielen Jahren stand der Drechslermeister mit ihm in Geschäftsverbindung; er freute sich daher ungemein, mit einem seiner besten Kunden gemütlich beisammen sein zu dürfen.
»Sagen Sie doch, lieber Herr Timpe«, sagte der Kleine, »wie ist denn das so schnell gekommen mit Ihrem Jungen? Man sagte mir doch, daß Sie mit Urban verfeindet seien.«
Timpes Überraschung steigerte sich. Sein Blick glitt von einem zum anderen, und seine Verlegenheit war so groß, daß er zu alledem ein sehr dummes Gesicht machte. Endlich erhielt er die Aufklärung, die ihm anfänglich wie ein schlechter Witz erschien, deren Wahrheit er dann aber, um sich nicht zu blamieren und sich seines Sohnes zu schämen, zugab. Man reichte ihm ein Zeitungsblatt. Er traute seinen Augen nicht. Da stand die Nachricht, daß Fräulein Emma Kirchberg mit Franz sich verlobt habe, angezeigt von Herrn Urban nebst Frau.
Gewiß, das mußte seine Richtigkeit haben! Vor drei

Tagen war Franz bereits des Morgens feierlich gekleidet von dannen gegangen und erst tief in der Nacht in festlicher Stimmung nach Hause gekommen. Aber zum ersten Male in seinem Leben freute sich Timpe über das Glück seines Sohnes nicht. In wenigen Minuten überkamen ihn merkwürdige Gedanken, die er nicht zu bändigen vermochte. Langsam und schwer, aber um so entsetzlicher für ihn erwachte das Mißtrauen gegen den Einzigen. Wie ein Glied an das andere sich reiht, damit nach und nach die Kette sich gestalte, so fielen ihm jetzt hundert Dinge auf einmal ein, die ihn in seinem Verdacht bestärkten: das eigentümliche Benehmen Franzens in letzter Zeit, das ewige Abraten vom Bauen, die fortwährende Lobhudelei seines Chefs, das stete Betonen der kleinlichen Anschauung seiner Eltern, sein Hochmut der beschränkten Häuslichkeit gegenüber, der plötzliche Wohnungstausch, alles, alles! O er hatte mit Absicht die Verlobung verheimlicht, denn er fürchtete die Gegenwart seiner Eltern bei dem Feste. Der Stachel, der sich plötzlich in Timpes Herz bohrte, drang tiefer und tiefer ein und machte es bluten. Wenn der Großvater und Thomas Beyer doch recht hätten . . .?
»Ja, ja«, sagte er endlich sehr gezwungen, »ich glaube, der Junge wird sein Glück machen . . .« Und zu Deppler gewendet: »Die Feindschaft der Eltern soll den Segen der Kinder nicht brechen.«
Und was er nie tat, das tat er in seiner jetzigen Stimmung. Er bestellte zu seiner Weißen einen großen Schnaps und nahm einen herzhaften Zug.
Es dauerte nicht lange, so drehte sich das Gespräch nur noch um Urban.
»Wenn Ihr Sohn erst Kompagnon sein wird, werden Sie wohl nicht mehr nötig haben zu arbeiten«, begann Deppler wieder. »Die besten Modelle scheint Urban Ihnen ohnehin schon abgekauft [zu] haben. Sie sind vor der Zeit schlau! Eines Tages wird er Ihnen ja

doch alle Kunden vor der Nase weggeschnappt haben.«
Timpe blickte groß auf. Er glaubte nicht recht verstanden zu haben und bat um nähere Aufklärung. Deppler langte in die Tasche seines Paletots, der hinter ihm hing, zog ein Päckchen hervor und wickelte es auf.
»Hier, sehen Sie: Diese Viktoriakrücke, die ich früher von Ihnen bezog, liefert mir jetzt Urban um fünfundzwanzig Prozent billiger. Er könne sich das leisten, meinte er neulich zu mir, weil er auf großen Absatz rechne und die Massenfabrikation die Fabrikate billiger stelle. Ja, ja, lieber Timpe, das machen der Dampf und die neuen Maschinenvorrichtungen.«
Die Viktoriakrücke zeigte eine besonders schöne Zeichnung und nahm sich ebenso einfach wie geschmackvoll aus. Timpe hatte sie zuerst eingeführt, und sie hatte reißenden Absatz gefunden. Namentlich an Damenschirmen sah man sie überall auftauchen. Sie wurde aus Elfenbein, Horn und Holz zu gleicher Zeit hergestellt. Ein Hoflieferant, für den der Meister arbeitete, hatte sie so geschmackvoll gefunden, daß er das Modell Ihrer Königl. Hoheit der Kronprinzessin vorgelegt hatte. Die hohe Frau ließ sofort ein Exemplar in Elfenbein ausführen, das hatte dem Griff die Benennung gegeben; und schließlich hatte man auch den Schirm danach getauft, der sofort bei der tonangebenden Damenwelt Mode wurde. Diese Krücken wurden noch immer sehr begehrt, namentlich von den kleinen Fabrikanten in der Provinz, die das ganze Gestell fertig bezogen und nur die Überspannung machten.
Timpe erkannte sofort sein Modell, aber es war verändert. Der Schwung der Linien, die Zeichnung war dieselbe, nur die Gliederung war eine andere geworden. Das war eine gute Spekulation, das mußte man sagen! Die Veränderung war eine so unwesentliche,

daß das Gros der Abnehmer sich leicht täuschen lassen konnte.
Herr Augustus Deppler griff noch mehrmals in die weite, einem Sack ähnliche Tasche seines braunen Kaftans und holte einen Gegenstand nach dem anderen hervor.
»Und was sagen Sie hierzu, mein lieber Meister Timpe? Wer hätte früher daran gedacht, daß in Berlin ein Fabrikant auftauchen würde, der seinen Abnehmern diese Jonvillebüchse um den dritten Teil billiger liefern könnte als Sie. Aber ich renommiere nicht: Urban hat mir das Dutzend zu achtzehn Mark angeboten, während ich bei Ihnen vierundzwanzig zahlen mußte. Das kommt aber daher, weil Urban, wie er mir sagte, eine neue Vorrichtung am Support erfunden hat, die es ihm möglich macht, die Zeit der Herstellung zu vermindern.«
Diese Büchse, von der man sprach, war ein sehr beliebter Necessairegegenstand für Damen, der aus einem Stück gedreht wurde, inwendig hohl war und vermittelst eines Federdruckes in mehrere Teile sich zerlegte. Ein Pariser Händler namens Jonville hatte die Büchse zuerst in Deutschland eingeführt und Meister Timpe die erste inländische Arbeit danach gemacht. Er hatte mit der Zeit dem Artikel auch andere Formen gegeben und dafür reichliche Abnehmer gefunden. Nun mußte er erleben, daß die billige Konkurrenz Urbans ihm auch hierfür die Kunden wegzunehmen drohte. Saß doch ihm gegenüber bereits einer von denen, die ihm nach und nach abtrünnig werden würden. Er hatte sich mehr als einmal gewundert, daß der kleine, schief gewachsene Herr Deppler, der seit einem Jahrzehnt zu seinen Auftraggebern gehörte, in den letzten Monaten mit seinen Bestellungen auffallend zurückhaltend war.
Johannes machte sofort einen Überschlag. Wollte er denselben Preis stellen wie Urban, so mußte er über

kurz oder lang zugrunde gehen. Ja, früher, das waren noch andere Zeiten! Aber mit den Jahren, wo die Konkurrenz ihm immer mehr zu Leibe gerückt war, war auch der Profit immer tiefer und tiefer gesunken. Aus der einstmaligen Kunst war ein allgemeiner Broterwerb geworden, und der Stückpreis von früher hatte sich in einen Dutzendpreis verwandelt. Es wäre selbst für Timpe schwer gewesen, seine eigenen Empfindungen, die ihn in diesen Minuten bewegten, zu schildern. Alles, was sein Gemüt bewegte, seinen Gedankengang bannte, konzentrierte sich in dem großen Etwas, das er im Augenblick noch nicht zu würdigen verstand, das ihm aber unklar, wie im Nebel, vorschwebte. Es war die drohende Faust der Zukunft, die in der Phantasie ihm riesengroß vor Augen stand: das instinktive Gefühl einer unabwendbar[e]n, über Nacht hereinbrechenden Gefahr, das ihn an jenem Tage zum ersten Male überkommen war, als er von Urbans Plänen erfuhr. Und dieses Gewirr von Empfindungen betäubte ein tiefer Schmerz, hervorgerufen durch den einen fürchterlichen Gedanken, der alle anderen überwog: daß sein einziger Sohn eines Tages mit dem verhaßten Konkurrenten Hand in Hand gehen könne, um seinen eigenen Vater vernichten zu helfen, womöglich gegen den eigenen Willen! Aber er nahm sich vor, ihn gleich am anderen Tage gründlich ins Gebet zu nehmen und ihn auf die unwürdigen Geschäftskniffe seines sauberen Herrn Chefs und zukünftigen Schwiegervaters aufmerksam zu machen.
Timpe bestellte sich einen Schnaps; das Zeug schmeckte ihm heute, er wußte nicht, aus welchem Grunde. Er wurde aufgelegter zum Reden und fühlte, daß ein solcher Trunk unter Umständen dazu angetan sei, neuen Mut zu machen und unangenehme Dinge weniger schwarz erscheinen zu lassen.
Die Unterhandlung am Tisch wurde nun eine lärmende, die Handwerkerfrage kam in Fluß, und jeder

bemühte sich, sie von seinem Standpunkte aus zu beurteilen, und glaubte, daß seine Meinung die allein richtige sei. Herr Wipperlich schrie am lautesten.
Die Handwerker trieben viel zu wenig Politik, meinte er sehr beredt. Besäßen sie politische Kenntnisse, so würden sie ihre Schäden eher erkennen. Innungen, obligatorische Innungen, darin bestände die einzige Rettung! »Einigkeit macht stark«, rief er laut und schlug mit der geballten Hand auf den Tisch. »Man muß einen Wall bilden gegen die Schundkonkurrenz, nur solide Arbeit liefern und das Publikum wieder zu gesunden Anschauungen erziehen.«
Ja, das Publikum, das Publikum ... Da hatte man den richtigen Esel genannt, den man schlagen mußte, denn der Fabrikant war doch der eigentliche Sack.
Das Publikum werde sich niemals bekehren lassen, fiel Antonius Deppler ein, denn es laufe immer dahin, wo es am billigsten kaufen könne.
»So meine ich auch«, sagte Herr Brümmer, und alle schauten verwundert auf bei den ersten Worten des schweigsamen Mannes, als erwarteten sie eine große Rede. Aber der Rentier senkte das Haupt wieder und hüllte es nach wie vor in große Tabakswolken. Zwischen Baldrun und Timpe saß Herr Storch, ein Tischlermeister, der mit seiner langen, blonden Mähne eher einem Künstler glich. Aber die ersten silbernen Fäden, die sie durchzogen, zeugten von frühen Sorgen. Vor fünf Jahren besaß er ein eigenes Möbelgeschäft; aber die Großindustrie hatte ihn zugrunde gerichtet. Jetzt arbeitete er jahraus, jahrein denselben Artikel für Händler. An Sonnabenden war es ihm oft nicht möglich, den Lohn für die Gesellen zusammenzubringen. Dann mußte er die Möbelstücke um jeden Preis losschlagen, wollte er nur bares Geld sehen.
»Ich meine«, begann er, »daß die Gewerbefreiheit an allem schuld hat, denn sie hat die freie Konkurrenz geschaffen und ruiniert die kleinen Leute, die nicht

das nötige Betriebskapital besitzen, um günstige Einkäufe zu machen und daher auch billiger zu produzieren.
Herr Brümmer schüttelte den Kopf. Da er sorgenlos lebte, so konnte er diesen ganzen Streit nicht begreifen. Außerdem ließ er sich nicht gern in seiner Ruhe stören. Zum zweiten Male ergriff er das Wort. »Lassen Sie doch alles gehen, wie es will. Wir werden die Welt nicht bessern«, sagte er voller Überzeugung ...
Die Unterhaltung wurde nun immer erregter, die Ansichten unklarer und verwirrter. Jeder wollte allein sprechen und ließ den anderen nicht ausreden.
»Nun, Timpe, was sagen *Sie* denn?« rief der Schornsteinfegermeister ihm zu. Der Drechsler hatte bisher kein Wort gesagt, sondern still vor sich hingeblickt. Die wüste Unterhaltung schien ihm zwecklos. Es waren die alten Redensarten, die er schon so oft an diesem Tische vernommen hatte. Endlich erlaubte er sich eine bescheidene Meinung zu äußern:
»Die großen Fabriken sind der Ruin des Handwerks, nur sie ganz allein«, begann er. »Es wird eines Tages keine Handwerker mehr geben, nur noch Arbeiter. Und das wird der Untergang des Staates und des gesunden Bürgertums sein. Wenn das Haus seine Hauptstütze verliert, bricht es in sich zusammen. In unserem Stande lernt heute niemand mehr etwas. Die Lehrlinge werden in den Fabriken nur zu Tagelöhnern herangebildet. Haben sie ausgelernt, sind sie eigentlich nur noch Arbeitsleute. Der eine fertigt jahraus, jahrein diesen Teil an und der andere jenen, aber keiner hat eine Ahnung vom Ganzen. Das ist gerade wie bei den Spezialärzten, die eine Krankheitserscheinung sehr genau studiert haben, ihr ganzes Leben lang ein und dasselbe Gebrechen kurieren, in anderen Fällen aber nicht vertrauenswürdig erscheinen ... Und das wäre alles nicht so, wenn die Maschine nicht die Handarbeit überflüssig gemacht hätte. Wo früher hundert

Hände notwendig waren zur Herstellung eines Gegenstandes, genügen heute zwei, die nur nötig haben, in mechanischer Weise das Material in die richtige Lage zu bringen, das andere tut das Räderwerk. In acht Tagen lernt heute einer das, wozu er in früheren Zeiten Jahre bedurfte. Aber was noch schlimmer ist: Die Maschine schafft auf der einen Seite zehnfachen Reichtum und auf der anderen tausendfache Armut ... Du mein Gott, wie viele habe ich so zugrunde gehen sehen! Da drüben der Hüttig ... der Ortmann um die Ecke ... der Sippert jenseits der Spree – sie alle drei haben als Leute mit grauen Haaren ihre Zuflucht zu der Fabrik nehmen müssen. Und was wird aus ihren Kindern? Sie werden eines Tages dasselbe, was ihre Väter heute sind: Fabrikarbeiter, deren Nachkommen dasselbe werden. So entsteht das ungeheure Heer der Proletarier, das die Welt überschwemmt und nur zweierlei Dinge kennt: den Kampf ums Dasein und den Haß gegen die Reichen ... Was soll daraus werden, wenn das so weitergeht? Daran denkt niemand!«

Der Wahrheit seiner Worte konnte sich niemand entziehen. Seine Schilderung war nur zu sehr aus dem Leben gegriffen.

Fast jeder kannte mindestens einen, der vor seinen Augen von der Höhe des Wohlstandes in die Tiefe des Elends gefallen war. Es entstand eine längere Pause. Wipperlich belegte die Zuchthausarbeit und Abzahlungsgeschäfte mit derben Bezeichnungen, der kleine Deppler sagte mehrmals: »Schrecklich, schrecklich, aber nicht zu ändern«, und der Schornsteinfegermeister äußerte seine Freude darüber, daß man, Gott sei Dank, die Kehrbesen noch nicht mit Dampfkraft in die Schlote senken könne. Herr Brümmer aber erhob sich, denn seine Stunde hatte geschlagen, und sagte abermals: »Lassen Sie die Dinge gehen, wie sie wollen ... Gute Nacht.«

Es war spät geworden, als Timpe das Lokal verließ. Die meisten Gäste waren bereits vor ihm gegangen, nur Wipperlich und Baldrun stritten sich noch um den Bart des Kaisers von Rußland und über den »kranken Mann« fern in der Türkei, wobei der eine dem anderen nach jeder Behauptung vollständige Unkenntnis vorwarf. Man wollte den Meister noch zurückhalten, er aber hatte Sehnsucht nach der frischen Luft, denn sein Kopf war ihm schwer geworden. Auf der Straße wehte ihm ein scharfer Wind entgegen, der den losen Schnee vom Trottoir fegte. Das tat ihm wohl wie seit langer Zeit nicht. Die Uhr der Andreaskirche schlug die Mitternachtsstunde, und als Timpe beim Dahinschreiten die einzelnen Schläge zählte, wunderte er sich, so lange ausgeblieben zu sein. Aber er wußte selbst nicht, wie das heute gekommen war. Den ganzen Abend über, während der lautesten Debatte hatte er nur an seinen Sohn gedacht.
Und während er sich gesenkten Hauptes langsam seiner Wohnung näherte, die Hausmütze tief in die Stirn gedrückt, den Kragen des Alltagsrockes in die Höhe geschlagen, erwachte der verletzte Stolz des Vaters, der an ihm nagte und ihn innerlich tief empörte. Soviel er auch nach Entschuldigungsgründen suchte – er fand keinen für Franzens Verschweigen seiner Verlobung. Er sann hin und her, und worauf er zurückkam, war immer dasselbe: Franz wollte sich seinen Eltern nach und nach ganz entfremden, weil sie in die Kreise nicht hineinpaßten, denen er für die Zukunft angehören wollte. Er blieb ein paar Augenblicke stehen und schüttelte mit dem Kopf, als könne er alles das nicht begreifen.
Einige Häuser weiter fand er die Kellerfenster noch erleuchtet. Die Außentür war geöffnet, und als er hinunterspähte, erblickte er durch die Glastür Anton Nölte, der an seinem Lötofen saß und emsig arbeitete. Das Feuer glühte, und der Kolben wanderte fort-

während aus der Hand in die Kohlen. Der Klempner verfertigte seit Jahren Küchengerätschaften, die äußerst schlecht bezahlt wurden. Von früh bis spät hämmerte und lötete er, und die ganze Erholung, die er sich gestattete, war nach dem Abendbrot die Stunde bei Jamrath. Timpe stieg die Stufen hinab und öffnete die Tür.

»So spät noch auf!« sagte er nach einem Gruße, trat ganz ein und reichte dem fleißigen Manne seine Schnupftabaksdose hin. Er habe Arbeit vor, die am nächsten Morgen abgeliefert werden müsse, erwiderte Nölte. Das Magazin, für welches er arbeite, fackele nicht lange. Es kämen genug Leute, die sich noch billiger anböten. Zum Unglück sei ihm der Lehrling noch am Tage vorher ausgerückt. Zwei Jahre lang habe er sich mit dem Bengel gequält, um ihm etwas beizubringen, und nun, da er von ihm zu profitieren hoffte, ginge die Range heidi, um sich wahrscheinlich in irgendeiner Fabrik als Geselle anzubieten. Das Maß dazu besitze er allerdings.

»Das war einmal richtig gesprochen von Ihnen, Herr Timpe – ich meine, da heute abend bei Jamrath«, fuhr er fort; »ich könnte ein Liedchen von der Fabrikarbeit singen, aber ich wollte mich nicht gern in das Gespräch mischen. Wozu auch? Am Biertisch ist das weiter nichts als Dreschen leeren Strohes, die Köpfe erhitzen sich unnütz, und den einzigen Vorteil davon hat nur der Wirt... Es wird für uns Handwerker nicht anders werden auf Erden, als bis eine neue Sündflut kommt und die Fabriken und Schornsteine verschlingt. Da wird der Wert der Menschen, die übrigbleiben, sich erst beweisen. Jeder wird zu zeigen haben, was er gelernt hat. Wir müssen in den Urstand zurücktreten, habe ich gestern gelesen, und das wird wohl das beste sein. Haben die Menschen, die vor tausend Jahren ihren Acker bebauten und sich die Dinge, die sie brauchten, selbst anfertigten, nicht viel glück-

licher gelebt? O Meister Timpe, ich habe viel gelesen – früher, als ich noch meinen Laden besaß. Aber die Bücher sind zum Teufel gegangen, fragen Sie nur meine Gläubiger . . .«
Kindergeschrei ertönte aus einem Nebenraum. Nölte sprang auf. »Einen Augenblick – der Junge hat die Flasche verloren«, sagte er und verschwand in der einzigen Wohnstube, wo seine Frau mit sechs Kindern schlief.
Als er wieder zurückgekehrt war, ging die Tür abermals auf. Es war Krusemeyer, der seinen Kopf hereinsteckte. Er wollte sich ein wenig erwärmen und dem Klempner einen Schluck anbieten.
»Nun, Herr Timpe«, sagte er nach der Begrüßung, »das nenne ich schnell ans Ziel gelangen. Ihr Sohn hat doch nicht zuviel gesagt, damals – ich meine, in jener Radaunacht.« Auch Meister Nölte kam auf die Verlobung zu sprechen, und Timpe geriet nun zum zweiten Male in Verlegenheit. Wie es schien, wußte die ganze Nachbarschaft bereits davon, nur er allein hatte es in letzter Stunde erfahren. Er kam sich wie ein großer Narr vor.
»Ja, ja – Sie sind zu beneiden. Wer solch eine Aussicht für die Zukunft hat, der kann sich schon getrost ohne Sorgen des Abends niederlegen«, sagte Nölte. Krusemeyer erwähnte bei dieser Gelegenheit, daß die Nachfeier drüben in der Raupachstraße vor sich gehe. Da spendierte Herr Franz inmitten seiner Freunde ganz gehörig. Er habe ihn vor ungefähr zwei Stunden hineingehen sehen. Das Lärmen und Singen schalle durch die ganze Straße, und die Kneiperei werde wohl bis zum frühen Morgen dauern.
Timpe horchte auf. Als er mit dem Wächter auf der Straße war, ließ er sich das Restaurant näher beschreiben und bat den würdigen Beamten um weitere Aufschlüsse. Nach der Trennung schritt er unbewußt, halb wie im Traume, der Raupachstraße zu. Er hatte

plötzlich den Entschluß gefaßt, in dem Stammlokale seines Sohnes noch ein Glas Bier zu trinken. Bei dieser Gelegenheit würde er ihn gewiß sehen und sprechen können. Irgendeine Aufklärung mußte er haben. Was sollte auch seine Frau dazu sagen, wenn er ihr die Neuigkeit mitteilte, ohne etwas anderes hinzufügen zu können?

Das betreffende Restaurant gehörte einer behäbigen Witwe und war der Sammelplatz von jungen Leuten, größtenteils Studenten. Es gab hier einen guten Trank, die bedienenden Mädchen zeichneten sich durch Schönheit und Liebenswürdigkeit aus, und die Speisen standen in einem vortrefflichen Rufe. Als Timpe den ersten großen Raum betreten hatte, öffnete sich gerade die Tür eines kleinen Zimmers, aus dem lautes Stimmengewirr und fröhliches Lachen hereinschallte. Sein Blick fiel auf seinen Sohn, der inmitten der langen Tafel saß und lebhaft mit der Schenkmamsell sprach, um deren Taille er den Arm gelegt hatte.

Der Meister setzte sich. Rechts und links von ihm saßen sehr vergnügt dreinschauende junge Männer, die ihn gleich bei seinem Hereintreten mit einem Blick von oben nach unten gemustert hatten, als wollten sie fragen: Wie kommst du denn hierher, Alter? Und Timpe, der einen dieser Blicke aufgefangen und seine Bedeutung wohl verstanden hatte, mußte sich sagen, daß es seinen grauen Haaren schlecht stehe, zu so später Stunde an diesem Ort zu sitzen. Endlich fragte er das ihn bedienende Mädchen, ob man hier den jungen Herrn Timpe kenne.

»Den schönen Franz? – Ei versteht sich! Alle Welt kennt ihn ja!« erwiderte sie lächelnd und zeigte ihre weißen Zähne.

Ob sie wohl die Freundlichkeit haben wolle, den jungen Mann auf wenige Augenblicke herauszurufen? Er habe ihn sehr dringend zu sprechen. Das Mädchen blickte den Alten verwundert an. Gewiß war das je-

mand aus Urbans Fabrik, der eine Bestellung auszurichten hatte. Er möchte nur dort hineingehen, sagte sie dann. Der Meister aber bestand auf seinem Wunsch. Nach einigen Minuten öffnete sich die Tür wieder, und Franz trat herein, gefolgt von zweien seiner Freunde, die ihre Neugierde befriedigen wollten. Beim Anblick der prächtigen Erscheinung seines Sohnes, die noch gehoben wurde durch eine leichte Röte des Gesichts und durch den Ausdruck des Frohsinns, hatte er im Augenblick nur noch Verzeihung für ihn. Er erhob sich und trat ihm mit ausgestreckter Hand entgegen.
»Mein Junge –«
Franz war betroffen. Sein Vater hier und im Werkeltagsanzug? Das hatte er nicht erwartet. Im Augenblick erfaßte er die Situation: die aufmerksamen Blicke der Gäste ringsherum, seiner Freunde, namentlich der Mädchen, die ihn immer für einen Sohn aus bestem Hause gehalten hatten. Nur eine Minute lang kämpfte er mit einer stummen Verlegenheit, dann richtete er sehr gleichgültig an seine Freunde die Bitte, ihn auf einige Augenblicke zu entschuldigen, und ergriff die Hand seines Vaters, wie man ungefähr die eines Menschen ergreift, dem man gezwungenerweise Freundlichkeit entgegenbringen muß. »Vater«, sagte er leise, »komm hinaus, dort sind wir ungestört.« Als der Alte die Mütze ergriffen hatte und ihm gefolgt war, atmete er auf und fragte, ob zu Hause etwas Unangenehmes passiert wäre. Und als Timpe ihn beruhigt hatte und nun erklärte, weswegen er eigentlich hierhergekommen sei, überschüttete ihn Franz mit einem Wortschwall, aus dem nur zu deutlich das Bestreben hervorging, seinen Vater sobald als möglich von hier fortzubringen.
»Morgen, morgen, Vater, sollst du alles erfahren. Ihr werdet zufrieden sein ... Geh nur jetzt, ich bitte dich! Was soll die Mutter denken, wenn du so spät nach Hause kommst.«

»Aber mein Bier ist noch nicht bezahlt –«
»Das werde ich besorgen.«
»Aber deine Freunde – willst du mich nicht mit ihnen bekannt machen?«
»Ein anderes Mal, du sollst sie alle kennenlernen, verlaß dich darauf ... Sie sind heute zu bekneipt ... Geh nur jetzt ... Es ist so spät ...«
Und Meister Timpe sah das ein und ging. Wie sonderbar das Benehmen seines Sohnes war, wie unmutig er über die Störung erschien, wie er sich umblickte, als wünschte er nicht belauscht zu werden! Plötzlich blieb der Alte stehen und starrte vor sich hin. Ein entsetzlicher Gedanke durchzuckte ihn. Es war nicht anders zu deuten. Franz schämte sich seiner. Er war ihm nicht fein genug gekleidet, zu gering für seine Freunde. Und je weiter er schritt, je fürchterlicher dämmerte ihm die Wahrheit, je mehr nahm der Gedanke Form und Gestalt an. Immer nebelhafter wurde das Idealbild Franzens, immer greifbarer das Zerrbild einer fremden Kreatur. Timpe seufzte laut auf. Er spürte die Kälte nicht, die Schneeflocken nicht, die der Wind ihm ins Gesicht trieb, sondern nur das Feuer, das in seinem Gehirn loderte und unzähligen Funken gleich Gedanken auf Gedanken entfachte. Und es war immer derselbe, aber phantastischer und wilder: Ein Sohn schämt sich seines Vaters!
Als er nach Hause kam, schlief Frau Karoline bereits fest. Er wollte sie wecken, ihr alle seine Empfindungen über den Einzigen mitteilen, als er aber auf ihr mildes Antlitz blickte, kam er davon ab. Weshalb ihren Frieden stören? Vielleicht träumte sie gerade von dem, der ihm heute so großes Weh bereitet hatte! Leise legte er sich nieder, aber es dauerte lange, lange, ehe der Schlaf ihn umfing, der ihm heute wohler tat als je.

X.
Im Kampfe des Jahrhunderts

Die Fabrikationsweise Urbans begann auf die Dauer große Triumphe zu feiern. Er ging darauf aus, die kleinen Konkurrenten durch alle nur erlaubten Mittel totzumachen. Mit dem weiten Blick des ausgezeichneten Geschäftsmannes erkannte er sofort die Ausbeutung irgendeines Artikels, dessen Verbreitung bisher noch nicht genügend gewürdigt worden war. Er stellte seinen Abnehmern die möglichst besten Bedingungen, und selbst solche Arbeiten, deren Herstellung ihm ebenso teuer kam wie den kleinen Fabrikanten, lieferte er den Kunden billiger als diese, wenn auch der Profit ein ganz geringer war. Er ging dabei von dem Grundsatz aus, daß der Verlust an dem einen Fabrikat durch den dreifachen Gewinn am anderen gedeckt werden müsse. Es lag ihm hauptsächlich daran, die Abnehmer an sich zu fesseln, seine Fabrik zum Monopol für den ganzen Bedarf zu machen. Er besaß genügende Mittel, das Rohmaterial im großen und zu den mäßigsten Preisen einzukaufen, den ihm als sicher bekannten Kunden einen größeren und längeren Kredit zu gewähren als die kleineren Konkurrenten. »Die Masse muß es bringen«, sagte er sich. Das Geheimnis seiner billigen Produktion lag in der schnellen Ausführung seiner Entschlüsse: der Idee folgte sofort die Tat. Er wußte, daß das Publikum stets das Neue liebte. So war er denn rastlos in dem Bestreben, seine Kunden von Zeit zu Zeit mit irgendeiner »Nouveauté« zu überraschen, die er entweder nach ausländischem Muster hergestellt oder selbst verfertigt hatte. Geschickte Zeichner und Techniker standen ihm dabei zur Seite. Und die Reisen, die er nach Paris, Brüssel und London machte, taten das übrige, um ihn nie

dem Verlangen seiner Kunden gegenüber in Verlegenheit zu bringen.
Nach einem halben Jahre bereits genoß seine Fabrik in der ihm nahestehenden Geschäftswelt eines bedeutenden Rufes. Nannte man die Firma Ferdinand Friedrich Urban, so verband sich damit bei den Galanteriewarenhändlern, Stock- und Schirmfabrikanten und all den Kaufleuten, welche mit der Elfenbein- und feineren Holzbranche zu tun hatten, der Gedanke an einen Großindustriellen, dem man bedeutende Vorteile zu verdanken habe. Selbst die ihm ebenbürtigen Konkurrenten lernten ihn fürchten, denn sie sahen sich schließlich aus Existenzrücksichten gezwungen, ebenso billig zu produzieren wie er. Ein allgemeiner Druck auf die Engrospreise ging von ihm aus, denn ein großes Betriebskapital, das noch durch das Vermögen seiner Frau vermehrt worden war, stand ihm zur Verfügung.
Mit der Zeit verspürte diese gewaltige Konkurrenz niemand härter als die kleinen Fabrikanten; in erster Linie die Meister, die mit wenigen Gesellen direkt für die Händler arbeiteten. Johannes Timpe gehörte zu ihnen. Im Frühjahr desselben Jahres bereits mußte er zwei Gesellen entlassen; und vor Weihnachten, zu einer Zeit, wo er sonst außerordentlich viel zu tun hatte, mußte der dritte folgen. Die Bestellungen vieler Kunden waren ausgeblieben. Traf er einen von ihnen zufälligerweise und forschte nach der Ursache der geschäftlichen Zurückhaltung, so kam nach vielem Drehen und Wenden endlich die Antwort; und sie war immer dieselbe: Urban liefere billiger, das Hemde liege einem näher als der Rock.
Selbst das Preisherabsetzen half nichts. Der Meister mochte kalkulieren, wie er wollte: es war unmöglich, mit dem Fabrikbesitzer zu konkurrieren; oder aber er mußte das Material stehlen und den Gehülfen einen Hungerlohn oder einen schmählichen Akkordpreis be-

zahlen. Aber auch das blieb nicht aus. Eines Tages sah er sich gezwungen, die Gesellen auf seine üble Lage aufmerksam zu machen. Als ehrlicher Mann rechnete er ihnen vor, wie gering sein Verdienst sei, daß er nicht länger bestehen könne, wenn er die Akkordpreise nicht herabsetzte. Ein Gehilfe blieb nach dieser Auseinandersetzung gleich fort, während die anderen sich dadurch zu entschädigen suchten, indem sie ihre Arbeit nicht mehr so solide ausführten wie früher. Der Meister drückte ein Auge zu, wenn die Sachen nur nicht zu leichtsinnig ausgeführt wurden. Er tröstete sich damit, daß es bei Urban nicht besser gemacht werde. Einmal gerieten ihm verschiedene von dem großen Konkurrenten fabrizierte Artikel in die Hände. Er reichte sie in der Werkstatt umher und ließ sie von jedem prüfen. Man erstaunte über die leichte Arbeit. Es sah alles sehr elegant und einnehmend aus, aber von Solidität war keine Spur vorhanden.

»Schlecht und billig – so wird's gemacht«, sagte Thomas Beyer und warf den Kram gleichgiltig in die Ecke.

Timpe mußte sich sagen, daß der Altgeselle mit seinen Worten den Nagel auf den Kopf getroffen habe. Darin bestand eben der große Erfolg Urbans: das Publikum ließ sich durch den äußeren Schein blenden und täuschen. Es fragte nicht mehr nach guter Arbeit, die Billigkeit gab den Ausschlag. Das war das betrübendste Zeichen der Zeit: Menschen und Waren sanken im Werte. Der redlichste Arbeiter wurde durch die Sorge ums Dasein gezwungen, zum Betrüger am Publikum und seinem Nächsten zu werden. Es war der große soziale Kampf des Jahrhunderts, in dem immer dasselbe Feldgeschrei ertönte: »Stirb *du*, damit *ich* lebe!« Und die beiden Riesenarmeen, die sich Tag für Tag schlagfertig gegenüberstanden, aufeinander losstürmten und die Schlacht der Verzweiflung schlugen, nannten sich Ausbeuter und Ausgebeutete. Das Kapital war das Pulver, und wer es am meisten besaß, der trug den Sieg davon. Die Heerführer dieser Armeen aber hießen Hand und Maschine. Die Kraft des Dampfes führte den Vernichtungskampf gegen die Kraft des Menschen. Und in diesen fürchterlichen Strudel, der rücksichtslos gegen die Gesetze der Weltmoral sein Zerstörungswerk an den Stützen der Gesellschaft beging, wurde auch Meister Timpe immer mehr und mehr hineingezogen.

Wenn er jetzt den Blick durch das Fenster nach der Fabrik hinüberrichtete, so tat er es mit geballter Faust und dem Ausdrucke des Hasses. Das Getöse der Dampfmaschine kam ihm dann wie das dumpfe Ächzen hundert zu Tode getroffener Männer vor; und das leise Zittern des Erdbodens wie das Nahen einer verderbenbringenden Gewalt, die dereinst das ganze Haus verschlingen würde. Die Fabrikpfeife, deren langgedehnter Ton gellend zu ihm herüberklang, machte ihn zusammenschrecken. Und wenn der Wind den heißen Dampf in den Garten schlug, so konnte er sich nicht enthalten, eine laute Verwünschung auszustoßen.

Was Johannes am meisten schmerzte, war, daß sein Vater noch diesen geschäftlichen Niedergang erleben mußte, und er versuchte alles aufzubieten, dem Greise den wirklichen Zustand der Dinge zu verschweigen, um jegliche Aufregung von ihm fernzuhalten. »Es könnte sein Tod sein«, sagte er zu seiner Frau.

Mit Gottfried Timpe stand es sehr schlimm. Das Leben schien ihm nur noch eine Last. Du lieber Himmel, was konnte man auch von einem Greis, der seinem siebenundachtzigsten Geburtstage entgegenging, noch anderes verlangen als das Abbild eines leibhaftigen Todeskandidaten. Die Beine waren bereits so schwach geworden, daß er sich ohne die kräftige Hilfe seines Sohnes oder Karolinens nicht fortzubewegen ver-

mochte. So kam es denn, daß er den ganzen Tag über den Lehnstuhl am Fenster drückte und förmlich ins Bett hineingetragen werden mußte. Jeden Morgen befürchtete man, er könnte während der Nacht ohne Schmerzen, friedlich und still, wie es sein Wunsch war, zu einem besseren Dasein entschlummert sein. Das war jedenfalls der sanfteste Tod, so an Altersschwäche aus dem Leben zu scheiden – wie eine Uhr, die langsam stehenbleibt, wenn das Räderwerk seine Dienste versagt. Aber gerade der Gedanke, daß dies einmal ohne Beisein eines Zweiten geschehen könne, war für Johannes ein fürchterlicher. Man hatte das Nachtlager des Alten bereits seit längerer Zeit unten in der guten Stube aufgeschlagen, und jedesmal, bevor der Meister sich zur Ruhe legte, stattete er mit leisem Tritte dem Vater einen Besuch ab, um sich von seinem Wohlsein zu überzeugen.
So gebrechlich aber auch der Körper Gottfried Timpes war, sein Geist blieb bei alledem frisch, sein Gehör war noch immer dasselbe feine wie früher und sein Gedächtnis dasselbe starke. Die Folge davon war, daß er die Stunden damit ausfüllte, sich Erinnerungen an vergangene Zeiten hinzugeben. Sein geistiger Blick war immer nur nach rückwärts gerichtet. Und so glich er schließlich einem verlorenen Weltkörper, der abseits von der großen Heerstraße seine eigenen Kreise zieht und das Leben aus sich heraus gestaltet. Das Merkwürdigste war, daß, seitdem er nicht mehr im Hause herumgehen konnte, die Lust zur Unterhaltung bei ihm gestiegen war. Er wollte von allem unterrichtet sein, was um ihn her vorging, und Frau Karoline mußte stundenlang bei ihm sitzen, um seine Fragen so lange über sich ergehen zu lassen, bis ihm der Atem ausging. Es bedurfte nur der leisesten Andeutung, irgendeines Hinweises auf eine neue Straße, eine neue Brücke usw., um ihn vom Berlin der alten Tage sprechen zu hören. Dann feierte sein Gedächtnis Trium-

phe. Er erinnerte sich irgendeines alten Hauses, eines Platzes, origineller Menschen, mit denen er zu tun gehabt hatte und die nun nicht mehr zu finden waren. Auch der Humor kam zum Vorschein, wenn er von seinen Knabenjahren sprach und die Gewohnheiten von Nachbar Hinz und Kunz beschrieb. Dann sagte er ungefähr folgendes: »... Der trug die Nase auch mal bis zum Himmel und wußte nicht, warum ... Na, die Krauses, wenn ich noch daran denke! Das Paar war lustig anzusehen. Die Frau war drei Köpfe größer als der Mann, und er trug immer die größte Angströhre, die nur aufzutreiben war, um zu beweisen, daß er der Herr sei. Aber da hatte sich was! Die Frau kommandierte nach dem Markt gehen und einkaufen, und er wurde von ihr wieder retour geschickt, wenn er nicht das Richtige gebracht hatte. Die Jungens liefen hinter ihm her und nannten ihn immer ›Mutterns Schlafmütze‹ ... Da war auch noch der alte Kantor Riez, Gott laß ihn selig ruhen! Er war so vergeßlich, daß er einmal sein eignes Haus nicht finden konnte und mich auf der Straße fragte, ob ich nicht wisse, wo der Kantor Riez wohne. Na, ich habe lachen müssen!«
Und das Endwort dieser Erinnerungen Gottfried Timpes war immer das alte: »Ja damals – das waren noch andere Zeiten!«
Viel Sorge hatte es dem Ehepaare gemacht, dem Alten gegenüber einen Grund für die gänzliche Abwesenheit Franzens zu finden. Seit jenem Abend nämlich, an dem des Meisters Mißtrauen gegen seinen Sohn so plötzlich erwacht und bestätigt worden war, hatte er diesen nicht mehr zu Gesicht bekommen. Am anderen Tage war, wie es schien, nachträglich, eine gedruckte Verlobungsanzeige eingetroffen und einige Zeilen Franzens, worin er anzeigte, daß er zum Mittagsessen nicht erscheinen könne, und die Eltern bat, das anfängliche Verschweigen seiner Verlobung nicht übel

zu deuten. Da sein Vater auf Urban nicht gut zu sprechen sei, so habe er geglaubt, man würde sein Glück nicht so auffassen, wie er es wünschte. Er würde seinen Eltern immer in Liebe zugetan sein, man solle es aber entschuldigen, wenn er von jetzt ab seinen eigenen Weg ginge und sich selten mache. Er habe jetzt eben große Verpflichtungen gegen die Familie Urban, würde auch geschäftlich sehr in Anspruch genommen.

Frau Karoline nahm nach diesen Zeilen den »guten Jungen« in Schutz. Der Meister aber sah tiefer, denn er war plötzlich sehend geworden. So groß die Zärtlichkeit war, die er seinem Sohne stets entgegengebracht hatte, so unauslöschlich war jetzt der Groll gegen ihn in seiner Brust. Der Einzige war aus seinem Herzen gerissen; und wenn die Wunde auch niemals zuheilen würde – es sollte so bleiben! So sehr liebte Johannes seinen Vater, daß er sich schämte, ihm Mitteilung von dem Zerwürfnis zu machen. Man erfand denn für den Greis und die Gesellen die Mär, daß Franz für seinen Chef Reisen machen müsse und infolgedessen sich selten sehen lassen könne. Nur Thomas Beyer ließ sich nicht täuschen. Er ahnte den ganzen Zusammenhang, wollte aber Timpe nicht wehe tun und enthielt sich daher jeglicher Bemerkung darüber.

War Gottfried Timpe auch über diesen Punkt beruhigt, so konnte man es doch nicht verhindern, daß er nach und nach etwas von der geschäftlichen Misere erfuhr, wenn auch nicht in ihrem ganzen Umfange. Nun wollte er alles vorhergeweissagt haben und kam daher jeden Tag mit einem Dutzend Ratschläge zum Vorschein, die Johannes befolgen sollte. Der Meister half sich auch hier mit allerlei Notlügen aus und belog sich selbst, indem er eines Tages dem Vater die Mitteilung machte, daß die Bestellungen sich wieder mehrten, trotzdem das gerade Gegenteil der Fall war.

Gottfried Timpe aber hatte auf Wochen hinaus neue Anregungen in seinen Unterhaltungen mit Frau Karoline gefunden und sprach nun nur noch von den goldenen Tagen des Handwerks.

Eines Abends suchte Timpe Jamrath wieder auf. Der Stammtisch war bereits besetzt, und die Wogen der Debatte gingen hoch. Das Gespräch drehte sich um die Stadtbahn, deren Bau vom Staate wiederaufgenommen worden war. Seit Wochen behandelte man Abend für Abend dieses Thema. Einige Hausbesitzer, welche die Runde zierten, waren besonders dabei interessiert, vor allem der lange Brümmer, dessen windschiefes Haus direkt von der Linie berührt wurde und der seit dem Tage, an dem er das erfahren hatte, so gesprächig geworden war, daß der Schornsteinfegermeister aller Welt erzählte, die Schweigsamkeit des Rentiers wäre bis dato nur Verstellung gewesen. Kam die Rede auf die Stadtbahn, so hüpfte er förmlich auf seinem Stuhl, und war, wenn er das Lokal betrat, noch niemand von den bekannten Gästen anwesend und selbst Vater Jamrath für ihn unsichtbar, so unterhielt er sich mit dem Kellner über das neueste Wunder Berlins und suchte diesem sehr eindringlich zu beweisen, was für einen Vorteil der Staat durch den Ankauf seines Grundstücks haben würde. Fritz, der nie trauriger aussah, als wenn er ein freundliches Gesicht machen wollte, sagte zu allem ja und bekam seit dieser Zeit ein ganzes Nickelstück als Trinkgeld.

Seit Monaten waren bereits die Strecken, welche die Schienen zu nehmen hatten, öffentlich ausgelegt gewesen, und das Verwaltungsgericht zu Potsdam als oberste Entscheidungsbehörde in dieser Angelegenheit hatte seine liebe Not, um allen einlaufenden Protesten gerecht zu werden. Hinterhäuser mußten heruntergerissen, Vorderhäuser durchschnitten, ganze Grundstücke durchtrennt werden, um dem Dampfroß einen Weg durch das Steinmeer zu bahnen. Das erforderte

Unsummen an Abstands- und Entschädigungsgeldern, denn jeder Grundbesitzer wollte die Gelegenheit wahrnehmen, soviel als möglich bei dem Verkauf zu gewinnen. Und wessen Forderung zu hoch war und wer sich dem Gemeinsinn nicht fügen wollte, gegen den mußte das Enteignungsverfahren eingeleitet werden. Unangenehme Prozesse entstanden dadurch; Fiskus und Bürgertum führten einen harten Kampf.

»Wissen Sie schon, Herr Timpe«, rief Deppler dem Meister zu, »es steht fest, daß Ihr Haus oder wenigstens der Giebel desselben eines Tages fallen muß. Die Stadtbahn geht quer über die Holzmarktstraße und schneidet Ihren Vorgarten weg ... Urban ist wie immer auch diesmal der Schlaue gewesen; er hat sämtliche alte Baracken hinter Ihrem Grundstück bereits vor Jahren angekauft und schlägt nun einen vierfachen Wert heraus. Das nenne ich Spekulation! ... Er hat einen Prophetenblick, das muß man sagen. Übrigens ist er auf Sie noch schlechter zu sprechen als sonst. Sie würden es eines Tages bitter bereuen, sein Kaufgebot nicht angenommen zu haben, meinte er neulich zu mir ... Aufrichtig gestanden: Ich begreife seine Feindschaft gegen Sie nicht, wo Ihr Sohn ihm so nahesteht.«

Sein Sohn! Oh, wenn man gewußt hätte, was er von ihm zu erwarten haben werde! Der Meister schwieg sich, wie gewöhnlich, darüber gründlich aus und kam auf andere Dinge zu sprechen.

Im Frühjahr des folgenden Jahres wurde mit dem Abbruch der alten Häuser hinter Timpes Grundstück begonnen; und wenn der Meister jetzt die »Warte« bestieg und seinen Blick nach rückwärts wandte, sah er vor sich weiter nichts als halbabgetragene Mauern, herabhängende Tapetenfetzen, große Haufen Steine und halbmorsche Balken, die nur noch als Brennholz dienen konnten. Die ganze Straßenecke mußte fallen. Von früh bis spät hörte man das Hämmern der Spitzhacken, Abbröckeln und Rasseln der Steine, wenn sie ihren Weg durch die Holzbahn vom Dache her bergab nahmen. Hin und wieder stürzte eine halbe Mauer ein, und der Staub, der den ganzen Tag über in der Luft lag, wurde durch eine ungeheure Wolke vermehrt, welche die Arbeiter und Mauerreste wie in Pulverdampf einhüllte. Das hörte sich dann im Innern des Häuschen an, als wäre für die Bewohner das letzte Stündlein gekommen. Der Großvater hatte seinen ganzen Humor verloren und erfand fortwährend neue Bezeichnungen für den »Skandal« da draußen. Es scheine, als wenn man halb Berlin abrisse. Die Menschen würden immer unverschämter und respektierten den Frieden des lieben Nächsten nicht mehr, meinte er voller Ingrimm. Nächstens würden sie noch ihren Besuch durch den Schornstein machen, nur um die Ruhe zu stören.

Die größte Aufregung kam jedoch, als es an den Abbruch des Gebäudes ging, das die hintere Giebelseite von Timpes Haus begrenzte. Während dieser Arbeit saß der Meister stundenlang auf seinem Auslug, um rechtzeitig für das Anbringen von Stützen zu sorgen. Aber auch das ging ohne Unglück ab. Nach einem Monat lag die Ecke frei, und die Ausschachtung des Erdbodens begann. Timpes Haus nahm sich nun wie ein störender Punkt in der Umgebung aus, wie ein alter Sonderling, der der Neuerung trotzt: vorn der freie Platz, begrenzt von den Neubauten der Holzmarktstraße, und hinten die roten Backsteingebäude der Fabrik, überragt von dem Schornstein, der Siegessäule der modernen Industrie.

Als Timpe eines Abends wieder auf den Baum gestiegen war, der die ersten Blüten zeigte, erblickte er auf der neu geschaffenen Baustelle Urban, der mit einem fremden Herrn, anscheinend einem Bauführer, hinter dem Bretterzaun auftauchte. Der große Konkurrent zeigte auf das Haus des Drechslers mit einer Gebärde,

als machte er sich über die Ruine lustig. Der andere Herr lachte dazu, und Johannes hörte deutlich, wie der Fabrikbesitzer mit seiner piependen Stimme sagte: »Wie der Kasten da jetzt aussieht! Gerade wie eine Wanze auf einer hellen Tapete. Aber ich werde diese Wanze schon eines Tages wegbringen, verlassen Sie sich darauf! Die Geschichte macht sich ... Sind das verrückte Menschen, diese Timpes – bis auf den Jüngsten natürlich, aber den kann man gar nicht mehr zu ihnen rechnen! Er sieht das auch ein ... Mir den Weg auf dieser Seite hier zu versperren, trotzdem ich zehnmal soviel geboten habe, als die Jammersteine wert sind!
Und doch freue ich mich jetzt, daß mir Widerstand entgegengesetzt wurde, denn ich hätte mich schön geärgert, da es der Stadtbahn wegen nicht zu fallen braucht. Ich bekomme es noch billiger, viel billiger, unter dem Kostenpreise; verlassen Sie sich darauf. Wie schön kann ich da nicht die Viadukte benutzen, die hier entstehen werden! Wer dem Geiste der Zeit sich widersetzt, der muß bestraft werden. Unser Jahrhundert verlangt Neuerungen, nur Neuerungen. Der Alte stürzt, und neues Leben blüht aus den Ruinen! Wie meinen Sie? *Das* Alte heißt es? Meinetwegen! Ich meine aber *den* Alten da drüben, und da habe ich wieder einmal recht. Wer kann überhaupt die Dichter alle kennen! Die richten nur Unheil an in der Welt. Sprechen von Freiheit und Menschenwürde und hetzen die Arbeiter auf! Mir soll einer kommen! Ich kann auch ohne sie leben.«
Während er diesen Erguß zum besten gab, ohne irgendwelche Opposition zu vernehmen, war er unwillkürlich dem Hause seines Feindes näher gekommen, so daß die letzten Worte immer deutlicher Timpes Ohr berührten. Plötzlich erblickte er den Drechsler und machte erschreckt kehrt. Der Meister hatte schon längst, von Wut übermannt, die Hand geballt.

Plötzlich rief er laut hinunter: »Trotz alledem bleiben Sie doch ein kleiner Mann mit einem großen Mund! Sie – mein Haus bekommen?! Sie komischer Knirps! Da müssen Sie früher aufstehn!«
Urbans Begleiter drehte sich überrascht um. Der Fabrikbesitzer aber zog ihn mit sich fort und sagte: »Lassen Sie ihn nur reden! Er ärgert sich doch!«
Seit diesem Abend war der Haß des Meisters gegen den Nachbar zum vollen Ausbruch gekommen. Schon die Nennung des Namens Urban genügte, um ihn herbe Worte sprechen zu lassen. Frau Karoline stellte im geheimen ihre Betrachtungen darüber an und schreckte zusammen, wenn Johannes mit zusammengezogenen Augenbrauen in die Stube trat. Das war das Zeichen, daß wieder etwas Ärgerliches passiert war. Gewöhnlich hatte Timpe dann in Erfahrung gebracht, daß ein Kunde ihm abgesprungen sei, weil Urban ihm billiger liefere. Der Meister kam dann aus einer Stimmung in die andere. Er drohte mit der Faust nach der Fabrik hinüber und wurde dann wieder sanft wie in früheren Zeiten, setzte sich zu dem Vater ans Fenster, plauderte mit ihm und erzählte lustige Schnurren, um seine üble Laune vergessen zu machen; oder er ging zu seinem Weibe nach der Küche hinaus und scherzte mit ihr wie in jungen Jahren. Er wollte sich dadurch Mut machen. Und wenn Frau Karoline seine Hände ergriff und herzlich sagte: »Vater, es wird schon wieder besser werden, nur den Glauben an Gott nicht verlieren« – dann erwiderte er vergnügt: »Mutter, du hast recht«, und verließ sie mit gestärktem Vertrauen, um aufs neue an seine Arbeit zu gehen.
Am Anfange des Sommers standen bereits vier Drehbänke still. Das brachte Timpe fast in Verzweiflung, denn wenn das so weiterging, hatte er in absehbarer Zeit auch für die anderen Gesellen keine Beschäftigung mehr und konnte gleich dem langen Herrn

Brümmer mit der Pfeife im Munde den ganzen Tag zum Fenster hinaussehen. Wollte er dieser schlimmsten Gefahr aus dem Wege gehen, so mußte er den letzten Versuch machen, den Kampf mit Urban aufzunehmen. Er begann also von neuem zu rechnen und stellte den Kunden, die ihm noch übriggeblieben waren, denselben Preis wie der große Konkurrent. Sein ganzer Verdienst wurde dadurch eingebüßt, so daß eigentlich die Arbeit nur noch ins Haus kam, um die Gesellen zu beschäftigen; aber Timpe blieb zähe. Es handelte sich um ein Prinzip, das einmal durchgefochten werden mußte. Dazu gesellte sich der Haß des Feindes, der sich lieber selber wehe tut, ehe er dem Gegner einen Triumph gönnt. Der Meister mußte schließlich das kleine Kapital angreifen, das er sich während vieler Jahre sauer erworben hatte und das dereinst für seinen Sohn bestimmt war; aber an diesen dachte er nicht mehr, war Franz doch gut aufgehoben und bekümmerte sich nicht um das Schicksal seiner Angehörigen.

Aus diesem Konkurrenzkampf mit ungleichen Mitteln erwuchsen ihm nach und nach Unannehmlichkeiten, deren Folgen er allein zu tragen hatte. Mehrmals kam partienweise die Arbeit zurück. Die Kunden beklagten sich, daß sie nicht mehr so solide wie früher ausgeführt sei; sie bestanden auf Ersatz. Das war der schwerste Schlag, der den Meister treffen konnte: daß er auf dem besten Wege war, sein während eines Vierteljahrhunderts erprobtes Renommee zu verlieren. Und doch mußte er sich sagen, daß ihn am wenigsten die Schuld treffe, daß nur allein die Konkurrenz ihn zwinge, zu denselben Mitteln zu greifen wie sein Gegner. Er verglich die Arbeit mit der aus Urbans Fabrik und fand nicht den geringsten Unterschied. Es war nur zu sehr ersichtlich: man glaubte, sich ihm gegenüber das erlauben zu dürfen, was man gegen den großen Fabrikanten, der einen längeren Kredit gewährte, nicht wagte. Aber auch das ertrug er mit Stillschweigen. Er selbst arbeitete bis in die Nacht hinein, um den Schaden wiedergutzumachen und die Gehilfen nicht leiden zu lassen, die er selbst zur leichteren Arbeit ermuntert hatte.

Zwei Monate lang befriedigte Timpe seine Kunden auf diese Art; dann erfuhr Urban davon und setzte den Preis für die Artikel, welche Timpe lieferte, noch niedriger. Der Meister folgte auch diesem Beispiel und verzichtete auf den letzten geringen Gewinn, den er hauptsächlich nur sich selbst und den Lehrlingen zu verdanken hatte.

»Bis aufs Messer soll es gehen«, sagte er bei dieser Gelegenheit laut in der Werkstatt, und die Gesellen, die seit Jahren ihre Plätze bei ihm innehatten, konnten ihm ihre Teilnahme nicht versagen.

Eines Sonnabends bei der Löhnung, als der Meister die Gehilfen nacheinander in seine Arbeitsstube rief und Thomas Beyer an die Reihe gekommen war, zögerte der Altgeselle, das ihm hingezählte Geld einzustekken.

»Meister«, sagte er, »Sie haben viel Unglück zu erleiden. Wenn ich auch nicht viel rede, so sehe ich doch alles und mache mir mein Bild zurecht. Ich werde nicht länger bei Ihnen arbeiten, wenn Sie mir nicht den Akkordpreis um ein Drittel herabsetzen. Und was Spiller, den Sachsen, anbetrifft, so sage ich ebenfalls für ihn gut; er kann weniger Schinken essen und weniger Likör trinken ... Sie leiden unschuldig, und ein Lump, der dem Unschuldigen nicht beisteht.«

Diese schlichten Worte rührten Timpe bis zu Tränen. Er wandte sich ab, um seiner weichen Stimmung Herr zu werden. Dann, als er sich gefaßt hatte, streckte er Beyer die Hand entgegen und wies das Ansinnen mit Dank, aber energisch zurück. Beyer aber wollte nicht nachgeben. Er und der Sachse müßten auf ihrer Bitte

bestehen, und wenn der Meister sie nicht erfüllen wolle, so würden sie einfach adieu sagen.
Timpe blieb nichts anderes übrig, als nach wiederholtem Sträuben nachzugeben. An der Tür wandte sich Beyer noch einmal um; es war ihm schwer, ohne eine »Diskussion«, wie er es nannte, von dannen zu gehen.
»Meister«, begann er daher wieder, »Sie wissen, ich bin ein Bücherwurm und habe so meine eigenen Ansichten über die Dinge und ihre Ursachen. Da habe ich neulich einen Vortrag gehört, der nicht schlecht war.«
Und diesmal unterbrach ihn Timpe nicht mit seinen früheren Worten: Weiß schon, weiß schon, sondern ließ den Altgesellen weiterreden und wandte ihm seine ganze Aufmerksamkeit zu. Und dieser fuhr fort:
»Wir leben in einer Zeit, wo der Egoismus das Christentum immer mehr und mehr verdrängt. Es heißt nicht mehr »Hilf deinem Nächsten«, sondern »Töte deinen Nächsten«; nicht mehr »Liebet euch untereinander«, sondern »Fürchtet euch voreinander«. Ich wollte nur fragen: Stehen Sie immer noch auf Ihrem alten Standpunkt; denken Sie immer noch nicht anders? Glauben Sie immer noch, daß die Erde mit ihren Schätzen nur für wenige geschaffen sei und nicht für alle?«
»Mein lieber Beyer«, erwiderte Timpe, »das Unglück hat angefangen, mich zu verfolgen; aber trotzdem werde ich mich nicht auflehnen gegen die Gesetze der Menschen und ihre Satzungen. Gehe ich zugrunde, so werde ich das als eine Notwendigkeit der Ordnung dieser Welt betrachten. Aber ich werde mit Ehren zugrunde gehen, und wer das von sich sagen kann, der nimmt ein schönes Bewußtsein mit. Ich glaube an einen Gott, und dessen Fügungen sind wunderbar. Mein Wahlspruch heißt: Tue recht und scheue nie-

mand. Ich weiß schon lange: Die Sozialdemokratie hat Ihnen den Kopf verdreht, aber ich will den meinigen geradebehalten. Sie sind einer von der besseren Sorte, lieber Beyer, denn Sie sind ein Schwärmer. Aber sehen Sie: Ich habe einmal gelesen, daß Kaiser Karl der Fünfte sein ganzes Leben lang sich damit gequält hat, zwei Uhren in die gleiche Gangart zu bringen, ohne daß es ihm gelungen wäre. Geradeso ist es mit den Menschen: nicht zwei von ihnen besitzen die gleichen Eigenschaften. Und die besten Freunde sind schon zu Todfeinden geworden, weil der eine eines Tages mehr besaß als der andere. Und was im Kleinen nicht geht, wollen Sie im Großen vollführen? ... Die Monarchie soll sich der Schwachen und Bedrückten annehmen! Ich bin gut königstreu – also reden wir nicht mehr darüber.«

Beyer schüttelte mit dem Kopf. »Ihre Glaubenstreue ist zu bewundern«, sagte er dann; »aber Meister, Meister, ich sage Ihnen, Sie werden einmal anders denken. Sie gehen noch in unser Lager über. Und die Ordnung dieser Welt, wie Sie es nannten, wird das zuwege bringen.«

Timpe machte eine abwehrende Bewegung. »Niemals!«

»Doch, Meister –« Mit diesen Worten verschwand der Altgeselle und ließ Timpe sinnend zurück.

XI.
Schlimmer Verdacht

Gegen Weihnachten desselben Jahres hob sich das Geschäft Timpes wieder ein wenig, so daß er nicht mit Verlust zu arbeiten brauchte; nach Neujahr aber ging es mit Macht bergab, ein plötzlicher Stillstand trat ein, und der Meister mußte den Gesellen das Geld förmlich aus der eigenen Tasche zahlen, nur um sie an sich zu fesseln. Im folgenden Sommer sah er sich genötigt, abermals einen Gehilfen zu entlassen. Diesmal traf den lustigen Berliner das Los. Fritz Wiesel bat den Meister voll Treuherzigkeit, seiner wieder zu gedenken, wenn es besser gehen sollte. Man trennte sich ungern von dieser Werkstatt, wo man sich noch gestatten durfte, in Gegenwart des Meisters einen derben Witz zu machen, und nichts von einer drakonischen Fabrikordnung zu sehen war.

Nach acht Tagen sprach Wiesel wieder vor. Er hatte noch keine andere Beschäftigung gefunden. In vielen Fabriken und kleineren Werkstätten war eine plötzliche Arbeitsstockung eingetreten, die eine Folge jahrelanger Überproduktion war. Die ersten Schatten des großen industriellen Krachs kamen drohend herangezogen. Die Papiere zahlreicher Aktiengesellschaften sanken über Nacht. Die Waren stauten sich, denn die Nachfrage nach ihnen verminderte sich von Tag zu Tag. Nur diejenigen Firmen, die dem verlockenden Schwindel der Zeit nicht gefolgt waren, denen ein genügendes Kapital zur Verfügung stand, produzierten nach wie vor in gleichem Umfange. Das Publikum fing an, gegen die »goldene Ära« mißtrauisch zu werden, und bangte um seine »gut angelegten« Ersparnisse. Es lag etwas in der Luft, das sich wie das unheimliche Murmeln einer aus weiter Entfernung herannahenden Flut ausnahm, die nach den Trümmern lechzte, welche die Ebbe zurücklassen würde.

Fritz Wiesel erzählte, daß man ihm angeboten habe, bei Urban einzutreten, und daß er auch in der Fabrik gewesen sei, um mit dem Werkführer Rücksprache zu nehmen. Er habe sich die Sache aber noch einmal gründlich überlegt und sei davon abgekommen. Er würde es mit seinem Gewissen nicht vereinen können, bei dem Manne zu arbeiten, der Meister Timpe alle

möglichen Schikane antue. Überdies lebe er bei seiner Mutter, die einen Kohlenhandel betreibe, und da könne er es eine Weile aushalten.
Der ehemalige Kamerad wurde nach dieser Mitteilung sofort umringt. Nur ein braver Kerl könne so von seinem früheren Meister sprechen, sagte man ihm. Und Timpe, der beim Hereintreten die letzten Worte Wiesels gehört hatte, streckte ihm voll Dankes die Hand entgegen. Der lustige Fritz hatte dann verschiedene Neuigkeiten aufzutischen. Ob man schon wisse, daß man Urban angeboten habe, seine Fabrik in eine Aktiengesellschaft umzuwandeln? Alle verneinten und zeigten sich erstaunt. Timpe meinte, daß er schon längst auf diese Nachricht gewartet habe.
Mit der Mitteilung Wiesels hatte es seine Richtigkeit. Vor einem halben Jahre hatte ein Konsortium von Spekulanten Urban zu bewegen versucht, die Fabrik durch ein Aktienkapital zu erweitern; er hatte aber dieses Ansinnen sehr bestimmt zurückgewiesen. Sein scharfer Blick ließ ihn nur zu sehr den Rückschlag der industriellen Gründungen vorhersehen. Wolle er sein Geschäft vergrößern, hatte er gemeint, so könne er es auch aus eigenen Mitteln tun. Und um sogleich den Beweis dafür zu liefern, eröffnete er ein Vierteljahr später eine Knopffabrik, die er bereits längst geplant hatte. Zu diesem Zwecke hatte er bereits im vergangenen Jahre einen Anbau an die hintere Seite der großen Fabrik errichten lassen; auch ein zweites Kesselhaus gehörte dazu.
Es war ihm namentlich um die Anfertigung von Steinnußknöpfen zu tun. Dieselben waren von London zuerst eingeführt worden und schnell in Mode gekommen. Der Bedarf für die Konfektion war ein gewaltiger.
Urban bezog die Nüsse in Massenlieferungen und brachte die fertigen Knöpfe äußerst billig auf den Markt. Das Plattenschneiden an der Dampfsäge war

eine gefährliche Beschäftigung. Gleich am ersten Tage wurden einem Arbeiter die drei Finger der rechten Hand abgeschnitten. Die ganze Fabrik kam zusammengelaufen und bedauerte den vor Schmerz Heulenden. Es war ein bereits ergrauter Familienvater, den das Unglück getroffen hatte. Der Blutverlust hatte ihn ohnmächtig gemacht. In diesem Zustande trug man ihn nach Bethanien. Urban zahlte der verzweifelten Frau den Lohn für zwei Wochen aus und erklärte, seiner Pflicht damit genügt zu haben. Nach seiner Meinung habe der Arbeiter durch eigene Fahrlässigkeit sich beschädigt; für derartige Fälle könne man ihn nicht verantwortlich machen.
Als Timpe davon erfuhr, erging er sich in Ausdrücken, die nicht sehr schmeichelhaft für den großen Konkurrenten waren. Es wäre jedenfalls besser gewesen, wenn die Säge einen Teil von Urbans langer Nase mitgenommen hätte, sagte er voller Galgenhumor, so daß die Gesellen laut auflachten.
In den nächsten Tagen drehte sich sein ganzes Mitleid um den Verunglückten. Er brachte es so weit, daß unter Berufsgenossen eine Geldsammlung abgehalten wurde. Es kam eine Summe zusammen, die neben der Unterstützung aus der Krankenkasse ausreichte, um die Familie des Invaliden wenigstens vor der äußersten Sorge zu bewahren.
Während der schlechten Geschäftszeit fand der Meister genügend Zeit, dem Bau der Stadtbahn hinter seinem Häuschen, der sich immer mehr entwickelte, seine Aufmerksamkeit zuzuwenden. Öfter als sonst bestieg er in diesem Sommer die »Warte«, für die er niemals mehr die Bezeichnung »Franzens-Ruh« gebrauchte. Saß er oben zwischen den Zweigen und rauchte gemütlich seine Pfeife, so vergaß er beim Anblick des geschäftlichen Treibens unter sich ein Viertelstündchen lang die Drangsale des Lebens, hatte er nur noch Sinn für die neue Welt, die sich vor ihm aufbaute und

immer gewaltiger und kühner emporstrebte.
Bis zum Frankfurter Bahnhof war die Gasse freigelegt worden, die dem Verkehre Spreeathens einen neuen Weg eröffnen sollte. Eine eigenartige Perspektive bot sich dem Auge dar. Es war gerade, als hätte eine Riesenfaust vom Himmel sich herniedergesenkt und mit gewaltigem Hammerstreich eine Bresche durch die Häuser geschlagen, gleichgültig darüber, ob das eine stehenbleibe oder die Hälfte des anderen falle.
Dort blickte man in einen Hof hinein, dem bis vor kurzem noch Luft und Licht fehlte und der nun die Geheimnisse der Hinterhäuser verriet; und daneben in einen kleinen Garten, der bisher wie ein seltener Schatz inmitten der grauen Mauern nur zur Freude seines Besitzers gedient hatte und nun gleich einer weithin sichtbaren Oase das Auge entzückte. Aber nur noch kurze Zeit, und der Dampf des Eisenrosses wälzte sich über ihn fort und raubte den herrlichen Rosen den Duft ... Und dazwischen freigelegte Ställe und Scheunen, Trocken- und Holzplätze, zwei Seitengebäude ohne Vorderhaus, die Reste von durchschnittenem Mauerwerk; und dort, wo der Trümmerweg eine Kurve machte, die offene Straße wieder mit ihren vier- und fünfstöckigen Mietskasernen, in deren Fenstern die Sonne sich blendend spiegelte.
Vom dunklen Grunde dieser Gasse hoben sich leuchtend die hellen, kalkbestäubten Jacken eines Heeres von Maurern ab. Wie sich das bückte, hinauf- und hinabstieg, Stein an Stein fügte, um das Fundament der breiten Pfeiler zu gestalten. Die roten Steine leuchteten, die Hammerschläge klangen hell herüber, und ein Fuhrmann trieb fluchend die Pferde vor einem schwer mit Sand beladenen Wagen an.
Auch zu den Füßen Timpes, wenige Schritte von seinem Hause, erhoben sich bereits die ersten Anfänge der Viadukte. Einer ihrer Pfeiler berührte die hintere Giebelwand so dicht, daß der Meister vermeinte, ihn

mit der Hand berühren zu können. Fast gleichmäßig von Tag zu Tag, als wüchsen sie Fuß für Fuß aus der Erde, erhoben die Pfeiler sich auf der ganzen Linie, bis sie anfingen, allmählich in die Rundung des Bogens überzugehen. Und je weiter die Steinmassen sich rechts und links ausdehnten, um zu einem riesigen Ringe zu werden, je beengter fühlte sich der Meister schwebend über dem Dache seines Häuschens, je mehr überkam ihn das Gefühl einer gewaltsamen Erdrükkung – gleich einem Menschen, der nach und nach in immer kleinere Räume geführt wird, bis er sich im letzten befindet, in dem er nicht mehr zu atmen vermag. Immer winziger und ruinenhafter erschien ihm sein Häuschen angesichts des ersten kühnen Bogens, der sich von einem Pfeiler zum andern spannte.

Mit der Zeit flößte ihm der Wunderbau so großes Interesse ein, war er auf seine weitere Entwickelung so gespannt, daß er die Stunde kaum erwarten konnte, die ihm den alten und doch neuen Anblick gewährte. Zuletzt kannte er jeden Arbeiter von Angesicht, hatte er sich ihre Gewohnheiten eingeprägt, wußte er, ob dieser fleißig, jener faul sei; und aus den Gesprächen, die sie miteinander führten, lernte er schließlich ihre persönlichen Verhältnisse kennen. Mit einem der Maurer, einem alten, ehrwürdig aussehenden Manne mit langem weißen Kinnbart, war er bereits so vertraut geworden, daß er ihn des Morgens wie einen guten Bekannten begrüßte und seine Meinung über das Wetter und andere für den Tag höchst wichtige Dinge mit ihm austauschte. Dann redete man sich gegenseitig nur mit »Meister« an; und mehr als einmal reichte Timpe dem Manne im weißen Kittel helles Feuer zu oder ließ sich herab, ihm mit einer Hand voll Tabak auszuhelfen.

Und war der letzte Arbeiter vom Gerüst verschwunden, dann warf er noch einen langen Blick auf seine Umgebung und lauschte eine Weile den gleichmäßigen

Schlägen der Ramme, deren dumpfer Knall von der Spree herübertönte. Hier arbeitete man auch des Nachts bei Fackelschein, um die Pfähle ins Wasser zu treiben, auf denen das Fundament der Viadukte ruhen sollte.

Bis in den Winter hinein hielt die Geschäftsstille an, so daß der Verlust, den Timpe in diesem Jahre trug, für seine Verhältnisse ein geradezu unersetzlicher war. Um diese Zeit stellte sich Deppler, der längst abgesprungene Kunde, bei ihm wieder ein. Der Meister war nicht wenig erstaunt, freute sich dann aber aufrichtig über den Besuch. Schien doch die Möglichkeit nicht ausgeschlossen, daß die solide Arbeit wieder zu Ehren kommen und die abtrünnigen Abnehmer nach und nach zu ihm zurückkehren würden. Der Gedanke des Meisters an eine große Bestellung schwand aber bald. Deppler kam im Auftrage eines andern, eines Amerikaners, der ein Modell angefertigt haben wollte. Timpe konnte das Anliegen nicht gut abschlagen, um so weniger, da Deppler durchblicken ließ, es gäbe vielleicht etwas zu verdienen, wenn Timpe die Arbeit gut ausführe und der Artikel sich nicht zu teuer stelle.

Als Timpe den Auftrag in Arbeit nehmen wollte, fiel ihm ein, daß er vor Jahren ähnliche Formen gedreht habe, wie die Zeichnung aufwies. Er suchte also unter seinen zahlreichen Modellen. Bei dieser Gelegenheit machte er die Entdeckung, daß ein Teil der besten und wertvollsten fehlte. Er traute erst seinen Augen nicht, glaubte an einen Irrtum und durchsuchte die ganze Arbeitsstube; rückte mit Hülfe eines Lehrlings Tische und Kasten von der Wand, vergebens – die vermißten Holzteile fanden sich nicht. Selbst die Pappstreifen, auf denen die Nummern verzeichnet waren, konnten nicht entdeckt werden. Man hatte ihn also bestohlen.

Das ganze Haus geriet bei dieser Nachricht in Aufregung. Der Großvater gab den Rat, sofort nach der Polizei und dem Staatsanwalt zu schicken, denn solange er in diesem Hause lebe, sei so etwas noch nicht passiert. Und Frau Karoline war so erschreckt, daß sie Johannes auf das Inständigste bat, Keller und Boden durchsuchen zu lassen, denn es käme oft vor, daß Spitzbuben sich tagelang im Hause aufhielten. Am seltsamsten wurden die Gesellen durch die Entdeckung berührt. Es leuchtete ihnen sofort ein, daß die Gegenstände nur von jemandem entwendet sein konnten, der sie für sich zu verwenden wußte. Der Meister pflegte seine Stube niemals zu verschließen; stundenlang war er nicht zu sehen. Sie arbeiteten Tag für Tag in der Nähe, konnte nicht auf jeden von ihnen der Verdacht fallen?

Timpe hatte denselben Gedanken, und doch lag es ihm fern, auch nur im geringsten an der Ehrlichkeit der altbewährten Arbeiter zu zweifeln. Als er die Werkstatt betrat, kam er seinen Gehülfen zuvor und gab sofort mit aller Offenheit eine dahin gehende Erklärung ab. Und man wußte ihm Dank für seine Worte; wurde doch allen dadurch ein Alp von der Brust genommen. Aber die Tatsache stand trotzdem fest, nur ein Hausdieb konnte seine Hand nach den Modellen ausgestreckt haben.

Der Meister nahm sich die beiden Lehrlinge vor und redete ihnen voller Güte ins Gewissen. Es sollte ihnen verziehen werden, wenn sie die Wahrheit sagen würden. Die Jungen waren Söhne armer, aber anständiger Eltern. Sie brachen sofort in Tränen aus und schwuren hoch und teuer, nichts von dem Diebstahl zu wissen. Als sie merkten, daß man ihnen noch nicht glauben wollte, fielen sie auf die Knie und baten mit gefalteten Händen, mit ihnen nach Hause zu ihren Eltern zu gehen, um dort nachzusuchen. Der Meister blickte in die von Tränen umflorten Augen, in denen keine Spur von Lüge zu finden war, und glaubte ihnen. Er sah

nun ein, daß er zu weit gegangen war, drückte jedem die Hand und bat um Verzeihung. Damit sie sich trösteten, schenkte er ihnen ein Markstück.
Während das Gespräch sich immer noch um den heiklen Punkt drehte, hatte Thomas Beyer stumm auf seine Arbeit geblickt, plötzlich sagte er:
»Meister, ich hab's!«
Die Drehbänke standen sofort still. Jedermann blickte erwartungsvoll auf den Altgesellen, der fortfuhr zu sprechen:
»Es kann nur jemand gewesen sein, der mit Urban in Verbindung steht. Als ich die Viktoriakrücken von drüben sah, wunderte ich mich gleich über einen Fehler im Griff, der nur in unserem Modell vorhanden war, bei den Arbeiten aber verändert wurde. Urban glaubte natürlich, daß das zur Zeichnung gehöre, und ließ die Geschichte ruhig mitdrehen.«
Timpe verschwand sofort und kam mit der Nachricht zurück, daß auch diese beiden Modelle mit zu den Gestohlenen gehörten.
Als Deppler ihm seinerzeit diese beiden Artikel Urbans zeigte, nahm er an, daß der Fabrikbesitzer sie mit den üblichen Veränderungen nach den Vorbildern in den Läden angefertigt habe. Nun leuchteten ihm die Worte Beyers nur zu sehr ein.
Wer war nun der Dieb und Verräter?
Man ließ die entlassenen Gesellen Revue passieren. Aber unter ihnen war keiner, auf den der Verdacht sich mit Gewißheit lenken konnte. Ja, wenn einer von ihnen bei Urban beschäftigt wäre, so hätte die Sachlage sich geändert. Da sagte der älteste der Lehrlinge, der mit immer noch zuckendem Munde und geröteten Augen wieder an seine Arbeit gegangen war:
»Jetzt fällt mir ein, Meister – ich habe Ihrem Herrn Sohn einmal die Leiter halten müssen, als er noch abends spät an der Wand da drinnen etwas suchen wollte.«

Timpe wurde leichenblaß. Wie Schuppen fiel es ihm von den Augen, aber er nahm seine ganze Kraft zusammen, um sich seinen Leuten gegenüber zu beherrschen. Während er vor sich auf die Diele starrte, sah er im Geiste die erstaunten Blicke seiner Gesellen auf sich gerichtet. Und er fühlte, wie das Blut ihm heiß ins Gesicht stieg. Dann ermannte er sich, wendete sich langsam nach dem Burschen um und sagte mit unheimlicher Ruhe:

»Naseweise Jungen machen naseweise Bemerkungen. Künftighin wirst du den Mund erst auftun, wenn du gefragt wirst ... Was mein Sohn damals suchte, das weiß ich schon.« Und zu den Gesellen gewendet:

»Zerbrechen wir uns nicht mehr die Köpfe um den Dieb, der Zufall wird uns schon zu Hülfe kommen.«

Nach diesen Worten verließ er gemessenen Schrittes die Werkstatt und verschwand in seine Arbeitsstube. Hier aber verließ ihn die Kraft. Wie erschöpft ließ er sich auf einen Stuhl am Fenster und verbarg sein Gesicht in die Hände. So saß er lange, lange. Was seine Seele bewegte, kam durch kein Wort zum Ausbruch, aber die schweren Atemzüge zeugten für die fürcht[er]lichen Kämpfe in seinem Innern.

Sein eigener Sohn sollte ihn bestohlen haben, um sich den Dank des Todfeindes zu verdienen? Der Gedanke war zu fürchterlich, als daß er es wagen durfte, ihn laut zu äußern, wäre es auch nur in einem Selbstgespräche ... Als er aber endlich das Haupt erhob, dessen Haare Sorge und Kummer der letzten Zeit früh gebleicht hatten, und er hinausblickte auf das rote Gemäuer der Viadukte, das das Zimmer halb verdunkelte, sah er verändert aus, als hätten Minuten Furchen in sein Antlitz gezeichnet. Er schüttelte den Kopf, als wollte er mit Gewalt das nicht begreifen, was für ihn schreckliche Wahrheit war. Ein langer Seufzer kam über seine Lippen, in dem alles lag: die Erinnerung an einen schlanken Knaben, den er auf

den Knien geschaukelt hatte, die unbeschreiblichen Hoffnungen und Wünsche, welche sich an seine Zukunft geknüpft hatten, der Gedanke an viele Jahre harter Arbeit, an Liebe und Pflege um den Einzigen, und an einen betrogenen Vater . . .
Plötzlich schreckte er zusammen, wie jäh aus einem Traume erweckt: die Meisterin stand neben ihm und hatte seine Schultern berührt.
»Vater, dich drücken wieder schwere Sorgen . . . Und wie du aussiehst, mein Gott . . .«
»Wie immer, Mutter.«
Er fand ein Lächeln und zog die Alte sanft an sich. Und als sie mit ihren Lippen seine Stirn berührt hatte, ging es ihm wie ein Frühlingswehen durch die Seele, so daß er sein Weib herzhaft küßte. Sie betraten dann die gute Stube. Sein Blick fiel auf das Bild seines Sohnes. Franz war dargestellt als ein Jüngling von sechzehn Jahren. Meister Timpe konnte nicht an sich halten; die Vaterliebe besiegte den Schmerz. Er nahm das Bild und küßte es. Als Frau Karoline das sah, drückte sie den Zipfel der Schürze gegen die Augen und verließ leise das Zimmer. *Den* Anblick konnte sie nicht ertragen.

XII.
Ein entarteter Sohn

Um dieselbe Zeit saß Franz an seinem Pult und zeigte ein sehr mißvergnügtes Gesicht. Die Ursache dieser Stimmung war das lange Hinausschieben seiner Hochzeit. Nichts lag gegen ihn vor; Emmas Liebe zu ihm war noch die alte, Frau Urban kam ihm mit derselben Freundlichkeit entgegen, und der Vertrauensposten, den er als Geschäftsführer innehatte, zeugte am besten

für die Wertschätzung seiner Person. Endlich, nach mancherlei Andeutungen, die er sich infolge der Verzögerung erlaubt hatte, war er zu der Überzeugung gekommen, daß die Hauptschuld lediglich an seinem Chef liege. Urban hatte in der Tat darauf hingewirkt, daß man es ihm ganz überlasse, den Tag des Ehebündnisses festzustellen. Er hatte seinen ganz besonderen Grund dafür. Erstens wollte er sich für die unveränderte Feindschaft, die Emma ihm immer noch entgegenbrachte, rächen, und zweitens hatte seiner Meinung nach Franz noch nicht die genügende Prüfung abgelegt, die ihn völlig würdig machte, zu der Familie Urban-Kirchberg in verwandtschaftliche Beziehungen zu treten. Und doch hatte Timpe junior bereits bewiesen, daß er vor nichts zurückschrecke, um sich angenehm zu machen und erneuerte Dankbarkeit entgegenzubringen.
Gewiß, wenn Urban aufrichtig sein wollte, so mußte er das anerkennen. Er hatte ihm alle Kunden seines Vaters namhaft gemacht, ihre Eigentümlichkeiten geschildert, manches Geheimnis der Fabrikationsweise des Meisters verraten, gelogen und geheuchelt, sein Gewissen geopfert, mit rührender Miene, tränenden Augen von dem Abstand zwischen sich und seinen Eltern gesprochen, mehr als einmal das Mitleid erweckt, nur um an das große Ziel zu gelangen, das ihm die Verwirklichung seiner berückenden Träume bringen würde.
Das aber gerade war es, was Urban mißtrauisch gemacht hatte. Er erblickte in Franzens Charaktereigenschaften so viele Berührungspunkte mit den seinigen, daß es ihm leichter als seiner Frau und Emma wurde, den wirklichen Wert seines Prokuristen zu taxieren. Was er an ihm allein zu würdigen wußte, waren die großen Fähigkeiten; und wodurch er sich immer aufs neue bestechen ließ, waren die einnehmende Erscheinung und die große Liebenswürdigkeit Franzens.

»He«, sagte er mehr als einmal zu sich, »der hält mich für dumm, aber er irrt sich ... Ein Teufelskerl! Hat sich bei allen ›liebes Kind‹ gemacht, und man weiß eigentlich nicht, wie das gekommen ist. Solche Leute aber passen in die Welt – die bringen es zu etwas.«
Ärgerte er sich dann über die »klassische Unverschämtheit«, mit der Franz sich in seiner Familie »eingenistet« hatte, so sehr, daß er daran dachte, die Verlobung aufzuheben und Timpe junior die Tür zu weisen, so verlor er wieder den Mut dazu, wenn der Prokurist vor ihm stand und ihn mit einem bezaubernden Lächeln fragte: »Wünschen Sie was, Herr Urban? Womit kann ich dienen? Soll ich Ihnen eine Arbeit abnehmen? Darf ich um die Auszeichnung bitten, mir das gestatten zu wollen?«
Urban war es dann jedesmal, als spräche aus diesen gesucht höflichen Worten etwas wie Spott. Und wenn er mit schief geneigtem Kopf zu dem großgewachsenen Nachbarssohn emporblickte, so bebte er stets in der Einbildung, als mache sein vertrautester Untergebener sich über die »Lange Nase« ebenso lustig wie sämtliche Arbeiter in der Fabrik. Er war dann entwaffnet, versuchte das Lächeln seines Prokuristen nachzuahmen, was ihm aber um deswegen schlecht gelang, weil er mit seinen defekten Zähnen keinen Staat machen konnte, drehte sich kurz um und suchte das Kontor auf, um seinen Zorn über das erlittene Fiasko an einem der Kommis auszulassen.
Einmal gerieten beide doch sehr ernst zusammen. Seitdem Franz verlobt war, hatte er sich gewisse Gewohnheiten angeeignet, die insofern denen Ferdinand Friedrich Urbans ähnelten, als aus ihnen ersichtlich das Bestreben hervorging, zu herrschen und zu befehlen: oder doch zum mindesten Anordnungen zu treffen, wie sie aus den Rechten einer Autorität herzuleiten sind. Mit der Zeit hatten die Arbeiter in der Fabrik sich daran gewöhnt, ihn ebenso zu respektieren wie

Urban; ja, es kam oft vor, daß man den kleinen Fabrikbesitzer ganz übersah und nur auf den großen Prokuristen hörte, der unter Umständen sehr herablassend sein konnte und in seinen Manieren dem gebildeten Mann zeigte, den man bei Urban stets vermißte. Der letztere beobachtete diese Hintenansetzung seiner Person mit stillem Ingrimm. Als aber einer seiner Befehle nicht befolgt worden war und man sich deswegen auf Franz berief, bot sich ihm endlich die Gelegenheit dar, den gereizten Löwen hervorzukehren. Es gab unter vier Augen einen argen Auftritt.
»Sie tun ja gerade, als wenn Sie hier der Chef wären und ich Ihr junger Mann!« schrie er in voller Entrüstung, worauf dann sofort die höflichste aller Antworten kam:
»Es würde mir zur größten Ehre gereichen, Ihr Chef zu sein, Herr Urban, denn derartige vortreffliche Menschen findet man selten«, sagte Timpe junior.
Diesmal aber ließ der kleine Mann sich nicht ködern, trotzdem ihn die Erwiderung wie gewöhnlich verblüfft hatte.
»Wenn das noch einmal vorkommt, dann sind wir geschiedene Leute, verstehen Sie?«
Franz klappte sein Buch zu und sagte gleichgültig: »Da das noch sehr oft vorkommen wird, Herr Urban, so werde ich sogleich gehen. Ich werde meinem Vater zu Füßen fallen und ihn um Verzeihung bitten. Sie wissen, daß Emma großjährig und ihr Vermögen sichergestellt ist. Mein Vater und ich werden dann ebenfalls eine Fabrik bauen, und damit Sie sich meiner stets erinnern, werden wir das in Ihrer unmittelbaren Nähe, auf der anderen Seite der Straße, tun ... Adieu!«
Er nahm kaltblütig seinen Hut und wollte verschwinden. Nach zehn Minuten aber konnte man ihn nach wie vor auf dem alten Platz finden; denn Urban, vor Entsetzen bleich, hatte ihn in sein Kabinett gebeten,

um »vorher noch ein paar Worte« mit ihm zu wechseln. Man sprach sich sehr vernünftig aus. Franz spielte auch hier den höflichen Mann weiter, der alles nur aus Interesse für seinen Prinzipal tue. Urban bot ihm eine Zigarre an, die er selbst nur in Ausnahmefällen zu rauchen pflegte, reichte ihm selbst, auf den Zehen stehend, das Feuer zu, was sich sehr komisch ausnahm, drückte ihm warm die Hand und glaubte der Versicherung seiner Hochachtung nicht besser Ausdruck geben zu können, als daß er ihn mehrmals hintereinander mit »mein junger Freund« anredete. So erneuerte man denn das Bündnis und trennte sich als die alten Ehrenmänner.
Die Züge Urbans veränderten sich erst, nachdem die Tür sich geschlossen hatte. Aus dem liebenswürdigen Chef entpuppte sich der gefesselte Zwerg, der seine Ohnmacht fühlt und die berechtigte Wut nicht hervorkehren darf. Oh, das hätte ihm noch gefehlt, daß dieser große Schlingel sich jetzt aus dem Staube machte, nachdem er ihn in seine Geschäftskniffe eingeweiht hatte; und nur zu dem Zwecke, um den halbtoten Gegner jenseits der Mauer wieder lebendig zu machen. Wenn dann Vater und Sohn ans Aussprechen kämen, würden schöne Sachen zum Vorschein kommen, deren Folgen er allein zu tragen hätte. Und überdies das schöne Geld seiner Stieftochter, das er durch die dereinstige Kompagnieschaft ihres zukünftigen Mannes für sein Geschäft zu kapern gedachte. Er hätte im Bewußtsein dieses doppelten Verlustes keine Nacht ruhig schlafen können und sich das Leben bis an sein Ende verbittert.
Franz zeigte heute große Unlust zum Arbeiten; er kam aus dem Gähnen nicht heraus. Seine ganze Beschäftigung bestand darin, nach der Straße hinunterzublicken, seine Nägel zu putzen und an den Spitzen seines Schnurrbartes zu drehen, der jetzt in üppiger Fülle sein Gesicht zierte. Überhaupt sah er sehr blaß

und abgespannt aus. Die Augen erschienen trübe, als hätte er die Nacht wenig geschlafen.

Im großen Kontor machte man durchaus kein Geheimnis daraus, daß er ein sehr lockeres Leben führe und Passionen nachgehe, die ihm viel Geld kosteten. Da man ihn aber fürchtete und seine Noblesse bei gewissen Gelegenheiten bekannt war, so raunte man sich die üblen Dinge, die man über ihn erfuhr, nur leise zu. So kam es, daß weder Urban noch dessen Frau irgend etwas von seinem bedenklichen Lebenswandel erfuhren und um so weniger Verdacht schöpften, als er sich tatsächlich niemals eine Unpünktlichkeit oder Vernachlässigung seiner geschäftlichen Pflichten zuschulden kommen ließ.

Wenn Franz des Abends von seiner Braut Abschied genommen hatte, so suchte er die Bierkneipen auf oder die zahlreichen Vergnügungslokale Berlins, in denen der jungen Männerwelt Zerstreuungen jeder Art geboten werden. Ja, eines Abends nahe an Mitternacht wollte man ihn in Gesellschaft von Fräulein Irma, einer bei den Studenten des Viertels sehr beliebten Biermamsell, im Café Bauer erblickt haben. Als das einer der Kommis im Kontor erzählte, meldeten sich sofort einige Kollegen, die schon längst von dieser Liebschaft Kenntnis haben wollten. Man fand das aber für einen noch unverheirateten jungen Mann in Berlin so selbstverständlich, daß man sich nur witzige Bemerkungen über diese neueste Entdeckung erlaubte und im übrigen den Glücklichen um sein ungebundenes Leben beneidete.

Durch diese Abwege geriet Franz in Schulden, die er ohne Bedenken bei einem Wucherer entrierte und die sich immer mehr anhäuften. Wußte man doch, daß er mit einem vermögenden Mädchen aus guter Familie verlobt war und daß er eines Tages die akzeptierten Wechsel prompt werde einlösen können. Was ihn selbst anbetraf, so machte er sich über diesen Punkt

durchaus keine Vorwürfe. Der Tag der Hochzeit stand vor der Tür, die Schuld würde dann rechtzeitig getilgt werden. Der hohen Zinsen wegen, die er zahlen mußte, wünschte er aber die Eheschließung sobald als möglich herbei.
Er hatte soeben zum vierten Male einen kleinen Taschenspiegel hervorgeholt und sich in ihm von allen Seiten betrachtet, als der Kontorbote eintrat und ihm die Mitteilung überbrachte, daß der »Herr Chef« ihn zu sprechen wünsche.
»Mein lieber Timpe«, redete ihn Urban an, als er dessen Arbeitszimmer, das an der anderen Seite des großen Kontors lag, betreten hatte, »nehmen Sie gefälligst Platz. Ich kann Ihnen die angenehme Mitteilung machen, daß meine Frau und ich beschlossen haben, den Hochzeitstag endgültig auf den fünften Januar festzusetzen. Freuen Sie sich, he? Die Geschichte macht sich, was?«
Er legte seinem Prokuristen die Hand auf die Schulter und blickte ihn über die Brille hinweg pfiffig an. Franz freute sich in der Tat; aber er war so überrascht, daß er zum ersten Male seit langer Zeit die halb ironischen Höflichkeitsphrasen anzuwenden vergaß und ganz verlegen seinen Dank hervorbrachte.
Und Urban, dem diese Verlegenheit ersichtliches Amüsement bereitete, fuhr fort:
»Wir werden keine große Hochzeit machen, sondern ein einfaches Diner veranstalten. Wir haben dabei in erster Linie auf Sie Rücksicht genommen, um Ihnen manche Unannehmlichkeit in betreff Ihrer Eltern zu ersparen . . . Ich liebe überhaupt diese großen Tafeleien nicht, wo Hinz und Kunz sich auf Generalunkosten satt essen. Wir werden ganz unter alten Bekannten sein, von denen sich nun einmal Frau Urban nicht zu trennen vermag. Ich habe diese Leute sozusagen mitgeheiratet und muß hin und wieder ihre

Gegenwart über mich ergehen lassen. Sie werden die Häberleins, die Rosés und die Ramms vorfinden – Leute, die längst in Ihre Verhältnisse eingeweiht sind . . . Eine Hochzeitsreise steht Ihnen natürlich frei, aber ich würde Ihnen raten, dieselbe lieber im Sommer zu machen. Sie frieren dann weniger. – Sie gehen dann meinetwegen nach der Schweiz oder Südtirol.«

Er schwieg eine Weile, klopfte dann dem glücklichen Timpe junior abermals, und zwar etwas kräftiger als vordem, auf die Schulter und sagte wieder:

»Und das Schönste ist, Sie werden mein Kompagnon werden. Es ist besser so, das Geld bleibt in der Familie . . . Selbstverständlich, wenn Sie wollen. Die Geschichte macht sich, he?«

Franz begnügte sich minutenlang mit einer stillen Verwunderung. Das plötzliche, greifbare Glück hatte ihn stumm gemacht. Da lag die goldene Perspektive vor ihm, mit all ihrem märchenhaften Zauber, in dem er bereits als Jüngling in Gedanken geschwelgt hatte. Oh, was hatte das Schicksal beschlossen, aus ihm zu machen! Er, der in der alten Ruine da drüben geboren worden war, sollte der Kompagnon von Ferdinand Friedrich Urban werden? Und ganz von diesem Taumel ergriffen, vergaß er die reservierte Haltung, die er in der letzten Zeit Urban gegenüber angenommen hatte, ergriff voller Unterwürfigkeit dessen Hand und preßte einen Kuß darauf.

»Sie werden mir ein zweiter Vater sein, Herr Urban, nicht wahr?« sagte er mit bittendem Augenaufschlag. »O wenn Sie wüßten, wie ganz anders es ist, in einem Vater den gebildeten Mann zu sehen! Vielleicht verdammt man mich, daß ich mich fast ganz von meinen Eltern losgesagt habe, aber können die Kinder dafür, wenn die Verhältnisse, unter denen sie geboren wurden, nicht gleichen Schritt mit ihrer Erziehung und ihrer Bildung gehalten haben? . . . O Herr Urban, wenn Sie in mein Herz blicken könnten . . .«

Der kleine Chef fand diese Szene so rührend, daß er das Gesicht abwandte, das rotseidene Taschentuch hervorzog und dasselbe dem Auge zuführte. Als er sich wieder umdrehte, sagte er voller Teilnahme:
»Herr Timpe, Sie sind ein Ehrenmann – seien Sie versichert, es gibt in der ganzen Welt keinen Menschen, der mehr mit Ihnen fühlte als ich. Nicht Sie sind zu verurteilen, sondern Ihr Vater, der hartnäckig alte Prinzipien vertritt. Das kommt davon, wenn man solche Jammersteine, wie die da drüben, mehr liebt als Ruhe und Frieden. Wie glücklich könnten wir alle miteinander leben, mein lieber Timpe... O man sollte es nicht glauben, aber es ist so: Die Welt steckt voller Bösewichte.«
Nach zehn Minuten hatten beide sich über diese Angelegenheit beruhigt und besprachen dann rein geschäftliche Dinge. Wenn Urban jemandem eine Freude bereitete, so verlangte er regelmäßig einen Gegendienst dafür; denn eine der vielen Devisen, die seinen praktischen Standpunkt beweisen sollten, lautete: Eine Hand wäscht die andere.
Es handelte sich abermals um einige komplizierte Modelle Meister Timpes, die er sehr zu besitzen wünschte. Natürlich nur, um sich auf eine halbe Stunde »an ihrem Anblick« zu erfreuen, wie er beruhigend hinzufügte. Und um nun Franzen gleich die richtige Rolle zu erteilen, die er diesmal bei der Ausbeutung fremden Eigentums zu spielen haben werde, redete er ihn mehrmals mit »lieber Kompagnon in spe« an. So hieß es denn hintereinander: »... Sie werden davon überzeugt sein, daß es in unserem beiderseitigen Interesse liegen muß, die Modelle einmal in die Hände zu bekommen, um zu sehen, wie die Zusammensetzung ist... Aber mein »lieber Sozius« – ich will nicht in Sie dringen, wennschon »unsere« Firma einen bedeutenden Vorteil davon hätte und ich der festen Meinung lebe, daß es auf die Dauer gut sein wird, wenn

»wir Chefs« zusammenhalten ... Ich stelle mir die Sache nicht so schlimm vor. Sie besuchen Ihre Eltern unter irgendeinem Vorwand und – – und – – Oder tun Sie es lieber nicht! Nein, nein, der liebe Gott bewahre mich vor einer Sünde!«
Gerade die letzten Worte hatten genügt, um Franzens Entschluß zu befestigen. O was für Rücksichten hat man nicht als Geschäftsmann auf seinen Kompagnon zu nehmen! War man nicht moralisch verpflichtet, dessen Interessen zu den eigenen zu machen?
Drei Tage lang dachte er darüber nach, wie er es anstellen sollte, den abermaligen Wunsch Urbans zu erfüllen. Hundertmal nahm er sich vor, dem Hause seiner Eltern frank und frei einen Besuch zu machen, aber die Scham hielt ihn davon ab; noch mehr die Furcht vor seinem Vater, die gerade jetzt entsetzlich auf ihn eindrang. Wenn der Alte ihm die Tür wiese, ihn wie einen Schuljungen behandelte, angesichts der Gesellen ...? Nein, nein! ... Sagte ihm sein Gewissen auch, daß er eine derartige Behandlung verdient habe, so wollte er sich ihr doch nicht zur Freude anderer aussetzen. Und doch, sollte er jetzt davor zurückschrecken, sich Urban erkenntlich zu zeigen, jetzt, wo die Göttin des Glücks ihr Füllhorn vor ihm ausgestreut hatte, um ihn doppelt zu belohnen? ... Ein wahnwitziger Gedanke schreckte ihn aus seinem Sinnen. Besaß er nicht einen Schlüssel zu seines Vaters Haus, den er sich in der letzten Zeit seines dortigen Aufenthaltes hatte anfertigen lassen? Wie – wenn er mitten in der Nacht ... seine Eltern hatten einen festen Schlaf ... die Tür zur Werkstatt war niemals verschlossen ... die Lehrlinge schliefen oben in der Bodenkammer ...
Noch schlug sein Gewissen laut genug, um ihm bei diesen Gedankensprüngen den Schweiß auf die Stirn zu treiben. Aber sooft er sich mit Gewalt von ihnen wandte – sie kehrten zurück und peinigten ihn so

lange, bis er sich an den Schmerz gewöhnte, gleichgültig und abgestumpft gegen ihn wurde ...
Zwei Tage später, nahe um Mitternacht, schritten Krusemeyer und Liebegott langsam die schmale Straße entlang, in der Timpe wohnte. Es war Mitte November, der Himmel sternenklar, aber der Wind, der die dünne Schneeschicht wie einen durchsichtig-weißen Schleier in die Höhe trieb und gegen die Häuser fegte, von schneidender Kälte. Soweit das Auge reichte, zeigte sich kein menschliches Wesen, außer den beiden unzertrennlichen Beschützern der Bürgerruhe. Liebegott hatte die Hände in die weiten Ärmel seines Mantels gesteckt und Krusemeyer den breiten Kragen des Rockes über die Ohren geschlagen. So trotteten die beiden gemächlich in größter Seelenruhe ihres Weges dahin.
»Ich möchte wissen, wo heute der Wind herkommt. Das ist, als wenn einem das Messer an die Kehle gesetzt wird«, sagte der Schutzmann, worauf der Wächter erwiderte:
»Aus 'nem Bäckerladen kommt er nicht; verlaß dich drauf.«
Nach diesem höchst lehrreichen Gespräche entstand abermals eine längere Pause, denn der Schnee hatte sich in die Bärte gesetzt und die Kälte aus ihnen kleine Eiszapfen gebildet, die das Sprechen nicht gerade zur angenehmen Beschäftigung machten. Selbst die Philosophie war heute eingefroren. Sie taute auch nicht auf, als die beiden Kumpane an einem einsamen Tore Haltmachten, Krusemeyer das Fläschchen mit den Erholungstropfen aus der Tasche zog und jeder ein herzhaftes Schlückchen zu sich nahm. Die einzige diesbezügliche Bemerkung Liebegotts war die, daß der Winter immer schöner wäre, wenn er aus den Sommermonaten bestände.
Sie kamen bei des Drechslers Haus vorüber und be-

merkten hinter dem Laden des letzten Fensters noch Licht.
»Timpe noch auf, das wundert mich«, sagte Liebegott.
»Der arme Meister! Er wird sich noch an seiner Drehbank quälen«, fiel Krusemeyer ein. »Wer hätte früher gedacht, daß es mit dem Alten in seinen späten Tagen noch bergab gehen würde! Aber der Urban macht ihn ›alle‹, so wenigstens sagte mir Beyer. Und bei alledem komme ich am schlechtesten weg; denn Thomas ist versessen darauf, bei dem Alten auszuharren, und wenn er ein Hundegeld verdienen sollte. Wie kann mein Mädel da aus dem Hause kommen? Sie wird alt sein, wenn er sie heiraten kann, und da wird sie ihm nicht mehr gefallen ... Wäre ich an seiner Stelle, na –« Er brach plötzlich ab, blieb stehen und spitzte die Ohren.
»Hörst du nichts, Liebegott?« fragte er leise. »Ich glaube, man schrie um Hülfe – da drinnen bei Timpes. Sollte das am Ende ein Dieb sein, sollte wirklich mein Tag gekommen sein? ...«
»Beruhige dich, du wirst es nicht erreichen, verlaß dich darauf ... Das sind die Gespenster deiner Phantasie«, sagte Liebegott und setzte wieder den einen Fuß vor den anderen. Aber der Wächter hielt ihn zurück, denn in demselben Augenblick ertönte ein lauter Schrei im Hause, dem die Rufe folgten: »Hilfe, Diebe!«
Mit wenigen Sätzen war Krusemeyer am Eingange. Aber bevor er die Klinke ergreifen konnte, wurde die Tür von innen geöffnet, und eine dunkle Gestalt stürzte bei ihm vorüber und die Straße hinunter. Es war Franz, der, die Modelle in der Tasche, keine Ahnung davon hatte, daß der Großvater in der guten Stube schlief, von der aus eine Tür zum Arbeitszimmer des Vaters führte. Ein Blick des Wächters hatte genügt, um in dem Fliehenden den Sohn Meister Tim-

pes zu erkennen. Er wollte ihn festhalten, ihm nacheilen, aber wie vom Schrecken gelähmt, stand er rat- und bewegungslos da. Das einzige, was er zu tun vermochte, war, daß er in seiner Herzensangst zu Liebegott sagte:
»Wirklich ein Dieb, lauf ihm nach, halt ihn fest!«
Und des Schutzmanns ungeschlachter Körper bewegte sich in möglichster Schnelligkeit nach der Richtung zu, die Franz genommen hatte. Jedoch konnte man mit ziemlicher Bestimmtheit bereits vorhersagen, daß Liebegotts Verfolgung trotz besten Willen nicht von Erfolg gekrönt sein werde. In einiger Entfernung ertönte noch die Notpfeife des Schutzmanns; dann war auch die letzte Spur von ihm verschwunden.
Im Hause schallten die Hülferufe Gottfried Timpes, wenn auch schwächer, noch fort. Dazwischen wurde die Stimme des Meisters vernehmbar; und dann auch die Jammerlaute Frau Karolinens, die jäh aus dem Schlafe erschreckt worden war und nicht wußte, worum es sich handelte. Als der Wächter laut an die Tür der Wohnstube klopfte, öffnete ihm Johannes, der nur notdürftig bekleidet war.
»Haben Sie ihn? Wer war es?« fragte er mit einer Stimme, bei der der Wächter erbebte.
Krusemeyer schüttelte mit dem Kopfe. Ein paar Augenblicke überlegte er. Sollte er diesen Vater töten, wenn er ihm den Namen seines Sohnes nannte – ihn, der besten einen, dem die Ehrlichkeit das Haar gebleicht hatte? Eine Minute lang kämpfte es in seiner Brust, dann hatte das Mitleid gesiegt.
»Liebegott ist ihm nach; es war ein ›zerlumpter Kerl‹«, sagte er dann und atmete tief auf, als er die Worte hervorgestammelt hatte.
Er möge schnell zum Arzt laufen, bat ihn der Meister. Der Großvater sei aus dem Bette gesprungen und liege drinnen auf der Diele. Krusemeyer entfernte sich eiligst.

Als der Meister zurück ins Zimmer kam, erblickte er Frau Karoline, damit beschäftigt, ihre ganze Kraft anzuwenden, um die magere Gestalt des Großvaters emporzurichten. Er lag vor der halbgeöffneten Tür, die zur Modellstube führte. Seitdem der erste Diebstahl im Hause bekannt geworden war, hatte er keine Nacht ruhig schlafen können. Überall witterte er Diebe, und das leiseste Geräusch genügte schon, um ihn aus dem Schlafe zu schrecken und laut nach Johannes oder Karolinen rufen zu lassen. So war es auch in dieser Nacht. Als im Nebenzimmer die Holzmodelle, die an der andern Seite der Wand hingen, wo sein Bett stand, gegeneinander klapperten, war sofort die alte Furcht über ihn gekommen. Er hatte sich aufgerichtet und gelauscht, dann mit der Kraft der Verzweiflung sich aus dem Bett erhoben und auf allen vieren bis zur Tür geschleppt, als diese plötzlich geöffnet wurde und Lichtschimmer ihn blendete. Nun rief er um Hülfe. Seine Hände hatten die Knie Franzens umspannt und dann dessen Hand ergriffen und sie befühlt. Die Entdeckung, die sein Tastsinn gemacht hatte, war für ihn eine grauenhafte. Noch einige Male stieß er seine Rufe hervor, dann versagte ihm die Sprache.

Er bot einen jammervollen Anblick dar. Der Meister und sein Weib wollten ihn in sein Bett tragen, er aber wehrte ab, und so setzte man ihn auf einen Lehnstuhl und umhüllte ihn mit Decken. Johannes kniete vor ihm und hielt die eine welke Hand, während Karoline die andere erfaßt hatte. So saß er fünf Minuten lang da, ohne zu sprechen, aber kurz und schnell nach Atem ringend.

»Mein Vater«, sagte der Meister ein über das andere Mal, während Karolinens Hand sanft über den kalten Schädel glitt.

Gottfried Timpe versuchte sich emporzurichten, der Mund öffnete sich halb, und seine erloschenen Augen richteten sich starr auf einen Punkt. Er wollte sprechen. Johannes verstand ihn. Er beugte sich tief zu ihm hernieder. Mit Anstrengung deutete der Greis nach der Tür der Modellstube.

»Dein Sohn – ein Dieb – die Zuchtrute – –« flüsterte er in abgebrochenen Lauten, aber deutlich vernehmbar für Johannes.

Dann fiel er wieder zurück; der Kopf neigte sich weit auf die Brust, und die Arme hingen schlaff herunter.

»Gott, er stirbt!« schrie der Meister laut auf; und diesem Schrei folgten die Verzweiflungsworte: »Vater, Vater, was ist dir?«

Beide warfen sich gleichzeitig über den Körper, fühlten den Puls, drehten den Kopf nach allen Seiten, tasteten auf dem mageren Körper nach dem Herzen – es war zu spät: Gottfried Timpe war erlöst von seinem Leben in ewiger Nacht, Schrecken und Entsetzen hatten ihn getötet.

Sie richteten das Haupt hintenüber und blickten ihm mit verschlungenen Armen lange ins bleiche Antlitz, dann löste sich der grenzenlose Schmerz Johannes' in heiße Tränen auf, die durch keinen Laut entheiligt wurden. Die treue Ehehälfte setzte sich still beiseite und schluchzte leise hinter ihren Händen.

Dann kam Krusemeyer mit dem Arzt, der nun seines letzten Amtes noch zu walten hatte. Und hinter den beiden zeigte sich auch das behelmte Haupt Liebegotts, der unverrichteter Sache nach dem Orte der Tat zurückgekehrt war. Und als er nach einer Viertelstunde draußen auf der Straße Krusemeyer fragte, ob er sich die Gesichtszüge des Diebes eingeprägt habe, erwiderte dieser kurz und bündig:

»Und wenn du mich totschlägst, Liebegott, ich kann es dir nicht sagen. Es gibt Augenblicke, wo der Mensch blind ist und nichts sieht. Und doch wünschte ich, der Schuft hinge am Galgen, denn er hat nicht nur gestohlen, sondern auch gemordet . . .«

XIII.
Timpes Versuchung

Seit dieser Nacht ging Johannes Timpe wie ein verschlossener Mensch umher, der jedermann ausweicht, weil er befürchtet, nach Dingen gefragt zu werden, die ihn in Verlegenheit bringen würden.
An dem Tage bereits, an dem man die irdische Hülle des Großvaters zu Grabe getragen, hatten Jamrath, Deppler und Anton Nölte, die den Meister erst wenige Tage vorher gesehen hatten, sich gegenseitig ihr Erstaunen über sein verändertes Aussehen zugeflüstert.
Er machte in der Tat den Eindruck, als wäre er plötzlich um zehn Jahr älter geworden. Die entsetzliche Enthüllung, die ihm die letzten Worte Gottfried Timpes gebracht hatten, lasteten wie das Bewußtsein eines selbstbegangenen Verbrechens auf seiner Seele. Am Tage des Begräbnisses war die Nachricht eingetroffen, daß Franz krank sei und das Zimmer nicht verlassen dürfe. Dafür hatte er einen großen Kranz gesandt, der dem Großvater mit in die Gruft gelegt werden sollte. Nun fand Johannes erst recht eine Bestätigung der Anklage seines Vaters. Trotz der Trauer war eine stumme Wut bei ihm hervorgebrochen. Er hatte im geheimen den Kranz in Stücke zerrissen und ihn mit den Füßen zertreten.
Die ersten Wochen, die diesen Begebenheiten folgten, waren die entsetzlichsten in des Meisters Leben. Er schlich fast nur umher, betrat nur in den notwendigsten Fällen die Werkstatt und schloß sich stundenlang in seiner Arbeitsstube ein. Sprach ihn einer der Gesellen an, um ihn nach etwas zu fragen, so schreckte er zusammen; und es bedurfte erst einer Wiederholung der Frage, um ihn aus der halben Betäubung, in der er sich befand, zu erwecken. Alles in allem bot er das Bild eines an Körper und Seele gebrochenen Men-

schen. Thomas Beyer meinte eines Tages, der Meister sähe aus, als wäre er eine Weile lebendig begraben gewesen und wieder zum Leben erweckt worden. Wenn die anderen Gehilfen die Veränderung des Meisters dem plötzlichen Tode des von ihm so sehr geliebten Vaters zuschrieben, so war der Altgeselle wie gewöhnlich anderer Meinung und blickte tiefer. Timpe hatte keine Silbe von dem nächtlichen Diebstahle erwähnt, wohl aber hatte Beyer von Krusemeyer davon erfahren, wenn auch der Wächter ihm ebenfalls die Geschichte von dem »zerlumpten, graubärtigen Kerl« erzählt hatte. Am auffallendsten war es Beyer, daß über den nächtlichen Vorfall keine Anzeige erstattet wurde. Als er Krusemeyer seine Verwunderung darüber aussprach, meinte dieser, Timpe wolle keine Scherereien haben; um so weniger, da er keinen Schaden erlitten habe, denn es sei nichts gestohlen worden. Der Meister habe auch erklärt, er könne an die Wirklichkeit des Vorganges gar nicht glauben, er müsse alles für eine Vision oder einen bösen Spuk halten.
Und Visionen hatte Timpe auch am hellen Tage. Wo er ging und stand, sah er den Großvater in seinen letzten Augenblicken: wie er mit halberloschenem Auge nach der Tür deutete, vor der er zusammengebrochen war – hörte er ihn die fürchterliche Anklage aussprechen: »Dein Sohn, ein Dieb!« Und dieses letzte Wort gellte dem Meister in tausend verschiedenen Tonarten entgegen: früh, wenn er sich von seinem Lager erhob, den ganzen Tag über, des Abends, wenn er sich zur Ruhe legte, und des Nachts, wenn er aus wildem Traume erwachte. Einstmals hatte er im Schlafe laut um Hilfe gerufen, so daß Karoline bestürzt Licht machte und vor Furcht zitternd ihn weckte. Als er die Augen aufschlug, war er förmlich in Schweiß gebadet. Es war ein schlimmer Traum gewesen: Die Polizeibeamten hatten seinen Sohn gefesselt, um ihn als Verbrecher ins Gefängnis zu führen,

und er wollte sich dem mit Gewalt widersetzen. Schließlich packte man auch ihn, um ihn wegzuführen. Die Gewalt hatte ihm im Schlafe die Zunge gelöst.

Die Erinnerung an dieses Traumgespenst wirkte nur noch niederdrückender auf ihn, denn es hatte ihm die ganze Verworfenheit seines Sohnes verkörpert vor die Augen geführt. Was er am meisten befürchtete, war, daß irgend jemand seinen Sohn in jener Nacht erkannt haben und daß *sein* Name dadurch öffentlich entehrt werden könnte. Im geheimen horchte er überall herum, ob sein Verdacht begründet sei. Fast allabendlich suchte er den Stammtisch bei Jamrath auf und blieb länger als sonst beim Biere. Sämtliche Gäste wußten vom plötzlichen Tode des alten Timpe und auch von dem angeblichen Diebstahl, denn Krusemeyer und Liebegott hatten davon gesprochen. Kam dann das Gespräch zufälligerweise auf den Vorfall, so spielte der bekannte »zerlumpte, graubärtige Kerl« seine Rolle. Der Meister atmete auf und ging befriedigt nach Hause. Auch Krusemeyer und den Schutzmann forschte er noch einige Male aus; um ganz sicher bei ihnen zu gehen, sprach er von ihren »Luchsaugen«, so daß der Hüter der Nachtruhe sich betroffen abwandte, um seine Verlegenheit zu verbergen.

»Dieser Spitzbube!« sagte er einmal zu Krusemeyer. »Schade, daß er Ihnen entwischt ist. Es wäre doch schön gewesen, wenn wir ihn auf frischer Tat ertappt und ihm das fünfte Gebot auf dem Rücken eingeprägt hätten ... Also einen grauen Bart hat er gehabt? Der ist gewiß im Zuchthause gereift. Ja, ja, lieber Krusemeyer, wenn man wie Sie noch gesunde Augen hat.«

Und während er das sagte, blickte er den Wächter listig an, um aus dessen Mienenspiel zu ersehen, wie seine Worte aufgenommen wurden. Krusemeyer machte zu dieser Schmeichelei das Gesicht eines Menschen,

der nicht weiß, ob er weinen oder lachen soll, und sagte schließlich voller Überzeugung: »Liebegott und ich gehören zur Polizei, und die sieht alles, auch wenn sie die Diebe manchmal nicht bekommt.« Seine Gedanken aber lauteten: Wenn du wüßtest, was ich weiß, armer Meister Timpe!
Es war ein richtiges Versteckenspiel, das sie widerwillig trieben.
Auch in der Nachbarschaft spionierte Timpe, um schließlich zu demselben Resultat zu gelangen. Niemand teilte mit ihm sein Geheimnis. Wenn auch in dieser Beziehung Beruhigung über ihn kam, so änderte das sein Wesen doch nicht. Er wandelte noch scheuer als sonst umher. Das Bewußtsein, daß trotz alledem sein Sohn ein Dieb war, wich nicht von ihm; und der Gedanke, daß er der einzige Mensch auf Erden sei, der um die Tat Franzens wisse, sie aber um seines Namens willen nicht zur Sühne bringen dürfe, ließ ihn in der Einbildung leben, daß auch er teilhaftig an einem Verbrechen, daß auch sein Gewissen für ewige Zeiten belastet sei. Und das erweckte in ihm ein Gefühl der Furchtsamkeit, der Selbsterniedrigung, so daß die leiseste Hindeutung auf die Unglücksnacht genügte, um ihn in die größte Angst zu versetzen.
Eines Nachmittags betrat er die Werkstatt, als gerade der Name seines Sohnes genannt wurde. Thomas Beyer war Franz begegnet, dieser aber wie mit Absicht nach der anderen Seite der Straße gegangen, um ihm auszuweichen. Der Meister zitterte vor Schreck, brauste dann aber auf, so daß die Gesellen zusammenfuhren.
»Sie haben sich gar nicht von meinem Sohne zu unterhalten, zumal hinter meinem Rücken«, sagte er erregt zu dem Altgesellen. »Ich verbiete Ihnen das ein für allemal.«
Er drehte sich kurz um und schritt wieder seinem Arbeitszimmer zu. Thomas Beyer schwieg, blickte ihm

aber kopfschüttelnd nach. Nach einer Weile rief ihn Timpe zu sich herein, bat für seine vorherige Unhöflichkeit um Verzeihung und forschte nach verschiedenen Dingen: wie Franz aussehe, was er für einen Eindruck auf Beyer gemacht habe, ob er hier bei seinem Hause vorübergegangen sei usw.
Dabei hafteten seine Augen auf des Altgesellen Lippen; und die Hast, mit der er fragte, das nervöse Zittern der Hände, die ihre einstige Ruhe verloren hatten, bewiesen Beyer nur zu sehr, wie krankhaft das Gebaren Timpes war. Und als er von dem stattlichen Äußern des Sohnes sprach und Timpe dabei langsam sein Haupt senkte, als wolle er sich in süße Erinnerungen versenken, zeigte sich, wie sehr das Herz des Meisters noch an seinem ihm fremd gewordenen Kinde hing. Aber er ermannte sich bald wieder. Er schämte sich seiner Weichheit nach all den Erfahrungen, die er mit Franz gemacht hatte.
»Wenn Sie einmal einen Sohn bekommen sollten, lieber Beyer«, sagte er rauh, dann vergessen Sie nicht, ihm frühzeitig die Zuchtrute zu geben, wie Großvater selig zu sagen pflegte. Und merken Sie beizeiten, daß der Junge Ihnen eines Tages den Stuhl vor die Tür setzen könnte, dann bitten Sie den lieben Gott, er möge das Kind lieber wieder zu sich nehmen. Besser, daß es stirbt, als daß es lebt zum Hohne seiner Eltern.«
»Entsinnen Sie sich noch, Meister, was ich Ihnen vor Jahren an einem Donnerstag im Garten gesagt habe? Ich meine die Geschichte von den Sperlingskindern, die so lange mit den Stieglitzen verkehrten, bis sie sich selbst für solche hielten . . . Es ist alles so eingetroffen: Sie sind der kleine Vater, auf den der lange Schlingel von Sohn herabblickt. Ich will offen wie immer reden: Hätten Sie Ihren Sohn ein Handwerk lernen lassen, so wäre er bei den einfachen Sperlingen geblieben und hätte sich nimmer seines schlichten Gefieders ge-

schämt. Die Sucht vieler Eltern aus Ihrem Stande, die Kinder etwas Größeres werden zu lassen, als sie selber sind, trägt viel dazu bei, den »goldenen Boden« immer mehr zu durchlöchern, bis nichts mehr von ihm vorhanden sein wird ... Sehen Sie, Meister, da habe ich neulich einen Vortrag gehört über die Zuchtwahl. So ist es auch mit dem Handwerk. Wenn die Meister ihre Söhne zu guten Handwerkern machten und die Söhne diesem Prinzipe ihren dereinstigen Kindern gegenüber treu blieben, so würden immer wieder aufs neue kräftige Generationen entstehen, die ein gutes Fundament unter den Füßen hätten. Und wo das ist, da ist bekanntlich gut bauen.«

Er machte eine Pause, während welcher Timpe zustimmend nickte. Dann begann er aufs neue:

»Meister, Sie sind einer der besten Menschen, die ich kennengelernt habe. Sie haben niemandem etwas zuleide getan, haben von früh bis spät fleißig gearbeitet, sind gerecht gegen jedermann gewesen, und doch hat es den Anschein, als wären Sie auf der Welt überflüssig, als würde die Großindustrie eines Tages siegreich über Sie hinwegschreiten. Meister, Sie müßten blind sein, wenn Sie nicht einsähen, daß das Heil nur in der Sozialdemokratie liegt. Treten Sie zu uns über, besuchen Sie unsere Versammlungen – heute abend schon! Geben Sie Ihre Stimme bei der nächsten Reichstagswahl einem Manne aus dem werktätigen Volke, der die Leiden der Kleinmeister kennt, der mit beredten Worten Ihre Rechte vertreten wird. Dann wird auch für Sie der Tag der Vergeltung kommen – gegen den da drüben, der einen einzigen Treibriemen höher schätzt als die Existenz von hundert Familien; der Ihnen das letzte Stück Brot aus dem Munde wegnehmen wird, so wahr ich Thomas Beyer heiße. Die Welt läuft nicht rückwärts, denn sie muß vorwärts gehen. Ich weiß, Sie sind ein gottesfürchtiger Mann, aber Gott will nicht, daß ein Gerechter leide um hundert

Ungerechter willen. Und selbst die Könige sind doch demütig vor Gott ... Schlagen Sie ein, Meister – solche Leute können wir gebrauchen.«

Während der Altgeselle sprach, hatten die Wangen seines männlichen Gesichts sich leicht gerötet. Die Augen leuchteten, das Antlitz hatte sich verschönert. Beyer hatte nichts von einem Fanatiker. Es sprach aus ihm die Anschauung eines ehrlichen Menschen, der imstande ist, sich bis zur Schwärmerei zu versteigen, wenn es sich um die Verteidigung seiner Idee handelt. Seine Stimme klang weich, und in der Ruhe, mit der er zu sprechen pflegte, lag etwas Seltsames, Bestrikkendes, dem seinesgleichen nicht zu widerstehen vermochten. Er gehörte zu den Leuten, deren Rede man gern lauscht, weil sie immer etwas von Interesse zu sagen haben.

Er war auf Timpe zugetreten und hatte seine Hand auf dessen Schulter gelegt. Und nun zuckte der Meister, der ihm ohne Unterbrechung zugehört hatte, zusammen und trat einen Schritt zurück. Es war ihm, als stände in diesem sonderbaren Menschen, den er seit mehr denn zwanzig Jahren noch nie so gesehen hatte wie heute, plötzlich eine veränderte Gestalt vor ihm, ein böser Dämon, der ihn in Versuchung führen wolle.

Sein ganzes Ich, sein besseres Selbst bäumten sich auf bei der Zumutung des Gesellen. Er, der königstreue Handwerker, der seine Liebe zur Monarchie und dem angestammten Herrscherhause während eines Menschenalters nicht verleugnet hatte, sollte am Spätabende eines Lebens seiner tiefeingewurzelten Anschauung untreu werden und zur Sozialdemokratie übertreten: jener blutroten Fahne zuschwören, die dereinst über die Leichenfelder der halben Menschheit hinweg dem Sturmschritt der Massen als Siegeszeichen vorangetragen werden sollte? Er, ein Anhänger der Umsturzpartei der sozialen Revolutionäre? Im

Augenblick erschien ihm schon der bloße Gedanke an diese Möglichkeit wie ein Verbrechen. Er dachte an die patriotische Gesinnung Gottfried Timpes und wie oft ihm dieser von Franz David Timpe erzählt hatte als von einem Manne, der zwei Königen treu gedient hatte. Ganze Generationen seines Stammes hatten Gott und den Herrscher gefürchtet und geliebt, und nun sollte er – –? Er vollendete den Gedankensatz nicht, denn sein Entschluß stand fest trotz Schicksalsschlägen, beginnendem Ruin und dem Körnchen Wahrheit, das in Beyers Worten lag.
»Niemals, niemals!« sprach er mit der Stimme der Überzeugung und wandte seinem Gesellen den Rükken.
Thomas Beyer aber begann aufs neue auf ihn einzureden – mit der Zähigkeit eines Agitators, der alle Gründe ins Gefecht führt, um zu siegen und zu triumphieren. Immer röter färbte sich sein Gesicht, immer heller leuchteten die Augen, immer beredter wurden die Lippen.
»Meister, jeder Mensch ist das Produkt seiner Verhältnisse. Die moderne Gesellschaft mit ihrem Produktionsschwindel hat Sie auf dem Gewissen ... Die Leute, die Sie zugrunde richten, sind Ihre natürlichen Feinde, gegen welche Sie sich aufbäumen müssen, um wieder zu Ihrem Rechte zu gelangen. Gehen Sie, wohin Sie wollen – nur bei uns wird man Ihnen die Hand reichen, denn wir sind Ihre einzigen wahren Freunde. Die Armut kann niemals heucheln, sie gibt sich immer, wie sie ist. Meister, Meister, kommen Sie zu uns und beten Sie den neuen Heiland an.«
Timpe war das zu viel. Man sollte ihn nicht für schwach halten. Außerdem war er hier noch Herr im Hause, der bei aller Rücksicht und Toleranz gegen seine Arbeitnehmer eine derartige Propaganda nicht dulden durfte.
»Genug jetzt, Beyer«, sagte er mit leichtem Zorne.

»Das sind Phrasen, weiter nichts als Phrasen, mit denen Sie die Dummen fangen können, nicht aber aufgeklärte Männer. Sie sind mir ein tüchtiger Arbeiter und auch lieber Freund geworden, wenn Sie aber derartige Gespräche nicht lassen können, so müssen wir uns in aller Güte trennen . . . Gehen Sie!«
Der Altgeselle lächelte leicht und schien nicht im geringsten berührt von den letzten Worten.
»Ich habe mir gelobt, bei Ihnen auszuhalten, solange noch ein Stück Arbeit vorhanden ist, Meister; dabei bleibt es«, erwiderte er, drehte sich kurz um und entfernte sich. An der Tür aber blieb er wieder stehen und sagte mit der Stimme und Gebärde eines Propheten: »Meister, Meister, Sie werden einmal anders denken.«
Timpe war ärgerlich geworden, so daß er ein Selbstgespräch eröffnete, worin die Worte »Narrenspossen«, »Seelenfängerei« und »sozialistischer Unsinn« eine Hauptrolle spielten. Das hatte gerade noch gefehlt, daß man ihn in seinem seelischen und geschäftlichen Elend noch mit der Politik kam, um ihm den Kopf gänzlich zu verwirren. Und doch mußte er sich während der nächsten halben Stunde immer wieder die Worte des Altgesellen ins Gedächtnis zurückrufen. Hatte er nicht dem Staate Jahrzehnte hindurch als treuer Bürger gedient, seine Pflichten als solcher vollauf erfüllt? Wo war nun der Schutz, der ihn vor dem sicheren Verderben bewahrte?
Zu dem tiefen Herzenskummer um seinen Sohn, zu den sonstigen Bekümmernissen des Lebens gesellte sich nun auch der Zwiespalt zwischen Bürgerpflicht und dem Zweifel an der Richtigkeit seiner bisherigen Überzeugung. Oft grübelte er stundenlang nach, ohne jemals mit Beyer darüber ein Wort zu wechseln, denn der Stolz hielt ihn davon ab. Das Schlimmste war, daß ein bitterer Menschenhaß anfing, nach und nach seine Seele zu befruchten.

Gleich nach Weihnachten sprach die ganze Nachbarschaft nur noch von der bevorstehenden Hochzeit seines Sohnes mit Emma Kirchberg. Ließ er sich irgendwo sehen, so stand die erste Frage, die man an ihn richtete, mit diesem Ereignis in Verbindung.
»Nun, Herr Timpe, haben Sie Ihren alten Bratenstecher schon hervorgeholt?« fragte ihn Nölte eines Mittags, als er vor der Haustür stand. »Da werden Sie einmal wieder Staat machen und den Galanten spielen können ... Und Ihre Frau – wie werden alte Erinnerungen bei ihr auftauchen! Ja, ja – so eine Hochzeit unter feinen Leuten, die lobe ich mir. Wissen Sie – wenn Sie so eine Pulle mit Wein beiseite schaffen können, dann denken Sie an mich. Du mein Gott, ich würde mich schon freuen, wenn ich nur einmal am Korken riechen könnte. Und meine Minna erst und die Kinder –«
Timpe geriet in Verlegenheit. Dann lächelte er gezwungen und erwiderte: »Ja, das wird schön werden ... Ich werde an Sie denken, lieber Nölte.«
Als er sich wieder im Hause befand, mußte er an sich halten, um nicht laut aufzuschluchzen. Es war immer noch die weiche Stimmung, die ihn überkam, wenn er an das Glück seines Sohnes dachte, dem er fernbleiben mußte.
Am ersten Neujahrstage traf ein seltenes Ereignis ein. Als der Meister, durch Frau Karoline gerufen, die gute Stube betrat, fand er eine elegant gekleidete junge Dame vor, der die Meisterin den Ehrenplatz auf dem Sofa eingeräumt hatte. Das ganze Zimmer duftete nach dem Parfüm der Besucherin. Es war Fräulein Emma Kirchberg, die er erst erkannte, nachdem sie ihren Schleier gelüftet hatte. Timpe traute seinen Augen nicht. Bis er sich von seiner Überraschung erholt hatte, fragte er höflich, aber gemessen nach dem Begehr des »gnädigen Fräuleins«. Aus jedem Worte klang der Groll gegen die feindliche Nachbarschaft.

Er polterte die Frage so rauh hervor, daß Karoline, die sich allem Anscheine nach sehr freundlich mit Urbans Stieftochter unterhalten hatte, ein erschrecktes Gesicht zeigte und ihn durch Zeichen bat, seine Heftigkeit zu zügeln. Er aber nahm keine Rücksicht. Gehörte Emma nicht zur »Sippschaft da drüben«, die sein Unglück beschlossen hatte, mußte sie nicht mit Franz unter einer Decke stecken, also auch wissen, wie das Verhältnis zwischen Vater und Sohn lag? Was wollte sie also hier? War sie gekommen, um sich an seinen Qualen zu weiden?
Emma hatte sich sofort erhoben und ihm die Hand entgegengestreckt. Sie glaubte dem unfreundlichen Auftreten des Meisters mit [um] so größerer Liebenswürdigkeit begegnen zu müssen.
»Gestatten Sie mir, Herr Timpe, Ihnen meine aufrichtigsten Glückwünsche zum neuen Jahre auszusprechen«, sagte sie mit der ganzen Herzlichkeit, die ihr zu Gebote stand. »Wenn Ihre Meinung von mir nicht gar zu schlecht ist, so werden Sie von der Wahrhaftigkeit meiner Gefühle für Sie überzeugt sein ...«
Sie wollte noch etwas hinzufügen, aber stutzte nun doch. Timpe hatte sich nicht vom Flecke gerührt, zeigte auch nicht die geringste Neigung, die dargereichte Hand zu ergreifen, so seltsam er auch von dem Klange der weichen Stimme und dem bittenden Ausdruck der Augen berührt wurde. Der Kummer, der seit Jahren an ihm fraß, der unauslöschliche Haß gegen Urban und alles, was zu ihm gehörte, hatten ein krankhaftes Mißtrauen in ihm erweckt, das ihn in jedem Menschen außerhalb des Hauses einen Feind erblicken ließ, dem er nicht trauen dürfe. Wo war seine bei jedermann sprichwörtlich gewesene Höflichkeit geblieben, wo die vielen Verbeugungen, die er stets bereit hatte, wenn ein »feiner Besuch«, wie er zu sagen pflegte, ihn beehrte? Wie er so dastand, die Arbeitsmütze in der linken Hand, die rechte im Brust-

latz seiner Schürze verborgen, war er nur noch der eckige, rauhe Handwerker, der, durch des Lebens Verdruß gestachelt, eine Genugtuung darin fand, herausfordernd zu erscheinen.
Er hatte die Absicht, kurz und bündig zu erklären, daß er nicht die geringste Gemeinschaft mehr mit »denen da drüben« haben wolle, als seine getreue Ehehälfte, die ihm den Unmut vom Gesichte abgelesen hatte, sich ins Mittel legte.
»Johannes, das Fräulein hat dir doch nichts getan, es meint es ja so gut. Wer wird denn einen Glückwunsch zurückweisen«, sagte sie vorwurfsvoll. Das milderte seine Rauheit.
»Ach so – Sie sind nur gekommen, um uns Ihre Neujahrsgratulation zu überbringen, Fräulein. – Das ändert die Sache – gewiß. Das ist was anderes ... Schönsten Dank also, und ich wünsche Ihnen von Herzen dasselbe, trotzdem Sie es wohl nicht gar so nötig haben werden.«
Und nun streckte er ihr die Hand entgegen, die sie mit ihrer zartumlederten ergriff und herzhaft drückte.
Es entstand eine peinliche Pause. Timpe hatte sich dem Fenster zugewandt, Frau Karoline blickte stumm zu ihm hinüber, und Emma glättete mit der Hand den Pelz ihres Muffs. Sie sah blaß aus; man wußte nicht, ob von dem Schein des Schnees, der draußen lustig wirbelte, oder von dem kalten Empfange, der ihr hier zuteil geworden war. Sie hatte sich sehr zu ihrem Vorteil verändert. Ihre Gestalt war voller geworden, und auch ihr Gesicht hatte sich gerundet.
Endlich, als sie vergeblich auf einige weitere Worte des Meisters gewartet hatte, begann sie in der Unterhaltung fortzufahren.
»Verzeihen Sie, Herr Timpe, wenn ich trotz Ihrer Abweisung, von der ich nicht weiß, ob ich sie verdient habe, die Sie mir aber deutlich genug zu verstehen geben, mich nicht gleich entferne. Ich bin aber ge-

kommen, um etwas gutzumachen, und wegen des schweren Unrechts, das man Ihnen angetan hat, um Verzeihung zu bitten. Für meine Person wenigstens ... Ich bin hier erschienen, um Ihre gute Frau und Sie im Namen meiner Mutter zu unserer Hochzeit einzuladen ...«

Vom Fenster her erschallte ein lautes Lachen, das so jäh hervorquoll, daß die Meisterin bestürzt einen Schritt vorwärts tat und Emma erbebte.

»Dachte ich's doch, dachte ich's doch – daß man noch kommen würde, mich obendrein zu verhöhnen. Fehlgegangen, mein gnädigstes Fräulein. Ich sage, fehlgegangen! Alle Hochachtung vor Ihnen – Sie sind eine liebenswürdige Dame, gewiß, das sind Sie! Auch meinen schönsten Dank für Ihre Freundlichkeit! Aber es ist zu allen Zeiten immer dasselbe gewesen: Ein Vater kann nur von einem Sohne zu dessen Hochzeit eingeladen werden, wenn er einen solchen besitzt. Aber ich, ich habe keinen! Bestellen Sie das gefälligst Ihrer gnädigen Frau Mama. Verstehen Sie auch recht: Ich habe keinen Sohn ... Und wenn er selbst hier vor meinen Knien läge und mit tausend Schwüren es beeidete, daß ich sein Vater sei, so sage ich ihm ins Gesicht hinein: Du lügst! Denn das Blatt, das vom Baume losgetrennt ist, hat keine Gemeinschaft mehr mit dem Stamm. So wahr ich Johannes Timpe heiße und in Ehren grau geworden bin, so ist's, und so soll's bleiben, solange mir der liebe Gott das Leben schenkt.«

Er zitterte am ganzen Leibe, das Antlitz war vor Erregung fahl geworden, und die rechte Hand hatte sich geballt. Karoline war auf ihn zugetreten, um ihn ernstlich zu beschwichtigen. So hatte sie ihn noch nie gesehen.

»Vater, du gehst zu weit. Er trägt unsern Namen ...«

Er dachte an den Diebstahl und wollte sich hinreißen

lassen, das Wort »ehrlos« zu gebrauchen; aber er bezwang sich. Das fürchterliche Geheimnis, um das er allein wußte, sollte mit ihm zu Grabe getragen werden. So sagte er denn mit erzwungener Ruhe:
»Das ist nicht zu leugnen; aber er trägt den Namen seines Vaters, nicht seinen eigenen. Und sowenig eine Herde von Hammeln dafür kann, wenn ein räudiger in ihr sich befindet, sowenig kann man es einer Familie zur Last legen, wenn eins ihrer Mitglieder aus der Art geschlagen ist.«
Das Ehepaar hörte ein leises Schluchzen. Als sich beide umdrehten, sahen sie Emma, wie sie auf das Sofa niedergesunken war und die Augen mit ihrem Taschentuch bedeckt hielt. Die Meisterin eilte sofort auf sie zu, legte die Arme liebevoll um ihre Schulter und fragte:
»Was ist Ihnen, Fräulein? Sie weinen? Um Himmels willen!«
Statt der Antwort wurde das Schluchzen stärker. Die ganze Gestalt war gepackt von der Erschütterung, die über sie gekommen war. Endlich brachte sie die Worte hervor: »O lassen Sie mich weinen, es tut mir wohl.«
Auch der Meister war nun bestürzt, trat auf sie zu und sagte so freundlich, als er es in diesem Augenblick vermochte: »Fassen Sie sich, gnädiges Fräulein. Wenn ich Sie durch irgend etwas beleidigt haben sollte, so bitte ich vielmals um Entschuldigung, vielmals ... Aber ich bitte Rücksicht auf den Vater zu nehmen, dem der Groll mit dem Herzen durchgeht. Nochmals: Ich bitte vielmals um Verzeihung. Und wenn ich meine letzten unschicklichen Worte wiedergutmachen kann, so soll es geschehen. Wohlverstanden: soweit es in meinen Kräften steht.«
»Sie können es, Herr Timpe.«
Sie hatte sich plötzlich erhoben, war vor ihm auf die Knie gefallen und blickte mit von Tränen umschleier-

ten Augen zu ihm empor. Und jedes Wort, das sie jetzt sprach, schien zugleich mit einem Schluchzen aus der Kehle zu quellen.
»Mag Franz nicht recht an Ihnen gehandelt haben, mag er vergessen haben, was er Ihnen schuldig ist, ich kann darüber nicht richten, denn ich liebe ihn von ganzem Herzen. Und ich schwöre Ihnen hier bei dieser Liebe, daß ich versuchen will, gutzumachen, was er Ihnen wehe getan hat ... Ich will mit tausend Zungen zu ihm reden, ich will Tag und Nacht zu Gott beten, damit er Sie wieder vereinige. Aber ich flehe Sie an, ich bitte inständigst, wenn Sie auch nicht zur Hochzeit kommen wollen, geben Sie mir für Ihren Sohn Ihren Segen.«
Mit zuckenden Lippen blickte sie zu ihm empor, riß den Hut ab, neigte das Haupt und faltete die Hände krampfhaft über das Taschentuch. Bei diesem Anblick konnte auch die Meisterin nicht mehr ihre Fassung bewahren. Ihr weiches Gemüt preßte auch ihr eine Träne ins Auge. Und so stand sie hinter ihrem Manne, dem es seltsam zumute ward, und drängte ihn leise, den Wunsch der Knienden zu erfüllen.
Der Meister war wieder ein anderer geworden. Er legte die harten Hände auf den Scheitel Emmas und sagte halblaut: »Und der Herr segne dich und behüte dich und lasse auch diesen Segen deinem zukünftigen Manne teilhaftig werden.«
Und kaum hatte er die letzte Silbe ausgesprochen, so fühlte er sich von den Armen Emmas umschlungen.
»Mein Vater, ich danke Ihnen.«
Auch der Meisterin Hals umschlang sie und drückte einen Kuß auf ihre Stirn. Dann ging sie. Und als die Tür sich hinter ihr leise geschlossen hatte, war es dem Ehepaare, als wäre der ganze Vorgang ein Spuk gewesen, hervorgerufen durch die lichte Erscheinung eines Engels ...
Als nach einigen Tagen die Trauung des jungen Paares

in der nahen Andreaskirche stattfand und die Augen sämtlicher Anwesenden auf das Brautpaar vor dem Altar gerichtet waren, zeigten sich auch am äußersten Ende der sonst menschenleeren Galerie zwei Köpfe, deren Blicke unverwandt an der Gestalt des Bräutigams hingen. Es war Timpe und sein Weib, die längst vor Beginn der Zeremonie die Kirche aufgesucht hatten, um ungesehen mitzubeten für das Heil des jungen Ehepaares. Niemand hatte sie kommen sehen, niemand bemerkte sie von unten. Es war ein eisigkalter Tag, nur wenige Menschen füllten das Gotteshaus, denn wie Urban es zu Franz gesagt hatte, so war es geschehen: Die Einladungen waren nur an die bevorzugtesten Freunde des Hauses erlassen worden.
Die Kirche hatte sich langsam geleert; Wagen auf Wagen rollte davon, und auch die wenigen Neugierigen, die das Portal umstanden, hatten sich zerstreut. Bis zur Nase in Kragen und Tücher gehüllt, traten Johannes und Karoline wieder ins Freie. Noch tief bewegt von dem heiligen Akte, schritten sie nebeneinander ihres kurzen Weges dahin. An einer Straßenecke begegnete ihnen Meister Nölte.
»Na, alles vorüber, gut abgelaufen?« redete er sie an. Und plauderhaft, wie er Timpe gegenüber immer war, sprach er sofort weiter: »Ich wollte ebenfalls kommen, um mir das Brautpaar anzusehen, aber ich habe die Zeit verpaßt ... Sie gehen jetzt wohl erst nach Hause, um sich für die Hochzeit umzukleiden? Vergessen Sie nur die Flasche Wein nicht; ich habe schon zu Hause davon erzählt.«
Johannes nickte und schüttelte sich vor Kälte, was für Nölte ein Zeichen war, sich nicht lange aufzuhalten.
»Adieu, Frau Timpe, auf Wiedersehen, Herr Timpe.«
Nach fünf Schritten kehrte er noch einmal um.
»Wenn Sie vielleicht noch ein paar Stückchen Torte für meine Mädchen ... Sie verstehen mich schon.« Er

machte eine Handbewegung im Bogen nach der Tasche.

»Soll besorgt werden«, brachte Timpe brummend hervor. Dann sagte er beim Weiterschreiten zu Frau Karolinen: »Das haben wir einmal gut gemacht. Nun dauert es nicht lange, und ganz Berlin weiß, daß wir in der Kirche waren und die Hochzeit in allen Ehren mitmachen. Es kostet zwar eine Flasche Wein und Kuchen obendrein, aber immer besser, dieses Opfer zu bringen, als allen Menschen die Familienverhältnisse preiszugeben.«

Nach diesen Worten mußten sie trotz ihres herben Wehes leise lachen.

XIV.
Verzweiflungskampf

Als der Sommer wieder hereinbrach, sah es trauriger als je mit der Arbeit in Timpes Werkstatt aus. Beyer und Spiller waren nun die einzigen Gehülfen, welche die Drehbänke in Bewegung setzten. Die in Aussicht gestellte Bestellung Depplers traf nicht ein; wohl aber mußte der Meister erleben, daß nach seinem für den Amerikaner angefertigten Modell Urban tapfer fabrizierte. Als Johannes dem kleinen und verwachsenen Deppler eines Abends bei Jamrath Vorwürfe über diesen »Jesuitenstreich« machte, zuckte der Schirmfabrikant die Achseln und gebrauchte einige Worte des Bedauerns. Er habe es gut genug gemeint, verteidigte er sich; aber es sei eben die alte Geschichte: Die Preisaufstellung Urbans habe sich um fünfundzwanzig Prozent billiger herausgestellt als diejenige Timpes.

Nun bereute der Meister bitter, das Modell an den Amerikaner, ohne Vorbehalt seiner Rechte, verkauft zu haben. Er hatte sich in dieser Beziehung ganz auf Deppler verlassen. So viele Anspielungen er aber machte, und zwar in einer Art und Weise, die der Mißgestalt nur zu deutlich das Gewissenlose ihrer Handlung vor Augen führen mußte – immer kam die gleichgültige Antwort: Man müsse heutezutage der Konkurrenz die Spitze zu bieten versuchen; wer das nicht könne, der solle lieber ruhig einpacken und als Rentier leben.

Eines Abends wurde der kleine Herr sogar wütend.

»Sie können auch gar nicht genug kriegen!« rief er Timpe zu. »Sie haben doch gewiß schon ihre Reichtümer gesammelt. Wer so einen Sohn hat, dem kann es doch nicht fehlen ... Übrigens spricht ja alle Welt davon, daß Sie nach und nach das Arbeiten ganz aufgeben wollen, um von ihren Renten zu leben. Wie ich gehört habe, halten Sie sich Ihre zwei Gesellen nur noch, um mit den letzten Bestellungen aufzuräumen.«

Die ernste Miene, mit der er das sagte, ließ Timpe erkennen, daß von irgendeiner Verhöhnung keine Rede sein könne. Und da die traurigen Erfahrungen der letzten Jahre ihn gelehrt hatten, nicht jedermann seine innersten Gedanken preiszugeben, so nahm er eine reservierte Haltung an und lächelte statt der Antwort nur, so daß man das als eine Zustimmung auffassen konnte.

Die Annahme Depplers, daß die Vermögensverhältnisse des Drechslers vortreffliche seien, war nicht nur die seinige. Da sie die inneren Familienverhältnisse nicht kannten, so waren viele Leute, mit denen der Meister zu tun hatte, der Ansicht, daß er durch seinen Sohn große materielle Vorteile genieße und nur seine und seiner Frau Anspruchslosigkeit es verhinderten, aus der Bescheidenheit herauszutreten und sich ein behaglicheres Leben zu verschaffen. Schließlich hielt man ihn für einen Duckmäuser, der wohl wisse, wieviel er in seinem Beutel habe, aber den Menschen Sand in die

Augen streue, um ihrer aufdringlichen Freundschaft zu entgehen. Gewiß würde schon die Zeit kommen, wo der Säckel sich öffnete und Herr und Frau Timpe sich der Welt als wohlhabendes Ehepaar präsentierten, das bis an sein Lebensende aus den Fenstern eines stattlichen Hauses herausblickte. Ja, es kam so weit, daß neidische Nachbarsleute, die es niemals verziehen, daß der Sohn des Handwerkers eine glänzende Partie gemacht hatte, in unzweideutiger Weise von einem Geizhalse sprachen und nur zu leicht durchblicken ließen, wer damit gemeint sei.
Johannes Timpe und ein Geizhals! Als der Meister zufälligerweise von dieser Bezeichnung erfuhr, mußte er trotz seiner düsteren Stimmung laut auflachen. Es fiel ihm aber nicht im geringsten ein, diesem teils schmeichelhaften, teils wenig angenehmen Gerüchte entgegenzutreten. Trug alles das doch dazu bei, über seine wirklichen Verhältnisse hinwegzutäuschen und der Welt das traurige Schauspiel, in dem ein gewissenloses Kind die Hauptrolle spielte, zu ersparen.
So führte er von nun an eine Art Scheinexistenz, durch die er sich genötigt sah, den Ruin im Hause durch das äußere Renommee zu verdecken. Das ging so weit, daß er zuletzt sich selbst betrog und an den vermögenden Vater des vermögenden Sohnes glaubte. Und diese fixe Idee steigerte sich in demselben Maße, in dem seine Ersparnisse zusammenschrumpften und das Gespenst des gänzlichen Unterganges immer drohender heranzog und riesiger vor seinen Augen auftauchte. Aber seine Gleichgültigkeit gegen die Vorkommnisse des Tages war bereit[s] so groß, daß er sich langsam vom Strome der Ereignisse mit fortziehen ließ. Er führte ein halbes Traumleben. Um so schrecklicher mußte das Erwachen sein.
Eines Vormittags stellte sich Anton Nölte bei ihm ein, dessen Familie seinerzeit der erlogene Hochzeitswein und -kuchen gut bekommen war.

»Herr Timpe, Sie sind ein braver Mann«, begann er ohne Umschweife. »Alle Welt erzählt davon, daß Sie sich demnächst ein großes, vierstöckiges Haus bauen werden. Ja, erst gestern versicherte man mir mit heiligem Eide, daß Ihr Sohn Ihnen in Friedrichshagen eine Villa, direkt am See gelegen, gekauft habe. Es wird also für Sie eine Kleinigkeit sein, wenn Sie mir auf ein paar Wochen fünfzig Mark leihen. Da hat sich noch ein alter Gläubiger gefunden, den ich längst begraben glaubte und der durchaus behauptete, ich sei derselbe Nölte, der früher den schönen Laden in der Andreasstraße besaß ... Was wollen Sie machen – ich kann es nicht bestreiten.«
Timpe machte ein sehr verdutztes Gesicht, ging dann aber nach dem alten Schreibsekretär, wo die letzten Talerrollen seines Kapitals lagen. Wenn einer verdiente, geholfen zu werden, so war es der fleißige Klempnermeister, der sechs Kinder zu ernähren hatte.
Gleich am anderen Tage wartete Nölte abermals mit seiner Person auf; das Geld habe nicht gereicht, er müsse noch Kosten bezahlen. Der Klempner blickte den Meister so flehentlich an, daß dieser nicht widerstehen konnte. Er erfüllte auch die zweite Bitte.
Seit dieser Stunde pries Nölte den Retter in der Not in allen Tonarten. Und selbst für die Zweifler war es jetzt eine ausgemachte Sache, daß Timpes Vermögen seit der Verheiratung seines Sohnes bedeutend gestiegen sei. Er durfte sich somit nicht wundern, wenn Leute, denen er bisher diese Höflichkeit niemals zugetraut hatte, bei einer Begegnung auf der Straße den Hut sehr tief zogen und ihn so merkwürdig anblinzelten, als wollten Sie sagen: Wir kennen dich schon, du alter Schlaukopf! *Uns* das vierstöckige Haus und die Villa zu verheimlichen! Wenn du erst behaglich eingerichtet bist, dann wirst du dich unserer hoffentlich erinnern.

Dieses Selbstbelügen war der einzige Spaß, den Timpe sich noch erlaubte. Seine Verschlossenheit, der Menschenhaß, der in einsamen Stunden immer mehr zum Ausbruch kam, die ganzen Seelenleiden, die ihn gebeugt und alt gemacht hatten, erhielten ihr Gleichgewicht durch den Galgenhumor, der wie der Blitz am umwölkten Nachthimmel aufzuckte und wieder verschwand.

»Laßt sie nur von dem vermögenden Timpe träumen«, pflegte er zu sagen. »Wenn ich auch nichts davon habe, so sehe ich doch an ihren Gesichtern, wie sie sich ärgern.«

Als Thomas Beyer einmal derartige Worte hörte, glaubte er ebenfalls seine Meinung äußern zu müssen.

»Sehen Sie, Meister, das ist die große Lüge unserer Zeit: Nur der Schein blendet, der innere Wert spielt keine Rolle mehr. Verbreiten Sie heute das Gerücht, daß Sie völlig mittellos seien, gehen Sie morgen in Ihrem schlechtesten Rock über die Straße – Sie sollen dann einmal sehen, wie die Leute sich nicht erinnern werden, Sie jemals gekannt zu haben. Aus dem fleißigen Manne wird dann über Nacht der Mensch geworden sein, der sein Schicksal selbst verschuldet hat ... Nur die Armen werden gerecht urteilen, weil sie annehmen, daß Sie nun ebenfalls zu ihnen gehören ... Meister, unsere Partei ist die einzige, die sich der Unterdrückten und Hülfsbedürftigen annimmt.«

Und diesen Worten folgte dann die Propaganda, die um so nachdrücklicher von ihm betrieben wurde, je schlechter die Verhältnisse sich im Hause gestalteten. Immer mehr empfand Timpe den verführerischen Zauber, mit dem der Altgeselle ihn zu umstricken versuchte. Es war gerade, als wäre Thomas Beyer sein schlechteres Ich, das mit aller Gewalt das bessere zu töten versuche. Jede Gelegenheit nahm er wahr, um den Meister zu »bearbeiten«, wie er sich dem Sachsen

gegenüber ausdrückte. Und wenn Johannes auch mit aller Energie die Versuchungen zurückwies, dem Gesellen ins Gesicht lachte und ihm sagte, daß er seine Bemühungen nur als komisch auffassen könne – Beyer schien das nicht im geringsten zu berühren. Sein Gesicht blieb ernst, und kein Wort deutete darauf hin, daß er seinem Brotgeber böse sei. Gleich einem Manne, der von seinem endlichen Siege überzeugt ist, begann er den erneuerten Kampf mit der alten Hartnäckigkeit und trieb seinen Gegner so in die Enge, daß Timpen schließlich keine andere Waffe übrigblieb als die Grobheit. Aber auch ihr gegenüber büßte der Altgeselle von seiner fast demütigen Ergebenheit nichts ein. Es war dann immer dasselbe, sein Gesicht verklärende Lächeln, das die Worte begleitete: »Meister, und wenn Sie mich beschimpfen, ich nehme Ihnen das nicht übel, denn auf die Unwissenheit muß man immer Rücksicht nehmen.«
Diese kecken Worte machten Timpe so stutzig, daß er vergeblich nach einer passenden Erwiderung suchte, aber stärker denn je seine Ohnmacht empfand. Mehr als einmal nahm er sich vor, Beyer zu entlassen, dann aber schämte er sich seiner Furcht und ließ es beim alten.
Eines Vormittags fand er auf dem Tische seiner Arbeitsstube einige Schriften liegen. Er wußte nicht, wie sie dorthin gekommen waren. Als er, neugierig gemacht, eine von ihnen aufschlug, fand er, daß er Broschüren sozialistischen Inhalts vor sich hatte. Sofort ahnte er, wer der Besitzer der Bücher sei. Sein Zorn kannte keine Grenzen. Voller Wut packte er die Schriften zusammen, schritt nach der Küche und steckte sie in den Ofen, so daß die Flamme hell aufloderte. Dann ging er wieder zurück, rief den Altgesellen zu sich herein, zog ihn nach dem Kochherd und sagte:
»Ich wollte Ihnen nur zeigen, wie gut man mit Ihren

Hetzschriften Kaffee kochen kann. Sehr viel Stroh in dem Papier, das muß ich sagen! Es brennt ausgezeichnet! So etwas dürfen Sie mir nicht machen! Sie wollen wohl mich alten Mann noch mit der Polizei in Konflikt bringen, indem Sie verbotene Schriften in mein Haus schleppen? Sie waren es doch, gestehen Sie es nur ein!«

Frau Karoline war hinzugekommen und schlug entsetzt die Hände zusammen.

In des Altgesellen Gesicht regte sich keine Muskel; nur etwas wie Mitleid leuchtete aus seinen Augen, als er die fieberhafte Erregung Timpes gewahrte.

»Ja, ich war es«, sagte er dann ruhig. »Haben Sie die Bücher vorher gelesen?«

Der Meister lachte auf und erwiderte:

»Das fehlte noch! Ich will meine Seele nicht vergiften.«

Derselbe traurige Blick des Altgesellen traf ihn.

»Dann haben Sie die letzte Ihrer Hoffnungen vernichtet; Sie sind nicht mehr zu retten. Man soll erst prüfen, ehe man verdammt, erst lernen, ehe man lehren will ... Meister, ich muß Sie aufgeben. Leben Sie wohl, wir sehen uns nicht wieder ... Aber Sie werden einstmals anders denken, und dann erinnern Sie sich Thomas Beyers.«

Die Mittagsstunde hatte gerade geschlagen. Der Altgeselle drehte sich um, suchte die Werkstatt auf und verließ das Haus. Zwei Tage lang blieb er weg, ohne seinen rückständigen Lohn zu holen, dann fand ihn der Meister eines Morgens wie gewöhnlich an der Drehbank. Man tat so, als wäre nichts vorgefallen, wechselte aber nur die notwendigsten Worte, die sich auf die Arbeit bezogen.

Die Monate Juni und Juli erwiesen sich so schlecht in geschäftlicher Beziehung, daß Timpe sich mit dem Gedanken vertraut machte, auch den kleinen Sachsen zu entlassen. Es war weit gekommen. Trotzdem hoffte er von Tag zu Tag, daß irgendeine unvorhergehende Katastrophe hereinbrechen und dadurch mit einem Schlage eine Besserung eintreten würde. Als dann für Spiller eines Sonnabends die Trennungsstunde schlug, hatten der Meister und sein Weib das Gefühl, als würde es für ihre Zukunft besser sein, wenn sie auch den Altgesellen entließen. Aber Thomas Beyer wich und wankte nicht. Es kam eine Woche, in der wirklich kein Stück Arbeit vorhanden war. Die Lehrlinge räumten gründlich auf und drechselten dann zu ihrem Vergnügen allerhand Dinge, die für ihre Fortbildung nützlich waren. Der Altgeselle nahm diesen Zustand mit völliger Gleichgültigkeit auf. Er schärfte seine Drehstähle, ersetzte die schadhaften Griffe und pfiff dabei nach wie vor leise seine Lieblingsmelodie: »So leben wir, so leben wir, so leben wir alle Tage.« Als er mit seinem Werkzeug fertig war, nahm er sich auch dasjenige des Meisters vor und brachte es in Ordnung. Dann unterrichtete er die Lehrlinge und verfertigte schließlich einen kunstvollen Aschbecher, den er Krusemeyer zugedacht hatte.

Als der Sonnabend kam, verschwand er eine Stunde vor der Lohnzeit, traf dann aber am Montag wie gewöhnlich pünktlich ein. Und als immer noch keine Arbeit anlangte, begann er für sich eine lange Bernsteinspitze zu drehen, wozu er das Material schon längere Zeit besaß. Timpe hielt es nun für nötig, den Altgesellen folgendermaßen anzureden:

»Mein lieber Beyer, ich ehre Ihre Anhänglichkeit und ersehe aus ihr, daß Sie trotz Ihrer frevelhaften politischen Anschauung große und edle Eigenschaften besitzen, wie man sie selten findet. Aber ich muß Sie schon von Herzen bitten, sich von mir zu trennen, denn ich kann den Lohn für Sie nicht mehr erschwingen. Kommen bessere Zeiten, was ich zu Gott hoffe, so werde ich Ihrer zuerst gedenken . . . Ich weiß wohl, weshalb Sie am Sonnabend ohne Löhnung fortgegan-

gen sind, aber sosehr ich Ihr Zartgefühl auch anerkenne: ein jeder Mensch ist seines Lohnes wert und Sie nicht minder. Wenn keine Arbeit vorhanden war, so trifft die Schuld nicht Sie.«
Nach diesen Worten zählte er den rückständigen Lohn in harten Talern auf den Tisch und wandte dem Gesellen den Rücken.
Beyer hatte ruhig zugehört, ohne ein einziges Mal aufzublicken. Dann sagte er gleichgiltig:
»Meister, stecken Sie das Geld nur wieder ein, ich nehme es nicht an ... Ich werde an diesem Prinzip so lange festhalten, bis ich meinen Lohn wieder verdiene. Ich lasse mir nichts schenken.«
»Ich aber auch nicht«, gab Timpe zurück. »Sie beleidigen mich, wenn Sie das Geld nicht nehmen.« Sein Antlitz war rot geworden, ein Sturm drohte heranzubrechen.
»Tut mir leid, Meister, aber es bleibt dabei.«
»Aber wovon wollen Sie denn leben?«
»Ich habe einige Ersparnisse, die werden reichen, und wenn es damit zu Ende ist, dann – – o bester Herr Timpe, meine Schwester und ich werden nicht zugrunde gehen, wenn's ans Hungern geht. Die Genossen werden für uns sammeln ... In unserer Partei kommt niemand um, solange der andere noch ein Stückchen Brot für ihn übrig hat ... Uns gilt noch das Wort etwas: Hilf deinem Nächsten ... Unter den Handwerksmeistern scheint das anders zu sein; denn ich habe bis jetzt noch nicht gesehen, daß einer Ihrer Kollegen gekommen wäre und hätte das erste Gebot des Christentums erfüllt ... *Sie*, Meister, machen eine Ausnahme ... Da hat mir gestern der Nölte drüben so eine Geschichte von Barmherzigkeit erzählt. O Herr Timpe, Sie sind zu schade für den Liberalismus.«
Bei diesen letzten Worten warf er von der Seite einen prüfenden Blick auf Timpe, um sich von der Wirkung seiner Worte zu überzeugen. Seit dem letzten Auftritt,

den er seiner Propaganda wegen gehabt hatte, erlaubte er sich nur noch indirekte Anspielungen auf die politische Anschauung des Meisters zu machen.
Eine innere Bewegung hatte Timpe gepackt, der er aber in der nächsten Minute wieder Herr wurde. Er wollte sich nicht beschämen lassen. Das hätte noch gefehlt, daß sein eigener Geselle ihn die Armut fühlen ließe! So sagte er denn trocken:
»Trotz alledem bleibt mir nichts übrig, als Sie dringend zu bitten, meine Werkstatt zu verlassen.«
»Ich bleibe.«
»Ich fordere Sie jetzt energisch auf.«
»Hilft alles nichts, Meister! Ich weiche nur der Gewalt. Schicken Sie zur Polizei. Dann werde ich allen Menschen erzählen, wie ein Meister seinen Gesellen, der zweiundzwanzig Jahre bei ihm gearbeitet hat, durch Schutzmänner auf die Straße werfen ließ. Ein Hoch werden dann die Leute auf Sie nicht ausbringen, verlassen Sie sich darauf.«
Die beiden Lehrlinge schnitten ungesehen lustige Grimassen, während Timpe die Zornader schwoll.
»Dann stehen Sie sich meinetwegen die Beine in den Hals hinein«, sagte er, wütend gemacht, und gab den Kampf auf.
»Ich kann mit meinen Beinen machen, was ich will, Meister«, erwiderte Beyer.
Nach diesen Worten fiel hinter dem Meister die Tür krachend zu, so daß die Wände erzitterten.
Als nach ungefähr einer Viertelstunde in der Werkstatt eine Rechnung präsentiert wurde, die durchaus bezahlt werden mußte, beglich sie der Altgeselle mit dem Gelde, das noch immer auf der Drehbank lag. Später erst erfuhr Timpe von diesem Geniestreich, der seiner Meinung nach an Boshaftigkeit nichts zu wünschen übriggelassen hatte.
Nach drei Wochen blieb der eine Lehrling weg. Er schlief in der letzten Zeit bei seinen Eltern, und da er

bereits zweiundeinhalb Jahr lernte, so hielt er es für angezeigt, in eine Fabrik einzutreten, wo er bereits einen kleinen Gesellenlohn bekam. Der Vater gebrauchte nach einer Beschwerde die Ausrede, sein Sohn habe ihm berichtet, daß selten etwas zu tun sei, und da könne er wenig lernen. Johannes faßte die Sache trotz des Ärgers, den er empfand, nicht so tragisch auf. Er hatte einen Esser weniger, und das wollte bei der trüben Zeit schon etwas sagen.

Als außer einigen Kleinigkeiten immer noch keine nennenswerte Bestellung eintraf, konnte Timpe den Anblick der bewegungslosen Drehbänke nicht mehr ertragen. Er zog seinen Sonntagsstaat an, legte einige Muster zusammen und machte sich auf den Weg zu den ihm fremden Händlern und größeren Fabrikanten, um Arbeit zu verlangen. Man lobte seine Kunstfertigkeit, machte ihm das Kompliment, bereits von ihm gehört zu haben, und bat wie gewöhnlich um eine Kalkulation. War man einmal mit derselben einverstanden und nicht abgeneigt, ihm einen größeren Auftrag zu geben, so scheiterte die Ausführung derselben wieder an dem Umstande, daß er jetzt nicht einmal das notwendige Kapital besaß, um Rohmaterialien einzukaufen. Obendrein verlangte man einen Kredit von einem halben Jahre. Bei den Modeartikeln war das durchaus der Fall. Hin und wieder bekam er die Anfertigung irgendeines einzelnen Gegenstandes, der auf direkte Bestellung nach eingereichter Zeichnung ausgeführt werden sollte. Das war das Ganze. Zuallerletzt hielt ihn der Stolz davon ab, sich mit einem Artikel zu befassen, dessen Preis seiner einfach unwürdig erschien.

»Lieber tust du nichts und setzte das Letzte zu«, dachte er dann, wenn er den Ort verließ, wo man ihm soeben zugemutet hatte, schlechte Arbeit für ein Spottgeld zu liefern. Er dachte an seinen verstorbenen Vater, an David Timpe und an die gute alte Zeit, wo

der Handwerker noch nicht nötig hatte, den Krämer zu spielen und von Tür zu Tür zu gehen, um zu feilschen und zu betteln.
Wenn er dann so mit seinem Paket unter dem Arm, den grauen Zylinderhut auf dem Kopf und mit einem etwas altfränkischen, braunen Gehrock angetan, durch die Straße irrte, kam er sich wie Ahasverus vor, der ewig wandern muß, ohne an sein Ziel zu gelangen. Das betäubende Getöse des Berliner Straßenlebens, das Branden und Wogen der Menge, in der er sich wie ein ausgedientes Wrack in einem unruhigen Meere ausnahm, machte ihn förmlich betrunken, so daß er mehr taumelte als ging. Die fortdauernde Nutzlosigkeit seiner Bemühungen wirkte schließlich so entmutigend auf ihn ein, daß er seiner Empfindung durch Selbstgespräche Ausdruck verlieh.
»Pack ein, Timpe, und lege dich sterben, du gehörst nicht mehr in diese Welt«, sagte er. Dann blieb er vor einem mächtigen Schaufenster stehen und betrachtete sich kopfschüttelnd in der großen Spiegelscheibe. Einmal begegnete ihm ein alter Herr, der sich wie ein Doppelgänger von ihm ausnahm. Er fand das so komisch, daß er lachte und der seltsamen Gestalt nachblickte.
»Du pack nur auch ein«, murmelte er vor sich hin. »Wie kann man in unserer aufgeklärten Zeit eine so lächerliche Figur spielen. So ein alter Knopp ... sieht aus, als wenn er bereits zwanzig Jahre im Grabe gelegen hätte und nun damit prahlen wollte, daß er sich gut erhalten hat.«
Als er sich aber selbst wieder im nächsten Schaufenster erblickte, sagte er wehmütig: »Johannes, es scheint, als wenn du dich über dich lustig machen wolltest. Alter Esel, du!«
Was ihm bei diesen Stadtreisen äußerst lächerlich vorkam, war die Doppelrolle, die er auf sich geladen hatte und notwendigerweise spielen mußte. Befand er

sich wieder in seinem Viertel und begegnete ihm jemand, der ihn kannte, so wurde er wie ein Mann begrüßt und angeredet, der so glücklich gestellt ist, den ganzen Tag spazierengehen und schwere Einkäufe machen zu können.

»Danke, danke«, pflegte er dann auf eine Frage nach seinem Wohlbefinden zu erwidern. »Es geht ja so lala, ich kann gerade nicht klagen. Man lebt eben so lange, bis man stirbt, und dann läßt man das Beerben anderen ... Adieu, hat mich sehr gefreut. Ich muß eilen ... ich habe da meiner Alten eine Kleinigkeit mitgebracht ... ich war unter den Linden ... teure Gegend da ...«

Dieses »traurige Komödienspiel«, wie er es nannte, enthielt so viel Scherzhaftes für ihn, daß er sich immer neue Dinge ausdachte, wenn er einen dieser »liebenswürdigen Nächsten« herankommen sah. »Sachte nur, du sollst dran glauben«, sagte er für sich und richtete sich mit jedem Schritt stolzer empor, um dem »wohlhabenden« Meister Timpe die nötige Würde zu geben.

An einem Vormittag stieß er, um eine Ecke biegend, mit dem langen Herrn Brümmer so hart zusammen, daß der Rentier beinahe das Gleichgewicht verloren hätte.

»Wie geht's, gut?« redete ihn der sonst schweigsame Hausbesitzer mit großer Zungenfertigkeit an. »Habe letzten Sonntag Ihre im Bau begriffene Villa in Friedrichshagen gesehen. Nicht schlechter Geschmack, das muß ich sagen ... Es freut mich, daß Sie sich so gut mit Ihrem Sohne stehen. Adieu, mein verehrtester Herr Timpe. Ich besuche Sie einmal, wenn Sie erst draußen sind ... Sehr schön da am See.«

Herr Brümmer lüftete außerordentlich höflich den Hut und lieferte dabei den Beweis, daß sein Rückgrat nicht so steif war, wie man allgemein behauptete.

Nach einigen Schritten rief er den Meister noch einmal zurück.
»Wissen Sie schon? Mein Haus wird nun doch von der Stadtbahn angekauft werden müssen. Ich habe einen Prozeß angestrengt. Man hat mir die ganze Aussicht genommen ... Das dulde ich nicht. O mich macht niemand dumm ...«
Nur ich, dachte Timpe. Also auch Brümmer hielt ihn noch immer für wohlhabend. Was die Villa anbetraf, so ließ sich allerdings Franz eine solche in Friedrichshagen bauen, und irgend jemand hatte die Mär ausgesprengt, daß dieselbe für Timpe senior bestimmt sei.
Die Tatsache riß die kaum vernarbte Wunde in des Meisters Brust wieder auf. Sein einziger Sohn ließ sich eine Sommerwohnung bauen, und er, der ergraute Vater, mußte von früh bis spät in den Straßen Berlins umherziehen, um für Brot zu sorgen. »Des Vaters Segen baut den Kindern Häuser«, sprach er halblaut vor sich hin und erinnerte sich der Minute, wo er seine Hände auf Emmas Haupt gelegt und über ihren Scheitel einen Segen für seinen Einzigen gesprochen hatte.
Als trotz aller Bemühungen Timpes keine Besserung in den traurigen Verhältnissen eintrat, vermochte Frau Karoline nicht länger zu schweigen.
»Es ist eine Schande und eine Sünde, daß wir dem Bettelstab entgegengehen müssen, während unser Sohn im Honig sitzt«, sagte sie eines Tages. »Ih, das müßte mit dem Wetter zugehen, wenn so ein Junge, den ich mit Schmerzen zur Welt gebracht habe, nicht wissen sollte, was seine Pflicht ist.«
Sie wollte zu Franz gehen, um ihm ohne Umschweife zu sagen, daß es im Elternhause »Matthäi am letzten« sei.
Sie hatte bereits den Hut aufgesetzt und das Tuch umgebunden, als sie zu ihrem Manne davon sprach.

Er geriet in große Erregung und hielt sie an der Hand zurück.
»Mutter, das tust du nicht, oder es ist mein Tod... Willst du bei deinem Kinde betteln gehen?«
»Es ist seine Pflicht und Schuldigkeit, uns zu helfen«, erwiderte die Meisterin.
»Und ich sage dir nochmals, es ist mein Tod... Entscheide zwischen mir und ihm... Willst du mir auf meine alten Tage die Schmach antun, daß ich vor meinem Sohne zu Kreuze kriechen soll?... Eher will ich verhungern als *das* tun.«
Karoline legte stillschweigend ihre Garderobe wieder ab und wagte nicht mehr darauf zurückzukommen. Nicht um zehn Jahre ihres Lebens wollte sie noch einmal das Gesicht sehen, das ihr Mann bei seinen letzten Worten gemacht hatte.
An einem Sonntagvormittag, die Meisterin saß mit ihrem Gesangbuch am Fenster, fuhr ein Wagen vor, aus dem Frau Timpe junior stieg. Karoline lief dem Besuch entgegen und nötigte ihn dann voller Freude in die gute Stube hinein. Johannes hatte das Rollen und Halten des Wagens ebenfalls vernommen und trat zu den beiden ins Zimmer. Sein Antlitz zeigte dieselbe Ruhe wie bei dem ersten Besuche Emmas, nur befleißigte er sich einer größeren Höflichkeit als damals.
»Was gibt uns die Ehre, gnädige Frau?« fragte er, nicht ohne der Anrede einen Beigeschmack leisen Spottes zu geben.
Es bedurfte nicht langer Auseinandersetzung. Erst zögernd, dann aber direkt entlastete sie ihr Herz. Sie war gekommen, um ihre Hülfe anzubieten. Aus mancherlei Andeutungen ihres Stiefvaters hatte sie erfahren, wie es hier im Hause stand.
»So, so – das ist sehr freundlich von Ihnen«, sagte Timpe und ging, die Hände auf dem Rücken, die Stube auf und ab. Dann blieb er stehen und fuhr fort:

»Wer sagt Ihnen denn aber, daß wir der Unterstützung bedürfen? Uns geht es ausgezeichnet. Wir haben einen großen Gewinn in der Lotterie gemacht. Daß meine Drehbänke stillstehen, hat seine Richtigkeit, aber das liegt nur an mir. Ich habe mich mein Leben lang genug gequält, ich will nun die Hände in den Schoß legen und als Rentier leben. Ja, ja, als Rentier! Es wird nicht lange dauern, und Sie werden hier an dieser Stelle ein vierstöckiges Haus errichtet sehen, und damit wir im Sommer die Maikäfer schwirren hören, werden wir uns irgendwo ein kleines Lustschloß bauen, wahrscheinlich in Friedrichshagen ... Daß Sie das noch nicht wissen, wundert mich, denn die ganze Nachbarschaft spricht bereits davon ... Ich muß also Ihr Anerbieten mit Dank ablehnen, und zwar ein für allemal.«
Frau Karoline starrte ihren Mann an, als zweifle sie an seinem Verstande. Er aber benutzte eine Gelegenheit, sie pfiffig anzulächeln und das eine Auge listig zuzukneifen, als wollte er sagen: »Ich mache meine Sache gut, nicht wahr, Alte?«
Dann sorgte er dafür, daß das Gespräch auf ganz allgemeine Dinge kam, und war dabei so lustigen Sinnes, als gäbe es keinen glücklicheren Menschen auf der Welt als ihn. Emma fand ihre Situation so unheimlich, daß sie sich bald empfahl. Timpe ließ es sich nicht nehmen, sie bis vor die Tür zu begleiten und ihr behilflich zu sein, in den Wagen zu steigen. Von der Treppe aus rief er ihr noch zu:
»Also es bleibt dabei: Wenn meine Villa fertig ist, dann kommen Sie mal zu einer Tasse Kaffee mit Kuchen. Das wird hübsch werden, nicht wahr? In ›Timpes-Ruh‹ soll es Ihnen gefallen, mein Wort darauf.«
Als der Wagen sich bereits in Bewegung gesetzt hatte, winkte er ihr freundlich mit der Hand zum Abschied zu. Baldrian, der Schornsteinfegermeister, ging gerade

vorüber. Er hatte die letzten Worte Timpes gehört, grüßte und rief über den Zaun hinüber:
»Ihre Schwiegertochter, nicht wahr?«
Der Meister nickte. »Sie feiern nächste Woche eine italienische Nacht, und da hat sie uns persönlich eingeladen. Wir werden uns revanchieren, wenn unsere Villa erst fertig sein wird.«
»Ich habe davon gehört . . . Wer es so haben kann! . . . Ich habe Sie immer für einen Heimlichtuer gehalten.«
Der Meister lachte und erwiderte: »Dann kommt man aber auch zu etwas. Adieu, adieu . . .«
Eines Tages hatte Timpe wirklich wieder etwas Arbeit bekommen. Es war ein bereits gänzlich heruntergekommener Artikel. Man lieferte ihm das Material dazu ins Haus. Da er Thomas Beyer durchaus nicht loswerden konnte und das Herumpfuschen desselben nicht mehr mit anzusehen vermochte, so ließ er die Arbeit von ihm und dem Lehrling verrichten. Er selbst fand nirgends Ruhe, lief aus einem Zimmer ins andere, rechnete dann wieder stundenlang, wieviel er wohl an der neuen Arbeit verdienen würde, und setzte dann plötzlich wieder den Hut auf, um mit seinem Musterpaket von dannen zu gehen.
Des Nachmittags bestieg er wieder die »Wart[e]«, um den Bau der Stadtbahn zu verfolgen. An dieser Stelle legte man an dem Rohwerk gerade die letzte Hand an. Der alte Maurer, mit dem er sich so gern unterhielt, war immer noch auf seinem Posten. Dann hieß es hintereinander: »Na, Meister Klatt, wieder so fleißig?« . . . »Na, Meister Timpe, schmeckt der Tabak?« . . . »Schönes Wetter heute?« . . . »Bis wie lange! Da hinten zieht's dick herauf. Es wird bald nasse Droppen geben.«
Und nach dieser Einleitungsrede, die sich fast immer in denselben Bahnen bewegte, kam das Gespräch dann auf die Vorgänge des Tages und nahm zeitweilig einen weltweisen Charakter an.

»Hören Sie mal, Meister Klatt«, begann der Drechsler einmal, »ich möchte wohl wissen, wieviel Steine Sie in Ihrem Leben schon gemauert haben.« »Hurrje«, machte der Mann im weißen Kittel, ließ sofort die Kelle fallen, reckte sich und brachte mit vieler Umständlichkeit die ausgegangene Pfeife in Brand, was sehr oft geschah, denn er rauchte einen Knaster, der wie ein Strohfeuer knisterte und einen Geruch wie auf einer Brandstätte verbreitete. »Hurrje, daran habe ich noch gar nicht gedacht, Meister«, fuhr er fort. »Wissen Sie, Sie sind der erste Mensch, der mich danach fragt ... Aber rechne ich so alles in allem, dann wird wohl eine halbe Million und ein Dutzend mehr herauskommen. Gezählt habe ich sie wahrhaftig nicht, denn dazu sind die Maurermeister da, die können auch was tun.«

Und nach diesen Worten blickte er noch lange nach dem Himmel und schüttelte dabei mit dem Kopf, als begriffe er nicht, wie man eine derartige Frage stellen könne.

»So, so«, sagte Timpe. – »Woran denken Sie denn immer so dabei, Meister Klatt? Sie haben doch gewiß keine Sorgen. Ich sehe Sie immer bei guter Laune.«

Der Maurer brachte abermals ein Streichholz in Brand, zog bedächtig am Pfeifenrohr und erwiderte dann:

»Denken? ... Ja wissen Sie, das ist so 'ne Sache! Wenn ich den Kalk auftrage und den Stein setze, dann denke ich gewöhnlich nichts, greife ich aber zum Hammer, dann sage ich mir: Läge doch dein mißratener Ältester unter ihm, wie würdest du ihn bearbeiten, diesen Taugenichts! Damit Sie nur gleich alles wissen: Der Bengel ist nämlich ganz aus der Art geschlagen und sitzt im Zuchthaus. Ich weiß nicht, von wem er's hat. Von mir und seiner Mutter gewiß nicht.«

Timpe schwieg eine Weile. Er blickte aber nun mit einem ganz anderen Interesse den graubärtigen Gesellen an, der immer so fröhlich dreinblickte und gar lustig plaudern konnte.
»So, so ... ja, ja, es hat so jeder seine Sorgen«, sagte er dann mit veränderter Stimme.
»Aber man begießt sie einfach, dann weichen sie auf«, erwiderte Klatt, griff in seine Tasche, holte ein Fläschchen hervor und nahm einen herzhaften Schluck. »Hier, Meister Timpe, das ist der wahre Sorgenbrecher – kosten Sie einmal ... Na, Sie werden mir doch keinen Korb geben ...«
Das Anerbieten kam Johannes so plötzlich, der Maurer lachte ihn so lustig an, daß er mechanisch die Hand ausstreckte. Er warf einen Blick in die Runde, griff nach der Flasche, bückte sich und setzte sie an den Mund. Während er dann weiter plauderte, empfand er, wie es ihm heiß nach dem Kopfe stieg und eine Belebung durch seinen Körper ging, als wäre er um zehn Jahre jünger geworden. So kam es denn, daß er auch zum zweiten Male die Flasche nicht abschlug, als der Mann im weißen Kittel sie ihm mit den Worten hinreichte: »Na, Meister, noch einen zum Abgewöhnen!«
Als er dann wieder herabgestiegen und zu Frau Karoline in die Stube getreten war, erlaubte er sich mit der getreuen Ehehälfte allerlei Scherze, so daß sie sich aufrichtig freute, ihn seit langer Zeit wieder einmal frohen Mutes zu sehen. Als er sie aber wie ein verliebter Bräutigam umfing und küssen wollte, wich sie plötzlich zurück und starrte ihn [an,] als hätte sie plötzlich etwas Abschreckendes an ihm bemerkt.
»Vater, du riechst nach Schnaps – mein Gott, du trinkst! Auch das noch!« rief sie aus.
Diese Entdeckung wirkte wie erschlaffend auf sie. Unwillkürlich faltete sie die Hände und betrachtete ihn mit einem Blick unsäglichen Mitleids – ihn, der, durch

diese fürchterliche Anklage halb ernüchtert, sich weggewandt und dem Fenster zugekehrt hatte. Minutenlang stand er schweigend voller Beschämung auf demselben Fleck, dann preßte er, dem Weinen nahe, die Worte hervor:
»Mutter ... der Kummer ... die vielen Sorgen ...«
Er öffnete die Tür und verschwand, ohne sein Weib noch einmal anzublicken.
Karoline saß lange Zeit still am Fenster und blickte mit gefalteten Händen hinaus auf die Straße, wo die Dämmerung allmählich Menschen und Häusern die scharfen Linien nahm. War es das Zwielicht, das ihre Augen trübte, war es der Schmerz der Gattin und Mutter, der seine heiße Flut nach oben drängte? – Große Tränen rollten langsam über ihre Wangen und benetzten die dürren Finger ...

XV.
»Schlaf wohl, Alte«

Ein ganzes Jahr lang kämpfte Timpe diesen Kampf der Verzweiflung eines herabgekommenen Handwerkers. Das ersparte Kapital war längst den Weg alles Geldes gegangen.
Vor fünfzehn Jahren hatte er, um neue Drehbänke anzuschaffen und eine alte Schuld zu tilgen, eine Hypothek auf sein Haus eintragen lassen. In der letzten Zeit war es ihm nur mit Mühe gelungen, die fälligen Quartalszinsen zusammenzubringen. Der Darleiher war zwar ein vermögender Mann und wohnte zudem in einem Vororte Berlins, es konnte jedoch leicht die Möglichkeit eintreten, daß er von seinem Kündigungsrechte Gebrauch machte, sobald er erfuhr, wie übel es um den Meister stand. Und dann die Nachbarschaft,

Gevatter Hinz und Kunz – die Klatschbasen und schadenfrohen Seelen, die immer noch auf die Stunde warteten, wo der vierstöckige Prachtbau entstehen sollte. Was für Augen würden sie machen, wie die Ohren spitzen, wie herausfordernd die Hüte auf dem Kopf behalten, wenn seine wirkliche Lage bekannt würde. Er dachte daran, eine zweite Hypothek aufzunehmen. Als er aber zu diesem Zwecke mit einem wildfremden Menschen in Verbindung getreten war und dieser die Verhältnisse näher geprüft hatte, meinte er, daß er für das Haus keinen Pfifferling gäbe. Man könne nur auf die Baustelle Rücksicht nehmen, der Grund und Boden sei aber durch das Berühren der Stadtbahn entwertet.
Timpe befürchtete nun, daß der Besitzer der ersten Hypothek von dieser Sachlage Kenntnis erhalten und sich dadurch gezwungen sehen könne, recht bald wieder zu seinem baren Gelde zu kommen. Um ihn nicht gänzlich mißtrauisch zu machen, unterließ er jeden weiteren Versuch mit der zweiten Hypothek.
Schon seit Monaten hatte er, um die Bedürfnisse des Lebens zu befriedigen, Holzarbeit für eine Möbelfabrik übernommen, die weit unten im Süden der Stadt lag und in der man seine näheren Verhältnisse nicht kannte. Er arbeitete jetzt mit Thomas Beyer und dem Lehrling fast nur, um sich über den Tag hinwegzuhelfen, die Zinsen regelmäßig zu entrichten und seine Pflicht als Steuerzahler zu erfüllen. Große Gegenstände konnte er gar nicht annehmen, denn sie wurden in den Fabriken mit Dampfbetrieb schneller und billiger ausgeführt. Wie ein gewöhnlicher Tagelöhner stand er jetzt an einer der verlassenen Drehbänke in der Werkstatt und drehte Stuhlbeine für Luxusstühle, Säulen und Knöpfe aller Art. Einem anderen Gehülfen als Thomas Beyer hätte er nicht gewagt, einen Akkordpreis anzubieten, wie der Altgeselle ihn ohne Murren einsteckte. Aus diesem Grunde

fand er es ganz zwecklos, neue Gehülfen einzustellen.
So weit war es mit seinem Kunsthandwerk gekommen! Niemals war ihn ein Gefühl tieferer Erniedrigung überkommen wie in diesen Tagen. Wer in ihm früher nur den zufriedenen Meister gesehen hatte, der kannte ihn nicht wieder. Sein Haar war gelichtet, die Wangen hatten ihre gesunde Farbe verloren, und die Augen lagen tief in den Höhlen. Dabei war er körperlich abgefallen. Das Entsetzlichste bei alledem war, daß er jetzt tatsächlich den Schnaps liebte. Um seine angegriffene Brust zu schonen, hatte er das Rauchen eingestellt; dafür sagte ihm ein Schluck aus der Flasche um so mehr zu. Anfänglich hatte er nur dazu gegriffen, um sich zu betäuben und Kraft zu machen, wie es Beyer sagte; schließlich aber war es ihm zur Gewohnheit geworden, die Flasche gleich der Schnupftabaksdose mit sich herumzutragen. Aber er trank mäßig und blieb stets bei Verstande. Er wollte sich nur Mut machen, wie er sich selbst belog. Die größte Mühe gab er sich, um seiner Frau das geheime Laster, von dem er nicht mehr zu lassen vermochte, soviel als möglich zu verbergen. Oftmals stieg ihm der Alkohol zu sehr nach dem Kopfe, daß ihn bei der Arbeit fast die Kräfte verließen. Dann ging er nach dem Gärtchen hinaus, um frische Luft zu schöpfen und die Stirn zu kühlen; oder er kletterte wie gewöhnlich zur Dachluke hinaus auf den Baum.
Die Maurer waren längst verschwunden. Über die Straße hinweg spannte sich, auf mächtigen Trägern ruhend, eine gewaltige eiserne Brücke. Auf der ganzen Linie sah man bereits die Eisenbahnarbeiter in emsiger Tätigkeit die Schwellen und Schienen zu legen; während die Schlosser damit beschäftigt waren, zu beiden Seiten des breiten Fahrdammes die Sicherheitsgitter zu errichten. An zehn Stellen zu gleicher Zeit erschallte der helle Klang des Eisens, ertönten die

Schläge der schweren Hämmer und gaben ihr Echo wider.
Die ganze Gegend hatte ein anderes Aussehen bekommen. Jetzt erst konnte man den Bau in seiner wirklichen Größe ermessen. Im Sonnenlicht glitzerten die Schienen, zogen sie sich in kühnen Krümmungen die ganze Linie entlang, bis sie in weiter Ferne gleich der ins Unendliche verlängerten Spitze eines Pfeiles zusammentrafen. Von den Fenstern aus verfolgten neugierige Blicke die Bewegungen der Arbeiter, und auf der Straße blieben die Passanten stehen und reckten sich die Hälse aus, um das rotfarbige Ungeheuer zu begaffen.
Timpes Haus nahm sich jetzt geradezu kläglich aus. Auf der gegenüberliegenden Seite der Straße, dort, wo mitten durch die Giebeldächer dem Dampfroß der Weg gebahnt worden war, strebten zu beiden Seiten der Viadukte vierstöckige Paläste zum Himmel empor; und links und rechts von ihnen zeugten Baugerüste für das neue Leben an Stelle der Ruinen.
Wenn jetzt Leute durch die Straßen kamen, die ihren Weg hier lange nicht genommen hatten, so blieben sie minutenlang vor der Brücke stehen und musterten kopfschüttelnd und mit komischem Gesichtsausdruck das alte Häuschen. Zuletzt betrachteten es sämtliche Bewohner des Viertels wie ein Unikum, das die Lächerlichkeit geradezu herausfordere. Allerlei Sagen entstanden, und über das ganze Gebiet des Ostens war die Mär verbreitet, daß Timpen ungeheure Summen für sein Grundstück geboten worden seien. Er aber habe beschlossen, in dem Hause, in dem er geboren worden, zu sterben.
Um diese Zeit war es, daß dem Meister abermals ein Kaufgebot gemacht wurde, und zwar von einem Fremden. Er sollte immer noch das Doppelte des früheren Wertes erhalten. Timpe wunderte sich darüber außerordentlich. Bald aber erfuhr er, daß die Frau

seines Sohnes dahintersteckte, die auf Umwegen ihn aus seiner traurigen Lage zu reißen gedachte. Frau Karoline bat Johannes inständig, das Geschäft abzuschließen, er aber wollte davon nichts wissen und ließ sich in seinem grenzenlosen Haß gegen Urban und in der Verachtung gegen seinen Sohn hinreißen, den Schwur zu tun, niemals von jener Seite den kleinen Finger der rettenden Hand anzunehmen. Solange sie beide, Karoline und er, noch lebten, würden sie wohl so viel haben, um sich satt zu essen; und das übrige sei vom Übel.

Die Meisterin bat den Altgesellen, auf ihren Mann einzureden und ihn anderen Sinnes zu machen. Thomas Beyer aber zuckte die Achseln und sagte:

»Das wird nichts helfen, Meisterin. Ihr Mann ist ein Charakter, und solche Leute bleiben ihrer Gesinnung treu. Das ist gerade wie mit dem Stahl aus einem Guß; er bricht, aber er läßt sich nicht biegen.«

Der Winter hatte kaum begonnen, als Frau Karoline sich niederlegte, um nicht wieder aufzustehen. Sie litt bereits seit längerer Zeit an einem Magenübel, das nicht mehr zu heilen war. Vierzehn Tage lang erschien der Arzt. Johannes wich nicht von ihrem Lager. Als ihn der Altgeselle eines Mittags auf einem Stuhle schlummernd fand, war er von dem Anblick tief erschüttert. Er glaubte ein Gespenst vor sich zu haben, aber kein Wesen von Fleisch und Blut. Sofort schickte er den Lehrling zu seiner Schwester, die nach einer Stunde erschien.

Marie Beyer war ein hageres, verblühtes Geschöpf. Ihr Gesicht war von durchsichtiger Blässe, als käme sie direkt aus den Sälen eines Krankenhauses. Sie lächelte selten und machte den Eindruck, als hätte sie auf das Glück in der Welt verzichtet. Dafür entwickelte sie eine seltene Energie. Sie übernahm sofort die wirtschaftlichen Angelegenheiten, kochte, brachte die Zimmer in Ordnung und spielte mit der Hingebung eines hochherzigen Mädchens die Wärterin. Der Meister ließ sich von ihr wie ein Kind behandeln. Auf einen Wink von ihr ging er aus dem Zimmer, und bevor er an das Krankenbett trat, fragte er leise, ob er es dürfe. Sie duldete nicht, daß er des Nachts wachte, sondern löste sich darin mit ihrem Bruder ab. Stundenlang hielt sie die Hand der Leidenden, die fast keine Speise mehr zu sich nehmen konnte, in der ihrigen und sprach ihr in sanften Worten Trost und Mut zu. Karolinens seelische Schmerzen überwogen die körperlichen. Ihre Gedanken waren fortwährend bei ihrem Sohne. Einmal äußerte sie zu Marie, daß sie ihn zu sehen wünsche. Als aber diese sofort hinzuschicken versprach, strengte sie ihre Stimme soviel als möglich an, um sie wieder davon abzubringen.

»Tun Sie es lieber nicht, es könnte schrecklich für meinen Mann werden. Franz hat schlecht an uns gehandelt ... er ist ein gewissenloses Kind ... ich kann seinem Vater nicht unrecht geben.«

Als sie dann eines Abends still und gottergeben, umringt von den Geschwistern und ihrem Manne, die Augen für immer schloß, war das letzte Wort, das sie hinhauchte, der Name ihres Sohnes.

Johannes war von dem Ableben seines Weibes so niedergeschmettert, daß er keine Träne fand. Mit hohlem Blick betrachtete er das bleiche Antlitz, ohne sich zu bewegen. Dann wie aus einem langen Traume erwachend, stieß er einen entsetzlichen Schrei aus und sank vor dem Bette nieder. Er verharrte lange in dieser Lage, daß den Geschwistern bange wurde. Sie rüttelten an ihm und brachten ihn allmählich zu sich. Der fürchterliche Schmerz hatte ihm die Besinnung geraubt, aber immer noch blieben seine Augen trocken. Das Unglück hatte ihn bereits so abgestumpft, daß er nicht zu weinen vermochte.

In aller Stille machte man Anstalten zum Begräbnis. Marie erlaubte sich die Bemerkung, daß der Meister doch seinen Sohn von dem Tode der Mutter benachrichtigen möchte. Johannes war auch noch um diese Stunde hartnäckig. »Er hat sich bei Lebzeiten nicht um sie gekümmert, so hat er auch nicht nötig, ihrem Sarge zu folgen«, sagte er kurz und bestimmt; man sah es seinem Gesichte an, wie grenzenlos die Erbitterung gegen Franz war. Fast inständigst bat er den Altgesellen und seine Schwester, ihm nicht das Weh zu bereiten, das Ableben Karolinens in der Nachbarschaft auszuposaunen. Er hasse die Neugierde, die sich nicht scheue, das Sterbezimmer zu betreten und ihre tausend Blicke in alle Ecken und Winkel zu senden.

Am Tage der Beerdigung, als der Sarg gerade geschlossen werden sollte, kam aber doch Besuch. Es war Meister Nölte, der mit seinen zwei ältesten Kindern an der Hand erschien. Jedes der Mädchen trug einen kleinen, schlichten Kranz, den es mit einem Knix dem Drechsler überreichte. Der Klempner hatte schon längst erfahren, daß Timpes Verhältnisse nicht die glänzendsten seien. So zog er denn Johannes beiseite und erinnerte ihn an etwas, was dieser bereits vergessen hatte.

»Wissen Sie, lieber Herr Timpe«, sagte er leise, »ich kann Ihnen noch nicht alles auf einmal wiedergeben, aber die Hälfte habe ich mitgebracht. Sie werden es gewiß jetzt selbst gebrauchen ... Man erzählt sich so mancherlei ... aber Sie tun ganz recht daran, den Leuten etwas aufzubinden. Wenn mich heute jemand fragt, wie es geht, so sage ich ihm einfach, ich müßte mich von früh bis spät quälen, weil meine zwanzig Gesellen die Arbeit nicht mehr schaffen könnten. Dann wundert sich kein Mensch mehr über meine schwarzen Hände und die ewige Lampe in meiner Werkstatt. Nur dem Steuermann klage ich nach Noten meinen Dalles, denn der gehört zu den Leuten, denen ich nicht traue ... Ich würde gerne mitgehen zum Begräbnis, lieber Herr Timpe, aber die ›Goldene Hundertzehn‹ hat keinen passenden Anzug für mich gefunden, und mein alter Schneider ist jetzt selbst so arm, daß ich ihm jedesmal aus dem Wege gehe, denn ich fürchte, er könnte mich anpumpen.«

Timpe wollte nach diesen Worten das Geld nicht nehmen; aber Nölte rief die Tote zum Zeugen an, daß er im Weigerungsfalle dem Meister die Freundschaft kündigen werde. Da es gerade nach Tisch war, so bekamen die Kinder Kaffee und zwei Schnitten Brot, die Marie Beyer so dick mit Butter bestrichen hatte, daß Nölte meinte, es sei jammerschade, denn man könnte mindestens sechs damit bestreichen.

Es war an einem Wintertage. Um vier Uhr sollte das Begräbnis stattfinden. Gerade als man Anstalten machen wollte, den Sarg zuzuschrauben, wurde die Tür geöffnet, und hereintraten Spiller, gen. Spillrich, der kleine Sachse, und Fritz Wiesel. Sie waren im schwarzen Sonntagsstaat und traten, den Zylinderhut in der einen und einen großen Kranz in der anderen Hand haltend, zögernd näher. Das war eine Überraschung, die Thomas Beyer dem Meister zugedacht hatte. Es gab doch Menschen in der Welt, die seiner noch gedachten und ihre Anhänglichkeit bewiesen. Der Sargdeckel wurde noch einmal heruntergenommen, und die beiden Gesellen durften einen letzten Blick auf das Antlitz der verstorbenen Meisterin tun. Der Sachse konnte nicht an sich halten, seine Augen wurden naß. Und das zog auch das Gefühl des lustigen Berliners in Mitleidenschaft. Sie brachten dann stammelnd und äußerst unbeholfen ein paar an Timpe gerichtete Trostworte hervor. Er saß in der Nähe des Fensters, dessen untere Flügel der Leiche wegen geöffnet waren. Draußen fiel der Schnee dicht wie die Daunen eines ausgeschütteten Riesenbettes zur Erde. Einige Flocken flogen ins Zimmer hinein und näßten des Meisters Gesicht. Ihm tat das wohl, denn sein

Kopf war heiß wie in Fieberglut. Nun erhob er sich und drückte seinen früheren Gehilfen warm die Hände. Nur schwer rangen die Worte sich über seine Lippen.
»Der Großvater hat ihr keine Ruhe gelassen ... er hat sie geholt ...«
Er konnte nicht weitersprechen. Er trat noch einmal an die Tote heran und legte die flache Hand auf ihre Stirn, um sie zum letzten Male zu liebkosen.
»Schlaf wohl, Alte, grüße die Kinder und den Vater ... es gibt ein Wiedersehen, dort oben«, sagte er leise. Und nun fand er die Tränen, nach denen er so lange vergeblich gesucht hatte. Groß und schwer rannen sie über die Wangen. Alle waren tief erschüttert. Marie Beyer stand am Fenster und schluchzte laut und vernehmlich, und selbst ihr ewig ernster Bruder mußte sich abwenden, um seine Veränderung zu verbergen. Man begann, die Kränze festzunageln. Bei den ersten Schlägen, die dumpf durch das Zimmer schallten, mußte Timpe mit Gewalt zurückgerissen werden. Er war dem Zusammenbrechen nahe.
Als der Sarg hinausgetragen wurde, fragte Wiesel den Altgesellen: »Aber kommt denn sein Sohn nicht –?«
Thomas Beyer machte zu den beiden Gesellen eine abwehrende Bewegung: »Kein Wort darüber zu ihm, oder ihr bekommt es mit mir zu tun«, erwiderte er.
Trotz des Unwetters hatten sich doch Neugierige auf der Straße versammelt, darunter einige Nachbarsleute, die unverhohlen ihr Erstaunen über die eine Trauerkutsche und die simple Droschke zweiter Klasse äußerten.
»Man sieht noch jar nischt von die reiche Verwandtschaft«, sagte eine dicke Frau, deren Stumpfnase fast ganz im fettigen Gesicht verschwand.
»Sein einziger Sohn hat ja eene von die reichen Kirchberg jeheiratet«, fiel die lange Frau eines Budikers ein,

die wie ein Laternenpfahl die Gruppe überragte. »Die haben sogar Equipage, aber ich sehe noch keene ... das scheint allens so ohne Klang und Sang vorüberzujehen.«

»Daß da etwas nicht richtig ist, habe ich mir schon lange jedacht. Aber man verbrennt sich nicht gern den Mund«, mischte sich eine dritte ins Gespräch.

»Es ist die alte Geschichte: Hochmut kommt vor dem Fall«, begann die Dicke wieder, »wie haben die Leute renommiert mit ihrem Jungen. Ih, da war jar nischt jut jenug ... und jetzt kommt er nich mal, um der Ollen die Oogen zuzudrücken. Das sollte meiner sind, den würde ich springen lassen. Ick sage Ihnen ...«

»Da kommen sie schon«, unterbrach sie die lange Budikerin; »aber da ist ja doch eene Frau, das ist wohl die Schwiejertochter?«

»Ih, Jott bewahre! Die reiche Frau wird doch nich so'n Kattunfummel tragen.«

Man machte ehrerbietigst Platz. Der Sarg wurde auf den Wagen geschoben, und der Zug setzte sich langsam in Bewegung. In der Kutsche saßen Timpe, der Altgeselle und seine Schwester. Spiller, Wiesel und der Lehrling hatten die Plätze in der Droschke eingenommen.

»Sie haben recht gehabt«, sagte die Dicke zu der dritten Sprecherin, als sie mit ihr über den Damm schritt, »es ist da etwas nicht janz richtig, oder die Jnädige hat ihre Mijräne, und ihr Mann muß sie aufwarten. Das ließe sich meiner nicht bieten, det kann ick Ihnen sagen.«

Mit diesen Worten verschwand sie, während ihre Begleiterin von der Budikerfrau zurückgehalten wurde. Unter einem Torweg stehend, vertieften sie sich in ein längeres Gespräch, dessen Thema nicht schwer zu erraten war, wenn man beobachtete, wie die dürren Finger der langen Frau gleich einem Wegweiser die Richtung nach Timpes Haus nahmen.

Der Schnee fiel noch immer dicht und gleichmäßig vom Himmel und verwischte nach und nach die Spuren des Leichenwagens und seines Gefolges . . .

XVI.
Innen- und Außenwelt

Seit diesem Tage war es nur noch Timpes Geist, der im Hause herumwandelte; so meinte wenigstens Thomas Beyer. Es war in der Tat unheimlich mit anzusehen, wie der Meister lautlos in die Werkstatt trat, kein Wort sagte, nichts anrührte, stumm einige Augenblicke durch das Fenster blickte, die Lippen aufeinanderpreßte, nach der Fabrik hinübernickte und dann ebenso still wieder von dannen schlich. Nirgends fand er Ruhe. Noch spukhafter für Gesellen und Lehrling war es, wenn sie im Nebenraum die lauten Worte vernahmen: »Karoline, bist du da?«, oder: »Mutter, hörst du?« Einmal steckte er sogar den Kopf in die Werkstatt hinein und fragte allen Ernstes: »Ist meine Frau nicht hier?«
Er vermochte sein Alleinsein nicht zu begreifen. Die ersten drei Tage nach dem Begräbnis steigerten die Halluzinationen sich derartig, daß Beyer das Ernsteste befürchtete und jedesmal, wenn Timpe die Werkstatt verlassen hatte, hinter ihm herging, um ihn vor irgendeiner Verzweiflungstat zu bewahren. Dann sah er öfters, wie der Meister, sich unbelauscht wähnend, vor dem Lehnstuhl stand, auf dem die Verblichene sich auszuruhen pflegte; er machte eine Miene, als säße die Meisterin noch lebend da und blickte zu ihm empor. Oder Timpe betrachtete lange mit gefalteten Händen ihr Bild, das an der Wand über dem silbernen Myrtenkranz hing. Ja, als Thomas wieder einmal leise die

Tür geöffnet hatte, beobachtete er, wie der Alte mit einem Ausdruck von Zärtlichkeit den auf einem Riegel hängenden Hausrock der Verstorbenen streichelte und einen Kuß auf ihn drückte.
Der Altgeselle hielt Timpe nun wirklich für gemütkrank und knüpfte oft absichtlich ein Gespräch mit ihm an, um sich von der Krankheit zu überzeugen. Zu seinem Erstaunen antwortete der Meister völlig vernünftig, aber er brachte eine Sanftmut entgegen, die man in den letzten Jahren an ihm nicht mehr bemerkt hatte. Was der Altgeselle für beginnenden Irrsinn hielt, war nur eine hochgradige Seelenerschütterung: die Äußerung eines tiefgebeugten Geistes, der sich in sich selbst verschließt und sein fürchterliches Unglück erst allmählich begreift.
Timpe nahm nur wenige Speisen zu sich, trotzdem der Lehrling sie regelmäßig aus der Nähe herbeiholte. Der Altgeselle sah ein, daß das nicht weitergehen könne. Am vierten Tage brachte er in aller Frühe seine Schwester mit. Sie blieb nun den ganzen Tag über im Hause, kochte für Meister und Lehrling und brachte ihm die Wirtschaft in Ordnung. Timpe wandte kein Wort dagegen ein. Er fand das so natürlich, daß er nicht einmal dafür dankte. Nur mußten Thomas und Marie mit ihm am selben Tische essen.
»Aber nicht für Ihr Geld, Meister ... dann sind wir damit einverstanden«, sagte der Altgeselle kurz und bündig wie immer.
Das Schrecklichste für Timpe war, daß er nicht schlafen konnte. Des Abends kam ihm das Haus öde wie eine Kirche vor, so daß ihn ein förmliches Grauen überkam, wenn die Stunde des Niederlegens heranrückte. Trat die Dämmerung ein, so fürchtete er sich, die beiden großen Vorderzimmer zu betreten. Jedes Stück Möbel, der kleinste Gegenstand erinnerte ihn an sein verstorbenes Weib. Er ließ daher das Bett in seine

Arbeitsstube bringen und befahl dem Lehrling, von nun an in der Werkstatt zu schlafen.
Gleich am Tage nach der Beerdigung begannen die Zungen in der Nachbarschaft ihre Arbeit. Die ungeheuerlichsten Geschichten kamen dabei zum Vorschein, soweit es sich um das Verhältnis des Meisters zu seinem Sohne handelte. Bei Jamrath drehte die Debatte sich Abend für Abend um diesen Punkt. Man fand es unerhört, daß Timpe den vermögenden Mann hervorzukehren wagte, da man von seinem Ruine bereits überzeugt war.
»Ihm geschieht ganz recht; weshalb prahlt er mit den Rosinen, ohne sie im Sack zu haben«, ließ Deppler sich vernehmen. Herr Brümmer aber, der sich ärgerte, seinerzeit auf der Straße Timpe die Ehrfurcht vor einem Villen- und Hausbesitzer entgegengebracht zu haben, brach seine Schweigsamkeit und sagte im salbungsvollen Tone: »Wer gegen die großen Fabriken und die Maschinen ist, der ist auch gegen den Geist des Fortschritts. Wissen Sie noch, wie er an jenem Abend so tapfer dagegen losdonnerte? Ich wollte nur nichts erwidern ... Weshalb auch? Er hätte mich doch nicht verstanden ... derartige Leute aufzuklären ist nicht leicht. Er hätte schließlich von mir profitiert und mich obendrein ausgelacht.«
Nur der Schornsteinfegermeister nahm des Meisters Partei. Und als Nölte, der wie gewöhnlich von einem Spieltisch zum andern ging und in die Karten guckte, die unliebsamen Äußerungen vernahm, mischte auch er sich ins Gespräch und geriet so in Hitze, daß das Wortgefecht schließlich einen bedrohlichen Charakter annahm. Das tat er Abend für Abend, sobald man versuchte, Johannes etwas anzuhängen.
»Sie sind gerade gut genug, Timpe die Schuhschnüre zu lösen«, schrie er, wütend gemacht, bei einer solchen Gelegenheit Brümmer ins Gesicht. »Man könnte den Fortschritt der Zeit segnen, wenn er Sie einmal auf

Nimmerwiedersehen mitführte. Ich glaube, es wird Ihnen niemand nachlaufen.«
Das war zu viel. Einige am Tisch lachten, was den Zorn des Rentiers nur noch steigerte. Er wurde blaß und zuckte mit den Lippen, ohne zuerst etwas erwidern zu können; dann erhob er sich, rief nach Fritz, dem Kellner, und beteuerte, niemals mehr das Lokal zu betreten, wenn ihm nicht Genugtuung zuteil würde. Desto mehr sprach Deppler für ihn. Das Lob Timpes hatte den Schirmhändler derartig mißgestimmt, daß er mit unschönen Worten über den Klempner herfiel und dann ebenfalls erklärte, zum letzten Male an diesem Abend den Stuhl hier gedrückt zu haben. Da Nölte durchaus nicht den Mund hielt und seinem Herzen ganz gehörig Luft machte, so wurde der Skandal immer ärger. Als Jamrath sah, daß alles Schlichten nichts helfe, so erwog er rasch seine Vorteile und ersuchte den Meister, das Lokal zu verlassen. Für eine kleine Weiße, die man verzehre, dürfe man sich nicht erlauben, sämtliche Gäste zu beleidigen, meinte er halblaut, aber deutlich genug für Nölte. Der Klempner ging nun, Brümmer und Deppler wurden beruhigt, und Jamrath war vor dem Verlust zweier seiner besten Gäste bewahrt.
Und wie in der Kneipe, so besprach man auch in den Familien die merkwürdige Entdeckung, die man plötzlich bei Timpe gemacht hatte. Dieser Bezirk hatte noch etwas Kleinstädtisches an sich. In den alten Häusern wohnten die Mieter jahrzehntelang, Hinz und Kunz kannten sich, die Kinder besuchten dieselbe Schule, und so hatte ein auffallendes Ereignis bald die Runde durch die Häuser gemacht. Es mußte natürlich das größte Aufsehen erregen, daß weder Timpe junior mit Frau noch der letzteren Familie dem Begräbnis beigewohnt hatten. Man konnte sich das nur durch einen Zwiespalt zwischen Vater und Sohn erklären. Die ehrenwerten Bürgersleute, die den Meister nur

von der besten Seite kannten, bedauerten ihn tief. Eines Mittags rief Nölte Thomas Beyer zu sich herein. Als die Rede auf Timpe kam, glaubte Beyer nichts mehr verschweigen zu brauchen. Etwas von des Meisters Haß gegen Urban und Franz war auch auf ihn übergegangen. Er stellte die Undankbarkeit des Sohnes in das richtige Licht, erzählte auch, wie Timpe jede Hülfe zurückgewiesen habe und lieber verhungern wolle, ehe er seinem Sohne den kleinen Finger reiche.

»Er ist durch und durch ein ehrenwerter Charakter, sein Sohn aber ein Lump, der sich für Geld sehen lassen müßte«, sagte er. »Das moderne Strebertum hat ihn auf dem Gewissen; aber Timpe hat viel verschuldet, er hat ihn frühzeitig verhätschelt und ihm in allen Dingen zu großen Willen gelassen.«

Der Klempner schlug die Hände zusammen und sagte ein über das andere Mal: »Du lieber Himmel, er bekommt noch dreißig Mark von mir . . . ich werde mich totschießen, wenn ich sie ihm nicht noch heute geben kann.«

Als Beyer ihn verlassen hatte, erzählte er sofort die ganze Geschichte seiner Frau und machte sich auf den Weg zu dem Magazin, für das er arbeitete; ließ sich gegen Bitten und gute Worte Vorschuß geben und schickte durch das älteste Mädchen das Geld zu Timpe hinüber. Dann hatte er nichts Eiligeres zu tun, als jedem Menschen, den er sprach, die Leidensgeschichte Timpes zu erzählen. Ja, als er einmal einen wildfremden Mann erblickte, der das Portal von Urbans Fabrik betrachtete, knüpfte er mit ihm ein Gespräch an und schüttete seine ganze Galle gegen den »stillen Kompagnon« aus, der den Namen Franz Timpe trug. Die Situation änderte sich nun, alle Welt nahm Partei für den Drechslermeister und sprach sich ungünstig über Franz aus.

Eines Vormittags hieß es im Kontor, der »junge Chef«

sei plötzlich krank geworden. Seit seiner Verheiratung wohnte er am Alexanderplatz, in einem der wenigen, vornehm aussehenden Häuser, die noch keine Läden aufzuweisen haben.
Jeden Vormittag pflegte er in einer Droschke erster Klasse nach der Fabrik zu fahren. Kam er seinem Ziele näher und saßen oder standen Leute am Fenster, so grüßten viele von ihnen und nickten ihm freundlich zu. Seit einigen Tagen war in diesen Achtungsbezeigungen eine auffallende Veränderung eingetreten. Man wandte sich ab oder tat so, als sähe man ihn nicht. Er forschte nun eifrig nach der Ursache dieser kalten Behandlung und erfuhr alles.
Er hatte noch keine Ahnung von dem Tode seiner Mutter, und selbst Urban und dessen Frau erfuhren erst von ihm davon. Zum ersten Male in seinem Leben empfand er Gewissensbisse, die ihn krank machten. Dazu kam der Ärger über die Blamage, der er durch die Hartnäckigkeit seines Vaters ausgesetzt war. Er habe noch niemals gehört, daß einem Sohne der Tod seiner Mutter grundsätzlich verschwiegen worden sei, sagte er zu Emma, die vor sechs Tagen einem Knaben das Leben gegeben hatte, von dem ihr sehnlichster Wunsch war, daß er den Namen seines Großvaters tragen sollte. Mit dem Alten scheine es in der letzten Zeit nicht richtig zu sein, wie man sich erzähle, fuhr er fort. Habe man ihm nicht vor Jahren einen vierfachen Preis für sein Grundstück geboten, ihm nicht noch vor kurzer Zeit ein anständiges Angebot gemacht? Einen derartigen Trotz könne er nicht begreifen. Nun machten die Leute ihn, den Sohn, für alles verantwortlich und würden schließlich mit dem Finger auf ihn deuten.
Er war so aufgeregt, daß er das Essen nicht anrührte, einen Boten nach der Fabrik schickte, sich für unpäßlich erklärte und um regelmäßigen Rapport bat.
Emma rief ihn mit schwacher Stimme zu sich heran,

deutete auf das Kind, das seine Züge trug, und flehte ihn an, sich zu seinem Vater zu begeben, um alles wiedergutzumachen. Sie habe recht, es müsse irgend etwas geschehen, sonst leide sein ganzes Renommee darunter, meinte er zustimmend.

Als Frau Urban gerade ins Zimmer trat, um sich wie alltäglich nach dem Befinden der Wöchnerin zu erkundigen, zog man sie ins Geheimnis. Sie sollte erst allein zum Meister gehen, um ihn vorzubereiten und seine Stimmung zu prüfen.

Am selben Nachmittag noch führte sie ihren Auftrag aus. Sie hatte den Meister lange nicht gesehen, so daß sie förmlich zurückprallte, als sie ihn erblickte. Noch mehr wunderte sie sich über seine Unhöflichkeit. Nicht einmal einen Stuhl bot er ihr an. Als sie ihn fragte, ob er sie noch kenne, lachte er spöttisch auf und wies mit der Hand nach der Seite, wo der Hof lag. »Die alte Mauer ... wissen Sie noch? ... Sie haben uns nicht das Licht gegönnt, nicht den Anblick der unschuldigen Blumen, die Gott doch überall wachsen läßt, damit der Ärmste sich daran erfreue.« Er hatte noch nichts vergessen; das machte sie erst recht betroffen.

»Ihr Sohn gab die Veranlassung«, brachte sie dann zögernd wie zur Verteidigung hervor. Zu gleicher Zeit wollte sie das Gespräch auf den eigentlichen Zweck ihres Besuches bringen; aber im nächsten Augenblick schreckte sie zusammen, denn Timpe stampfte mit dem Fuße auf und sagte:

»Mein Sohn, mein Sohn! ... Kennen Sie ihn? Ich nicht. Sie hätten ihm damals den Hals umdrehen sollen, als Sie ihn zum ersten Male beim Obststehlen ertappten. Sie hätten ein gutes Werk getan ... Gott wird mir meine sündhaften Gedanken verzeihen, um der vielen Gebete willen, die mein Leben ausgefüllt haben.«

Er wandte sich ab. Frau Urban wurde bewegt, schritt

auf ihn zu und redete sanft auf ihn ein; aber er war unerbittlich.

»Kein Wort mehr darüber ... Es liegt ein Abgrund zwischen mir und meinem Sohne, den keine Macht der Welt überbrücken kann, höchstens die eines –«, er wollte hinzufügen: »irdischen Richters«, besann sich aber noch zur rechten Zeit und schloß: »Gehen Sie, es ist alles nutzlos. Ich störe Ihren Frieden nicht, wünsche aber auch, daß der meinige nicht gestört werde ... ein für allemal.«

Und als sie aufs neue den Versuch machte, seinen Starrsinn zu brechen, ließ er sie mit einem Gruß stehen und verließ das Zimmer, so daß sie sich gezwungen sah, sich zu entfernen.

Timpe begann nun das Leben eines wahren Einsiedlers zu führen. Selten verließ er das Haus. Er scheute die Berührung mit der Außenwelt, wie man ungefähr einen Aussätzigen fürchtet, dessen Anblick Widerwillen erweckt. Hatte er wirklich einen geschäftlichen Gang zu erledigen, so tat er es im Schutze der Abendstunde. Er machte diese Gänge nur mechanisch, mehr der äußersten Notwendigkeit gehorchend als dem inneren Triebe folgend. Um diese Zeit war es, als der Bursche seine Lehrzeit beendet hatte. Er blieb nur noch eine Woche in der Werkstatt und zog dann von dannen, weil er plötzlich in dem Wahne lebte, ein Mann geworden zu sein, der große Ansprüche erheben dürfe. Timpe wollte keinen Ersatz für ihn haben. Er haßte jedes neue Gesicht und war so nervös geworden, daß er nicht mehr die Ruhe zu finden hoffte, große Umstände mit jemandem zu machen. Zudem, was konnte ein Mensch bei ihm wohl lernen? Immer noch drechselte er gewöhnliche Holzarbeit, die ihn bereits so anekelte, daß er sie nicht mehr sehen mochte. Am liebsten wäre es ihm gewesen, wenn er ganz allein an seiner Drehbank hätte stehen können. Er würde dann gerade so viel Arbeit ins Haus genommen haben, als er bedurfte, um zu leben. Aber er scheute sich, Thomas Beyer aufs neue zu ersuchen, nicht mehr wiederzukommen; denn gewiß würde er nur tauben Ohren predigen. Dafür brachte er es aber so weit, daß Marie das Wirtschaften einstellte und nicht mehr wiederkam. Es geniere ihn, ein fremdes Frauenzimmer um sich zu haben, erklärte er ihr frank und frei; und Fräulein Beyer ließ sich das nicht zweimal sagen, trotzdem er ihr erklärte, er schätze sie sehr und habe nicht das geringste gegen sie. Wenn man aber dreiunddreißig Jahre sein Weib um sich gehabt habe, dann könne man sich an ein anderes Gesicht schwer gewöhnen. Der wahre Grund seiner Abneigung war ein anderer. Sein Mißtrauen wuchs von Tag zu Tag; er redete sich ein, die Schwester könne ebensosehr auf seine Habseligkeiten spekulieren wie ihr Bruder auf seinen Gesinnungswechsel.

Er kochte nun seinen Kaffee selbst, hielt sich Frühstück und Abendbrot im Hause und ließ sich nur das Mittagessen aus einer nahen Speisewirtschaft ins Haus senden. Aber auch nicht regelmäßig, denn oftmals fiel es ihm ein, sich selbst etwas zu bereiten; dann ging er in aller Frühe zu den Händlern, holte das Notdürftigste ein und bestellte das Mittagmahl ab.

Das ging einige Wochen so. Dann trat plötzlich eine für sein Lebensalter verhängnisvolle Wendung ein. Die Hypothek wurde ihm gekündigt, und zwar persönlich von dem Inhaber derselben. Es gab keine langen Auseinandersetzungen. Der Darleiher brachte allerlei Gründe vor, die zum Teil berechtigt waren, zum Teil nur zu deutlich die Absicht durchblicken ließen, wieder zum baren Gelde zu gelangen. Da hieß es denn hintereinander: ». . . Es ist mir zu Ohren gekommen, daß es mit Ihrem Geschäft vollständig bergab gegangen ist . . . Die Stadtbahn hat das Grundstück entwertet . . . Ich gebrauche notwendig Geld« usw.

In Wahrheit war das nur ein luftiger Vorwand, hinter

dem sich Spekulationsgelüste verbargen. Der Herr hatte einen nahen Verwandten in der Stadtbauverwaltung, der ihn benachrichtigt hatte, daß demnächst allen Ernstes mit der Erweiterung der Straße an dieser Stelle vorgegangen werden sollte. Er setzte nun voraus, daß Timpe für sein altes Haus kein neues Geld auftreiben und daß er dann das Vorkaufsrecht für dasselbe haben würde. Obendrein hatte auch der Fiskus wegen Entfernung der »alten Baracke« mit der Stadt verhandelt. Es lag ihm daran, die Eisenbahnbogen zu verwerten, was nicht gut möglich war, solange Timpes Haus die Gegend verunzierte und den Eingang der Viadukte versperrte.

Der Meister hatte drei Monate Zeit und nun wider Willen eine Beschäftigung in den Straßen Berlins gefunden. Es handelte sich um achttausend Mark, die er auftreiben sollte. Er lief von früh bis spät, treppauf, treppab, erließ Inserate, trat mit einem Dutzend Menschen in Verbindung, ohne an sein Ziel zu gelangen. Man sah sich das Haus an, schnüffelte in allen Ecken umher, nahm Einsicht in die Verhältnisse, lief nach dem Grundbuchamt und schüttelte dann mit dem Kopf. Es war immer dieselbe Ausrede: ». . . Ja, wenn die Stadtbahn nicht vorüberginge . . . wenn der ganze Raum nicht keilförmig wäre . . . man weiß nicht, was man daraus machen soll!«

Das wäre immer noch nicht so schlimm gewesen, wenn der Meister nicht eine Hypothek, unkündbar auf Lebenszeit, gewünscht hätte. Er wollte sich auf alle Fälle sichern. Der Termin rückte immer näher heran – er fand keine Befriedigung seiner Wünsche. Schließlich dachte er daran, eine geringere Summe aufzunehmen, die überflüssigen Drehbänke, die Modelle und alle entbehrlichen Möbel zu verkaufen, um mit dem Erlös die nötige Summe zu erzielen. In dieser peinlichen Situation war ihm niemand mehr im Wege als Thomas Beyer. Er haßte ihn jetzt förmlich, er wußte nicht, warum. Jedenfalls fand er es nicht für nötig, den Gesellen Zeuge der neuesten Veränderung sein zu lassen. Wenn es schon so weit kam, daß wirklich alles Entbehrliche verkauft werden mußte, dann konnte das in aller Stille geschehen, in der Dunkelheit womöglich, und brauchte niemand etwas davon zu wissen außer ihm und seinem Gott! Das wäre ein Gaudium für seine Feinde gewesen, wenn sie erfahren hätten, wie es wirklich um ihn stand. Obendrein würde man ihm noch Mitleid entgegenbringen, und er wollte es nicht, verlangte es nicht und würde eher den Tod erlitten haben, ehe er es entgegengenommen hätte.

Sein ganzes Sinnen und Trachten ging nun darauf hin, dem Altgesellen für immer den Laufpaß zu geben. Er faßte diesen Gedanken mit Mitleid, aber es war eine Notwendigkeit, die durchgeführt werden mußte. Nicht nur der Zwang trieb ihn dazu, sondern eine tiefe Sehnsucht nach gänzlicher Einsamkeit, wie sie Menschen zu überkommen pflegt, die mit dem Gefühl im Herzen den Haß gegen die Welt mit sich herumtragen und Gewohnheiten annehmen, die sie zu Sonderlingen machen.

Am nächsten Sonnabend machte er den letzten Versuch, mit dem Altgesellen in Güte sich auseinanderzusetzen. Es fruchtete auch diesmal nichts. Er würde den Meister unter solchen Verhältnissen erst recht nicht verlassen, erwiderte er. Er erhebe ja nur Anspruch auf den niedrigsten Lohn, den man sich nur denken könne. Timpe blieb ruhig und ging hinaus. Als Beyer aber am nächsten Montag um sieben Uhr wie gewöhnlich die Haustür öffnen wollte, fand er sie verschlossen. Er rüttelte und klopfte – es wurde nicht geöffnet. Dagegen steckte Timpe den Kopf zum Fenster hinaus und warf dem Gehilfen das Arbeitszeug zu. Es war nebelig, und nur vereinzelt gingen die Menschen vorüber. »Da Sie nicht gutwillig gehen wol-

len, so muß ich andere Saiten aufspannen«, schrie Timpe ihn an. Beyer möge sich zu allen Teufeln scheren und *die* fürderhin zu bekehren versuchen, da fände er gewiß lohnendere Beschäftigung.
»Aber Meister, sind Sie von Sinnen? ...«
Statt aller Antwort wurde der Laden herangezogen, und der Altgeselle hörte deutlich das Quietschen der Schraube, die ihn befestigte. Das Haus sah nun aus, als läge sein einziger Bewohner noch im tiefsten Schlafe.
Eine ganze Stunde lang schritt Beyer auf und ab. Der Nebel zerteilte sich, es wurde heller, eilige Menschen liefen an ihm vorüber, in dem Häuschen aber rührte sich nichts. Endlich wurde es ihm unangenehm, und er ging. Der Meister hatte ihn durch das Luftloch des Ladens fortwährend beobachtet und kochte nun beruhigt seinen Kaffee; während er ihn schlürfte, lachte er über den gelungenen Streich. Das Bewußtsein, daß er nun allein war und von einem Raume in den anderen spazieren konnte, ohne einem Menschen zu begegnen, verursachte ihm großes Behagen.
Zwei Tage lang verließ er das Haus nicht, schlug er nur den einen Vorderladen zurück und lebte von dem, was er in der Küche vorrätig hatte. Die Haustür wurde nur geöffnet, als ein Wagen aus der Fabrik vorfuhr, um die fertige Arbeit abzuholen. Den zweiten Morgen ließ sich Beyer nicht sehen, aber am dritten begehrte er wieder Einlaß. Er nahm an, daß Timpe ihn nicht mehr erwarten würde. Aber der Meister war bereits auf und sah ihn auf der Straße stehen. Er verhielt sich ruhig, und der Geselle ging bald wieder davon. Während der ganzen Woche tauchte Beyer nicht auf.
Timpe fühlte sich beruhigt. Der Belagerungszustand kam ihm nun so lächerlich vor, daß er den Laden wieder öffnete und dem Hause ein freundliches Gepräge gab. Trotzdem befolgte er die Vorsicht nach wie vor.

Einmal wurde er durch die Anhänglichkeit des Altgesellen so weichgestimmt, daß er ihn persönlich aufsuchen wollte, um ihn wieder zu holen, aber er bewahrte glücklicherweise seine Stärke. Eine nicht mehr erwartete Kraft war plötzlich über ihn gekommen: einer jener tatenlustigen Augenblicke in der Erschlaffungsperiode eines Menschen, wo der Mut zu neuer Arbeit, zu einem neuen Leben sich zu regen beginnt. Es war gleichsam ein Trotz, ein riesenstarkes Aufbäumen gegen die Gemeinheiten des Daseins. Er wollte dieses Haus hier, in dem er geboren war, in dem drei Generationen seines Namens gehaust hatten, als seine Burg betrachten, deren Besitz er gegen die Außenwelt verteidigte. Die Einsamkeit sollte seine Waffen schärfen. Er freute sich seines Alleinseins. Es sah niemand, was er trieb, er brauchte keinem zweiten Menschen Rechenschaft über sein Tun und Lassen abzulegen.

Er hatte nur noch vierzehn Tage Zeit, um eine neue Hypothek eintragen zu lassen. Er verschloß also sein Haus von allen Seiten und machte sich wiederum auf den Weg. Die Arbeit lief ihm nicht weg, denn von dieser Sorte konnte er genug bekommen. Zuletzt verlor er aber doch die Hoffnung, denn niemand wagte, auf seine Bedingung einzugehen. Im letzten Augenblick meldete sich ein Retter in der Not, der, wie er angab, auf Umwegen von seiner Bedrängnis gehört haben wollte. Es war ein Zwischenhändler, den Urban, der in letzter Stunde Kenntnis von der Hypothekengeschichte erhielt, beauftragt hatte, das Geschäft zu machen, ohne daß Timpe von dem wahren Sachverhalt erfahre. Man wollte dem Meister die achttausend Mark geben, sich aber vierteljährliche Kündigungsfrist vorbehalten. Das Anerbieten war von sehr schönen Redensarten begleitet: Man würde durchaus nicht in den ersten zehn Jahren von dem Kündigungsrechte Gebrauch machen, müsse sich aber auf alle Fälle sichern. Es war sozusagen die Pistole,

die man Timpe auf die Brust setzte. Er überlegte noch achtundvierzig Stunden, lief noch einmal treppauf, treppab und willigte dann in den Handel ein. So konnte er wenigstens in seinen vier Pfählen sitzen bleiben und sich mit dem Bewußtsein schlafen legen, daß »den guten Freunden« die Freude verdorben wurde.
Um die ausbedungenen Zinsen vorausbezahlen zu können, verkaufte er in aller Stille drei seiner Drehbänke, die in den Abendstunden abgeholt wurden. wozu sollten sie auch länger dastehen, da er doch nicht mehr die Aussicht hatte, sie in Bewegung zu sehen! Am meisten freute er sich über die großen Augen, die der jetzige Inhaber der Hypothek machen würde, wenn das bare Geld ihm hingezählt wurde. Der Herr zeigte allerdings ein sehr langes Gesicht und drehte jeden Kassenschein vorsichtig um, als glaubte er, ihn gefälscht und dadurch die Möglichkeit zu bekommen, seine Spekulation verwirklichen zu können. Den Meister amüsierte das außerordentlich, und er konnte sich nicht enthalten zu fragen, ob der Herr vielleicht an Stelle der Kassenscheine »Gold« wünsche. Er habe immer einige Rollen davon im Hause. Und wenn der Herr wieder mal jemanden träfe, der ihm erzähle, daß es ihm, Timpe, schlecht erginge, so möchte er ihn gefälligst einen Dummkopf nennen und ihn darauf aufmerksam machen, daß kluge Leute immer ihr Geld auf der »Königlich Preußischen Bank« zu liegen haben. Damit trennte man sich.

XVII.
Der neue Heiland

Seit der Abwicklung dieses Geschäfts konnte man Timpe mit einem Dachs vergleichen, der tagelang in seinem Bau hockt und nur durch den Hunger getrieben wird, ihn zu verlassen. Er beschränkte sich jetzt nur noch ganz auf die große Werkstatt und seine Arbeitsstube, die zugleich sein Schlafzimmer war. Die »gute Stube« hatte er seit Monaten nicht gesehen, und das Wohnzimmer betrat er nur in Ausnahmefällen. Er fürchtete sich, durch ihm liebgewordene Gegenstände an den Großvater und Karoline erinnert zu werden. Die Läden, die nach dem Winkel vor dem Hause hinausgingen, wurden mit Ausnahme des einen halben, der zum Fenster der Modell- und Schlafstube gehörte, gar nicht mehr geöffnet. Die Haustür war den ganzen Tag über geschlossen; ein mächtiger Riegel war vorgeschoben.

Timpe stand pünktlich auf, hielt seine Mahlzeiten regelmäßig und legte sich Abend für Abend um dieselbe Zeit nieder. Von früh bis spät drehte er ein und dieselbe Arbeit: Stuhlbeine für Luxusstühle, die er bereits mit Beyer zusammen gedrechselt hatte. Als das wochenlang so fortging, merkte er, daß seine Augen schwach wurden; sie fingen an zu tränen, so daß er das Drehwerkzeug absetzen und längere Zeit pausieren mußte. So ging er denn eines Morgens in aller Frühe zu einem Arzt und ließ sich eine blaue Brille verschreiben, mit der er sich sehr sonderbar ausnahm; aber es ging doch besser. Erlahmte er trotz alledem, so griff er zum »Sorgenbrecher«, wie Meister Klatt den Schnaps nannte. Er trank nicht viel, aber gerade genug, um zu neuer Arbeit angefeuert zu werden und sich in einen seligen Zustand des Vergessens zu versetzen. Eines Abends vor Feierabend hatte er noch

einen so kräftigen Zug genommen, daß ihm im Stehen die Augen zufielen, er sich mechanisch auf einen Schemel niederließ und sanft entschlummerte. Durch ein klirrendes Geräusch erwachte er. Der Zylinder der Arbeitslampe war gesprungen und ein Stück davon auf die Drehbank gefallen. Er schreckte zusammen und rieb sich verwundert die Augen. Die Werkstattuhr zeigte bereits zehn Uhr. Drei lange Stunden hatte also sein Schlaf gewährt. Ein süßer Traum hatte ihn umfangen gehabt: Er saß in der Vorderstube mit dem Großvater und seiner Frau am großen runden Tisch, als sein Sohn hereintrat, auf ihn zustürzte und ihn herzte und küßte.
Nach einer Viertelstunde starrte er immer noch auf denselben Punkt und ließ das Traumgebilde an sich vorüberziehen. Große Tränen rollten dabei langsam über seine Wangen. Als er dann nach und nach in die Wirklichkeit zurückkam und sich in dem großen Raum umblickte, schauerte er zusammen, denn ihn fröstelte. Die Einsamkeit des stillen Hauses wirkte mit allen Schrecknissen auf ihn ein. Da erblickte er die Schnapsflasche, die auf der Drehbank stand; in ihr saß der Teufel, der ihn in diesen Traum versenkt hatte. Und er wollte nicht solche Träume haben – nicht solche verlockenden Gaukeleien, in denen die Küsse seines Sohnes, die sich niemals bewahrheiten würden, eine Rolle spielten! Er nahm die Flasche und warf sie mit solcher Kraft in den entferntesten Winkel, daß sie in Scherben zerfiel; dabei gelobte er sich, keine zweite mehr an den Mund zu setzen. Zwei Tage lang hielt er das Gelöbnis; aber bei der Arbeit rückte er unruhig gegen die Bank, blickte sich so oft nach der Stelle um, von wo er gewohnheitsmäßig die Flasche zu langen pflegte, daß er am dritten Tage bereits mechanisch eine neue in der Küche ausspülte und sie mit dem »Sorgenbrecher« füllen ließ, als er in der Morgenstunde seine gewöhnlichen Einkäufe machte.

Er wunderte sich dann, wie wohl ihm wieder beim ersten Schluck wurde, als er die Drehbank in Bewegung setzte.
Worauf er gar nicht mehr Wert legte, war sein Äußeres. Er übte nach wie vor Reinlichkeit, vernachlässigte aber seine Kleidung und vergaß ganz und gar, daß er mit der Zeit immer magerer geworden war, während die Weite seiner Röcke dieselbe blieb. Seit Monaten trug er im Hause einen fadenscheinigen Sommerüberzieher und ging damit auch des Morgens über die Straße. Es war die völlige Gleichgültigkeit, in die er sich mit der Liebe zur Flasche und zur völligen Einsamkeit teilte.
Den ganzen Sommer hindurch war sein Dasein immer dasselbe; er stand frühmorgens um sechs Uhr auf, drechselte den langen Tag über seine Stuhlbeine, die des Sonnabends regelmäßig abgeholt wurden, öffnete mittags Punkt zwölf Uhr die Haustür, wenn das Mittagessen gebracht wurde, und legte sich abends Punkt neun Uhr schlafen. Er verdiente gerade so viel, daß er existieren und die Zinsen ersparen konnte. Besondere Bedürfnisse hatte er gar nicht. Selbst die »Warte«, die ihm sonst so lieb und teuer war, bestieg er nicht mehr, denn der Anblick alles dessen, was außerhalb seiner Wände lag, war ihm verhaßt.
Die Bewohner des ganzen Viertels sprachen nur noch von ihm als von einem Sonderling, und geschah das von böswilligen Zungen, so wurde noch das Wort »verrückter« hinzugesetzt. Es gab Leute, die einen weiten Weg machten, um sein Haus zu sehen und sich eine Vorstellung von dem Bewohner zu machen. Trotzdem er niemandem etwas zuleide tat, gab es Mütter, die ihre Kinder warnten, in der Abendstunde bei des Meisters Haustür vorüberzugehen, denn geistesgestörten Menschen müsse man aus dem Wege gehen, weil sie gefährlich werden könnten. Dieses Urteil der öffentlichen Meinung trug viel dazu bei,

das Verhältnis seines Sohnes zu ihm von einer ganz anderen Seite zu betrachten und das Fernbleiben desselben von dem Elternhause gerechtfertigt zu finden. Wer mitten unter zivilisierten Leuten das Leben eines Waldmenschen führte, mußte mit einem ganz anderen Maße gemessen werden. Was hatten die Leute sich schon alles von ihm erzählt! Wie er aufziehe, das Haar lang wachsen lasse, mit einer großen Tasche in der Hand frühmorgens wie ein richtiges altes Weib Kaffee und Brot einhole, ja oftmals sogar Kartoffeln, die er wahrscheinlich ungewaschen mit der Schale röste, um sie frisch aus dem Feuer zu verzehren.
Nur zwei Menschen gab es, die oft zusammentrafen, um ein besseres Urteil über Timpe abzugeben und gegenseitig ihre Gedanken auszutauschen: Beyer und Nölte. Beide hatten zu verschiedenen Malen den Versuch gemacht, ihn zu besuchen, ohne jedoch Einlaß zu finden. Der Klempner hatte ihn dann eines Morgens auf der Straße getroffen, sich mit ihm eine Weile unterhalten und dabei gefunden, daß Timpe durchaus bei Verstande war.
In den ersten Tagen des Oktobers wurde Timpe durch eine Kündigung der neuen Hypothek überrascht. Dieser Schlag traf ihn wie ein Blitz aus heiterem Himmel. Er glaubte zu träumen, dann dachte er an einen schlechten Scherz. Am späten Nachmittag war die Nachricht eingetroffen; sofort suchte er den Darleiher des Geldes auf. Hier bewies er, wie vernünftig er noch denken und reden konnte. Ob man sich denn nicht erinnere, daß man ihm die feste Versicherung gegeben habe, die Hypothek würde in den ersten zehn Jahren nicht gekündigt werden? Achselzucken war die Antwort. Man könne sich nicht mehr darauf besinnen ... nur was man schwarz auf weiß besitze, sei von Gültigkeit. Auf lange Auseinandersetzungen dürfe man sich nicht einlassen, denn das Geld würde nötig gebraucht. Der Meister, eingedenk der bereits einmal

gemachten trüben Erfahrungen, bot alles auf, um die Hypothek zu behalten. Er versprach höhere Zinsen, aber als Antwort bekam er immer dasselbe: Achselzucken und nochmals Achselzucken. Als er sah, daß hier die schönsten Worte verschwendet waren, ging er, um aufs neue sein Heil bei Geldmenschen zu versuchen. Binnen einer Stunde war er wieder in das aufregende Gewühl des Weltstadtlebens hinausgeschleudert. Sechs Wochen lang bemühte er sich abermals vergeblich. Zuletzt schwand ihm aller Mut, und die Hoffnungslosigkeit bemächtigte sich seiner in nie erwartetem Maße. Es war weniger der Gedanke an den Vermögensverlust, der ihn so tief ergriff und schmerzte, als der, daß er aus seinem Heim vertrieben werden könnte. Die Mitleidslosigkeit grinste ihn nun in tausendfacher Gestalt an. Ekel vor der Welt überkam ihn, und zum zweiten Male in seinem Leben tauchte ein unheilvoller Dämon vor ihm auf, zerrte an ihm und ließ ihn nicht mehr los. Er trug diesmal nicht die sanften Züge Thomas Beyers, sondern ein abschreckend häßliches Antlitz: Es war der Haß gegen die bestehende Ordnung im Staate.

»Beyer hat recht«, sprach er vor sich hin, als er wieder einmal eine Wanderung unternommen hatte und seine Bemühungen wie gewöhnlich resultatlos geblieben waren. »Beyer hat recht!« Als er zum zweiten Male diese Worte wiederholte, blieb er stehen und starrte vor sich hin. Der Dämon hatte sich plötzlich vor seinen Augen in einen Abgott verwandelt. »Beten Sie den neuen Heiland an«, hatte Beyer zu ihm gesagt. Den ganzen Tag über unterbrach er seine Grübeleien immer mit denselben vor sich hingemurmelten Worten: »Der neue Heiland ... der neue Heiland ... bete den neuen Heiland an!«

Seit acht Tagen hatte er die Drehbank nicht getreten. War er halberschöpft von seinen Gängen zurückgekehrt, so durchmaß er mit großen Schritten die Werkstatt und rief sich alles ins Gedächtnis zurück, was der Altgeselle ihm gepredigt hatte. Was hätte er jetzt darum gegeben, wenn Thomas Beyer plötzlich vor ihm aufgetaucht wäre, um noch einmal das zu wiederholen, was er ihm so oft gesagt hatte. Als hätte trotz seines physischen Elends sein Geist plötzlich eine wunderbare Kraft erlangt, fielen ihm ganze Bruchstücke der Agitationsreden des Altgesellen ein: »... Die Leute, die Sie zugrunde richten, sind Ihre natürlichen Feinde, gegen welche Sie sich aufbäumen müssen ... Gott will nicht, daß ein Gerechter leide um hundert Ungerechter willen ... Die moderne Gesellschaft mit ihrem Produktionsschwindel hat Sie auf dem Gewissen ...«

Er sprach diese Sätze wohl ein dutzendmal laut vor sich hin und gab sich alle Mühe, ihre Wahrheit zu ergründen und sie bis ins einzelne zu zergliedern. Eine förmliche Wut überkam ihn, die neue Lehre immer mehr in sich aufzunehmen und sich an ihr zu berauschen. In der guten Stube standen einige Bücher, darunter ein altes Lexikon. Mit Eifer stürzte er sich darüber her und suchte nach irgendeiner Erklärung des Wortes »Sozialdemokratie«. Er wurde aber nicht befriedigt; was er fand, war ihm zu gelehrt. Als er beim großen Wandspiegel vorüberkam, schreckte er vor seinem eigenen Bilde zusammen. Gespensterhaft starrte ihm sein Antlitz entgegen. Er war so überrascht, daß er sich umblickte, als stände noch ein anderer hinter ihm. Je länger er sich aber betrachtete, je komischer kam er sich vor. Schließlich amüsierte er sich über seinen Aufzug, beschaute sich wie ein Komödiant, der in den nächsten Minuten auf die Bühne gehen soll, von allen Seiten und nickte sich freundlich zu. Es war der Schnapsteufel, der aus ihm sprach und ihm diese Scherze eingab. Dann ging er nach der Küche und hob die ganze Herdplatte in die Höhe, weil er in dem Wahne lebte, es könnte von den verbotenen Schriften

Beyers, die er vor langer Zeit verbrannt hatte, noch etwas übriggeblieben sein.
Es kamen nun Stunden, wo die Einsamkeit, die bisher sein einziges Glück ausmachte, ihm zur Last wurde, wo er seine größte Befriedigung darin gefunden hätte, mit einem vertrauten Menschen zu sprechen, um alles von sich zu wälzen, was seine Seele bedrückte. Er schloß die Haustüre auf, öffnete die Läden, blickte nach der Straße mit einer Sehnsucht und Erwartung, als müsse jeden Augenblick die Gestalt Beyers vor ihm auftauchen und ihn laut begrüßen. Aber Beyer kam nicht; nur einige Leute blieben stehen und blickten ihn sehr erstaunt an; ein kleines Mädchen lief erschreckt über den Damm, und an den Fenstern der gegenüberliegenden Häuser zeigten sich neugierige Gesichter, die zu ihm hinüberglotzten, als könnten sie die plötzliche Veränderung in der Physiognomie des Hauses nicht begreifen.
Endlich nahm er sich vor, Beyer selbst aufzusuchen. Als er aber vor der Haustür eine Gruppe Neugieriger erblickte, verschloß er wieder Laden und Haustür und vergrub sich aufs neue in seiner Burg.
An diesem Tage fand er noch einmal Gelegenheit, seine Aufmerksamkeit der Außenwelt zuzuwenden. Ein Geräusch von vielen Stimmen hatte ihn nach einer der Giebelstuben hinaufgelockt. Die ganze Straße war schwarz von einer wogenden Menschenschar, in deren Mitte die Helme der Schutzleute auftauchten. Es war an einem Montag. In der zehnten Stunde hatten plötzlich zweihundert Arbeiter der Urbanschen Fabrik ihre Beschäftigung niedergelegt. Es handelte sich um eine Lohnreduktion, die man sich nicht bieten lassen wollte. In einer anderen Knopffabrik, die in einer der Nebenstraßen lag, war in der vergangenen Woche bereits ein Strike ausgebrochen. Wie der Blitz hatte sich bei diesen arbeitslosen Gesellen der Vorgang in der Urbanschen Fabrik verbreitet; sie kamen in hellen Hau-

fen herbeigezogen, um zum Aushalten aufzumuntern oder ihrem Unmute Luft zu machen. Zum großen Verdruß Urbans legte auch gegen Mittag ein Teil der Elfenbein- und Horndrechsler ihre Drehwerkzeuge nieder und zog von dannen. Was man den Knopfarbeitern abzuziehen gedachte, das verlangten sie als Erhöhung ihres Lohnes. Das hatte man nicht erwartet, denn eine große Bestellung fürs Ausland war eingegangen und sollte schleunigst ausgeführt werden. Aber Urban ließ auch sie gehen, ohne ihnen irgendwelche Zugeständnisse zu machen.

Etwa sechshundert Arbeiter belagerten das Fabriktor und schritten vor demselben in langen Zügen auf und ab. Trotzdem herrschte eine musterhafte Ruhe; nur ein dumpfes Murmeln, wie das Grollen eines leichtbewegten Meeres, durchhallte die Luft. Hin und wieder ertönte ein lauter Zuruf oder ein greller Pfiff, der an anderer Stelle beantwortet wurde. Das Murmeln erhob sich dann zu einem lauten Stimmgewirr, ein dichter Menschenknäu[e]l entstand, und die Schutzleute brachen sich Bahn, um ihn zu zerteilen und zum Auseinandergehen aufzufordern. Dann wogte die dunkle Lawine wieder die Straße entlang. Zeitweilig trat ein unheimliches Schweigen ein, das angesichts der Menschenmenge etwas Beklemmendes, Furchterregendes barg. Einen Gegensatz zu diesen herausfordernden Gestalten bildeten die helleuchtenden Gesichter der Frauen, Mädchen und Kinder, die in den geöffneten Fenstern lagen und bis in das Dach hinauf eine lebende Garnitur an den Häusern bildeten.

Timpe hatte eine aufrichtige Freude an diesem Anblick.

»Dacht' ich's mir doch, daß es eines Tages so kommen würde«, sagte er mit einem vergnügten Lächeln vor sich hin; »wenn nur die ganze Fabrik zum Teufel ginge, das wäre ein wahrer Segen.«

Am liebsten wäre er sofort hinuntergegangen und mitten unter die Streikenden getreten, um ihnen Ferdinand Friedrich Urban bis auf die spitze Nase so eindringlich zu schildern, daß sie ihn aus dem Effeff kennengelernt hätten. Er empfand ordentlich Lust, irgendeine Heldentat zu begehen; diesen armen Leuten dort, die vielleicht nicht wußten, wo sie am andern Tage das Brot zum lieben Leben herbekommen sollten, seinen eigenen Untergang vor Augen zu halten, ihnen den Fluch der Armut und die Macht des Kapitals in glühenden Farben zu schildern, sie zum Ungehorsam gegen die Gesetze aufzufordern, Worte der Empörung in ihre Reihen zu schleudern. War er denn jetzt mehr als sie, stand ihm nicht dasselbe Schicksal bevor: gleich ihnen, mit der Blechkanne in der Hand, des Morgens nach irgendeiner Fabrik zu gehen, um als lebende Maschine in der Legion der Enterbten sein Tagewerk zu verrichten? O er war nahe daran, die Grausamkeit des Lebens bis zum letzten Tropfen zu durchkosten! Es kochte förmlich in ihm, er fühlte, wie die Zunge sich im nächsten Augenblick lösen würde, um alles das, was er dachte, in die Massen hineinzuschreien.

Aber er kam nicht dazu. Einige junge Burschen hatten ihn erblickt, wiesen auf ihn hin und schienen sich allem Anschein nach über ihn lustig zu machen. Eine Gruppe bildete sich, und hundert Köpfe wandten sich nach ihm. Viele traten bis an den Zaun heran und gafften zu ihm wie zu einem Wundertier empor. Timpe ließ sich sehen? Das war neu.

Ein junger, bartloser Mensch, der kaum die Lehrlingsschuhe ausgezogen haben konnte und dem die Skandalsucht im Gesicht geschrieben stand, rief dann plötzlich laut: »Seht doch den alten Meergreis da oben ...« Gelächter ertönte.

Der Meister wollte das Wort »dummer Junge« gebrauchen, besann sich aber auf seine Weisheit, klappte das Fenster zu und verschwand.

Am Nachmittage tauchten Schutzmänner zu Pferde auf, welche im Schritt die Straße durchritten und jede Gruppe, die sich bildete, sofort auseinandertrieben. Nach und nach verteilten sich die Massen. Als der kurze Wintertag zur Dämmerung sich neigte, zerstreuten sich auch diejenigen der Strikenden und Neugierigen, die am längsten ausgeharrt hatten. Nur die Schutzmannsposten, die langsam vor dem Fabriktor auf und ab wanderten, und das laute Leben in den Schankwirtschaften deuteten auf die Ereignisse des Tages hin.
Nach zwei Tagen fand die Ersatzwahl zum Reichstage statt. In diesem ungeheuren Stadtviertel des Proletariats, das sich von den Frankfurter Linden bis nach dem Schlesischen Busch und von dort bis zum Kottbuser Tor erstreckte, hatte ein Arbeiterkandidat den Sieg davongetragen, aber zugunsten eines anderen Wahlkreises auf dieses Mandat verzichtet.
Es war ein naßkalter Wintertag. Der Schnee hatte sich in Wasser aufgelöst, und ein feiner, kaum sichtbarer Regen vermehrte die Schmutzlachen und durchfeuchtete die Kleidung der Menschen. An solchen Tagen macht Berlin einen unangenehmen Eindruck. Es gleicht einem Menschen, der plötzlich seine Stimmung und mit ihr seine Kleidung gewechselt hat. Es zieht sich in sich selbst zurück und läßt sich nur von außen betrachten. Selbst Fenster, hinter denen man selten Licht erblickt, sind erleuchtet, die Läden leerer als sonst, und um die Lampe im Wohnzimmer sieht man seit langer Zeit wieder die ganze Familie versammelt. Die flackernden Flammen der Gaslaternen verstärken den unangenehmen Eindruck. Die Schatten werden dunkler, die Wasserpfützen leuchten greller, die Häuser starren um so schwärzer zum dunklen Himmel empor. Wie Irrlichter huschen die bunten Flämmchen der Wagenlaternen über die Straße und wirken um so unheimlicher, je weniger man die Gefährte erkennen kann.

Seit frühmorgens war Timpe unterwegs, ohne den hülfsbereiten Menschen gefunden zu haben, der ihm Ersatz für die gekündigte Hypothek verschaffen würde. Er hatte durch die ewige Aufregung seine Arbeit bereits so vernachlässigt, daß sie in der Werkstatt unausgeführt in großen Haufen lag. Noch niemals war ihm eine ähnliche Gleichgültigkeit gegen sich selbst, gegen alles, was das Leben noch zu bieten vermochte, überkommen wie in den letzten Tagen. Er kam sich wie ein Vagabund vor, wie ein alter Landstreicher, der durch die Straßen zieht, um für Brot und Nachtlager zu betteln.
Es fing bereits an zu dunkeln. Der Schnee klatschte bei jedem Schritt gegen seine Füße, der Regendunst hatte sein langes Haar erweicht, sich in jede Falte seiner Kleidung gesetzt, so daß die Hand feucht würde, wenn er sie berührte. So näherte er sich wieder allmählich seiner Straße. In tiefe Gedanken versunken, blieb er abwechselnd stehen und blickte zum Himmel empor. Dann kam der Name »Karoline« wie ein langer Seufzer unsagbaren Schmerzes über seine Lippen. Er suchte vergeblich nach einem Ausdruck seiner Wünsche und Hoffnungen für die Zukunft; alles dessen, was ihn bewegte und die ewigen Widersprüche in ihm entfachte. Endlich hatte er ihn gefunden: es war der Lebensüberdruß, der an ihm nagte und ihn zum Sterben schlaff und willenlos gemacht hatte. Das Wort schien ihm so entsetzlich und doch verlockend, daß er mitten auf dem Fahrweg stehenblieb und vor sich hinstarrte. Eine Peitsche knallte vor seinen Ohren, und ein »Heda!« weckte ihn aus seiner Betäubung. Einige Sekunden später, und die Räder hätten ihn zermalmt. Ein Wagen rollte an ihm vorüber, in dem sein Sohn saß. Ein flüchtiger Blick hatte genügt, um ihn Franz erkennen zu lassen. Ein Schauer durchrieselte ihn, der ihm kälter dünkte als all dieser unermeßliche geschmolzene Schnee, der ganz Berlin durch-

tränkte. Mit schlotternden Knien ging er weiter. Plötzlich bannte er seine Schritte vor dem hellerleuchteten Torweg eines Hauses, das ihm bekannt erschien. Große rote Zettel prangten an beiden Seiten der Haustür, ganze Züge von Menschen gingen aus und ein, und auf der Straße standen dunkle Gestalten, die jeden neu hinzu Eilenden anredeten und ihm ein Stück Papier in die Hand zu drücken versuchten.

Johannes befand sich vor dem Wahllokale, in dem auch er seit vielen Jahren sein Recht als Bürger auszuüben pflegte. Er blieb stehen und blickte in den Torweg hinein, wie jemand, der noch überlegt, ob er weitergehen oder das Haus betreten soll. Eine schwere Hand legte sich auf seine Schulter. Thomas Beyer stand vor ihm.

»Meister, es ist die höchste Zeit ... gehen Sie hinein. Sie haben noch keinen Zettel? ... Hier ... Sie stehen gewiß in der Liste.«

Er hatte leise gesprochen und reichte ihm nun einen zusammengefalteten Zettel hin.

»Was steht drauf?«

Der Altgeselle lächelte und betrachtete ihn von oben bis unten mit einem Blick, den nur Timpe verstand.

»Zögern Sie auch *jetzt* noch?«

Der Meister schwankte einen Augenblick; dann sagte er mit fester Stimme: »Nein!«, beschritt den Torweg und stieg rechts die Stufen zum Lokal empor.

Nach wenigen Minuten kehrte er zurück.

Er wollte sich entfernen, aber Thomas Beyer hielt ihn fest. Ob er schon wisse, daß dort drüben um die Ecke in Schellers Salon um sieben Uhr eine Versammlung abgehalten werde? Strikende Arbeiter der Urbanschen Fabrik träfen sich dort.

»Meister, Sie gehören jetzt zu uns, Sie müssen mitkommen.«

Seit der Minute, wo Timpe mit gesenktem Blick die Hand nach der Wahlurne ausgestreckt hatte, um in

ihre Tiefe jenen winzigen Fetzen Papier zu versenken, auf dem seine neue Überzeugung geschrieben stand, war völlige Willenlosigkeit über ihn gekommen. Es war der Zweifel an der Gerechtigkeit seiner Handlung, der sofort mit der Tat in ihm aufgestiegen war. Wie eigentümlich hatten ihn die Herren am Tische betrachtet, wie starr waren ihre Augen auf seine Hand gerichtet, als wollten sie bereits aus der Farbe des Papiers seine Gesinnung erkennen. Ja, es war ihm sogar, als hätten ein korpulenter Sardellenhändler und ein dürrer Kanzleirat, die als Beisitzer fungierten und ihn genau kannten, sich erstaunte Blicke zugeworfen, aus denen zweifelsohne die Worte zu lesen waren: Haben Sie gesehen? Timpe wählt einen Sozialdemokraten.
»Gut, wir gehen«, erwiderte er dem Altgesellen.
Mußte er sich jetzt nicht näher um die Ziele bekümmern, denen er gleich den andern zustrebte? War es nicht seine Pflicht, seit dieser Stunde eins zu sein mit den Arbeitern, sich unter sie zu mischen, die große soziale Frage in den Versammlungen erörtert zu hören? Zudem waren die Drechsler seine Fachkollegen und die Knopfmacher verwandte Berufsgenossen. Die Versammlung mußte ihm also ein erhöhtes Interesse bieten.
Es war merkwürdig, wie er sich nun von Beyer leiten ließ. Mit einer gewissen Ehrfurcht blickte er zu ihm empor, lauschte er auf jedes Wort, das über die Wahl von seinen Lippen kam. Er bewunderte ihn, wenn die vorüberströmenden Arbeiter, die um diese Stunde in hellen Haufen herangezogen kamen, ihn lebhaft begrüßten und ihm jene Achtung entgegenbrachten, die man einem Menschen zu zollen pflegt, dessen geistige Überlegenheit man anerkennen muß.
Beyer hatte sich vorgenommen, den Meister heute nicht mehr zu verlassen. Er beauftragte einige Vertrauensmänner, nach Schluß der Wahl dem Zählakte

beizuwohnen, und ergriff dann Timpes Arm, um das Wiedersehen bei einem Glase Bier zu feiern. Er schien nur noch Mitleid für den früheren Arbeitgeber zu haben, nachdem er die Genugtuung erlebt hatte, ihn bekehrt zu sehen. Das sprach aus jedem Wort, aus jedem Blick, aus der Zartheit, mit der er ihn behandelte, und wie er in ihm immer nur den altehrwürdigen Mann sah, in dessen Hause er unzählige Wohltaten genossen hatte.

Timpe war schweigsam; still in sich gekehrt lauschte er den Reden Beyers und nickte statt der Antwort mit dem Kopfe. Ein niederdrückendes Gefühl lastete auf ihm: die Unbeholfenheit eines Menschen, der in eine neue Gesellschaft geraten, in der er fremd ist und sich nicht zu benehmen weiß. Diese unangenehme Situation wurde noch erhöht, als er mit dem Altgesellen die Stufen zu einem Kellerlokal hinunterschritt und dann in einem engen Raum inmitten von Arbeitern sich befand, die in ihren schmutzigen Blusen direkt aus der Fabrik gekommen waren, eifrig politisierten und ihn wie ihresgleichen behandelten.

Wortkarg saß er in einer Ecke, nippte an seinem Biere und dachte in dieser Spelunke an seinen Sohn, dessen Reichtum, dessen Glanz ... Dieser Gedanke machte ihn heiß. Ein Gefühl ungerechter Demütigung überkam ihn und trieb das Blut nach seinem Kopfe. Er bestellte Schnaps, und nun wurde er gesprächig, beteiligte er sich an der lauten Debatte, tat er so, als wäre er mit allem einverstanden, was man sagte und worauf man schimpfte ...

XVIII.
Der Meister predigt Aufruhr

In Schellers Salon war die Versammlung noch nicht eröffnet. Der Saal war völlig besetzt, denn zu der Zahl der Strikenden hatten sich Hunderte von Berufsgenossen gesellt. Obendrein war heute Wahltag. Man hatte früher Feierabend gemacht und befand sich bereits seit Stunden in aufgeregter Stimmung. Auf der kleinen Bühne im Hintergrund hatte der Vorstand sich niedergelassen. Rechts, abgesondert von ihm, saß der überwachende Polizeilieutenant und hinter diesem Alexander Liebegott. Er hatte die Hände über den dicken Bauch gefaltet, drehte aus Langerweile die Daumen und trug eine höchst würdevolle Miene zur Schau, über die Krusemeyer sich sehr gewundert haben würde. Nur die Enden des gewaltigen Schnurrbartes hingen gleich durchnäßten Trauerfloren hernieder.
Die Gläser klapperten, dichter Zigarrendampf stieg zur Decke empor, und hundertfältiges Stimmengewirr durchschwirrte den Saal. Die Tür öffnete sich von Minute zu Minute. Die neu Ankommenden drängten sich durch die Reihen und spähten nach leeren Stühlen. Man begrüßte sich laut, versuchte, sich zu Bekannten hinzudrängen, und erkundigte sich nach diesem und jenem. Die ganze Unterhaltung drehte sich um die Ersatzwahl. Man setzte ein sicheres Durchkommen des Arbeiterkandidaten voraus, aber das offizielle Resultat fehlte noch. Jeder Hinzukommende wurde mit Fragen bestürmt; auf allen Gesichtern glänzte die Freude über den voraussichtlichen Sieg. Man kannte sich nicht, aber trank sich gegenseitig zu auf das Wohl der guten Sache. Die Stimmen wurden immer lauter, die Gläser klirrten immer heftiger. Man gestikulierte äußerst aufgeregt oder hörte

einem zu, der am Tisch das Wort führte und die anderen durch seinen Redefluß zum Schweigen brachte. Hier waren alle einer Meinung, die Unterhaltung war eine ruhige; dort stießen die Ansichten schroff aufeinander. Die Opposition des Gegners wühlte die Leidenschaft auf, und hastige, halberstickte Sätze kamen zum Vorschein, die dem Redner das Wort vom Munde abschnitten. Dazwischen die Rufe nach dem Kellner, das Rücken der Stühle und Tische, das laute Begrüßen Eintretender und irgendein Witzwort, das die Stimmung immer rosiger machte.

Das ganze Bild dieser Menge von tausend in steter Bewegung sich befindenden Köpfen, belebten Gesichtern war beleuchtet von dem flackernden Licht der Gasflammen, die sich durch die ungeheure Wolke von Qualm, die den Kronleuchter umzog, wie umnebelte Irrlichter ausnahmen. Und dieses Spreizen der Finger, das jeden Kraftausdruck begleitete; diese nervösen Bewegungen der Hände, gleichsam als wollte man durch sie die soeben gesprochenen Worte doppelt bestätigen oder auf den Ausdruck hinweisen, nach dem man vergeblich gesucht hatte, um dem Satze einen Zusammenhang zu geben.

Auf der einen Seite des Saales steckte man die Köpfe längere Zeit zusammen und blickte nach der äußersten Ecke neben der Bühne. Dort saß mit einem fremden Herrn Franz Timpe, der stille Kompagnon Urbans. Er hatte das Strikekomitee um die Erlaubnis gebeten, der Versammlung beiwohnen zu dürfen, und man hatte sie ihm gegeben, weil man annahm, es sei ihm um eine baldige Einigung zu tun. Die ihn erkannt hatten, hielten sich sehr reserviert ihm gegenüber: denn wie freundlich hatte er den Polizeileutenant gegrüßt, und wie liebenswürdig war der Gruß erwidert worden.

Die Klingel des Vorsitzenden ertönte, und es trat Ruhe ein. Allgemeine Mitteilungen über die Ursachen

des Strikes wurden gemacht, dann ergriff ein Arbeiter der Urbanschen Fabrik als Referent das Wort. Sein Name hatte bei den Versammelten einen guten Klang, seine Erscheinung war männlich und einnehmend. Er schilderte in beredten Worten den Niedergang des Drechslergewerbes, erörterte an der Hand von Lohntabellen die traurige Lage der Gehilfen und verglich damit die lange Arbeitszeit. Es war ein trübes Gemälde, das er entwarf. Das Drechslergewerbe, so führte er aus, sei früher eins der blühendsten gewesen, heute aber durch die außerordentlich große Konkurrenz völlig auf den Hund gekommen.
Ein lautes »Bravo! Bravo!« unterbrach ihn. Es kam von der Tür her, wo ein Knäuel von Arbeitern sich gestaut hatte. Man blickte sich um, um zu sehen, wer der Unterbrecher sei, konnte ihn aber nicht entdecken.
Der Redner fuhr fort, in eindringlicher Weise seine Ansichten zu entwickeln. Der Durchschnittslohn eines Gehülfen betrage kaum so viel, daß er sich anständig ernähren könne. Von den Familienvätern wage er gar nicht zu sprechen. Sie führten einfach eine traurige Existenz und könnten sich nur erhalten, wenn die Frauen und Kinder mitarbeiteten. »Kann man das aber ein geordnetes Familienleben nennen«, fuhr er mit erhobener Stimme fort, »wenn Mann und Frau das Haus verlassen und die Tochter in kaum entwickeltem Alter nach der Werkstatt oder Fabrik gehen muß, um, der Aufsicht der Eltern enthoben, unmoralischen Einflüssen aller Art preisgegeben zu werden? Das Weib gehört in die Familie, es ist dazu da, die Häuslichkeit zu pflegen, die Kinder zu erziehen, sie zu gesitteten Menschen zu machen, aber nicht, um ihre ganze Kraft dem Erwerb zu widmen und dadurch zur Verlotterung der Familienbande beizutragen.
Eine Beifallssalve erfolgte, begleitet von lauten Bravorufen.

Der Polizeilieutenant hatte eifrig geschrieben. Jetzt blickte er den Redner aufmerksam an, dessen intelligentes Gesicht ihm halb zugewandt war und über welches nur ein flüchtiges Lächeln glitt. Dann fuhr der Sprecher fort:
»Meine Herren, die ganze physische Beschaffenheit des Weibes spricht gegen eine lang andauernde Beschäftigung in den Fabriken. Es ist in erster Linie dazu bestimmt, Gattin und Mutter zu sein. Jeder wahrheitsliebende Arzt wird Ihnen das bestätigen ... Wenn also alles das geschieht, was ich Ihnen hier vorführe, so hat das seinen hauptsächlichen Grund in der schlechten Belohnung der Männerarbeit. Es sind das also auf die Dauer unhaltbare Zustände.«
Neuer Beifall erschallte. Der überwachende Beamte, ein jovialer Herr mit bereits grauem Backenbart, erhob den Oberkörper und legte den Bleistift auf den Tisch. In demselben Augenblick sagte der Vorsitzende:
»Ich bitte den Herrn Redner, bei der Sache zu bleiben. Es handelt sich hier um Erörterungen von Strikeangelegenheiten. Ich bitte also –«
Der Redner fuhr fort: »Ich bin vollständig bei der Sache. Wir sind hier Arbeiter, um die sich die ganze soziale Frage dreht. Wie aber erst die einzelnen Glieder eine Kette bilden, so machen die verschiedenen Erscheinungen des öffentlichen Lebens die soziale Frage aus. Wenn wir unsere Angelegenheiten besprechen wollen, so muß es auch notwendig sein, die Ursachen anzuführen, die unsere traurige Lage verschuldet haben, und die Folgen, die aus ihr entstanden sind und immer noch entstehen. Mit Schönpflästerchen heilt man keine Wunde.«
»Bravo ... Sehr richtig«, ertönte es abermals unter den Zuhörern.
»Ich will also fortfahren oder vielmehr bei der Sache bleiben«, begann der Redner wieder mit einem ironischen Lächeln. »Meine Herren, wenn der Staat ver-

langt, daß wir unsere Pflichten als Steuerzahler und Bürger erfüllen sollen, so muß uns auch gestattet sein, öffentlich nach den Mitteln und Wegen zu suchen, die uns vor der Gefahr schützen, eines Tages diesen Pflichten nicht mehr nachkommen zu können. Wir gleichen den Ärzten, die zusammengekommen sind, um einen kranken Körper zu untersuchen, und welche die moralische Verpflichtung fühlen, sich gegenseitig nichts zu verschweigen. Meine Herren, wir streben nur nach einem menschenwürdigen Dasein. Wir wollen nicht prassen, nicht schlemmen, wir wollen aber auch nicht die traurige Möglichkeit vor Augen haben, eines Tages physisch und moralisch zu verkommen, mit dem entsetzlichen Gedanken aus der Welt scheiden, unsere Frauen und Kinder als hülflose Wesen zurücklassen zu müssen ... Wir wollen auch nicht geistig vertieren, sondern nach der Arbeit so viel Zeit übrig haben, um uns fortzubilden, neben der leiblichen auch geistige Nahrung zu uns nehmen zu können ... Unter der heutigen Produktionsweise ist das aber unmöglich. Ein Beispiel sehen Sie an mir. Ich bin verheiratet und Vater von zwei kleinen Kindern. Ich wohne weit oben in der Brunnenstraße, habe einen Weg von dreiviertel Stunden bis nach der Fabrik zurückzulegen. Seit Monaten habe ich bei Urban des Abends bis neun Uhr arbeiten müssen. Frühmorgens, wenn ich mein Heim verlasse, schlafen meine Kinder noch, und kehre ich abends spät nach Hause, so liegen sie schon wieder und träumen. So kam es denn, daß es mir nur alle acht Tage vergönnt war, meine Kinder sprechen zu hören, ihnen in die Augen zu schauen ...«

Eine Bewegung entstand, und er fuhr fort: »Ja, meine Herren, wie oft kommt es nicht vor, daß wir auch des Sonntags vormittags nach der Fabrik müssen, weil es so verlangt wird. Es gibt Leute, die uns Arbeitern vorhalten, wir besäßen keine Religion, es stände besser um uns, wenn wir nach der Kirche gingen. Nun, meine Herren, man läßt uns nicht einmal *Zeit* zum Beten. Wir verrichten im Schweiße des Angesichts am Sonntagvormittag unsere Arbeit, und *das* ist unser Gebet . . .« Er machte eine Pause.

Kein lauter Beifall erschallte diesmal, aber die allgemeine Bewegung, die mächtig durch die Reihen ging, zeugte für den großen Eindruck, den die letzten Worte des Redners gemacht hatten.

Er begann aufs neue: »Und nachdem unsere Lage so erbärmlich als möglich ist, wagt man es noch, mit Lohnherabsetzungen zu kommen. Ich spreche jetzt hier im Namen der Knopfdreher.« Er begann nun die Schattenseiten des Gewerbes zu enthüllen, bat, fest zusammenzustehen, den Zuzug fernzuhalten und die Strikenden soviel als möglich zu unterstützen und ihnen zum Siege zu verhelfen. »Das Kapital hat die Macht, uns verhungern zu lassen«, sagte er zum Schluß, »wir aber haben das Bewußtsein unseres Menschenrechtes und fühlen die Kraft in uns, für dieses Menschenrecht zu kämpfen und zu leiden . . . Die Arbeiterpartei ist eine Partei des Friedens . . . wir wollen auf gesetzlichem Wege unser Los zu verbessern suchen. Solange aber die Regierung unsere Notlage nicht erhört, müssen wir versuchen, uns selbst zu helfen. Wir betrachten daher die Strikes als ein Mittel zum Zweck. Wenn man aber nicht nachläßt, uns die Übermacht des Kapitals fühlen zu lassen, wenn man immer aufs neue versucht mit allen Machtmitteln, die der Bourgeoisie zu Gebote stehen, unsere Lage zu verschlechtern, uns auf jede Art und Weise zu demütigen, uns wie die Schraube an der Maschine zu betrachten, die wertlos ist, wenn sie sich abgenutzt hat, ich sage, wenn das kein Ende nehmen wird, dann – –«

Atemlose Stille hatte während dieses Satzes geherrscht. Aller Augen hingen am Munde des Redners. Der Polizeilieutenant hatte sich bei den letzten Worten erhoben und nach dem Helm gegriffen. Der Vorsit-

zende zupfte den Redner am Rock, die ganze Zuhörerschaft dehnte den Oberkörper und reckte die Hälse, weil sie im nächsten Augenblick die Stimme des Beamten zu vernehmen glaubte. Dem Sprecher war diese Aufregung nicht entgangen, er beherrschte sich sofort und beendete mit einem Lächeln den Satz:
»... dann, meine Herren, trinken wir unser Bier aus und gehen ruhig nach Hause.«
Ein ungeheures Gelächter, mit dem sich ein Sturm des Beifalls mischte, folgte diesen Worten. Selbst der Polizeilieutenant konnte sich der Heiterkeit nicht entziehen; er lächelte vor sich hin, trotzdem er der Getäuschte war. Und was Liebegott betraf, so machte er ein Gesicht, als kitzele man ihn fortwährend, ohne daß er es wagen dürfe, die fest aufeinandergepreßten Lippen zu öffnen. Die Ruhe wurde erst wieder hergestellt, nachdem minutenlang die Klingel des Vorsitzenden erklungen war.
Die Diskussion wurde eröffnet. Einige Redner machten von ihrem Platze aus kurze Bemerkungen. Plötzlich entstand unter der Menge an der Tür eine Bewegung und lautes Gemurmel. Es hatte jemand die Absicht geäußert, sprechen zu wollen, schien aber dann wieder den Mut nicht zu haben. Man redete auf ihn ein, bis Thomas Beyer sichtbar wurde, der zur Tribüne schritt und zum Vorstandstisch etwas hinaufrief. Der Vorsitzende rührte die Klingel und sagte mit seiner nicht sehr klaren Stimme:
»Herr Drechslermeister Timpe hat das Wort.«
Hunderte Köpfe wandten sich der Tür zu, wo der aufgerufene Redner noch immer den Blicken in einer Gruppe verborgen blieb. Viele hatten nur den Namen verstanden und richteten ihre Augen nach der Ecke, wo der Kompagnon von Urban saß. Franzens Antlitz hatte fahle Blässe überzogen. Er glaubte zu träumen, wollte sich erheben, um schleunigst den Saal zu verlassen, aber wie Blei lag es ihm in den Füßen. Es wäre

auch schwer gewesen, ohne aufzufallen durch die Menge zu schreiten. Die Furcht hatte ihn so entsetzlich gepackt, daß er zitterte und den Versuch machte, sich hinter seinem Gesellschafter zu verbergen. Dann wieder war es die Neugierde, die ihn auf seinen Platz bannte – jene unerklärliche Neugierde, die dem Menschen angesichts einer Gefahr überkommt, der er nicht mehr zu entrinnen vermag.

Da Johannes sich noch immer nicht sehen ließ, so glaubte der Vorsitzende, man habe ihn schlecht verstanden. So wiederholte er denn laut und vernehmbar:

»Herr Drechslermeister Timpe hat das Wort.«

Jetzt hatte man ihn verstanden. Wer kannte auch Meister Timpe nicht! Wie viele von ihnen hatten nicht von seiner Werkstatt gehört, von der Gemütlichkeit, die bei ihm herrsche, von der Menschenfreundlichkeit, mit der er seine Gesellen zu behandeln pflege. Nur ein Bruchteil der Anwesenden ahnte, daß er der Vater des »stillen Sozius« von Urban sei. Und die es wußten, hatten nur von ihm als von einem wohlhabenden Manne gehört.

Jetzt schritt er an ihnen vorüber der Tribüne zu, mit niedergeschlagenen Augen, zögernd und unsicher, wie ein Mann, der in seinem Leben zum ersten Male sprechen soll und im Geiste tausend Blicke auf sich gerichtet sieht. Nach zwei Minuten hatte er mühsam das Podium erklettert. Er verbeugte sich vor dem Lieutenant, der ihn kannte, und stellte sich dann allen sichtbar neben den Tisch des Vorstandes.

Mein Gott, wie sah er aus! Wie er so dastand, konnte er das tiefste Mitleid einflößen. Hunderte, die mehr als einmal bei ihm nach Arbeit vorgesprochen hatten, kannten ihn nicht wieder. Er war erschrecklich gealtert. Das Gesicht hatte tiefe Furchen bekommen, und die Wangen waren schmal wie zwei Bretter. Der Nacken war tief gekrümmt, und die vernachlässigten

Kleider hingen lose wie Fahnentücher an seinem Körper; dazu kam das lange weiße Haar, das in Strähnen auf die Schultern fiel, der verwilderte Kinnbart, der ihn noch älter machte, als er war. Er bot das Bild eines durch Kummer und Sorge früh gebeugten Menschen. Nur in seinen Augen leuchtete ein unheimliches Feuer, während die Wangen sich leicht gerötet hatten. Die Arbeiter flüsterten sich allerlei Bemerkungen zu. Von Mund zu Mund ging es, daß Timpe durch Urban ruiniert worden sei, daß er schon längst den letzten Gesellen habe entlassen müssen und nun für das liebe tägliche Brot arbeite; daß sein Haus über und über verschuldet sei und daß ein unglückliches Verhältnis zwischen ihm und seinem Sohne bestehe.

Er hatte die rechte Hand auf den Tisch gestützt und begann nun zu sprechen, erst unsicher und zaghaft, dann zusammenhängender und mit angestrengter Stimme. Er redete eigentlich nicht, sondern erzählte, wie jemand, dem es nur darauf ankommt, seinem Herzen Luft zu machen.

»Meine geehrten Herren«, begann er, »Sie sehen in mir einen ruinierten Drechslermeister ... Mein Geschäft hat jahrzehntelang geblüht, acht Gesellen habe ich in meiner Werkstatt gehabt, heute aber stehe ich allein und muß mich ums tägliche Brot quälen ...

Ich bin achtundsechzig Jahre alt, habe fünfzig Jahre lang an der Drehbank gestanden, werde mir also erlauben können, ein Wörtchen über unser aller Los mitzureden.«

Man sah es ihm an, wie er nach den Worten rang, die seinen Sätzen den Zusammenhang geben sollten. Es lag eine gezwungene Ruhe in ihm, die nur des leisesten Anstoßes bedurfte, um in Entfesselung überzugehen. Man sah das an den irrenden Augen, die keinen Ruhepunkt finden konnten, an der Art und Weise, wie er fortwährend den Arm erhob und mit

der gespreizten Hand gestikulierte, während die andere von der Tischplatte sich löste.
Er berichtete nun, wie er nach und nach durch Urban und die Großindustrie zugrunde gegangen sei. Allmählich wurde er lebhafter, die Augen bekamen einen erhöhten Glanz, sein Gesicht rötete sich mehr und mehr, die ganze Gestalt schien zu wachsen.
»Meine Herren, die Maschinen und die großen Fabriken, die sind an allem schuld ... die Schwindelkonkurrenz und die Massenproduktion haben das Handwerk ins Elend gestürzt ... Wer Geld hat, um es auszuhalten, der bleibt oben, wer aber nur auf seine Kunstfertigkeit vertraut, der liegt eines Tages unten. Früher gehörten die Handwerker zu den Stützen des Staates, heute bricht eine nach der anderen zusammen, ohne daß ein Hahn darnach krähte. Es ist nicht recht von der Monarchie, daß sie das duldet. Jeder hergelaufene Schwindler, der nur das Geld dazu besitzt, kann heut anfangen zu fabrizieren, gelernt braucht er nichts zu haben. Das hat nur der, den er durch seine saubere Konkurrenz dem Ruine nahebringt ...«
Laute Zustimmungen wurden ihm zuteil, man sah, wie die Versammelten sich immer mehr für die Wahrheit seiner Worte erwärmten und durch die Schlichtheit seiner Rede gefesselt wurden.
»Ich bin seit dreißig Jahren selbstständig«, fuhr er fort, »habe mein Gesellen- und Meisterstück in allen Ehren gemacht, bin mein ganzes Leben lang ein fleißiger Mann gewesen und bin durch einen hergelaufenen Hausierer an den Bettelstab gebracht worden. Urban heißt der Mann, damit Sie es wissen.«
Ein vielstimmiges, langgedehntes »Ah« wurde laut.
Er richtete seinen Blick nach links und erblickte seinen Sohn, der sich vergeblich zu verbergen versuchte. Ein Zittern vom Scheitel bis zur Zehe erfaßte ihn; dann durchlief ein Schauer seinen Körper. Alles Blut drängte sich nach dem Herzen, er glaubte, die Bretter

unter seinen Füßen wankten und er mit ihnen; aber er beherrschte sich mit der ganzen Kraft seines Greisenalters und blieb stehen. Dann wollte er schreien, mit dem Finger nach jener Ecke deuten und der Anklage gegen Urban die fürchterliche gegen seinen Sohn hinzufügen, aber die Scham hielt ihn zurück.

Als der Kampf vorüber war, gab er sich den Anschein, als hätte er Franz nicht erblickt, und fuhr fort: »Diesen Herren, deren ganzes Wissen in ihrem Geldsacke liegt, ist nichts heilig, wenn sie den Handwerker ruinieren können. Sie rauben ihm nicht nur die Kunden, nehmen ihm nicht nur die Existenz, sondern stehlen ihm obendrein die Modelle ... und wenn es bei Nacht und Nebel sein sollte! Wie nennt man aber solche Leute, die das tun? *Diebe* nennt man sie!«

Sein Blick glitt jetzt bewußt nach links und blieb durchdringend auf dem Antlitz seines Sohnes haften. Nun war es, als spräche aus ihm ein anderer Mensch. Aus dem anfänglichen Erzähler wurde ein glühender Redner, der mit den Worten gleich schweren Felsblöcken um sich warf. Seine Zagheit war verschwunden, er glich einem tief empörten Menschen, aus dem die Macht der moralischen Überzeugung spricht. Der Zorn drang auf ihn ein, der heilige Zorn eines gekränkten und erbitterten Mannes. Der Anblick seines Sohnes hatte sein Innerstes aufgewühlt, wie durch den Sturmwind das stille Meer in Bewegung gesetzt wird. Alle Leiden der letzten Zeit, der Schmerz um die Verblichene, die Sorge um seine Zukunft, der Kummer, den ihm Franz verursacht hatte, drangen chaotisch auf ihn ein, und er durchkostete binnen wenigen Minuten das noch einmal, was er während Jahren bereits durchlebt hatte. Es zischte und kochte in ihm wie in einem Kessel, in dem der Dampf der Entfesselung harrt. Es mußte heraus, was er dachte, wozu er die Worte bereits auf den Lippen hatte. War er einmal zugrunde gerichtet, hatte er heute seine Wahlstimme

für die Partei der gesellschaftlichen Empörer gegeben, so konnte er auch furchtlos seine Meinung sagen. Er hatte nichts mehr zu verlieren als sein Leben.
Der Ton, den er jetzt anschlug, setzte alle in Erstaunen. Es entstand eine Bewegung, als wollte die ganze Versammlung sich von den Sitzen erheben, um in helle Begeisterung auszubrechen. Das war eine Sprache, die man lange nicht vernommen hatte. Die ganze Bourgeoisie, sämtliche Kapitalisten der Welt hätten hier anwesend sein müssen, um von diesem alten Herrn da oben mit Worten zusammengeschossen zu werden. Hei, wie die mitgenommen wurden! Das war ein frisches Wort, frei von der Leber!
Der Polizeilieutenant hatte den Meister Dinge sagen lassen, die er keinem anderen gestattet haben würde; kannte er ihn doch als gutgesinnten Patrioten, dessen Sohn zu den Fabrikbesitzern gehörte. Schon als er Timpes merkwürdigen Aufzug sah, hielt er ihn für etwas schwach im Kopfe; schließlich begann er wirklich an seinem Verstande zu zweifeln. Jetzt erhob er sich zum zweiten Male und gab dem Vorsitzenden einen wohlmeinenden Wink. Dieser stand ebenfalls auf, stieß Johannes an und bat ihn abzubrechen. Timpe aber hörte nicht darauf. Er machte eine Pause, um Atem zu schöpfen, und suchte dann nach Worten, um seinem höchsten Grimm Luft zu machen; aber er fand sie nicht. Es schien, als hätte ihn plötzlich die Sprache verlassen. Minutenlang schwieg er. Die Zuhörer wurden unruhig. Da fiel ihm ein, was der Großvater so oft gesagt hatte. Die elementare Wut eines Menschen, der jahrelang schweigen mußte, packte ihn, und seiner Sinne nicht mehr mächtig, schrie er in die Menge hinein:
»Die Schornsteine müssen gestürzt werden, denn sie verpesten die Luft ... *Schleift die Fabriken ... zerbrecht die Maschinen ...*«
Er kam nicht weiter. Der Polizeilieutenant setzte den

Helm auf und erklärte die Versammlung für aufgelöst.
Zu gleicher Zeit erhoben tausend Gestalten sich, tausend Arme schwenkten Hüte und Mützen, und eine ungeheure Beifallssalve durchbrauste gleich einem entfesselten Sturm den Saal. Hochrufe auf Timpe und die Sozialdemokratie erschallten; dann ertönte aus hundert Kehlen der Gesang der Arbeitermarseillaise:

– – – – – –
»Nicht fürchten wir den Feind,
Nicht die Gefahren all';
Kühn gehen wir die Bahn,
Die uns geführt Lassalle.«

Mit jeder Strophe verdoppelten sich die Sänger, und die Erde schien zu erzittern unter den Tritten der Massen, die mit schwerem Taktschritt dem Ausgange zuströmten, als ginge es zum Kampfplatz.
An der geöffneten Tür staute der dunkle Strom sich. Ein Trupp fremder Arbeiter war soeben im Flur angelangt und brachte die Nachricht vom Wahlsiege. Ein donnerndes Lebehoch auf den neuen Abgeordneten durchbrach den Gesang und setzte sich bis auf Hof und Straße fort. Zahlreiche Schutzleute erschienen wie aus der Erde gewachsen; Rufe zur Ordnung ertönten, Gelächter war die Antwort; und erst allmählich wie der verhallende Donner eines schweren Wetters legte sich die Aufregung der erhitzten Menge.
Timpe stand noch immer wie versteinert auf dem Podium. Der Vorsitzende redete auf ihn ein, machte ihm Vorwürfe; er hörte nicht. Dann richtete der Polizeileutenant einige Fragen an ihn; er beantwortete sie mechanisch. Die Leute um ihn herum verließen ihn, aber noch immer lehnte er am Tische. Gefühllos wie ein Nachtwandler stieg er die Stufen hinab.

Da sah er seinen Sohn, wie er zögernd mit seinem Begleiter stehenblieb, auf ihn blickte, dann aber die Wand entlang der Tür zuschritt. Den Meister packte ein Schwindel. In seinem Hirn begann es zu kreisen, die Menschen standen auf den Köpfen, die Lichter führten einen tollen Tanz auf, und zuletzt drehte der ganze Saal sich um ihn herum. Er schloß die Augen...

Er hielt plötzlich seinen Sohn an der Kehle und zerrte ihn nieder. Die Kräfte eines Riesen schienen über ihn gekommen zu sein. Immer fester schlossen die Hände sich, immer bleicher und willenloser wurde sein Opfer. »Gib mir meinen Vater wieder, hol mir deine Mutter zurück, Nichtswürdiger!« schrie er mit der Stimme eines Wahnsinnigen. Eine Blutwelle schoß an seinen Augen vorüber. Soll er ihn töten, wie man seine Seele gemordet hat? Vielleicht wäre es besser! Aber nein, nein! »Lebe, lebe, und du bist genug bestraft!«

Ein dumpfer Fall gab ihm die Besinnung wieder. Als er um sich blickte, fand er, daß er im halbdunklen Saal auf einem Stuhl saß. Er sah weder seinen Sohn noch die Hunderte, die ihn umringt hatten. Also war alles nur ein toller Spuk gewesen! Der Schweiß perlte auf seiner Stirn, dumpf und schwer holte er Atem. Thomas Beyer stand vor ihm, hielt sein Haupt und reichte ihm ein Glas mit Wasser.

»Kommen Sie, Meister, Sie sind erregt. Es ist heiß hier drinnen, die Luft draußen wird Ihnen wohltun«, sagte er nach einer Weile mit weicher Stimme und faßte ihn sanft am Arm. Und so schritt er mit ihm hinaus, brachte ihn wohlbehalten in seine Wohnung, dann ins Bett hinein, wartete so lange, bis er in einen tiefen Schlaf gefallen war, holte sich Decken und Betten aus dem Nebenzimmer und bereitete sich dann zu Timpes Füßen seine Lagerstätte...

XIX.
Unter Trümmern

Drei Tage lang lag der Meister in einem hitzigen Fieber; noch in der ersten Nacht nach der Versammlung war es zum Ausbruch gekommen. Er phantasierte stark, führte allerlei wirre Reden, in denen Handwerk, Fabriken und Maschinen eine große Rolle spielten. Dann wieder war es sein Sohn, mit dem er in diesen bösen Träumen zu tun hatte und den er laut beim Namen rief. Marie Beyer spielte auch diesmal die Krankenwärterin; ihr Bruder aber stellte sich, sobald er entbehrlich wurde, an die Drehbank und fing an zu drechseln, daß es eine Freude war, ihm auf die Finger zu blicken. Er schien förmlich aufzuleben bei der Beschäftigung an diesem Ort, dem er so lange hatte fernbleiben müssen. Mit einem gewissen Ausdruck der Zärtlichkeit betrachtete er die Drehbank, die er Jahrzehnte hindurch getreten hatte. Und wenn er jetzt leise sein altes Lied vor sich hin summte: »So leben wir, so leben wir, so leben wir alle Tage«, so konnte man ihn für einen der glücklichsten Menschen der Erde halten.
»Na, der Meister wird sich wundern, wenn er mich hier wiedersieht«, sagte er vor sich hin und betrachtete mit großem Behagen die Arbeit, die er bereits angefertigt hatte. »Der und mich loswerden, da hat sich was!« fuhr er fort. »Sind wir jetzt nicht zwei Genossen, die zueinander stehen müssen in Freud und Leid? ... Ich habe ihm immer gesagt, er würde einmal anders denken, und nun tut er es wirklich. Ob ich nicht immer recht habe! ... Das Gesicht, das er zuerst machte, als ich ihm unseren Stimmzettel in die Hand drückte ... das wäre zum Malen gewesen! ... Na, und erst die alten Philister da drinnen am Wahltisch hätte ich sehen mögen, wie die beinahe vor Schreck

vom Stuhle gefallen sind, als sie Timpe die Hand ausstrecken sahen ... Als ob die nicht unsere Zettel ganz genau kennen! ... Auf zehn Schritte schon riechen sie die sozialdemokratische Lunte ... Wenn ich noch an die Rede denke, die er gehalten hat ... wer hätte es diesem alten Kunden zugetraut. Wie ein junger Gott hat er gesprochen ... wahrhaftig, er muß in den Reichstag! Solche Leute können wir gebrauchen. Nicht war, Spillrich?«

Er hatte sich so sehr in sein Selbstgespräch vertieft, daß er diese Frage an die Drehbank vor sich richtete, wo in früheren Zeiten der kleine Sachse ihm den Rücken zuzukehren pflegte. Als er endlich aufblickte, merkte er erst die Selbsttäuschung.

»Ach so, der ist nicht mehr hier«, begann er wieder, »... und doch war es mir eben, als stände er vor mir und drehte mir seinen breiten Buckel zu. Ich glaube gar, es fängt hier an zu spuken ... am hellen, lichten Tage sogar ... Ach, wo sind die schönen Tage von damals! Es wird auf die Dauer verteufelt langweilig, hier mutterseelenallein zu stehen und keinen Menschen zu haben, mit dem man sich unterhalten kann ... nicht einmal über den Wahlsieg ... Dieser Esel von Krusemeyer! ... Will jetzt erst darauf gekommen sein, daß ich Sozialdemokrat bin, und verbietet mir daher sein Haus ... Seine Tochter würde ich niemals zur Frau bekommen, denn er sei ein königstreuer Beamter, und ich würde es nie so weit bringen ... Bis zum Nachtwächter! Es ist zum Totlachen! ... Die Welt wird immer verrückter, die Nachtwächter bilden sich schon etwas auf ihre Stellung ein! O es klingt auch wunderschön: mein Schwiegervater, der Nachtwächter Anton Krusemeyer! Der muß später mal ausgestopft werden und ins zoologische Museum kommen. Redet zu mir von der Ehre seiner Uniform, die das nicht vertragen könne ... schwört auf seinen Säbel ... ich möchte wohl wissen, ob der überhaupt aus der Scheide geht? ... Und seine Tochter stößt plötzlich in das Horn ihres Vaters und tutet wie ein Turmbläser. Ich hätte sie jahrelang hingezogen, und nun hieße es, ich wäre gar kein Drechsler, sondern Sozialdemokrat ... hat sich was mit solch einer weiblichen Dummheit ... Ich war dem Mädel wirklich gut, wirklich! ... Aber was schadet's! Totschießen werde ich mich deshalb nicht ... einer zukünftigen Schwiegermutter wegen nicht ... wahrhaftig nicht!«

Er hielt in seiner Arbeit inne, entfernte die Holzspäne aus seinem Gesicht, setzte die Drehbank wieder in Bewegung und fuhr dann in seinem vorherigen Raisonnement über Timpe fort: »Übrigens traue ich ihm doch nicht so recht mit seiner neuen Gesinnung ... er spricht so sonderbare Dinge im Bette ... ruft laut nach dem Kaiser, bittet Gott um Verzeihung ... das ist nicht richtig ...« Er machte eine Pause. »Es ist doch merkwürdig, wie schnell das Mißtrauen kommt ... und wenn ich mir so recht die Sache überlege, so ist's mit der plötzlichen Umwandlung des Meisters ganz sonderbar ... Wenn es nur nicht bloße Wut war, etwas wie Oppositionslust, die ihn in unser Lager trieb ... Hm, hm ... neu wäre die Geschichte nicht. Es kommt oft vor, daß jemand äußerlich sich ganz anders benimmt, als er in seinem Innern denkt ... Aber seine aufrührerische Rede ... hm, hm ... Das kann auch die Erbitterung des Augenblicks gewesen sein. Dumm wäre es wahrhaftig, wenn er sich besonnen haben sollte ... aber traue der liebe Himmel solchen merkwürdigen Weißköpfen. Das klebt an seiner Scholle, schwärmt fürs Vaterland, glaubt, daß die Kirche den Menschen bessere, und läßt noch kurz vor dem Hungertode neben der Sozialdemokratie den Kaiser leben ... Da fange einer mit solchen närrischen Leuten etwas an ... Aber ich werde ihn noch einmal kneten wie weichen Ton ... er wird dran glauben müssen ... hm, hm ... aber dumm kommt mir die Sache doch vor ...«

Er wurde durch den Eintritt seiner Schwester unterbrochen.

»Nun, wie geht's mit ihm, barmherzige Schwester?« fragte er, setzte den Stahl ab und ließ die Räder der Drehbank langsam ausschnurren.

»O ganz vorzüglich. Soeben ist der Arzt weggegangen; er meinte, daß nichts mehr zu befürchten sei, ein paar Tage noch, und er könnte bereits aufstehen ... Aber da habe ich dir eine andere Neuigkeit mitzuteilen. Der dicke Liebegott war vorher hier und ließ Timpe im Namen seines Lieutenants nach dem Polizeibüro bitten.«

»Was du sagst!«

»Als er erfuhr, daß der Meister krank sei, bedauerte er Timpe und sagte: Der gute Alte, ich habe ihn immer gern gehabt, aber er wird sich ins Unglück stürzen ... Dann trat er dicht an mich heran und fragte leise und geheimnisvoll, ob es denn mit Timpe wirklich nicht ganz richtig sei (er deutete dabei mit dem Finger nach der Stirn) und ob man ihn nicht vielleicht untersuchen lassen wolle. Es würde besser für ihn sein, wenn es sich herausstellte, daß er wirklich ohne Bewußtsein konfuse Dinge rede ... Das ist doch merkwürdig, höchst merkwürdig, nicht wahr? ... Was er nur verbrochen haben kann!«

Thomas blickte lange auf einen Punkt, schüttelte wiederholt mit dem Kopfe und sagte dann nichts weiter als: »Das hat mit seiner Rede etwas zu tun ... gewiß, so wird's sein.«

Nach acht Tagen war der Meister so weit hergestellt, daß er sich im Hause bewegen konnte. Sein Gesicht war von durchsichtiger Blässe, und die Augen lagen tief in den Höhlen. Den ersten Tag war er ungemein wortkarg; er antwortete kaum, wenn Marie oder Thomas ihn nach seinem Befinden fragten oder das

Gespräch derartig war, daß er unbedingt etwas sagen mußte. Je mehr er zu sich kam und fühlte, wie neue Kräfte seinen Körper belebten, je finstrer schaute er drein, je mehr versuchte er dem Geschwisterpaare aus dem Wege zu gehen. Er empfand das Bewußtsein großen Dankes gegen Bruder und Schwester; aber das alte Mißtrauen gegen beide begann aufs neue ihn zu beherrschen. Mit dem Entschwinden des Fiebers war ein Anflug von Gallsucht bei ihm eingezogen, der ihn bei dem kleinsten Anlaß zum Ärger in eine unausstehliche Stimmung versetzte. Sein ganzes Sinnen und Trachten ging nun aufs neue dahin, den Altgesellen und seine Schwester auf geschickte Art loszuwerden, um sich der früheren Einsamkeit erfreuen zu können.

Als er zum ersten Male die Werkstatt wieder betrat und Beyer bei voller Tätigkeit sah, glaubte er, sofort Anlaß zum Grollen zu haben.

»Was machen Sie denn da?« fragte er ganz erstaunt.

»Sie sehen es ja, Meister – ich drechsle«, bekam er zur Antwort.

»Wer hat Ihnen denn die Erlaubnis dazu gegeben?«

»Ich mir selbst.«

»So, so, das wird ja immer feierlicher! Ich nahm an, nur Ihre Schwester sei hier und Sie besuchten sie hin und wieder. Ich werde die Dienste von Fräulein Marie vergelten; Sie aber habe ich hier nicht angestellt. Es tut mir leid, daß Sie sich so lange Zeit umsonst gequält haben.«

Der Altgeselle antwortete nicht gleich. Er pfiff wie gewöhnlich den Dessauer Marsch vor sich hin, arbeitete eine Weile ruhig weiter und sagte dann:

»Meister, Sie sind noch nicht ganz gesund und obendrein bei übler Laune; daher muß man Rücksicht nehmen. Ich wollte Ihnen gerade sagen, wie ich mich über Ihre Genesung freue, da teilen Sie mir auch schon die schönsten Grobheiten aus! ... Wenn ich ge-

arbeitet habe, so ist es nur für Sie geschehen, nicht für mich. Ich habe mir nur so viel abgezogen, um mich satt zu essen. Hier ist die letzte Abrechnung.«
Diese Uneigennützigkeit steigerte nur Timpes gallsüchtige Stimmung.
»Ihr ewiger Edelmut! Sie wissen, daß ich mir ein für allemal nichts schenken lasse. Sie tun wirklich so, als wenn Sie hier Herr im Hause wären ... Ich muß Ihnen aber ein für allemal sagen, daß ich in meiner Werkstatt keinen Sozialdemokraten dulde.«
Beyer brach in ein lautes Lachen aus, das so plötzlich hervorquoll, daß Timpe seinen Gang durch die Werkstatt einstellte und ihn groß anblickte.
»Das sagen *Sie* mir, Meister, *Sie*, der selbst jetzt auf unsere Fahne schwört? Verzeihen Sie, wenn ich das komisch finde. Sie haben sich versprochen, Meister, so ist's, nicht wahr?«
Nun passierte etwas Merkwürdiges, was der Geselle nicht erwartet hatte. Timpe fing nun seinerseits an zu lachen, schlug seinen weiten Rock über dem Bauch zusammen, ging mit sehr lustiger Miene, als amüsiere er sich ganz außerordentlich, einige Male in der Werkstatt auf und ab, setzte sich dann, da er etwas erschöpft war, auf einen Schemel vor dem Altgesellen nieder und begann folgendermaßen:
»Sie sind doch bei Verstande, Beyer, haben doch zwei gesunde Ohren, he? ... Ja? – Dann hören Sie mich gefälligst einmal an und erzählen Sie allen Leuten, was ich Ihnen hier sagen werde. Ich Ihrer Partei angehören? Mumpitz, sage ich, Mumpitz! Ich ein Sozialdemokrat? Nochmals Mumpitz, verstehen Sie? Nochmals Mumpitz! Und was meine Wahl anbetrifft, so sage ich zum dritten Male: Mumpitz, verstehen Sie? Zum dritten Male: Mumpitz! Es ist ganz richtig, daß Sie mir einen Stimmzettel für Ihren Kandidaten in die Hand drückten, aber ich habe ihn nicht abgegeben. Verstehen Sie? Wie wird Ihnen nun, he? ...

Ich habe mich nämlich im Vorzimmer des Wahllokales noch besonnen und mir einen anderen Zettel geben lassen. Der Name eines guten Patrioten stand auf ihm – wie wird Ihnen jetzt, he? ... Und was meine Rede in der Versammlung anbetrifft, so ... so kann auch mal einem Manne, der gut monarchisch gesinnt ist, etwas Menschliches passieren ... daß er zum Beispiel von der Wut sich hinreißen läßt und so ein bißchen Revolution predigt – das schadet manchmal gar nichts, denn das gibt Stoff zum Nachdenken ... Aber um noch einmal darauf zurückzukommen: Was Ihre Sozialdemokratie anbetrifft, so pfeife ich darauf! Ich bin keiner, ich will keiner sein, und ich dulde hier keinen. Punktum!«
Er hatte sich von seiner Lebhaftigkeit so hinreißen lassen, daß er nach jedem Satze den Schemel verließ, sich dicht vor den Altgesellen hinpflanzte und mit dem Zeigefinger auf dessen Brust tippte, als wollte er nach der Angewohnheit Herrn Ferdinand Friedrich Urbans jedes Wort dem Zuhörer auf den Körper nageln. Zuletzt hatte er sich der Tür genähert und verließ die Werkstatt, ohne die Antwort Beyers abzuwarten.
Dieser hatte ihn mit halbgeöffnetem Munde angestarrt und blickte ihm in derselben Verfassung nach.
»Er lügt, oder ist er verrückt geworden«, dachte er, mußte sich dann aber doch gestehen, daß es mit der neuen Gesinnung des Meisters nicht weit her sein könne. Dann fühlte er abermals die Neigung, ein Selbstgespräch zu beginnen, in dem folgende Stellen laut wurden: »... Das wäre eine Blamage für mich, wenn er einen anderen gewählt haben sollte ... Ja, ja – es standen im Lokale noch Leute mit Stimmzetteln ... Hm, hm ... ich traue es ihm schon zu. Diese alten Leute sind unberechenbar; sie gleichen einem alten Rocke: man kann ihn wenden, wie man will, neu wird er doch nicht ... Und was seine Rede anbe-

trifft, so glaube ich's schon: es war der ganze Groll, der sich bei ihm angesammelt hatte und der zum Vorschein kam. Er wollte einmal zeigen, wohin das führen könne, wenn alle verarmten Handwerker so dächten wie er ... Aber nein, er hat doch gelogen! So spricht man nur aus Überzeugung, wie er geredet hat ... Aber es ist Furcht, Feigheit ... das dumme Gewissen, das er sich macht ... Ja, wenn er mich wirklich getäuscht, was tue ich denn hier noch? ... Mag er in sein Unglück laufen. Es gibt Leute, denen nicht zu helfen ist.«

Und der Altgeselle nahm das Stück Holz, das er soeben ergriffen hatte, um es in die Drehbank zu spannen, und schleuderte es weit von sich. Dann band er die Schürze ab und griff nach Stock und Hut. Als er sein Arbeitszeug zusammengebunden hatte und fertig zum Gehen war, klopfte er leise an die Tür der Stube, in der seine Schwester sich aufhielt.

»Es ist jetzt alles aus zwischen mir und ihm«, rief er ihr zu. »Keine Macht der Erde wird mich mehr zu ihm zurückbringen. Sieh zu, daß du dich mit ihm auseinandersetzen kannst, und dann gehe ebenfalls. Ich will ihn nicht mehr sprechen, aber sage ihm, daß er mir großes Weh bereitet hat und daß ich ihn in Gedanken immer liebbehalten werde ... Adieu, du gutes Mädchen, laß nicht lange auf dich warten.«

Er hatte mit bewegter Stimme gesprochen und küßte nun seine Schwester auf die Stirn. Marie war außerordentlich überrascht durch diese Mitteilung; sie wollte ihn zurückhalten, aber er ließ es nicht zu. Und so ging er denn von dannen.

Marie sagte sich, daß etwas Besonderes vorgefallen sein müsse; ihr Bruder wäre sonst nicht so merkwürdig gefaßt gewesen. Sie ärgerte sich darüber, daß dieser alte Herr, um den man sich wie um einen Vater bekümmert hatte, so wenig Anerkennung aller Bemühungen übrig hatte. Zu dem Ärger kam die verletzte Eitelkeit des Weibes. War sie überdies nicht die Schwester eines so braven Bruders, der sich für ein wahres Trinkgeld von früh bis spät gequält hatte, nur um dem Meister seine Dankbarkeit zu erweisen? Wer hätte sich wohl um ihn bekümmert, wenn sie beide nicht gewesen wären? Tausend andere nicht, am allerwenigsten seine »verwandtschaftliche Sippschaft«, die doch ihrer Meinung nach »genug in die Suppe zu brocken« hatte. Wie Thomas die Lippen zitterten, als er von dem letzten Gruß an den Meister sprach. Er war doch ein eigentümlicher Mensch: ließ sich schlecht behandeln und konnte doch mit seiner Verehrung für Timpe nicht zurückhalten. Marie liebte ihren Bruder zärtlich und abgöttisch, fast wie einen zweiten Vater. Hatte er doch wie ein solcher sein ganzes Leben lang für sie gesorgt, sie wie eine arme, verlassene Blume gehegt und gepflegt, die abseits vom Wege in einem dunklen Winkel steht, zu dem selten ein Strahl der Sonne sich verirrt. Um so erklärlicher wird man es finden, wenn etwas wie Zorn in ihr aufstieg und sie das lebhafte Bestreben zeigte, es sobald wie möglich ihrem Bruder nachzutun.

Sie saß am Fenster, mit einer Handarbeit beschäftigt, tat noch einige Stiche und erhob sich. Gleich darauf stand sie vor Timpe.

»Also er ist fort, wirklich fort?« fragte er vergnügt lächelnd, als sie ihm ihres Bruders letzte Worte übermittelt hatte. »Ist es auch wahr, und kommt er nicht wieder?«

Sofort war auch der Zweifel bei ihm aufgetaucht. Erst als ihm nochmals die Bestätigung von des Altgesellen Abzug wurde, legte sich sein Mißtrauen; aber es entschwand erst völlig, nachdem er einen Blick in die Werkstatt und auf den Riegel getan hatte, an dem gewöhnlich Beyers Sachen hingen.

»Sie erlauben nun wohl, Herr Timpe, daß ich denselben Weg nehme«, sagte Marie. Sie wollte ihn nicht verletzen und setzte daher folgende Worte hinzu: »Ich würde gern noch bleiben, aber unsere Häuslichkeit geht zugrunde ... Sie sind so gut wie hergestellt, bald wird alles ins alte Geleise kommen; ich wünsche es von Herzen.«

Da er immer noch schwieg und nur vor sich hinnickte, so reizte sie diese Gleichgültigkeit. O er sollte nicht denken, daß er ein frommes Lamm vor sich habe. »Es ist auch besser, wenn ich ebenfalls gehe, Herr Timpe«, fuhr sie fort. »Gestern erst haben Sie mir den Vorwurf gemacht, ich hätte Ihnen die Suppe versalzen; es sollte das bereits das zweite Mal gewesen sein, trotzdem ich mit gutem Gewissen das gerade Gegenteil beeiden kann ... Ich befürchte, daß ich mich auch zum dritten Male diesem Verdachte aussetzen könnte, und das wäre zu viel auf einmal ...«

Jetzt erst blickte er sie lange an, lächelte, stand auf und streckte ihr seine Hand entgegen. »Liebes Kind«, erwiderte er, »Sie sind zu gut geartet, um sich durch so einen alten Unglücksraben, wie ich es bin, das Leben vergällen zu lassen. Ich bin mit mir selbst nicht zufrieden, geschweige also, daß andere es mit mir sein können. Ich freue mich, daß Sie mir den Schmerz ersparen, Sie gehen zu heißen. Es gibt Menschen, denen die Einsamkeit das tägliche Brot ist. Leben Sie mir recht, recht wohl ... Ich danke Ihnen herzlich für alle Ihre Bemühungen, die Ihnen niemand mehr vergelten wird als die da oben ...« Er deutete mit dem Finger nach der Decke, während Marien die Augen feucht wurden. »Sie werden dereinst noch von mir hören; Gott schütze Sie, mein Kind ...«

Von seiner sonstigen Gallsucht war nichts an ihm zu entdecken. Er ging an seinen Arbeitstisch, wo er das Geld von der letzten Abrechnung aufbewahrte, und wollte Marien einige harte Taler in die Hand drücken. Er wisse wohl, daß ihre Hülfe unbezahlbar sei, aber ohne ein kleines Geschenk dürfe sie ihn nicht verlassen, meinte er. Einen Augenblick schwankte sie, das blanke Geld lockte zu verführerisch; dann aber dachte sie daran, was wohl Thomas dazu sagen würde, und wies die ausgestreckte Hand zurück. Er drang nicht weiter in sie, denn er wußte, daß es nutzlos sein würde.

Als sie bereits die Tür hinter sich hatte, klopfte sie noch einmal und steckte den Kopf herein: »Da habe ich ja ganz vergessen, Herr Timpe – es war vor acht Tagen ein Schutzmann hier; Sie möchten einmal nach dem Polizeibüro kommen ... Sie hatten noch sehr viel Fieber, ich sagte es ihm, und da der Arzt gerade hier war, so bestätigte er das. Adieu!«

Der Meister hatte sie groß angestarrt und blickte in derselben Verfassung auf die Tür, hinter der sie verschwunden war. Er hörte deutlich, wie sie durch das Vorderzimmer schritt, wie die Außentür und das Haustor klappten; hörte auch ihre knirschenden Schritte über die Steinstufen gleiten. Aber immer noch stand er auf demselben Fleck und rührte sich nicht. Schutzmann ... Polizeibüro ... Die Worte klangen in seinen Ohren wider, sie flimmerten ihm schließlich vor den Augen, denn wohin er blickte, leuchteten sie ihm entgegen. Weshalb ließ man ihm nicht sagen, was man wünsche, was wollte man von ihm? O er ahnte die Dinge ... man hielt ihn für einen Sozialdemokraten ... er hatte in blinder Wut Gewalttätigkeit gepredigt ... man wollte ihn nun zur Rechenschaft ziehen. Seine Einbildungskraft erlangte im Fluge eine Ausdehnung ohne Grenzen. Er sah sich bereits verhaftet, auf die Anklagebank geführt und ins Gefängnis geworfen. Merkwürdig war, wie schnell dann der Trotz die entsetzliche Furcht wieder verdrängte, die ihm binnen wenigen Minuten die Knie schlottern gemacht hatte.

»Sie kriegen mich nicht, sie kriegen mich nicht«, sagte er ein über das andere Mal ... »Bis zum letzten Blutstropfen werde ich mich verteidigen ... He, he ... das wird nett werden!« Er war von einem Zimmer ins andere gegangen, befand sich nun in der Werkstatt und lachte laut auf. Dann blickte er durch das Fenster nach dem Gärtchen hinaus. Wie öde und trostlos lag es vor ihm! Es war Anfang Dezember, leichter Frost lag in der Luft, und eine dünne Schneedecke verhüllte den Erdboden. Der Niedergang seines Geschäfts hatte ihm selbst die Freude an seinen Beeten und Blumen verdorben. Überall im Gärtchen konnte man seine liebevolle Hand vermissen. Das Holzgitter des wilden Weines an der Mauer zeigte beschädigte Stellen, die Sträucher waren niedergetreten und verwildert, Blumentöpfe lagen umher, und die kleine Laube, in welcher der Schmutz sich angehäuft hatte, gewährte einen traurigen Anblick. Wie oft hatten sie dort gesessen, der Großvater, Karoline, er und sein Sohn – an den herrlichen Sommerabenden, wenn die Lindenblüten zur Erde fielen und der Duft der Rosen die Luft durchwürzte. Je länger er nach der Ecke blickte, je lebhafter wurde seine Phantasie. Leuchtete da nicht die Haube seiner Frau, tauchte dort nicht das fahle Gesicht Gottfried Timpes auf, wie es sich jetzt emporhob, um die stumpfen Augen zu zeigen? Und jetzt sah er sie mitten durch den Garten schreiten, die schlanke, biegsame Gestalt seines Einzigen! Plötzlich ertönte gellend die Fabrikpfeife, denn es war zwölf Uhr. Eine weiße Dampfwolke wirbelte auf, schlug in den Garten, und husch, husch war der ganze Spuk vorüber. Dafür gewann die Wirklichkeit wieder die Oberhand. Timpe ballte jetzt die Faust und verzerrte das Gesicht, als stände sein Todfeind ihm gegenüber. »Und doch ist es wahr«, schrie er laut, daß seine Stimme unheimlich im weiten Raume widerhallte, »die Schornsteine müssen gestürzt werden, denn sie verpesten die Luft! Ich wollte, man würde mit dem da drüben zuerst den Anfang machen!«

Dieser Ausbruch einer erneuten Wut brachte ihn wieder auf andere Gedanken. Waren das doch dieselben Worte, die er in der Versammlung gebraucht hatte. Er dachte nun darüber nach, was alles er an jenem Abend gesagt haben könne; nur dunkel erinnerte er sich der letzten Vorgänge. Seine Krankheit, die wilden Phantastereien während derselben hatten seine Gedanken derartig verwirrt, daß er sich keine richtige Vorstellung von den Begebenheiten zu machen vermochte. Nur das eine Gefühl hatte er: daß es ihm, als er noch auf dem Podium stand, plötzlich gewesen sei, als stürze er in einen dunklen, entsetzlich tiefen Krater hinab, in dem die ganzen Schrecknisse einer unbekannten Welt auf ihn eindrangen; und als hätte er in dieser Tiefe einen schrecklichen Traum gehabt, in welchem er mit seinem Sohne auf Tod und Leben rang. Er lag noch völlig in dem Banne dieser unklaren Vorstellung, als der Schall der Haustürklingel ihn zusammenschrecken ließ.
Der Polizeilieutenant schickte abermals einen Boten mit der Anfrage, ob »Herr Timpe« bereits gesund sei. Er möchte in diesem Falle zu einer bestimmten Stunde sich nach dem Büro bemühen. An Stelle Liebegotts war ein anderer Schutzmann gekommen. Der Meister wollte ihn aushorchen. Der Sicherheitsmann aber zuckte die Achseln und bedauerte, keine Auskunft geben zu können.
Am anderen Morgen gleich nach acht Uhr machte Timpe dem Lieutenant seine Aufwartung. Es war derselbe, der die Strikeversammlung überwacht hatte. Der Beamte war sehr höflich, bot ihm einen Stuhl und begann das Verhör, währenddessen sein Blick mehrmals über die Gestalt Timpes, von oben bis unten, glitt. Johannes hatte seine genauen Personalien anzugeben: was er treibe, in was für Beziehungen er zu den Strikenden stehe, wie er in jene Versammlung gekommen sei. Schließlich wurde ihm nichts mehr ver-

heimlicht: Er würde in eine Anklage verwickelt werden, denn er habe geradezu Aufruhr gepredigt, vorausgesetzt, daß seine Zurechnungsfähigkeit an jenem Abende bewiesen werden könne.

»Herr Lieutenant, ich habe mich hinreißen lassen ... der Kummer, die Sorgen«, sagte er zum Schluß, und damit waren Verhör und Protokoll beendet. Der Beamte sprach etwas von »Bedauern«, von »seiner Pflicht«, war bei der Verabschiedung ebenso höflich wie zuvor, und Timpe konnte gehen.

Wie er nach Hause kam, wußte er eigentlich nicht; als er aber angelangt war, ließ er sich wie vernichtet auf einen Stuhl nieder und versank in ein dumpfes Brüten.

Seit diesem Tage bot das Haus wieder sein früheres, unheimliches Aussehen dar. Die Laden waren geschlossen, und selbst der eine Flügel an Timpes Schlafzimmer war heraufgezogen. Die Leute an den Fenstern der gegenüberliegenden Häuser, die bereits geglaubt hatten, in Timpes Lebensweise sei eine erfreuliche Besserung eingetreten, hatten ihren alten Gesprächsstoff bekommen, und die ganze Nachbarschaft nahm aufs neue die Mär von der Verrücktheit des Meisters auf.

Noch vor Weihnachten wurde Timpe vor den Untersuchungsrichter geladen. Der Polizeilieutenant hatte über seinen persönlichen Charakter nur das Beste berichten können. Als man aber auch hier Anspielungen auf seine Unzurechnungsfähigkeit machte, bäumte sich sein Stolz empor. Er gestand unumwunden ein, mit vollem Bewußtsein und aus Überzeugung gesprochen zu haben. Als er von diesem schwersten Gang seines Lebens nach Hause kam, bemächtigte sich seiner ein fürchterlicher Entschluß, der ihn wie sein Schatten begleitete. Dieser Entschluß wurde noch bestärkt durch die unglückliche Hypothekengeschichte. Mit Grauen dachte er an den Tag, wo man ihn aus seinem

Eigentum verweisen würde. Seine Gleichgültigkeit gegen das Leben, der Stumpfsinn, der ihn stundenlang tatenlos auf einem Fleck dasitzen ließ, waren bereits so groß, daß er nicht mehr daran dachte, einen Schritt aus dem Hause zu tun, um eine letzte Rettung zu versuchen.

Eine ganze Woche lang betrat er jetzt die Straße nicht. Hin und wieder stellte er sich an die Drehbank und arbeitete, weil er glaubte, die gänzliche Tatenlosigkeit könnte seinen Verstand umnachten. Als Nölte ihn einmal besuchen wollte und drei Tage hintereinander vergeblich die Klingel gezogen hatte, glaubte man allgemein, daß dem Meister ein Unglück zugestoßen sei. Man beruhigte sich erst, als sein Kopf sich am Giebelfenster zeigte. Er verbitte sich ein für allemal jede Störung, rief er laut hinaus. In seinem Grolle ging er so weit, mit der Polizei zu drohen. Er kenne dieselbe ganz genau und wisse, daß sie mit »manchem Menschen« wenig Umstände mache. Dann fiel das Fenster klirrend zu.

Jetzt zweifelte sogar der Klempner an seinem Verstande. Es verging fast nun kein Tag, wo nicht Gruppen von Menschen sich vor dem Hause bildeten und dasselbe wie ein Wunder der Welt betrachteten.

Sämtliche Stammgäste bei Jamrath wußten bereits von der Untersuchung, in welche der Meister Timpe verwickelt war. Man wollte jetzt längst beobachtet haben, daß Timpe Anlage zur allgemeinen Gefährlichkeit besitze, und jeder verwahrte sich »entschieden« dagegen, mit dem »blutigen Revolutionär« näher befreundet gewesen zu sein. Und da Anton Nölte nicht mehr zugegen war, um für Timpe Partei zu nehmen, so wurde der letztere jeden Abend ein dutzendmal gekreuzigt – eine menschenfreundliche Beschäftigung, bei der Jamrath mit Vergnügen konstatieren konnte, daß der Konsum der großen Weißen sich vermehrte. Selbst der lange Brümmer trank mehr

als sonst und drückte bis halb elf seinen Stuhl – eine Hintenansetzung seiner Lebensregel, die man in Anbetracht dessen, daß er eine zanksüchtige Ehehälfte besaß, allgemein bewunderte.
Zwei Tage vor Weihnachten machte Franzens Frau noch einmal den Versuch, mit Johannes ein vernünftiges Wort zu reden; da ihr aber gar nicht geöffnet wurde, mußte sie unverrichteter Sache wieder abziehen. Bis Neujahr hockte der Meister in seinem Bau, ohne von der Außenwelt mehr zu sehen als sein Gärtchen, die Wand des Kesselhauses und den Schornstein, der sich auf ihr türmte.
Es war unverkennbare Schwermut, die sich jetzt seiner bemächtigte und seinem Antlitz eine verklärende Milde gab. Sie verließ ihn nur, wenn er dem Schnapse zu sehr zugesprochen hatte. Er trank ihn jetzt, um nicht gänzlich zu erschlaffen und die letzten Kräfte zur Arbeit nicht zu verlieren. Dann rötete sich sein Gesicht, ein unnatürlicher Lebensmut kam über ihn, und er sprach laut vor sich hin, um das dumpfe Schweigen der Werkstatt zu brechen. Oftmals wurde er von dieser traurigen Existenz angeekelt, daß er nahe daran war, sich selbst zu verachten. Tage vergingen, ehe er eine warme Speise zu sich nahm. Seine Mahlzeiten bestanden nur noch aus Kaffee, Brot und etwas Räucherware. Hin und wieder fühlte er das Bedürfnis, spätabends sein Haus zu verlassen und in einem entlegenen Stadtteil ein untergeordnetes Lokal aufzusuchen, wo man ihn nicht kannte. Er wollte wenigstens wissen, ob er noch lebe, ob er noch ein menschliches Antlitz trage und die Sprache anderer verstehe. Dann war es auch der Hunger, der ihn hinaustrieb, der Gedanke an ein behagliches Zimmer voller Lärm und Fröhlichkeit.
Mitte Januar bereits fand die Subhastation seines Grundstücks statt. Der Hypothekeninhaber erwarb es meistbietend, und Timpe sollte sein Haus verlassen.

Um dieselbe Zeit war es, daß er durch eine Anklage wegen Aufreizung zum Klassenhaß überrascht wurde. Er beachtete weder das eine noch das andere, aber er sah nun jedem neuen Tag entgegen wie ein Mensch, der einen plötzlichen, wohltuenden Tod erwartet. Als er, aller Aufforderung ungeachtet, immer noch nicht Miene zeigte, dem neuen Besitzer seine Rechte abzutreten, wurde ihm Ende des Monats mit Gewaltmaßregeln gedroht, so daß er sich genötigt sah, um Nachsicht zu bitten. Er werde in einigen Tagen das Haus verlassen.

Es war am späten Sonntagnachmittag, als Johannes die Luft im Zimmer nicht mehr ertragen konnte. Bei beginnender Dunkelheit schlich er zum Hause hinaus und irrte ziellos durch die Straßen. Ein Druck unendlicher Einsamkeit lastete auf ihm, den er von sich wälzen mußte, wollte er nicht ersticken. Er kam sich wie ein Delinquent vor, dessen letztes Stündlein geschlagen hat und dem noch einmal vergönnt worden ist, an den lachenden Gesichtern einer geputzten Sonntagsmenge, an den erleuchteten Schaufenstern, an all dem rauschenden Glanze Berlins sich erfreuen. Und ertönte nicht auch soeben das Armensünderglöcklein? Seine Phantasie hatte ihn getäuscht. Es waren die hellen Glockentöne der Andreaskirche, die zum Gottesdienste riefen. Vor dem erleuchteten Portal bannte er seine Schritte.

Eine längst vermißte Sehnsucht packte ihn, der Drang eines Menschen, der, am Scheidewege des Lebens stehend, zur letzten Wanderung neue Stärke sucht. Er trat ein. Die Orgel erbrauste. Er ging den Seitengang entlang, stieg zur Galerie hinauf und setzte sich an derselben Stelle nieder, von wo aus er einst mit seinem Weibe der Trauung des Einzigen zugeblickt hatte. Die letzten Orgelklänge waren verrauscht, nur dumpf hallte der Lärm des genießenden Berlins herein, als der Prediger die Kanzel betrat. Es war ein noch junger Mann mit kräftigem, wohllautendem Organ. Er sprach über den 25. Vers des Evangelii Johannis: Ich bin die Auferstehung und das Leben. Wer an mich glaubt, der wird leben, wenngleich er auch stürbe, und wer da lebt und glaubt an mich, der wird nimmermehr sterben.

Mächtig hallten seine Worte in dem hohen Raume wider, und mächtig packte er die Zuhörer. Des Meisters Haupt sank tiefer und tiefer, und die Hände schlangen sich krampfhaft ineinander. Er weinte still und heiß. Es war gerade, als schütte er in dieser Stunde den ganzen Becher des Leidens aus, um die ewige Glückseligkeit in ihn aufzunehmen. Als die Predigt zu Ende war, erhob er sich wie verjüngt und verließ das Gotteshaus. Er durchschritt die Straßen, entfernt[e] sich immer mehr von diesem Viertel, suchte die entferntesten Stadtteile auf und kehrte erst spät in der Nacht nach Hause zurück. Er konnte sich nicht entsinnen, seit Jahren so sanft entschlummert zu sein wie an diesem Tage.

Gleich in der Frühe suchte er einen Notar auf und ließ ein Testament aufsetzen, in dem er seine ganzen Habseligkeiten Thomas Beyer und dessen Schwester vermachte. Als diese Angelegenheit erledigt war, besuchte er den Kirchhof, wo seine Lieben den ewigen Schlaf schliefen. Lange verweilte er an den Gräbern, und die Dämmerung brach bereits über Berlin herein, als er aufbrach. Es war die letzte Nacht, die er in seinem Heim zubringen durfte. Am anderen Tage würde der Gerichtsvollzieher kommen, Wagen würden vorfahren, fremde Leute in die liebgewordenen Räume dringen und rohe Fäuste die Heiligtümer entweihen. Kein böser Gedanke trübte seine Seele, aber er hatte sich vorgenommen, nur der Gewalt zu weichen. Und wenn man ihn in tausend Stücke risse, er wollte nicht gutwillig diese Scholle verlassen, an der das Herzblut seines Lebens klebte. Überdies, sollte er nicht in zwei

Tagen auf die Anklagebank kommen, um gebrandmarkt für ewige Zeiten zu werden?
Mitten in der Nacht begann er plötzlich eine unheimliche Tätigkeit zu entfalten. Er verrammelte sämtliche Türen, schleppte mit übermenschlichen Kräften schwere Gegenstände an die Fenster und auf den Flur. Dann befestigte er auch die Laden zur Werkstatt, die seit undenklichen Zeiten nicht geschlossen wurden; und als die Kraft ihn zu verlassen drohte, griff er zum Schnaps und versuchte sich Mut für die letzte Tat seines Lebens zu geben. Als er alles genügend verbarrikadiert glaubte, ging er durch die noch offene Hoftür zum Gärtchen hinaus und schritt von hier aus mit der Lampe in der Hand in den Keller hinunter. Er hatte vor Jahren dem Gewölbe ein wohnliches Aussehen gegeben, als er auf die Idee gekommen war, es zur Schlafstube für die Lehrlinge zu verwenden. Es war ein weißgetünchter Raum, der sein Licht durch ein einziges großes Fenster vom Garten her erhielt. Mit Anstrengung schleppte er Betten, Tisch und Stühle und die halbe Einrichtung einer Küche herunter. Er beachtete die Kälte der Nacht nicht, nahm keine Rücksicht auf das Wahnwitzige seines Tuns, nur der eine Gedanke beseelte ihn, sein Werk zu vollbringen, ehe der Tag zu grauen anfing.
Es war nahe an sechs Uhr, als er innehielt. Noch einen Blick wollte er auf die Straße werfen, bevor er sich in sein freiwilliges Gefängnis vergrub. Er stieg zur Giebelstube hinauf und öffnete das Fenster. Eisige Luft schlug ihm entgegen und kühlte sein erhitztes Gesicht. An diesem Februarmorgen bedeckte leichter Nebelflor die Erde und tauchte das Licht der Laternen in große Wolken von Dunst. Die Straße hatte sich bereits belebt. In langen Zügen schritten die Arbeiter der Urbanschen Fabrik zu, eilig und schweigsam wie finstere Gestalten der Nacht.
Während der Meister hinunterblickte, wurde er ruhi-

ger. Was erreichte er eigentlich durch seinen Widerstand? Wäre es nicht besser, mit der Vergangenheit zu brechen und den Lebenskampf von neuem aufzunehmen? *Ein* Ausweg blieb ihm: unterzugehen in dieser schwarzen Menge, die schon so viele Handwerksmeister vor ihm verschlungen hatte. Plötzlich zog er den Kopf zurück. Im Lichte der Laterne sah er Meister Hüttig daherschreiten, dürr und durchsichtig wie ein Gespenst. O er konnte sich noch ganz gut der Zeit entsinnen, da dieser brave Mann hinter dem Schaufenster seines Verkaufsgewölbes emsig die Kunden bediente. Vom Laden aus konnte man direkt in die Werkstatt blicken, wo Drehbank neben Drehbank stand. Und jetzt ... ein Proletarier, der im Schweiße seines Angesichts für Weib und Kinder sorgte!
Johannes durchschauerte es. Wenn er dasselbe täte? Aber nein, nein, er würde es nicht erleben! Noch einen langen Blick warf er die Straße entlang, dann schloß er das Fenster ...

»Heda, Meister, machen Sie doch auf. Wo stecken Sie denn?«
Es war Thomas Beyer, der diese Worte laut im Flur erschallen ließ. Er war im Begriff, Timpes Haus zu passieren, als er große Wagen vor der Tür halten sah und eine Anzahl Arbeiter bemerkte, die, geführt von einem Herrn, vergeblich Einlaß begehrten. Die ganze Straße war schwarz von Menschen. Trotz der unangenehmen Witterung waren die Fenster der Nachbarhäuser geöffnet, und die Köpfe beugten sich weit hinaus. Der Altgeselle wurde von einer unerklärlichen Angst befallen. Irgend etwas Entsetzliches schwebte ihm vor. Er kenne Timpe sehr genau, hatte er dann gemeint, man müsse mit aller Vorsicht vorgehen, sonst gäbe es ein Unglück. Endlich wurde ein Schlosser geholt. Nach harten Anstrengungen hatte man dann die Barrikade weggeschafft und befand sich im Flur. Nun

ließ der Altgeselle seinen Ruf ertönen, aber es erfolgte keine Antwort. Man öffnete auch die Eingänge zu den Vorderzimmern, die Läden und kletterte in den ersten Stock hinauf, ohne Timpe zu finden.

Draußen auf der Straße, unter dem umwölkten Himmel des unfreundlichen Februartages, staute sich die Menge der Neugierigen immer mehr und mehr. Das Stimmengewirr hörte sich an wie das dumpfe Murmeln einer empörten Volksmasse. Man hatte kaum gehört, daß der Gerichtsvollzieher im Spiele sei, der einen Menschen aus seinem Heim vertreiben wolle, als die allgemeine Stimmung zugunsten Timpes umschlug. Er war über Nacht ein »braver Kerl« geworden. Drohungen wurden laut, man versuchte die Arbeiter zu bewegen, mit ihren Wagen davonzufahren; die Menge pfiff und johlte und drängte mit Gewalt gegen das Haus.

Im Innern desselben hatte man die größte Mühe, zu dem nächstfolgenden Raume sich Zutritt zu verschaffen. Hinter jeder Tür tauchte eine doppelte Barrikade auf, große Kisten waren auf Tische gestellt und auf diese Stühle und schwere Möbelstücke. Bei jedem erneuerten Eindringen ließ der Altgeselle seinen Ruf erschallen:

»Meister, wo stecken Sie denn? Kommen Sie doch hervor!«

Noch waren die Türen zur Werkstatt geschlossen; lange Eisenstäbe schienen hinter ihnen zu liegen. Man stieß dann die Hoftür ein, riß die Laden von den Werkstattfenstern und blickte hinein. Plötzlich drang aus einem Haufen Holzspäne eine helle Flamme hervor, und dunkler Qualm wälzte sich durch die eingeschlagenen Scheiben. Von der Werkstatt aus führte eine Falltür zum Keller hinab. Man konnte deutlich die hochstehende Klappe sehen. Nun durchzuckte den Altgesellen ein Gedanke.

»Er ist im Keller!« rief er laut, und diesen Worten

folgten wieder die alten Klagetöne: »Meister, Meister, antworten Sie doch!«
Plötzlich konnte man deutlich eine dumpfe Stimme vernehmen, welche die Strophen sang:

»Eine feste Burg ist unser Gott,
Eine gute Wehr und Waffen.
– – – – – – – – – –«

Es hörte sich wie der Grabgesang eines lebendig Verschütteten an: schauerlich und doch ergreifend. Man schlug nun auch das Kellerfenster ein, stieß aber auf starke Bohlen. Zudem wirbelte der Rauch tiefschwarz aus der Werkstatt heraus und erfüllte den ganzen Garten. Der Polizeilieutenant und Schutzleute erschienen; nach wenigen Minuten raste die Feuerwehr heran. Die Äxte der Wehrleute arbeiteten sich unbarmherzig einen Weg durch die Rauchwolken, dann wurden die Spritzen in das Feuer geführt.
Mit dem Knistern und Prasseln der Flammen, dem Zischen der Wasserstrahlen, mit den Zurufen und Kommandoworten der Mannschaften mischte sich das Lärmen der Menge, das von der Straße herübertönte. Endlich wurde man Herr des Feuers und konnte ungefährdet den Weg in die Werkstatt nehmen.
Man solle doch zu des Meisters Sohn hinüberschicken, äußerte jemand; er bekam aber zur Antwort, daß Timpe junior nebst Frau seit vierzehn Tagen auf der Reise sich befinde.
Unten war es still geworden.
Thomas Beyer konnte die Zeit nicht mehr erwarten; er nahm eine Axt und schlug gegen die Kellertür, daß sie krachend nachgab. Immer dichter fielen die Schläge auf allerhand Gerümpel, das in Stücken die Treppe hinunterrollte. Auf der anderen Seite bahnte man sich einen Weg durch das Fenster.
Als man endlich von drei Seiten aus hinuntergelangte

und das Licht des Tages voll in den Raum fiel, erblickte man Timpe. Er lag mit dem Kopf an der Leiter, die zu der Werkstatt hinaufführte, lang ausgestreckt wie ein friedlich Schlummernder da. Der Tod mußte vor wenigen Minuten erst eingetreten sein, denn der Körper war noch warm. Mit der linken Hand hielt er das Bild seines Sohnes umklammert, während die rechte wie zum Schwur an der Sprosse der Leiter lehnte; als wollte sie noch im Tode Anklage zum Himmel erheben. Auf dem unberührten Lager, das er sich zuerst gemacht hatte, lag neben den Bildern des Großvaters und Karolinens allen sichtbar sein »Letzter Wille«. Alles deutete darauf hin, daß ein außergewöhnlicher Umstand ihn getötet habe. An der Kalkwand standen mit großen Buchstaben, wie von unsicherer Kinderhand, drei-, viermal die Worte geschrieben: »Es lebe der Kaiser ... Hoch lebe der Kaiser!«

Als man ihn endlich hinauf nach dem Garten getragen hatte, um die letzten Belebungsversuche anzustellen, vermochte Beyer sich nicht mehr zu beherrschen.

Er beugte sich über den entseelten Körper und rief mit schluchzender Stimme: »Meister, Meister, wachen Sie doch auf ... reden Sie! ...«

Dann, als er lange auf das Antlitz geblickt hatte und nun einsah, daß alles vorüber war, richtete er sich empor. Er schlug die Hände vor das Gesicht und verharrte minutenlang in stummem Schmerze. Seine Gestalt erbebte, heiße Tränen benetzten seine Hände.

Man trug den Leichnam in die Wohnung. Noch immer ringelte der Rauch in dünnen Säulen zum Fenster hinaus und über das Dach hinweg. Das Häuschen mit seinen eingeschlagenen Fenstern und Türen, der durchlöcherten Wand, mit den halbverkohlten Dielen glich einer Trümmerstätte. Durch die geöffneten Türen hatte man eine Durchsicht nach der Straße, wo die Menge Kopf an Kopf gleich einem lebenden Meere

wogte. Soeben legte man Timpes entseelten Körper im Vorderzimmer auf ein Sofa nieder.
Plötzlich ertönte ein tausendfaches Hurrarufen. Die Menge wandte die Köpfe und blickte in die Höhe. Ein dumpfes Ächzen und Stoßen wurde wahrnehmbar, heller Qualm wälzte sich über die Straße, und unter dem Zittern der Erde brauste die Stadtbahn heran, die ihren Siegeszug durch das Steinmeer von Berlin hielt. Die Lokomotive war bekränzt. Aus den Kupeefenstern blickten Beamte des Ministeriums, Leute von der Eisenbahnverwaltung und die geladenen Ehrengäste. Die Herren nickten freundlich hinunter und schwenkten Taschentücher. Unter dem brausenden Jubelruf der Menge dampfte der Zug vorüber.
Die dunkle Wolkenmasse zerteilte sich wie durch Zauberhand, die Mittagssonne brach sich Bahn und sandte ihre erwärmenden Strahlen hernieder auf Menschen und Paläste, die alte und die neue Welt. Aus der Entfernung drangen noch immer die Hurrarufe der Menge herüber, wie das leise Grollen eines davonziehenden Gewitters ...

Editorische Notiz

Der Text folgt der Erstausgabe, Berlin: S. Fischer 1888. Orthographie und Interpunktion wurden behutsam dem heutigen Standard angeglichen. Der Lautstand des Originals wurde jedoch strikt bewahrt; Ausdrucksvorkommen wie *Abwechselung* (statt heute Abwechslung), *auffäßt* (auffaßt), *bankerott* (bankrott), *Bilderrähme* (-rahmen), *Entwickelung* (Entwicklung), *Hebeammen* (Hebammen), *heutezutage* (heutzutage), *Hintenansetzung* (Hintansetzung), *Hirngespenst* (-gespinst), *Hülfe* (Hilfe), *Langerweile* (Langeweile), *Rentier* (Rentner), *Sprüchwort* (Sprich-), *Strike* (Streik), *Strikenden* (Streikenden), *strikte* (streikte), *Sündflut* (Sint-), *Versteckenspiel* (Versteckspiel) wurden also nicht modernisiert. Auch schwankende Schreibweisen wurden nicht vereinheitlicht; so kommt *darnach* neben *danach* vor, *Gehülfe* neben *Gehilfe*, *gleichgiltig* neben *gleichgültig*, *Läden* neben *Laden*, *selbstständig* neben *selbständig*. Fehlende Wörter oder Wortelemente wurden dagegen in eckigen Klammern ergänzt, offensichtliche Druckfehler stillschweigend korrigiert (mit Ausnahme der verschiedenen Vornamen ein und derselben Person in Kap. IX: *Augustus Deppler* neben *Antonius Deppler* – Schreibversehen?). Sperrungen im Original erscheinen hier kursiv.

Nachwort

Max Kretzer (1854–1941) gilt als Begründer der naturalistischen Großstadtdichtung in Deutschland. Die Literaturgeschichten nennen den Roman *Meister Timpe* sein Meisterwerk und erwähnen einige andere Werke mit Anerkennung.[1] *Meister Timpe* erschien erstmals 1888 zu Beginn der Epoche Wilhelms II. Der Roman erlebte bis 1928 neun Auflagen, 1919 wurde das Buch in einem Jahr zweimal, 1920 ein weiteres Mal aufgelegt. In denselben Jahren hatte Heinrich Manns *Der Untertan* eine nachhaltige Wirkung. Beide Bücher gaben Anlaß, die Zeit des Kaiserreichs zu überdenken.

Max Kretzer wurde 1854 im damals preußischen Posen geboren, er ist der älteste der naturalistischen Generation und zugleich einer der wenigen Romanschriftsteller des Naturalismus. Im Gegensatz zu Frankreich prägte seit Gerhart Hauptmanns *Vor Sonnenaufgang* von 1889 in Deutschland das Drama den Begriff des Naturalismus. Kretzer ist seiner Biographie und seinem Frühwerk nach der einzige Arbeiterdichter unter den deutschen Naturalisten. Viele von ihnen hatten zumeist philologische Studien genossen und führten als Redakteure und Journalisten ein Literatenleben mit einem Hang zur Boheme. Als einziger kannte er das Berliner Proletariat aus eigener Erfahrung, zwölf lange Jahre teilte er jene Bedingungen, die er in seinen Romanen seit 1880 beschrieb. Die schwächsten Szenen – auch in *Meister Timpe* – spielen im bürgerlichen Salon, den er nicht kannte. Der Empfang bei dem Fabrikanten Urban kann sich nicht mit den Empfängen des Kommerzienrats in Fontanes *Frau Jenny Treibel* (1892) messen. Die Feinheiten der Konversation sind ihm fremd, zu Recht

1. Vgl. Richard Hamann u. Jost Hermand: Naturalismus. München 1972 (1959), passim. Ursula Münchow: Deutscher Naturalismus. Berlin (Ost) 1968, S. 128 ff.

hat man seine Dialoge aus dieser Sphäre ›papieren‹ genannt.

Kretzer ist ein ungebildeter Schriftsteller, Elend und Heroismus des Autodidakten bestimmen seine Anfänge. Mit dreizehn Jahren mußte er die Realschule in Posen verlassen und in Berlin Fabrikarbeiter werden. Sein Vater war bei dem Versuch, sich als Gastwirt selbständig zu machen, vollständig verarmt. Zuvor hatte er in Posen als Pächter des »Odeum« dem Bürgertum angehört. Dieses ›Etablissement‹, wie man es damals nannte, war der gesellschaftliche Mittelpunkt dieser preußischen Provinzhauptstadt mit besonderer nationaler Bedeutung, in seinen Sälen spielte das Stadttheater, fanden die Redouten, Wohltätigkeitsbälle und Militärkonzerte statt; selbst der spätere Wilhelm I. beehrte auf einer Inspektionsreise die Lokalität mit seinem Besuch. Der Vater war ein überzeugter Monarchist, er blieb es nach seinem sozialen Fall in Berlin, wo er die Familie als Handwerker gerade noch so durchbrachte. 1879 trat der junge Kretzer der Sozialdemokratie bei, kurz nach dem Erlaß des Gesetzes gegen die »gemeingefährlichen Bestrebungen« dieser Partei. Nach dem Zeugnis Kretzers trägt der Meister Timpe Züge seines monarchistischen Vaters – und, so könnte man hinzufügen, seines Sohnes, der einer nahezu illegalen Partei angehörte.[2]

Max Kretzer begann 1879 nach einem Arbeitsunfall auf dem Krankenlager zu schreiben; die *Berliner Volkszeitung* veröffentlichte erste naturalistische Skizzen von ihm. Er erfuhr vom Verleger dieser Zeitung, Franz Duncker, einige Förderung. Das Blatt war seit den fünfziger Jahren Sammelpunkt der politischen und literarischen Opposition. Duncker, ehemals ein persönlicher Freund Lassalles, spielte in der Berliner Arbeiterbildung eine große Rolle und gründete zusammen mit Max Hirsch die »Hirsch-Dunckerschen

2. Die biographischen Angaben stützen sich auf Kurt Haase: Die Zeit und Gesellschaftskritik in den sozialen Romanen von Max Kretzer. Diss. Würzburg 1954 [masch.], S. 3 f., 23 f., 38. – Haases Arbeit kann als die verläßlichste Studie über Kretzer gelten.

Gewerkvereine« im Jahre 1868. Nicht zuletzt unter seinem Einfluß entwickelten sich Kretzers soziale Vorstellungen, ein an die Einsicht appellierender idealistischer Humanismus, der Kretzer immer »für ein gedachtes bürgerliches Publikum« schreiben ließ.[3]

Max Kretzer wurde Berufsschriftsteller, der ein langes Leben hindurch immer wieder von äußerster Armut bedrängt wurde, obwohl seine Werke die stattliche Auflage von über einer Million Exemplaren erreichten.[4] Schon 1885 mußte er sich an die »Deutsche Schillerstiftung« wenden und trotz seines Erfolgs um Unterstützung bitten. Paul Heyse nannte in seinem Gutachten die Arbeiterromane, deren einer, *Die Verkommenen* von 1883, noch heute lesenswert ist, »vollgültige Zeugnisse eines entschiedenen Talents zur Beobachtung und Darstellung«. Er glaubte allerdings nicht, daß auf diesem Weg Kunstwerke von Rang geschaffen werden könnten. Die noble Haltung Heyses, den Welten vom Naturalismus trennten, wurde von seinen Kollegen in der Stiftung, darunter Felix Dahn, nicht geteilt. Der humanistische und in besonderer Weise christliche Sozialismus Kretzers berührte sie unangenehm und weckte Besorgnisse: »Seine Richtung halte ich für eine geradeso schlecht wirkende wie die der Sozialdemokratie selbst, mit welcher er liebäugelt, ja für noch schlechter wirkend, weil die Romanform einem Talent – u. das ist Kr[etzer] unleugbar – das Mittel bietet, durch den Kanal der Leihbibliotheken in die Wohnungen der arbeitenden Klassen zu dringen und selbst solchen Lesern oder Leserinnen die Freude an ihrer Arbeit zu vergällen, denen die Flugblätter der Most, Bebel u. Konsorten nichts mehr gelten.«[5] Aus diesen Worten spricht ein bemerkenswerter Glaube an die Wirkung engagierter

3. K. Haase, a. a. O., S. 24.
4. Nach Guenther Keil: Max Kretzer. A Study in German Naturalism. New York 1966 (1928), S. 16.
5. Heinz Dieter Tschörtner (Hrsg.): Die Akte Max Kretzer. Veröffentlichungen aus dem Archiv der Deutschen Schillerstiftung. H. 14. Weimar u. Berlin o. J., S. 11 f.

Literatur. Ihre Tendenz hat das Bild Kretzers weitgehend bestimmt.

In den Literaturgeschichten der zwanziger Jahre, deren berühmteste die von Albert Soergel ist, erscheint Kretzer als ein »Volksschriftsteller«, mit allen lobenden und fragwürdigen Untertönen dieses Begriffs. Seine Nähe zum »Volk« mischt sich mit dem Vorwurf mäßigen Niveaus. Der »konsequente Naturalismus«, dessen stilistische Neuerungen Arno Holz hervorbrachte, wird gegen Kretzers neue Thematik ausgespielt.[6] Das »Volk« hat die berühmte Novelle *Papa Hamlet* allerdings nie zur Kenntnis genommen.

Schon 1886, noch vor Erscheinen des *Meister Timpe*, nannte Carl Bleibtreu Kretzer »den Bahnbrecher des Berliner Romans«, in der damals üblichen Hyperbolik sogar den »Schöpfer des deutschen Realismus«. Kretzer war ihm der »ebenbürtige Jünger Zolas«.[7] Dieser Ruf, ein deutscher Zola zu sein, begleitet die Rezeption seines Frühwerks. Gegen den Vorwurf der unangemessenen Nachahmung des französischen Vorbilds verteidigte ihn Julius Hillebrand. »Wenn unsere sozialen Verhältnisse denen Frankreichs gleichen, ist denn das die Schuld der Darsteller?«[8] In einer Rezension kurz nach dem ersten Erscheinen des *Meister Timpe* schrieb der Literaturhistoriker Erich Schmidt in der *Deutschen Literaturzeitung*: »Ein großer sozialer Prozeß spiegelt sich hier in einem besonderen Menschenschicksal ab, der ohnmächtige Kampf des Kleingewerbes – hier, gut gewählt, eines wackeren Drechslers – gegen die Fabriken, deren Kolosse die bescheidene Nachbarschaft mit brutaler Kraft erdrücken und deren rücksichtslose Konkurrenz die Lebensmühe vieler Meister tötet. Motive, die Zola in *Au bonheur des dames* episodisch behandelt, sind hier die füh-

6. Albert Soergel: Dichtung und Dichter der Zeit. Leipzig 1922, S. 112.
7. Carl Bleibtreu: Revolution der Literatur. Leipzig 1886, S. 37 f.
8. Julius Hillebrand: Naturalismus schlechtweg! (1886). In: Literarische Manifeste des Naturalismus 1880–1892. Hrsg. von Erich Ruprecht. Stuttgart 1962, S. 66.

renden.«[9] Der genannte Roman Zolas, die Geschichte eines Warenhauses, dessen Name ›Zum Glück der Damen‹ den Titel bildet, erschien 1883 und lag bereits im selben Jahr in deutscher Übersetzung vor. Es lohnt sich, diesen Hinweis, der die frühe Rezeption des Romans bestimmt hat, näher zu verfolgen.

Kretzer verwendet einige Motive Zolas: Timpes Haus wird geradezu sinnlich von der Fabrik Urbans erdrückt, so wie das Häuschen des Handwerkers Bourras von dem ständig wachsenden Warenhaus; die industriellen Lieferanten des Kaufhauses ahmen die Erfindungen des alten Handwerkers nach und nehmen ihm die Kundschaft; der Handwerker Zolas will sich wie Meister Timpe um keinen Preis sein Geschäft abkaufen lassen, jenseits aller Einsicht in die ökonomische Entwicklung hegt er einen bürgerlichen Traum von Freiheit und Eigenständigkeit, der zunehmend jede Basis verliert.

Zola selbst hat jedoch in einem Aufriß des Romans erklärt, warum der Untergang des Handwerks für ihn zur Episode wird. Er wollte die Vernichtung des Kleinhandels in einem ganzen Stadtviertel als eine Intrige des Geldes zeigen. Sein Ziel war die Darstellung der triumphierenden modernen Aktivität, der Koloß des Warenhauses sollte zu Recht das Unzeitgemäße erdrücken.[10] Wenn der untergehende Handwerker Bourras kühl und distanziert, ohne Anteilnahme an seiner Eigenart und seinem Schicksal geschildert wird, so ist dies weniger der stilistischen Forderung nach unpersönlicher ›wissenschaftlicher‹ Objektivität zu danken als einer Parteilichkeit für den ›notwendigen‹ und in letzter Instanz vernünftigen Fortschritt. Zola läßt nicht nur seine Heldin

9. Zitiert nach Julius Erich Kloss: Max Kretzer. Leipzig u. Wien 1896, S. 37.

10. »Comme intrigue d'argent, j'ai mon idée première d'un grand magasin absorbant, écrasant tout le petit commerce d'un quartier. [. . .] Mais je ne pleurerai pas sur eux, au contraire, car je veux montrer le triomphe de l'activité moderne; ils ne sont plus de leur temps, tant pis! ils sont écrasés par le colosse [. . .].« (Emile Zola: Les œuvres complètes. Hrsg. von Maurice Le Blond. Bd. 12. Paris o. J., S. 468.)

Denise die »Macht des neuen Handels« begeistert erkennen, auch die beschreibenden Passagen ergreifen Partei, wenn es da heißt: »Mitten in dem großen Paris, das beunruhigt war von dem Höllenspektakel dieser Hochburg der Arbeit, die, endlich dem vollen Sonnenlicht aufgetan, so weiträumig aus dem Mist der alten Straßen hervorwuchs, genügte das ›Paradies der Damen‹ sich selbst, mochte es nun um Vergnügungen oder um notwendige Dinge gehen.«[11] Kretzer beschreibt die wachsende Fabrik keineswegs unter der sieghaften Metapher des Sonnenlichts. Wenngleich Kretzer keinen Zweifel an der Unentrinnbarkeit des Untergangs läßt – es ist das Schöne, das da untergeht, die schönen Sitten und die Poesie des Lebens sind ihm eine Elegie wert. Der trauernde Abschied von einer wesentlichen Form vergangenen Lebens stellt ihn in die Tradition des ›poetischen Realismus‹, letzten Endes selbst der Romantik, die das Handwerk mit Trotz zu retten versuchte.

»Wie vergnügt und liebreich der deutsche Handwerksstand gewesen sein muß. Aus harter, strenger Lehre hellfeierlicher Übergang zum Gesellen, freies Wandern in weite Welt, doch selten über vaterländischen Boden hinaus, unter Grüßen und Liedersingen, am Ziel und gewöhnlich in der Heimat Niederlassung als Meister, der sich und sein Geschäft ernst und wichtig nimmt und darin göttlichen Ursprung findet.«[12] Mit diesen Worten begannen die Brüder Grimm eine Sammlung der »Bräuche, Zeremonien und Formen« mittelalterlicher Handwerker. Sie begründeten damit eine literarische Tradition. Es gibt kein soziales Thema der Literatur des 19. Jahrhunderts mit so nachhaltiger Wirkung wie das der vorindustriellen Welt. Inmitten der grotesken und unheimlichen Geschichten der Sammlung *Die Serapions-Brüder* von E. T. A. Hoffmann findet sich eine heitere, har-

11. E. Zola: Paradies der Damen. Übers. von Hilda Westphal. München o. J., S. 332.
12. Jacob u. Wilhelm Grimm (Hrsg.): Altdeutsche Wälder (1813). Mit einer Einführung zum Neudruck von Wilhelm Schoof. Bd. 1. Darmstadt 1966, S. 84.

monische Novelle, die das poetische Leben des selbstbewußten Handwerkers im Mittelalter feiert: *Meister Martin der Küfner und seine Gesellen.* Sie bildete die Vorlage zu Richard Wagners Oper *Die Meistersinger*, deren bekannter Schluß lautet: »Verachtet mir die Meister nicht, und ehrt mir ihre Kunst!« Als sie 1868 uraufgeführt wurde, ging es mit dem Handwerk schon stetig bergab. Als die Dorfgeschichte zur beherrschenden Gattung des ›poetischen Realismus‹ wurde, erreichte die Landflucht immer neue Höhepunkte. Ein ausländischer Kritiker bemerkte mit Verwunderung über den deutschen Realismus: »Soviel der deutsche Realist auch über Zunft und Gewerbe, Meister und Geselle schrieb und nie vom Unternehmer und Proletarier, so schrieb er auch in der Dorfgeschichte vom bodenständigen, hochgeachteten Bauern und nicht vom Halb-Leibeigenen oder Tagelöhner, der der Landbewohner in vielen Teilen Deutschlands und Österreichs noch war. Ziel war es, das Ideal einer patriarchalischen Gemeinschaft zu erfassen, die mehr und mehr vor dem Vormarsch der Gesellschaft zurückwich.«[13] Ein Vater dieses so spezifisch deutschen ›Realismus‹ ist der späte Ludwig Tieck. Seine Novelle *Der junge Tischlermeister* enthält schon das Bild des Handwerkers, das Kretzer in besonderer Weise wieder aufnimmt. Die Novelle von 1836 vermittelt, auf den Spuren von Goethes *Wilhelm Meister*, in langen, anmutigen Dialogen die schöne Harmonie gegenseitiger Anerkennung der ›Stände‹ im Zeichen der Gleichberechtigung. Adel, Groß- und Kleinbürgertum vereinigen sich im gemeinsamen Interesse an der Kunst; die bunte Gesellschaft führt zusammen mit Schauspielern von Profession Goethes *Götz von Berlichingen* auf. Der Tischlermeister Leonhard zimmert nicht nur die Dekoration, er spielt auch mit und urteilt sachverständig. In ihm durchdringen sich Handwerk und Kunst, Arbeit und Schönheit,

13. James M. Ritchie: Die Ambivalenz des »Realismus« in der deutschen Literatur 1830–1880. In: Begriffsbestimmung des literarischen Realismus. Hrsg. von Richard Brinkmann. Darmstadt 1969, S. 393.

sein Tun bezeichnet die Grenze von Notwendigkeit und Freiheit. Die Gegenstände, die er schafft, stehen zwischen dem notwendigen Gebrauchswert und der freien Sphäre der Schönheit. »Diese Verwandtschaft zur Kunst, fuhr Leonhard fort, ohne doch Kunst sein zu wollen, war es, was mich zu meinem Handwerke zog; ich legte mich daher mit unermüdlichem Eifer auf das Zeichnen und glaube darin nicht ungeschickt geblieben zu sein. Immer schwebten mir edle und wohlgefällige Figuren von Tischen und Sesseln vor, und ich suchte im Sinn unserer Vorfahren entweder mit Blumen und Laubgewinden oder mit leichten Figuren, die an die Arabeske gränzten, die harte gerade Linie und das Vierkantige zu verkleiden.« Der Tischlermeister erinnert sich »älterer Mobilien, deren ich auch noch einige in fremden Ländern gesehen habe, die das Leben des Menschen wirklich mit Lust und Zier umstellten, ihn durch Gold und Farben erheiterten und in schön geschwungenen Zirkellinien Stuhl, Sessel, Tisch und Schrank, auch ohne Hinsicht des Gebrauchs, zu angenehmen Gegenständen der Betrachtung machten«.[14] Eine solche Einheit von Arbeit und Kunst, von täglichem Gebrauch und ästhetischer Betrachtung, wie sie die Romantik so sehr festzuhalten suchte, ist dem Naturalisten Kretzer keineswegs fremd.

Die »Modelle« des Meister Timpe sind berühmt, die in sie eingeflossene Originalität fand höchste Anerkennung, ein meisterliches Stück erhielt, der Kronprinzessin vom Hoflieferanten vorgelegt, deren Lob und einen herrscherlichen Namen. Erstaunlich häufig ist in dem Roman an wichtiger Stelle von Kunst die Rede. Dem Naturalisten Kretzer verbietet sich freilich die Idylle, die Tieck 1836 noch für darstellbar hielt. Timpe beklagt den Niedergang der »einstmaligen Kunst«, aus der ein »allgemeiner Broterwerb« geworden sei; denn der »Stückpreis von früher hatte sich in einen Dutzendpreis verwandelt«. Er beklagt die Arbeitsteilung im Sinne der Romantik: »Der eine fertigt jahraus,

14. Ludwig Tieck: Der junge Tischlermeister. In: L. T.: Gesammelte Novellen. Bd. 12. Berlin 1854, S. 60 f.

jahrein diesen Teil an und der andere jenen, aber keiner hat eine Ahnung vom Ganzen.«[15] Schließlich führt der Meister Timpe selbst »wie ein gewöhnlicher Taglöhner« Teilarbeit im Akkord für ein Möbelmagazin aus: »So weit war es mit seinem Kunsthandwerk gekommen.« Zum tragenden Motiv wird die Trauer über den Verlust der kunstverwandten Originalität. Die industrielle Nachahmung handwerklicher Formen wird von Kretzer in einer überspitzten Handlungsführung zum handgreiflichen Diebstahl gesteigert. Was in der Romantik und im ›poetischen Realismus‹ der fünfziger Jahre noch als Idylle oder ästhetische Utopie sich halten konnte, wird bei Kretzer zum Naturalismus der enttäuschten Illusionen, deren innere Wahrheit dem Druck der Wirklichkeit nicht mehr standhält. Insofern ist der Roman kein Neubeginn, sondern der realistische Abschluß einer langen Tradition.

Diese Tradition hat in Adalbert Stifters *Der Nachsommer* ihren Höhepunkt. Ein wichtiges Moment dieser Erzählung von 1858 ist die Wiedererweckung der Verbindung von Handwerk und Kunst im Rahmen einer konservativen ästhetischen Utopie. Nicht nur die museale Bewahrung und Restaurierung der »Geräte des Altertums« werden dem Leser des industriellen Zeitalters vorgeführt, sondern auch der Versuch, »selbständige Gegenstände für die jetzige Zeit zu verfertigen mit Spuren des Lernens an vergangnen Zeiten«. »Diese neuen Gegenstände würden aber nicht in der Gestalt gemacht, wie sie jetzt gebräuchlich sind, sondern

15. »Der Mensch braucht ein allseitiges, ich möchte sagen, kugelrundes Gebiet seines Wirkens, wie anderweit beschränkt und klein dasselbe auch übrigens sein möge [. . .] Wenn aber die Teilung der Arbeit in den großen Städten oder Manufakturen- oder Bergwerksprovinzen den Menschen, den vollständigen freien Menschen, in Räder, Trillinge, Walzen, Speichen, Wellen usf. zerschneidet, ihm eine völlig einseitige Sphäre in der schon einseitigen Sphäre der Verfolgung eines einzelnen Bedürfnisses aufdringt, wie kann man begehren, daß dies Fragment übereinstimmen solle mit dem ganzen vollständigen Leben [. . .].« (Adam Müller: Teilung der Arbeit. Zitiert nach Jakob Baxa: Einführung in die romantische Staatswissenschaft. Jena 1931, S. 220 f.)

wie wir sie für schön hielten.«[16] Schöne Gebrauchsgegenstände herzustellen war auch das Ziel des englischen und des deutschen Jugendstils. Kernpunkt dieser Utopien ist ein gesellschaftliches Moment. Die handwerkliche Produktionsform, der direkte Austausch mit dem sachverständigen Kunden und das patriarchalische Verhältnis des Meisters zu den Gesellen werden gegenüber der Trennung von Kapital und Arbeit und der anonymen Produktion für den Markt hervorgehoben. Tieck stellte 1836 noch die Möglichkeit einer persönlichen und politischen Entscheidung gegen den in Deutschland nur zögernd sich durchsetzenden Kapitalismus dar. Der Tischlermeister Leonhard lehnt entschieden die Gründung eines »Magazins von Möbeln« ab, seine Befürchtungen entsprechen denen des Meisters Timpe. »Das geschieht niemals, rief Leonhard lebhaft aus, dann erst würde ich es auf immer bereuen, mich meinem Berufe gewidmet zu haben, wenn ich ein solches totes und tötendes Fabrikleben führen sollte, wenn mir die Freude am Material, die ich mit meinen tätigen Gehülfen teile, die Lust, das bestimmte Wesen nach und nach immer reiner und ausgebildeter hervortreten zu sehen, das Gefühl, daß ich als Vater und Lehrer für meine Mitarbeiter sorge und ihnen weiterhelfe, wenn mir alles das unter den Händen absterben sollte, um so oder so zu heißen, Meister zu drücken und von ihrer Geschicklichkeit und ihrem Schweiße zu prassen, mich der Tätigkeit zu schämen und durch die Auslage des Geldes mir ein Recht zu erwerben wähnte, daß ich andere despotisieren und quälen dürfe, und soweit ich reichen kann, Leben, Heiterkeit und Wohlstand zerstören.«[17] Tieck kennzeichnet scharf die entfremdete Arbeit vom Standpunkt des romantischen Antikapitalismus, der die alten Produktionsverhältnisse in einem monarchisch verfaßten und theologisch begründeten Ständestaat festhalten will. Kretzer entfaltet ebendiese Haltung im zehnten

16. A. Stifters sämtliche Werke. Hrsg. von Kamill Eben u. Franz Hüller. Bd. 6. Prag 1921, S. 103.
17. L. Tieck, a. a. O., S. 78.

Kapitel seines Romans in Gesprächen proletarisierter Handwerker. Der Widerspruch der realen Verhältnisse macht diese Haltung zur Illusion. Dennoch bestimmt die romantische Hoffnung den elegischen Blick zurück auf diese Formen gesellschaftlicher Arbeit und damit auch den Impetus, naturalistisch die Häßlichkeit der Gegenwart darzustellen.

Die große Differenz zur Romantik und zum ›poetischen Realismus‹ besteht in Kretzers Zielsetzung. Er verstand die »soziale Dichtung als künstlerische Darstellung der in der ökonomischen Lage gefesselten Persönlichkeit«.[18] Das rückwärtsgewandte Bewußtsein seiner Figuren wird allemal von ihrem realen Sein eingeholt. Tiecks Meister Leonhard fragt noch rhetorisch, »ob man denn wirklich bei denen Gewerben, bei denen die fabrikmäßige Einrichtung schon lange hat stattfinden können, oder in jenen Ländern, wo es Fabrikstädte gibt, das Glück finde, das uns reizen könne, alles umzustoßen, um auch dergleichen bei uns zu haben? Statt vieler wohlhabenden Menschen einige reiche Leute und einen Haufen armen, verkümmerten und lüderlichen Gesindels, immer in der peinigendsten Abhängigkeit von seinem Brotherrn[. . .].«[19] Wenn fünfzig Jahre später Meister Timpe genau jene Überzeugungen äußert, so doch in anderem Kontext. Kretzer läßt keinen Zweifel am notwendigen Untergang des produzierenden ›alten‹ Handwerks. Die Alternative, die der romantische Antikapitalismus noch sehen wollte, erscheint nur noch in den Köpfen der verarmten Handwerksmeister. Distanziert, im Stil objektiv, enthält sich der Autor des Urteils, verteilt die zu seiner Zeit noch bestehenden Haltungen perspektivisch auf die handelnden Personen. Sein Thema ist die Ausweglosigkeit eines Handwerkers, der weder die Konsequenz seines Sohnes einsehen kann, das Gewerbe im Stile des Konkurrenten zu betreiben, noch dazu imstande ist, sich der Arbeiterbe-

18. Zitiert nach K. Haase, a. a. O., S. 24.
19. L. Tieck, a. a. O., S. 79.

wegung anzuschließen. Beide Sphären bleiben ihm fremd.
So wird das Patriarchalische in Meister Timpes Haus, sein »kameradschaftlicher« Umgang mit den Gesellen fern jeder drakonischen Fabrikordnung immer wieder hervorgehoben. Selbst eine beliebte romantische Szene fehlt nicht: das gemeinsame Mahl. Einmal in der Woche lädt die Familie den Altgesellen zum Abendbrot, »eine schöne Sitte aus jener Zeit, wo der Geselle noch Kost und Wohnung im Hause des Arbeitgebers fand und dadurch zur Familie mitgezählt wurde«. Tiecks Novelle beginnt und endet mit dieser Szene; Lehrburschen und Gesellen sitzen zusammen mit der Familie und den Gästen in einer Rangfolge um den runden Tisch, »die Meisterin legte vor«. Der Meister beklagt die »kalte Entfernung von der dienenden Menschenklasse«; den Verfall »wahren Bürgertums«.[20] Auch Stifters Freiherr von Risach im *Nachsommer* bedauert, daß »die alte Sitte abgekommen ist, daß der Herr des Hauses zugleich mit den Seinigen und dem Gesinde beim Mahle sitzt«[20a] Kretzers Gestaltung des gegenseitigen Vertrauens und der Achtung zwischen Timpe und seinem Altgesellen Beyer kennt allerdings nicht jenen eigentümlichen Unterton feudaler Abhängigkeit, den Stifter seinen Freiherrn anschlagen läßt. Diese Darstellung eines selbstbewußten Arbeiters findet zu jener Zeit kaum eine Parallele in der deutschen Literatur. Die eigentliche Arbeiterliteratur hat sich erst später entwickelt, bis in die neunziger Jahre bestimmte eine an Herwegh und Heine geschulte Lyrik das Bild. Erst in den Dramen der Arbeiterdichtung seit Friedrich Bosse werden ähnliche Charaktere möglich sein.
»Johannes Timpe hatte in den Märztagen Barrikaden bauen helfen. Er war gleichsam das revoltierende Element, das den Bürger als vornehmste Stütze des Staates direkt hinter den Thron stellte und die Privilegien des Handwerks gewahrt wissen wollte.« Mit dieser Typisierung im zweiten

20. L. Tieck, a. a. O., S. 462 f.
20a. A. Stifter, a. a. O., S. 143.

Kapitel des Romans bereitet Kretzer den Konflikt des monarchisch gesinnten Bürgers vor und erklärt zugleich den Ursprung seiner monarchischen Gesinnung aus der Geschichte. Timpe wird jenen Handwerkern zugeordnet, die 1848 die Revolution mitgetragen haben und deren Forderungen eine Petition des Schneidergewerks an das liberale Ministerium Camphausen verdeutlicht. »Sofortige Aufhebung der Werkstätten, deren Inhaber nicht selbst gelernte und durch Prüfung bestätigte Schneider sind. Ebenso das Verbot, daß die Manufaktur und Modemagazine etc. nicht ferner fertige Damenkleidungsstücke verkaufen dürfen.« Die Absicht, das alte städtische Handwerk zu bewahren, wird von zünftigen Forderungen gekennzeichnet, die sich gegen die liberale Gewerbefreiheit richten. Diese Handwerker revoltierten weniger gegen die Monarchie als gegen den bürgerlichen Liberalismus in der Wirtschaft, wie er seit 1810 vom preußischen Staat unterstützt wurde. Ihre Verbotsanträge sehen sie nicht als »Ungerechtigkeit gegen andere« an, da »einem Kaufmanne andere Wege offenstehen; aber uns nicht, wir sind nur allein auf unser Handwerk angewiesen, das ist unser Kapital. Denn nachdem wir unsere Lehrjahre durchgemacht und im Gesellenstande in der Fremde uns ausgebildet haben, also unsere besten Lebensjahre darauf verwandten – müßten wir nun, anstatt zu einer Selbstständigkeit zu gelangen, der Sklave des Fabrikunternehmers werden und können niemals die uns zustehende Stellung als Bürger und Familienvater im Staate einnehmen. Und der Staat selbst verliert seine größte, seine beste Stütze, den Mittelstand.«[21] Dieser Ruf verhallte nicht ungehört, denn die konservative Partei, der an Beschränkungen des politischen Liberalismus und der Erhaltung von Privilegien interessierte Adel unterstützte lebhaft die Flut der Petitionen. In einer Notverordnung wurde 1849 die Gewerbefreiheit eingeschränkt, die Innungen erhielten durch obligatorische Gesellenprüfungen nahezu den Rang

21. Zitiert nach Jürgen Bergmann: Das Berliner Handwerk in den Frühphasen der Industrialisierung. Berlin 1973, S. 336 f.

eines Staatsorgans. Damit wurde die Konkurrenz unter den Handwerkern eingeschränkt, die Einrichtung neuer Handwerksbetriebe von Staats wegen erschwert. Die Erleichterungen, die in den folgenden Jahren für das Handwerk eintraten, ein gewisser Aufschwung und die Erhöhung des Ansehens wurden vom Kleinbürgertum der Monarchie zugeschrieben. Dennoch konnte dadurch dem Aufstieg der »Magazine«, dieser Mischung aus Warenhaus und Manufaktur, nicht Einhalt geboten werden. Bereits 1850 wurde in Berlin durch Hermann Gerson das erste große Magazin eröffnet, 20 000 Mäntel konnten geliefert werden, 2000 Personen waren in den hausindustriellen Dienst gestellt, Handwerker, die in der Art einer dezentralisierten Fabrik von einem einzigen ›Arbeitgeber‹ abhängig waren, ohne formell ihre Selbständigkeit aufgegeben zu haben. Es ging ihnen vielfach schlechter als den Fabrikarbeitern.
Der Klempner Nölte, der Tischler Storch, schließlich auch Meister Timpe arbeiten in Heimarbeit für solche Magazine. Die andere Bedrohung ist die moderne Industrie. Am Ende des Jahrhunderts bezeichnete eine der ersten großen soziologischen Untersuchungen die Entwicklung: »Eine Hilfe für die eigentlichen Kleinbetriebe ist nicht abzusehen. Dem Handwerker ist sein fester Boden, die Kundenproduktion, entzogen; er ist Warenproduzent geworden, seine Produkte gehen nicht sofort in den Konsum ein, sondern er muß auf Vorrat, für den Markt arbeiten. Der Kundenproduzent braucht nur einen geringen Aufwand an Betriebsmitteln; wertvolle Rohmaterialien liefert ihm gewöhnlich der Kunde. Der Warenproduzent muß Kapital haben.«[22] Kapitalmangel und technische Unterlegenheit konnten nicht vom Staat nachhaltig behoben werden; dennoch richtete sich die Hoffnung der verbliebenen Handwerker auf die Monarchie, die ihnen so gewogen zu sein schien.

22. Paul Voigt: Das Tischlergewerbe in Berlin. In: Untersuchungen über die Lage des Handwerks in Deutschland unter besonderer Berücksichtigung seiner Konkurrenzfähigkeit gegenüber der Großindustrie. Bd. 4, T. 2. Leipzig 1895, S. 494.

Kretzer entwickelt aus dieser historischen Bindung des Handwerks an die Monarchie den wesentlichen Konflikt: die tragische Unfähigkeit seines Helden, sich für die an den Rand der Gesellschaft gedrängte Arbeiterbewegung zu entscheiden. Im Schlußbild steht wie ein Menetekel »Es lebe der Kaiser... Hoch lebe der Kaiser!« an der Wand. Einige Interpreten haben dies der konservativen Gesinnung Kretzers zuschreiben wollen. Im Vorwort seines ersten wichtigen Romans zitierte jedoch Kretzer einen Sozialistenführer: »Die sozialdemokratische Partei ist die einzige Partei, die noch Ideale hat«, und fährt fort: »Wie anders der Gegensatz. Das Kapital beherrscht den Markt, es hat die Macht, der Tränen der Armen und Elenden zu lachen. Auf jener Seite bei allen Irrtümern immer ein durch die Religion des ersten Christentums begründetes, rein leuchtendes Ideal und hier nur das angelernte und überlieferte Raffinement, das nur eine Parole kennt: Ausbeutung des ehrlichen, aber beschränkten Idealismus durch die arbeitsscheue Genußsucht. Und damit bin ich bei der Tendenz dieses Buches angelangt.«[23] Diese Form eines ethischen Sozialismus bestimmt Kretzers Werk. Die positiv gezeichnete Figur des Altgesellen wird zu ihrem Vertreter.
Timpe sympathisiert mit den streikenden Arbeitern der Urbanschen Fabrik, zugleich zeigt sein Auftritt in der Streikversammlung seine Fremdheit gegenüber der organisierten Arbeiterbewegung, »die Unbeholfenheit eines Menschen, der in eine neue Gesellschaft geraten, in der er fremd ist und sich nicht zu benehmen weiß«, obwohl oder weil ihn die Arbeiter »wie ihresgleichen« behandeln. Seinem Sohn gegenüber, der ins Großbürgertum aufgestiegen ist, befällt ihn ein »Gefühl ungerechter Demütigung«. Beide Seiten erscheinen ihm unvereinbar mit seiner Existenz. Timpe will am Bild einer Gesellschaft festhalten, in der jeder Anbieter seine Waren mit eigener Hand herstellt und

23. M. Kretzer: Die Verkommenen. Berliner Roman. Bd. 1. Berlin 1883, S. VI f.

jeder Arbeiter die Produktionsmittel selbst besitzt. Eine solche Gesellschaft der Freien und Gleichen kann sich nur unter der Bedingung ungefähr gleichen Besitzes erhalten, große Kapitalanhäufung und abhängige Lohnarbeit einer besitzlosen Klasse widersprechen ihr. Die Vereinigung von geistiger und körperlicher Arbeit in der alten bürgerlichen Form des selbständigen Handwerkers bleiben für den Meister Timpe die Grundlage einer solchen gerechten Gesellschaft. Der von Proletarisierung bedrohte Timpe wählt sozialdemokratisch unter Ängsten und Zweifeln und empfindet es als »Pflicht, seit dieser Stunde eins zu sein mit den Arbeitern«.

Die Sozialdemokratie erscheint in einer dem modernen Leser fremdartigen Weise: einerseits als revolutionäre Bewegung, andererseits als säkularisiertes Christentum. Gleichwohl hat diese Vereinigung ihre genuine Tradition. Kretzer stellt »Mitleid«, »Barmherzigkeit« und »Nächstenliebe« dem herrschenden »Egoismus« und der »Ausbeutung« gegenüber. Dieses Bild der Arbeiterbewegung geht zurück auf ihre Anfänge in einer Zeit, in der das Selbstverständnis der Arbeiter noch auf den traditionellen Formen des Handwerks beruhte. Wilhelm Weitling, ein führendes Mitglied des Pariser »Bundes der Gerechten«, veröffentlichte 1845 *Das Evangelium des armen Sünders*, dessen viertes Kapitel die programmatische Überschrift trägt: »Der menschliche Jesus«. Der einfache Schneider Weitling säkularisierte entschlossen auf seine Weise das Christentum, wie dies zur selben Zeit Ludwig Feuerbach auf den Höhen der Philosophie betrieb. »Für uns ist Jesus der beste Begriff der Gottheit, weil seine Lehre den Inbegriff höchster Glückseligkeit enthält. Darum ist es aber nicht nötig, ihn als ein überirdisches, unnatürliches Wesen hinzustellen, frei von allen Schwachheiten und Leidenschaften der übrigen Menschen.«[24] Für Weitling war Jesus, der Zimmermannssohn,

24. Wilhelm Weitling: Das Evangelium des armen Sünders / Die Menschheit, wie sie ist und wie sie sein sollte. Hrsg. von Wolf Schäfer. Hamburg 1971, S. 31.

ein Revolutionär. In regelrechter Exegese der Evangelien und in der Sprache Luthers prägt er Sätze, die noch in den siebziger Jahren eine Bedeutung in der Arbeiterbewegung hatten.[25] »Trachten wir nach dem Reich Gottes, so wird uns dies alles zufallen. Es ist dies so klar, so deutlich, so handgreiflich! Schauen wir darum nicht immer oben hinauf in die blauen Lüfte, wenn von dem Reich Gottes die Rede ist; hier auf Erden ist auch ein Reich Gottes zu gründen. Wenn wir nicht den Mut haben, für die Gründung dieses Reiches etwas zu tun, wozu sich so viel Gelegenheit bietet, so tun wir auch für das in den Lüften nichts: denn wie immer man das Reich Gottes verstehen will, so kann doch der Christ nur durch die Erfüllung der Gebote Christi dahin gelangen.«[26] Ähnlich Ludwig Feuerbach, der die Religion als Selbstentfremdung des menschlichen Wesens kritisiert, fordert Weitling ein »praktisches Christentum« der Nächstenliebe; über die abstrakte Religions- und Theologiekritik hinaus entwirft er die Utopie einer kommunistischen Gesellschaft, deren Signum Gemeineigentum ist. Dieser ›Handwerkerkommunismus‹, wie man ihn genannt hat, bestimmt Kretzers Bild der Sozialdemokratie, sein schwärmerischer Verkünder ist der Altgeselle Beyer. Weitlings Utopie, obgleich in jüngster Zeit das Gegenteil behauptet wurde, lebte in verwandelter Form weiter.[27] Diese Tradition entfaltete eine starke literarische Kraft. Abgesehen vom eigentlichen Lassalle-Kultus, der den Gründer des »Allgemeinen Deutschen Arbeitervereins« als Messias der sozialen Bewegung verehrte und der schon bald heftiger Kritik ausgesetzt war, bestimmte die frühe Arbeiterdichtung eine säkularisierte christliche Metaphorik. Das in Kretzers Roman vielfach

25. Ebd., S. 201.
26. Ebd., S. 89 f.
27. Vgl. Wolfgang Schieder: Anfänge der deutschen Arbeiterbewegung. Die Auslandsvereine im Jahrzehnt nach der Julirevolution von 1830. Stuttgart 1963. – Schieders Ergebnis, Weitlingianer habe es noch zu dessen Lebzeiten kaum mehr gegeben, ist in einem institutionellen Sinne richtig. Weitlings Gedanken haben jedoch wesentlich länger in der Arbeiterbewegung weitergewirkt.

wiederholte Wort vom »neuen Heiland« erinnert an das außerordentlich populäre Gedicht von Max Kegel:

»O ja! Ein Erlöser wirklich erschien,
die leidende Menschheit zu retten,
die leidende Menschheit, die hoffend auf ihn
so lange schon schmachtet in Ketten.
Der Sozialismus, er bricht sich die Bahn,
und künden fernrollende Donner ihn an
statt liebliches Glockengeläute,
doch sehn wir sein Nahen mit Freude.«[28]

Das Gedicht von 1874 stellt eine typische Haltung heraus, die das Staatschristentum schroff ablehnt, der Kirche ein Versagen in der Gesellschaft vorwirft und die Arbeiterbewegung in die Vorbilder christlicher Tradition faßt. »Am nächsten lag es den Sozialdemokraten, die ihnen selbst widerfahrenden Polizei- und Gerichtsmaßnahmen mit dem Karfreitagsgeschehen zu vergleichen[...].« Im Sinne Weitlings dichtete Wilhelm Hasenclever ein Osterlied:

»Er predigte Liebe und Freiheit
und Gleichheit mit Donnermund.
Sie haben ihn drum gekreuzigt,
die Stellen waren zu wund.

So kreuzigt man jetzt noch jeden,
der von Freiheit und Gleichheit spricht.
Das konnten sie niemals vertragen
und können's noch immer nicht.«[29]

Solidarität, Askese und Mut im Kampf für die Ziele der Arbeiterbewegung, deren Früchte der gegenwärtigen Generation nicht zuteil werden konnten, brachten trotz der

28. Zitiert nach Heiner Grote: Sozialdemokratie und Religion. Eine Dokumentation für die Jahre 1863–1875. Tübingen 1968, S. 142.
29. Ebd., S. 146 f.

materialistischen Religionskritik ein Lebensgefühl hervor, das den Vergleich mit dem Urchristentum und seiner Verfolgung verständlich erscheinen läßt. Die Schriftsteller des deutschen Naturalismus wurden von dieser Parallelisierung nachhaltig beeindruckt.[30] Die entschieden soziale Auffassung traditioneller christlicher Motive auch in der Malerei des Naturalismus wurde zu Recht betont.

Kretzers Roman von 1889, *Die Bergpredigt*, zeichnet die dem Kaiserreich und dem Großbürgertum verhaftete Kirche satirisch scharf und betont dabei besonders die Unglaubwürdigkeit der sozialpolitischen Bemühungen des Hofpredigers Stöcker. Diese Tendenz teilte vor allem Gerhart Hauptmann, dessen *Weber* die Amtskirche satirisieren und der in *Hanneles Himmelfahrt* das Bild eines sozialen Christentums erscheinen läßt. Noch das 1907 entstandene Arbeiterdrama *Golgatha* von Paul Mehnert verweist schon im Titel auf diesen Zusammenhang.

Es muß abschließend noch eine Schwäche des Romans betont werden, die viele Kritiker bemerkt haben. Kretzer hat Timpes Sohn Franz dazu ausersehen, den Konflikt zwischen Klein- und Großbürgertum in die Familie hineinzutragen, eine recht fragwürdige Individualisierung des allgemeinen Konflikts. Der Figur und der Handlung, die sie entfesselt, ist anzumerken, wie sehr Kretzer mit seinem schwierigen Stoff zu kämpfen hat. Den Aufstieg des Sohnes zum Sozius Urbans durch den Diebstahl der Modelle zu motivieren, erscheint weder ästhetisch noch sachlich plausibel. Zweifellos war es ein Signum der frühen industriellen Produktion, handwerkliche Formen nachzuahmen und auch den Charakter von Handarbeit vorzutäuschen. Ebenso kann einleuchten, daß der Sohn sein Wissen einbringt und damit dem Konkurrenten seines Vaters nützt. In seiner

30. Vgl. R. Hamann u. J. Hermand, a. a. O., S. 85–97, 115 f. – Die Berufung auf Karl Kautskys Buch »Der Ursprung des Christentums« von 1908 ist allerdings irreführend. Kautskys Ziel war es, die aus der Frühzeit der Arbeiterbewegung stammende Berufung auf das Urchristentum kritisch abzuweisen.

Entscheidung gegen die Lebensweise des Vaters liegt ein Konflikt, der durch die räumliche Nähe und die Unmittelbarkeit des Kampfes des Fabrikanten gegen Timpe noch gesteigert wird. Dennoch überbürdet die Handgreiflichkeit des Diebstahls der Modelle den Charakter des Sohnes so mit moralischen Fehlern, als hinge es von seiner moralischen Entscheidung ab, ob das alte Handwerk überlebt oder nicht. Im Gegensatz zu Tieck, der eine solche freie persönliche Entscheidung gegen die kapitalistische Produktionsweise seinem Helden zumutet, setzt Kretzer eine Fülle objektiver Umstände gegen diese Möglichkeit. Ein Übermaß an Schuld, wie es dem Sohne aufgeladen wird, widerspricht den Prinzipien des Naturalismus, der Darstellung des in seiner »ökonomischen Lage gefesselten« Menschen. Es zeigt sich die ästhetische Schwierigkeit, weitgehend abstrakte und anonyme gesellschaftliche Prozesse gleichwohl überzeugend an Individuen sichtbar zu machen. Durch die Macht des »Milieus« wird der einzelne vor allem moralisch entlastet; andererseits verlangt die traditionelle Form des Romans, die im Falle Kretzers durchaus noch ihr Recht behauptet, ein hohes Maß an Selbstbestimmung und an individueller Kraft. Die andere Möglichkeit, aus dieser Schwäche des Individuums eine Handlung ohne Ziel und Ende, gar eine Handlung um nichts zu machen, lag Kretzer fern. Diese Möglichkeit moderner Romane bedeutet zugleich einen Verzicht auf substantielle Inhalte, der dem naturalistischen Anspruch widerspricht.
Kretzer objektiviert wiederum den Niedergang Timpes durch andere Motive, die das Gewicht der moralischen Verfehlung abschwächen. So stellt Timpe in der Hoffnung auf einen größeren Auftrag ein Modell her, nach dem dann über Umwege sein Konkurrent produziert. Der Anfang des vierzehnten Kapitels zeigt, wie Timpes biderbe Redlichkeit, die schlicht Vertrauen gegen Vertrauen setzt, den neuen Üblichkeiten nicht mehr gewachsen ist. Das Zeitalter der Verträge ist für ihn noch nicht angebrochen, er vergaß, sich abzusichern. Noch ein anderes Motiv mildert das

Privat-Moralische des Diebstahls. Der Sohn Franz wird Urbans Sozius durch die realistische Drohung, mit Hilfe des erheirateten Kapitals und zusammen mit seinem Vater eine Fabrik zu bauen. Aus Furcht vor der Möglichkeit einer nun ebenbürtigen Konkurrenz lenkt Urban ein. Kretzer läßt dennoch den Diebstahl zu einem wichtigen Beweger der Handlung werden und kommt dadurch zuweilen in die Gefilde des Melodramatischen.

Dagegen war allerdings auch Zola nicht gefeit, der in seinem Roman eines Warenhauses die Verkäuferin einfach durch Heirat dem Chef verbindet. Liebe und Achtung der Individuen bewirken unglaubwürdig genug den Ausgleich der sozialen Interessen im allgemeinen; unter dem Einfluß der geliebten Frau verwandelt der Unternehmer sein ausschließlich am Gewinn orientiertes Unternehmen in eine soziale Anstalt mit Gewinnbeteiligung und Daseinssicherheit für alle Angestellten. Der enge Handlungsspielraum des einzelnen im naturalistischen Roman wird so melodramatisch erweitert, zum Guten oder, wie im Falle Kretzers, hin zum Bösen.

Dennoch beeindruckt Kretzers Versuch, ein wichtiges Thema der deutschen Literatur des 19. Jahrhunderts mit naturalistischen Mitteln zu gestalten. Die romantische Idealisierung des Handwerks entsprang der sozialen Utopie einer Vereinigung von geistiger und körperlicher Arbeit, für Friedrich Schlegel oder Tieck war der Handwerker allemal ein naher Verwandter des Künstlers. Die Erfahrung der realen Bedingungen seiner Zeit erlaubte es Kretzer nicht mehr, diese unwiederholbare Form menschlicher Arbeit poetisch zu verklären oder utopisch zu restaurieren. Sein Thema mußte die Proletarisierung des Handwerks sein. Die Trauer über den Untergang des Meisters Timpe begleitet die Hoffnung auf die Kraft eines ethischen Sozialismus, den die Arbeiterbewegung und ein einsichtiges Bürgertum ins Werk setzen sollen.

Götz Müller

Inhalt

Einakter des Naturalismus

Herausgegeben von Wolfgang Rothe

Autoren: Paul Ernst, Otto Erich Hartleben, Georg Hirschfeld, Alexander L. Kielland, Rainer Maria Rilke, Arthur Schnitzler, Clara Viebig, Wilhelm Weigand.

Universal-Bibliothek Nr. 9468 [3]

Prosa des Naturalismus

Herausgegeben von Gerhard Schulz

Autoren: Hermann Bahr, Otto Julius Bierbaum, Hermann Conradi, Paul Ernst, Otto Erich Hartleben, Gerhart Hauptmann, Peter Hille, Arno Holz, Max Kretzer, Philipp Langmann, Detlev von Liliencron, John Henry Mackay, Oskar Panizza, Wilhelm von Polenz, Stanislaw Przybyszewski, Johannes Schlaf, Arthur Schnitzler, Frank Wedekind.

Universal-Bibliothek Nr. 9471 [4]

Theorie des Naturalismus

Herausgegeben von Theo Meyer

Autoren: Conrad Alberti, Hans von Basedow, Leo Berg, Karl Bleibtreu, Wilhelm Bölsche, Ernst Brausewetter, Michael Georg Conrad, Hermann Conradi, Erdmann Gottreich Christaller, Christian von Ehrenfels, Michael Flürscheim, Wilhelm Hermann Friedrichs, Rudolf Goette, Ernst Haeckel, Max Halbe, Heinrich Hart, Julius Hart, Gerhart Hauptmann, Karl Henckell, Julius Hillebrand, Arno Holz, Ludwig Jacobowski, Franziska von Kapff-Essenther, Wolfgang Kirchbach, Ernst Koppel, Hans Merian, Max Nordau, Emil Reich, Julius Röhr, Johannes Schlaf, Bertha von Suttner, Irma von Troll-Borostýani, Oskar Welten, Eugen Wolff, Emile Zola.

Universal-Bibliothek Nr. 9475 [4]

PHILIPP RECLAM JUN. STUTTGART